小学館文庫

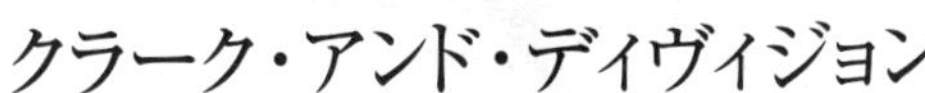

クラーク・アンド・ディヴィジョン

平原直美
芹澤 恵 訳

小学館

Japanese translation published by arrangement with Soho Press Inc.
through The English Agency (Japan) Ltd.

クラーク・アンド・ディヴィジョン

＊主な登場人物＊

アキ・イトウ……………………… わたし。日系二世
ローズ・ムツコ・イトウ………… アキの姉
ギタロウ・イトウ………………… アキの父親。日系一世。青果卸店〈トナイズ〉の店舗責任者
ユリ・イトウ……………………… アキの母親。日系一世

ロイ・トナイ……………………… 青果卸店〈トナイズ〉のオーナーの息子
ルイーズ…………………………… ローズのルームメイト
トミ・カワムラ…………………… ローズのルームメイト
チヨ………………………………… ローズのルームメイト
ハマー（ハジム）・イシミネ …… ローズの知り合い
マンジュウ………………………… ハマーの友だち
イケ………………………………… 医大生。ロイのルームメイト
アート・ナカソネ………………… シカゴ生まれの大学生
ロイス・ナカソネ………………… アートの妹
ヨシザキ…………………………… シカゴ共済会代表
ロッキー・イヌカイ……………… バー〈アロハ〉のオーナー
エド・タムラ……………………… 戦時転住局（WRA）再移住事務所の職員
ハリエット・サイトウ…………… 戦時転住局（WRA）再移住事務所の職員

ジャクソン………………………… 戦時転住局（WRA）再移住事務所の所長
ダグラス・ライリー……………… 人類学者。戦時転住局（WRA）の仕事をしている
ナンシー・コワルスキー………… ポーランド系移民。ニューベリー図書館司書助手
フィリス・デイヴィス…………… 黒人。ニューベリー図書館司書助手
グレイヴス………………………… イーストシカゴ・アヴェニュー署の巡査部長
トリオンフォ……………………… イーストシカゴ・アヴェニュー署の巡査
ジョージーナ……………………… クラーク・ストリートのエンターテイナー

MAP
N
GOETHE
DIVISION
ELM
MAPLE
OAK
DELAWARE
CHESTNUT
CHICAGO
SUPERIOR
WELLS
LA SALLE
CLARK
DEARBORN
STATE
RUSH
MICHIGAN
LAKE SHORE DRIVE
ミシガン湖
クラナーズ葬儀社
映画館〈サーフ〉
〈アロハ〉
アイスクリーム・パーラー
〈ティング・ア・リング〉
マーク・トウェイン・
ホテル
クラーク・アンド・
ディヴィジョン駅
理髪店
ローズのアパートメント
イトウ家 転住先
日本食料品店
オーク・ストリート・
ビーチ
ヘンロタン病院
ニューベリー図書館
〈バグハウス・スクエア〉
ムーディ
聖書学院
イーストシカゴ・アヴェニュー署
地図制作 ジェイ・マップ

ヘザー
ジューン
そして
スー・クニトミ・エンブレイ（一九二三～二〇〇六）に

（訳注：スー・クニトミ・エンブレイは一九二三年ロサンゼルスで生まれ、第二次世界大戦前まではリトルトーキョーで育った。十九歳のとき家族と一緒にマンザナー収容所へ強制収容され、その後、収容所で発行されていた新聞『マンザナー・フリー・プレス』紙の編集者となる。強制収容について語った数少ない日系二世のひとり。その経験を日系三世や四世に伝え、二〇〇四年に開館したマンザナー教育センターの立ち上げを提案した人物でもある）

第一章

姉のローズは、わたしにとって文字どおり身近な存在だった。なんと、わたしがこの世に生まれてこようとしているときから。わたしが逆子だったので、お産婆さんは汗まみれで、たぶんいくらかは母の汗にもまみれて何時間も奮闘していたものだから、当時三歳だった姉がじりじりとセンチ刻みで近づいてきていたことには、まったく気づいていなかった。お産婆さんによれば母が、この場で繰り返すのははばかられるようなことばを日本語でわめきちらしているあいだに、姉はわたしの身体の一部分があらわれるのを目撃した最初の人物となった。で、ぬるぬるしているわたしの片足をむんずとつかみ引っ張ったのだとか。

「イトウサン!」お産婆さんはその場の大騒ぎにかきけされないよう、大声を張りあげて父を呼び、姉のローズをそとに連れ出すよう言った。

姉は逃げた。逃げ足が速くて父はなかなかつかまえられず、やっとのことでつかまえたものの、そのまま抱きとめておくこともできなかった。ものの数分で姉は舞い戻ってきて、もともとぞうごめいているわたしの身体(からだ)に、血まみれだったのもかまわず、両腕をまわして抱きつき、自分のファンクラブに迎え入れたのだった。それ以来、わたしの眼（め）はつねに姉に向けられていた。姉が亡くなるまで、そして亡くなったあとでさえも。

　わたしたち姉妹の最初の出会いは――つまり、わたしがどのようにしてこの世に、わたしの故郷であるカリフォルニア州ロサンゼルスのトロピコに生まれてきたかは、イトウ家の語り草となった（ロサンゼルスの北部にトロピコという町があったことは、今では地元のロサンゼルスでも知っている人はあまりいないと思うけれど、一八八七年にグレンデール南西部の住民によって創られた町で、一九一八年にグレンデール市に合併されている）。わたしは片時も姉から離れなかった。姉妹はいつも一緒だった。寝るときも、一枚のマットレスにふたりしてダンゴムシのように身を丸めて寝ていた。マットレスはパンケーキのように薄く、日本語で言うところのペチャンコだったけれど、姉もわたしも気にしなかった。あのころはまだ身体も柔らかくて、背中が痛くなるようなこともなかったし。南カリフォルニア名物の夏の戻り（インディアン・サマー）の時期には、裏庭に毛布を敷いて、飼い犬のラスティを足元にはべらせて寝ることもあった。

　トロピコのあたりは沖積土の肥沃な土地で、父を含めて日本からやってきた人たちはその地に定住すると、その豊かな土地を耕してイチゴの栽培をはじめた。彼らは日系一世（イッセイ）と呼ばれる、日本からはるばるアメリカに渡ってきた最初の世代、いわば先駆者たちで、わたしたち二世（ニセイ）のひとつまえの世代ということになる。父のイチゴ栽培は軌道に乗り、そこそこの成功を収めたものの、やがて宅地化の波が押し寄せてくる。父同様、農業で生計を立てていたイッセイたちは早々に見切りをつけて、もっと南のガーディナか北部のサンフェルナンド・ヴァレーに移転していったけれど、父はトロピコに残り、ロサンゼルスのダウンタウンまで近かったこともあり、そのあたりにたくさんあった青果卸店のひとつで働くようになった。〈トナイズ〉という店で、思いつく限りのありとあらゆる野菜や果物を扱っていた——たとえば、ロサンゼルス西部のヴェニスから届くパスカルセロリ、北西部のサンタマリアやグアダルーペ産のアイスバーグレタス、南部のガーディナで作られたラーソンストロベリー、メキシコとの国境近くのインペリアル・ヴァレーからはカンタロープヘイルズベストという品種のマスクメロン、といった具合に。

　母は一九一九年、父と結婚するために日本の鹿児島からアメリカにやってきた。まだ二十歳(はたち)まえだった。母の家族と父の家族は、以前からつきあいがあったので、母の場合、いわゆる〝写真花嫁(ピクチャー・ブライド)〟には該当しないのかもしれないけれど、実際にはかなりその形態に近い。父は自分の親から母の写真を見せられて、顔立ちが気に入ったらしい——顎がしっかりしていてえらが張っているところが。こういう人ならカリフォルニアの厳しい環境でも生き抜いていけるだろうと思ったそうだが、父のその直感は正しかったことになる。母はいろいろな面で、父もかなわないほどタフな人だった。

　わたしが五歳のとき、父が〈トナイズ〉青果卸店の店舗責任者に昇進したのを機に、同じトロピコのなかでもっと広い家に引っ越すことになった。パシフィック電鉄の路面列車(レッドカー)の停車場に近かったから車で通勤する必要はなかったのに、それでも父は自分の車、フォード・モデルAで通勤していた。電車が来るのを停車場で待つのは、父の性に合わなかったのだ。姉とわたしは、引っ越し先の家でも同じ部屋を共同で使うことになったけれど、今度はそれぞれに専用のベッドが用意された。にもかかわらず、冬場の乾いた砂漠風(サンタアナ)が吹き荒れ、家じゅうの窓をがたがた鳴らす晩に限っては、最後には結局、姉のベッドにもぐりこむことになった。わたしの冷えた爪先がふくらはぎに触れると、姉は悲鳴をあげ、「アキったら、もうっ！」と言う。そして寝返りを打ってすぐにまた寝入ってしまうけれど、わたしのほうは風に枝を揺らすスズカケノキの影が、月光に踊りさわぐ魔女にしか見えなくて、恐ろしさのあまり、姉の隣でいつまでも震えていることになるのだ。

姉の手に引っ張られて人生のスタートを切ったからだろうか、わたしは姉の存在がそばにないと生きている気がしなかった。あらゆることにおいて、姉はわたしの先生だったが、どんなに頑張っても姉のようにはなれなかった。当時のわたしは年がら年中、顔を赤く腫らしていた。当時、ロサンゼルス川近くのコンクリートのひび割れというひび割れから、ひょろっと背の高いブタクサが繁(しげ)っていて、わたしはブタクサの花粉症だったのだ。それに対して姉の肌にはしみひとつなく、右の頬骨のいちばん高いところに丸いほくろがぽつんとひとつあるだけ。姉の顔が見えさえすれば、わたしも落ち着いていられた。地に足がついていることを実感できて、芯が定まり、揺らがず、どんなことがあってもきっとへいちゃらだ、という気持ちになれた。

姉には大勢の取り巻きがいたけれど、当人は誰に対してもつかず離れずの関係を保ち、魅力的だけれどなにを考えているのかよくわからない子という路線を貫いていた。これはある意味では、うちの両親から学んだ姿勢でもあった。両親とも、日系人のあいだで評判がよく、好人物と見られてはいたけれど、どちらも相手かまわずこちらから積極的につきあいを求めるタイプではなかった。少なくとも戦争がはじまるまでは。わたしのクラスメイトは大半が白人で、それも社交界デビューの舞踏会（コティヨン）やらアメリカ愛国婦人会主催の各種行事やら、つまりはわたしたち日系人は締め出しを喰（く）らっている場に自由に出入りできる、いわゆる上流中産階級の家の子たちだった。もちろんニセイのなかにも、たとえば生花店や植木の育苗場を経営している家庭の子とかだと、頭がよくて従順な男の子や一分の隙もない身ごしらえの女の子もいるにはいたけれど、姉に言わせるとそういう子たちは〝がんばりすぎ〟ということになるらしい。姉のローズは、無造作で軽やかなのが身上の人だったから。あるとき、姉が出かけているあいだに、姉の服をこっそり着てみたことがある。白いブラウスにカーキ色のニット地のロングスカート、それにレモンイエローの——当時のニセイの女の子だったらまず選ぼうとはしない色の——薄手のセーターをあわせる、というのがそのころの姉の定番のスタイルだった。わたしは着ていたチェック柄のワンピースを脱ぎ捨てて、姉の定番のスタイルになり……クロゼットの扉の姿見に映ったわが姿を見て、思わず口角がぐっとさがった。スカートのおなかのところが不恰好に膨らんでいた。おまけにスカートの丈が長すぎて、太くてたくましすぎるふくらはぎが見えないのはいいけれど、足首のあたりまで隠れてしまっているし、セーターの色の顔映りがいまひとつで、なんだか血色の悪い病みあがりの人みたいに見えるし……斯くして、姉の服はわたしには似合わない、ということを嫌というほど思い知らされたのだった。

学校がないとき、わたしはラスティを連れて長い散歩に出て、トロピコの街を歩いた。あのころは、ミヤコグサが絡まりあっているそばを通るたびに地面にひれ伏す女の人みたいだと思い、ヤナギのしたを通れば木のうえでシラサギが優雅に羽を休めていたし、セイブヒキガエルの鳴き声を聞いて、熱を帯びた電線が鳴る音を連想したりしたものだった。その後、ロサンゼルス川が氾濫したため、市が川底をコンクリートで固めた。そのあともヒキガエルの鳴き声は聞こえたけれど、以前のような盛大な合唱ではなくなっていた。

ティーンエイジャーを卒業するまでの毎日が、そんなふうにラスティを連れて戸外で過ごす時間だけでできあがっていたら、わたしとしても嬉しかったのだけれど、成長の過程には同年代の子どもたちとのつきあいももれなくついてきた。学校以外の場所で白人の女の子と仲良くする機会はほとんどないも同然だったので、ハクジンの子に招かれてその子の家に遊びに行くということは、まさに青天の霹靂というものだった。八年生のときのことだ。ある日、隣の席のヴィヴィ・ペルティエから、自宅でプールパーティーをやるのでアキも来てほしい、と招待状をもらった。オフホワイトの、端がホタテ貝の貝殻を連ねたみたいな恰好にカットされた便箋に手書きでしたためられた招待状だった。ペルティエ一家は、ヨーロッパからロサンゼルスにやってきた人たちで、どうやら映画撮影所の関係者らしいと噂されていた。市内でも高級住宅街のロスフェリス・ヒルズに住んでいて、当時の流行の最先端を走り、いちはやく自宅敷地内にプールを造らせた、というお宅だった。

もらった招待状をぎゅっと握りしめていたものだから掌の汗を吸って、帰宅して母に見せたときにはなんとなく湿ってしまっていた。招待に応じても果たしていいものだろうか、と母は案じた。どう考えても、ハクジンの集まるお上品な席だろうし、そんな場面にわたしがお邪魔しようものなら、イトウ家の名前に泥を塗るようなことをしでかしてこないとも限らない。なにしろ、わたしは〝粗相〟が服を着て跳ねまわっているような子だったからだ。エリジアン・パークで行われた、日本語学校のウンドウカイというスポーツ大会のときも、生理用ナプキンがいつの間にかずれてショートパンツにしみをつくっていることにも気づかず、トラックを駆けまわっていた、という前科の持ち主なのだ。

さらに水着をどうするか、という問題もあった。水着を持っていなかったわけではない。ストライプ柄のコットンの水着を持っていることはいたのだが、その水着はオシリのあたりの生地がすっかり伸びてしまっていて、着るとおむつをしているように見えるのだ。日系人の何家族かでホワイト・ポイントあたりまでピクニックに出かけて、日系イッセイとニセイあわせて二千人が暮らすターミナル島の魚の缶詰工場を間近に眺めながら泳ぐ分には、そのでろでろの水着でも通用するだろうけど、ヴィヴィ・ペルティエの自宅のプールパーティーで着られるような代物ではなかった。

「行かせてあげればいいじゃないの」と姉のローズは母に言った。「わたしが新しい水着を買いに連れていくから」

というわけで、わたしは姉に連れられてリトルトーキョーのファースト・ストリートにある衣料品店に繰りだした。水着は置いてある点数が少なく、選択肢はあまりなかったけれど、それでもわたしのたっぷりした立派なお尻がはみださないワンピース型の濃紺の水着が見つかった。

その水着を丁寧にたたんで、誕生日プレゼントと一緒にバッグにしまった。プレゼントには、湯あがりパウダーとパフのセットを選んだ。フランス生まれの女の子に似合いそうだと思ったからだった。ハクジンの女の子のパーティーには、それまで一度も呼ばれたことがなかったので、取り返しのつかない失態を演じてしまわないよう、ほかの人たちのそれこそ一挙手一投足を慎重に観察することにした。招かれた子の母親たちが何人も同席していたけれど、わたしはひとりで来ることにしてよかったと思っていた。つきそいで来ている人たちのなかで自分以外に日本人がひとりもいなければ、母は場違いなところに身を置いている気になっていたたまれない思いをすることになっただろうし、姉が来ていたら死ぬほど退屈していただろうから。

耳を落としたパンでこしらえたタマゴのサンドウィッチを食べおわったとき、ヴィヴィのお母さんにわたしだけ別の部屋に連れていかれた。ヴィヴィのお母さんはその部屋を〝客間（サロン）〟と呼んでいた。またしてもなにか粗相をしでかしてしまったか、とわたしは不安になった。

「あのね、こんなことをお願いするのは申し訳ないんだけど、ヴィヴィと一緒にプールで泳ぐのは別の日にしてもらえないかしら？」

ヴィヴィのお母さんは、わたしが水着を用意してきていないと思って言っているのだろう、とわたしは思った。「水着はバッグに入ってるんです」

「いいえ、そうじゃないの。問題はそこじゃないの」

ミセス・ペルティィエは眼がぎょろっとしていて額が広く、ディズニー映画の『白雪姫』に出てくる森の動物を思わせた。

そのとき、ようやくミセス・ペルティィエの言わんとしていることがわかった。パサディナのブルックサイド・パークで起こったのと同じことだ。母親たちが反対しているのだ、わたしが自分の娘たちと同じプールに入ることを。

わたしはヴィヴィにさよならも言わず、逃げるように玄関からそとに飛びだした。通りに出てからの長い下り坂を、一歩ごとに全身の力をこめて足元のアスファルトを踏みにじりながら歩いた。

家に帰り着き、勝手口からなかに入った。姉と母はキッチンのテーブルで服の型紙を切っているところだった。姉が型紙から顔をあげてこちらを見た。「どうしたの、こんなに早く帰ってきて?」

それ以上我慢できなくなって、わたしは思わずわっと泣きだし、ことの顚末を話した。

「だから行かないほうがいいって言ったのよ」と母は日本語でつぶやいた。母は、日本から移住してきた同じ日系イッセイの友人から侮辱されたと感じると、烈火のごとく食ってかかり、腹を立てていることを隠そうともしないのに、相手がハクジンとなると、それが男の人だろうと女の人だろうと、とたんに勢いがなくなる。彼らの言い分にも一理あるかもしれない、とあっさりあきらめてしまうのだ。

でも、姉は黙っていなかった。「冗談じゃないわ、こっちは午後まるまる使って買い物したんだからね」と低い声で言うなり、これからミセス・ペルティエのところに行くのでわたしも同行するよう求めた。もちろん、断ろうとした。けれども、いつものことながら姉には逆らえず、わたしは気がつくと引きずられるようにして姉の車に乗せられていた。いったんローズが言いだしたことは、たいていそのとおりになる。ぜったいに折れないので、結局は家族の誰もが従わざるをえなくなるのだ。

ペルティエ家に着くと、姉は玄関の呼び鈴を何度も立てつづけに鳴らした。玄関のまえに立つ姉の姿は、思わず見惚れてしまうほどかっこよかった。ワンピースのウェストの部分がきゅっと締まっていて、肌は輝くばかりにつややかだった。玄関口に出てきたミセス・ペルティエに、挨拶する間も与えなかった。「妹をおたくのプールパーティーに招待しておいて、プールに入るなとおっしゃったそうですね？」

ミセス・ペルティエは顔を真っ赤にして、自分はかまわないのだが、招待したお客さまのなかに不快に思う人がいるので、と言い訳にもならない言い訳をした。「別の日に来ていただく分には歓迎します。ええ、アキちゃんなら大歓迎だわ」

けれども、その程度で引きさがる姉ではなかった。「だとしても、許されることじゃありません。妹にきちんと謝罪してください」

「そうよね、ごめんなさい、ほんとうに。心からお詫びするわ。アメリカに来て日が浅いので、まだいろいろよくわかってないの」

わたしたちは、よくわかってますけど、とわたしは声に出さずにつぶやいた。

そこで人種差別の問題やら平等の概念やらを持ち出すこともできただろうけれど、姉はそうしたことはひと言も持ち出さなかった。家に帰る車中、姉もわたしも黙り込んでいた。その日わたしは早めに床に就いた。陽が暮れてから、姉がわたしのベッドにもぐり込んできて、黙ってわたしの身体に両腕をまわした。姉の息は、夕食に母が出した秘蔵の漬物、タクアンの甘酸っぱいにおいがした。「あの人たちをつけあがらせちゃだめだよ。自分たちのほうがあんたより上等な人間だなんて思わせちゃだめ」姉はわたしの耳元でそんなことを囁(ささや)いた。

次の月曜日、ヴィヴィは決まり悪そうにしながら、わたしのたたんだ水着の入ったバッグに、このまえ渡されたのと同じような、オフホワイトのカードを入れて返してきた。カードにはプレゼントのお礼が書いてあるのだろうと思われた。わたしはろくに眼もあわせずに受け取ると、カードを開きもしないで、バッグごと廊下のごみ箱に放り込んだ。

学校で友だちができなかったわけではないけれど、親しくなるのは決まってわたしと同じようにあまり友だちがいなさそうな女の子だった。わたしたちの唯一の共通点は、昼休みと休み時間をひとりぼっちで過ごしたくない、という切実な思いだった。ハイスクールに進んで姉と同じ学校に通えるようになる日が待ち遠しかった。姉の通っていたハイスクールは、五年まえに創立されたばかりで、校舎の建物自体はゴシック様式の、『嵐が丘』に出てくるお屋敷みたいだったけれど、もちろんヒースの生い茂る霧深い原野(ムーア)ではなく陽光がさんさんと降り注ぐ丘のうえにあった。十年生になってわたしもそのハイスクールに通うようになると、姉のあとを、姉の取り巻きに交じってくっついて歩いた。わが家のラスティがわたしのあとをくっついて部屋から部屋へついてまわるみたいに。姉はほかの人たちがいるところでは、わたしにはほとんどかまわなかった。ごくたまに、ちらりとこちらに眼を向けると、その眼をぐるりとまわして「どうしたもんかしらね、あの子、妹なのよ」と言うことはあったけれど。

姉はハイスクールの演劇部で唯一の日系ニセイだった、ある日の夕方、帰宅してわたしたちの部屋に入ってきた姉は、台本らしきものを抱えて、頬を上気させていた。「アキ、わたし、主役を演(や)るの。信じられる？」

そのことを夕食の席で発表するものと思っていたのに、姉はひと言もふれず、母のこしらえたその日のオカズの豚肉と豆腐の炒(いた)め物を、いつもよりも急いでかき込んで席を立った。「どうして父さんや母さんになにも言わなかったの？」ベッドに入ってから、わたしは姉に訊(き)いてみた。

「縁起をかついだの。っていうか、母さんに大騒ぎされたくなくて」

姉の言うことも、もっともだった。なにしろ母は、誰かと電話で話をしていると、あるいはリトルトーキョーや市場でたまたま誰かと行き会ったりすると、なにかにかこつけて、うちの娘が――正確には、姉娘のローズが――今度はこんなことをした、あんなことをやったとエバる人だったからだ。その点、わたしは呑気(のんき)なものだった。なにしろ母の自慢の種にはなりっこないので。関心を持たれないのをいいことに、万事において平均点のごくごく普通の子でいる自由を満喫していた、ともいえる。

それから毎晩、わたしは台詞(せりふ)の稽古をする姉につきあった。演目はバベット・ヒューズ

（一九〇五～一九八二　アメリカの脚本家、ミステリー作家）の『ひとつの卵（ワン・エッグ）』という一幕もののコメディだと知って、わたしは意外な気がした。姉は人を笑わせるようなタイプではなかったからだ。舞台はカフェで登場人物は男の客とメアリという女の客とウェイトレスの三人。

わたしは男性客とウェイトレスの台詞を読むわけだけど、台詞の読みあわせを何度か繰り返すうちに、どうやら劇中で男女の客は卵のことにかこつけて、じつはもっと別のことで言いあらそっているのだということがわかってきた。ロマンスの要素も入っていて、わたしとしてはなんとなく落ち着かなかった。

「ほんとに大丈夫なの、姉さんがメアリを演（や）っても？」とうとう我慢できなくなってわたしは尋ねた。

「なんでそんなこと訊くの？　なんで大丈夫じゃないかもしれない、なんて思うわけ？」

「なんでって言われても……」自分の不安な思いを、わたしはうまくことばにすることができなかった。わたしたち日系人は誰しも、眼に見えないルールやタブーが身にしみついていた。自分たちの家や学校や教会の空気に混じっているので、呼吸するうちに体内深くに取り込んでしまっているのだ。当時のカリフォルニアでは、日系人が白人と結婚することは認められていなかったので、今回のローズの配役には、そんな現状に反旗を翻そうという演劇部の顧問の先生の意図のようなものが感じられた。わたしはわくわくするのと同時に、姉のことが心配でもあった。ほかの生徒と同等に扱われて当然とする姉の強い態度は、物議をかもしだすことにもなりかねないからだった。

公演まであと一週間ほどになったある日のこと、帰宅した姉が眼を真っ赤にして部屋に入ってきた。見ると、瞼もはれていた。

「どうしたの？」とわたしは訊かずにいられなかった。よくないことが起こった予感で、胃袋がもんどりを打っていた。

「べつに。どうかしなくちゃいけないの？」姉はぴしゃりと言い返してきた。そしてその日を境に、わたしに台詞の練習の相手を頼んでこなくなった。部屋で台本を見かけることもなくなった。

公演の晩、姉は学校のボランティアクラブの募金集めの打ち合わせでドリス・モトシマの家に集まることになっている、というのを口実に出かけていった。わたしはいてもたってもいられなくて、ラスティをお供に連れて、ハイスクールまで長い散歩に出かけた。講堂にはそとからのぞけるような窓がひとつもなくて、仕方なくロビーにこっそり忍び込んだものの、そこで会場案内係をしている男子生徒に呼び止められ、犬を連れて入場することはできない、と言われた。とりあえず、プログラムをひったくるようにして確保してから、ひとまずそとに出た。楽屋口のところで、ウェイトレスの恰好をした姉と女性客のメアリの恰好をしたサリー・フェアクロスが待機しているのが見えた。講堂の横手の木にラスティをつないで、わたしはあらためてロビーに戻った。

「てちがいがあったんですか？」先ほどの案内係の男子生徒に声をかけた。姉の同級生で、たしか合唱部の人だったはずだ。「姉はメアリ役だったはずです。ウェイトレスじゃなくて」

案内係は肩をすくめた。彼にとってはその程度のこと、大騒ぎするほどのことではないのだ。この人にこれ以上なにを言ったところで埒（らち）はあかないと判断して、わたしは講堂に入り、うしろのほうの席に坐（すわ）った。座席は半分ほどしか埋まっていなかった。来ているのは中年の人たちばかりで、たぶん、出演する生徒の親たちだろうと思われた。わたしが席に着いた時点で、舞台で演じられていたのも一幕劇だった。わたしはそれを観るともなく観た。演技に熱はこもっていたけれど、大仰でわざとらしかった。そのあと、『ひとつの卵（ワン・エッグ）』がはじまった。姉はウェイトレスの恰好で舞台に登場した。そのへんの、油ぼこりまみれの安っぽい軽食堂（ダイナー）で働く従業員が、いかにも着ていそうな、なんの飾りけもない地味なブルーのワンピース姿で。けれども、人に使われている立場を暗示しているのは、そのウェイトレスの制服だけだった。履いているのはぴかぴかの黒いエナメルのハイヒール――姉が持っている靴のなかでもいちばん上等な靴だったし、髪もきれいにカールさせて頭の高い位置でポニーテールに結いあげ、ロイヤルブルーのリボンを大きな蝶結（ちょうむす）びにしていた。そして、真っ赤な口紅をつけていた。姉のお気に入りの〝レッド・マジェスティ〟にちがいなかった。わたしが姉の台詞の稽古につきあっていたときのウェイトレスのキャラクターは、怒りと鬱屈を抱えて、いつもいらいらしている接客要員という設定だった。なのに、舞台のうえで姉が演じているウェイトレスは、蠱惑的だった。男性客に対する「はい、お客さま」「いいえ、お客さま」が、相手をからかい、誘惑しているようにも聞こえて、サリー・フェアクロス演じる女性客の存在をすっかりかすませてしまっていた。

その晩、床に就いたときにも、姉はまだ真っ赤な口紅を落としていなかった。

「どうしてあんなことになったの？」とわたしは訊いた。枕に頭を載せたままではあったけれど、姉の表情を見逃すまいと眼をぱっちりと見開きながら。

「うしろのほうの席に坐ってるの、見えたよ」と姉は言った。「わざわざ観にくることなかったのに」

「でもさ、あのウェイトレスのほうがいい役だったよ」とわたしは言った。どちらかと言えば自分を納得させるために。役が交代させられたのは、どこかから不満の声があがった結果なのだ。姉の口から聞かされるまでもなく、わたしにもそれがわかった。そのときにはもう、日系人に対する世間の風当たりというものを理解していたから。日系人に対する反感を表明することで、ある種の権力と世間の信頼を得たような気になるのだということを。わたしたちは受けた痛みを黙って手放すことを選んだ。眼にみえない風船が、わたしたちの額や肩に当たって、分をわきまえろ、それ以上出しゃばるんじゃない、と警告してくるたびに、くやしさや腹立たしさをその風船にとじこめて空に送り出すことを。

姉はハイスクールを卒業したあと、父の働く青果卸店で事務員として、食料品店から入る注文をタイプで打ちだす仕事に就いた。父は毎日、夜明けまえには家を出て店に向かう。近郊の農場から軽トラックやヴァンやもっと大型の輸送車輛(しゃりょう)で届く野菜や果物を受け取るためだ。姉はそれよりもうちょっとまともな時間帯に、だいたい午前八時ぐらいに家を出て、パシフィック電鉄の路面列車(レッドカー)で職場に通っていた。わたしはハイスクールを卒業したあと、地元のコミュニティ・カレッジでいくつかの講座を受講することになり、ダウンタウンまで通学していた。ときどき姉と一緒になると、姉の隣に坐っているのが誇らしくて、姉の真似(まね)をして足首のところで左右の脚を交差させて両膝をぴたりと閉じたままでいようとするのだけれど、地下鉄のターミナルビルのあるヒル・ストリートの停留場に到着するころには、左右の膝がいつの間にかぱかっと開いてしまっていて、スカートの裾がはるかうえのほうまでまくれあがっていることに気づくはめになった。

青果卸店のオーナーにはロイという息子がいて、ロイ・トナイはアメリカで生まれたアメリカ人なので、店舗は彼の名義で登録されていた。そのロイがローズに夢中だということは周知の事実だった。ロイはもう二十四歳だし、身を固めていてもおかしくはない年齢だから、ということでじきにふたりは結婚するのではないか、と誰もが思っていた。

「今度の週末にリトルトーキョーの西別院で踊りの夕べがあるんですってね」ある晩、夕食がすんだところで母が言った。「ロイのお母さんから聞いたんだけど、ロイはトナイさんちで買ったばかりのあのぴかぴかの車で行くそうよ。あなたのことを乗せていこうと思ってるんじゃない？」

「そうやってロイとわたしをくっつけようとするの、やめてくれない？ もう、うんざり」

姉はそう言うと、夕食で使ったナプキンをテーブルに放りなげた。「母さん、この際だからはっきり言っておく。わたし、あの人とは結婚しません。母さんとしては市場で行きあう知りあいに片っ端から自慢してまわろうと思ってたんだろうけど、おあいにくさま」姉が母にそんなふうに言い返すのを聞いて、最初はわたしも驚いた。ほかの日系ニセイの女の子たちなら、そういう立場に立てるチャンスがあれば大歓びで飛びつくにちがいないからだ。ロイ・トナイは角張った顎をしていて、長めに伸ばした豊かな髪をヘアオイルでオールバックに撫でつけているところは、なかなかハンサムだった。それに店長の息子という立場にありながら、ほかの従業員に交じって野菜の入った木箱を運ぶのもいとわなかった。

でも、姉のローズは父に似て、束縛されるのがなにより嫌いだった。追い詰められそうになると、なにがなんでも脱出の途を見つけた。そのことをわたしは今でも考える。そう、あの日、シカゴでも姉は精いっぱい戦ったにちがいないのだ。こんなふうに長い年月がたった今でも、わたしはときどき眼をぎゅっとつむり、時間を遡ってその場に立ちあおうとする。わたしもあの日のシカゴにいたかったと心から念じることで、姉の孤独もいくらかは癒されるのではないか、そう思いたいのだ。

第二章

一九四一年十二月七日、その日はイトウ家にとって、いつもの日曜日とはちがった。その日なにが起こったかを知るまえから、夜が明けるまえから、いつもどおりではなかった。わたしは具合がよくなかった。ラスティもふさいでいた。ラスティは十二歳で、ゴールデンレトリーヴァーとしては老犬の域に達していた。実際、耳はほとんど聞こえなくなっていたし、片方の前脚も不自由になっていて、歩くときはタイヤがひとつぺしゃんこになった車のように、片方に身体をかしげながら、ひょこたんひょこたん歩いていた。それでも老犬なりの意地を見せ、わたしが壁のフックにかけてある散歩用の引き綱（リード）をつかむと、大きな口を開けてピンクの濡（ぬ）れた舌を垂らし、笑っているとしか思えない顔になった。

その日、父と母と姉のローズは、地元の寺院で行われる結婚披露宴の準備を手伝うため、午前五時に出かけていった。花嫁が母の遠縁にあたる娘さんだったからだ。母方の親戚はほとんどが、うちから何千キロも離れたワシントン州のスポケーンに住んでいる。ロサンゼルスに住んでいるなら、たとえまたいとこの子どもであっても血縁の近い親族ということになるのだ。

わたしはその日に限って高熱を出し、披露宴には出席できなくなった。母は出かけるまえにたっぷりの水で米を柔らかく煮たオカユをこしらえておいてくれた。そのオカユをボウルによそい、つやつやした表面に赤い梅干しを載せて食べていたときのことだった。玄関のドアを強く連打する音がした。わたしは無視した。ラスティも。ラスティの場合、無視したというよりは聞こえなかったのだと思う。

ノックは執拗に続いた。腹が立ったので、箸を置いて、バスローブの腰紐を締めなおした。玄関のドアには、もともと穿いていたのぞき穴の七センチか八センチぐらいしたのところに、父がドリルで穴を穿けてわたしたちの背丈でもらくにそとをのぞけるようにしてくれていた。訪問者を確認するべく、わたしはその穴に眼を近づけた。風に吹き乱されたような黒髪に太い眉毛――ロイ・トナイだった。

着古してよれよれになったバスローブ姿で人に会うのは、ましてや相手が男の人とあってはよけいに気が進まなかったけれど、ロイ・トナイは家族の一員も同然の相手だ。ハンカチで洟をかみ、そのハンカチをバスローブのポケットに突っ込んでから、わたしは玄関のドアを開けた。「いったいなにごと、ロイ？　なんなの？」

高熱のせいで頭痛もしていたので、ロイの口から発せられることばが理解できなかった。

日本がハワイの真珠湾を爆撃した。アメリカ軍の兵士が何人も死亡した。ってことは、まちがいなく戦争になる……。わたしたちの知りあいにも、父の青果卸店で働く人たちのなかにも、ハワイ出身の人がいた。肌が浅黒く、歌うような抑揚でしゃべる人たちで、もとはハワイのサトウキビ農園で働いていたという人が多い。わたしの思い描くハワイは、ココナツの木と白い砂浜の続く楽園だ。日本がそんな場所をそもそも爆撃しようと思ったということ自体が、まずもって信じられなかった。

それから一時間もしないうちに両親と姉が帰宅した。〝突発的な事態〟が発生したため、結婚式は取りやめになったのだ。わたしは気が遠くなった。母はわたしのおでこに手を当ててから、すぐにベッドに戻るよう命じた。わたしは歓んで従ったけれど、気持ちも身体も休まらなかった。父のしたに配属されている従業員たちが、足音も荒々しく訪ねてきては不安や戸惑いを訴えて帰っていった。

翌日、フランクリン・D・ローズヴェルト大統領が日本への宣戦布告を議会に要請し、アメリカ合衆国と日本は正式に戦争状態に突入した。わたしたち日系人社会は激しく揺さぶられ、やがて友人たちが姿を消しはじめた。ロイのお父さんは連行され、日系イッセイの僧侶や日本語教師や柔道の指導者たちとともにツナ・キャニオンの拘置所（正式名称はThe Tuna Canyon Detention Station。日本による真珠湾攻撃の直後、FBIが拘置した南カリフォルニア出身の日系一世を収容した）に収容されたが、その数日後には政府の指示で列車に乗せられ、いずことも知れない場所に送られた。父は日本語学校の理事会にもほかの日系人の団体の役員にもなっていなかったので、連行されることはなかった。当人はのちになってそれを侮辱されたと思うようになる。トナイさんやほかの日系イッセイたちとはちがって、国家の安全を脅かす可能性があるとみなされるほどの影響力もない人物と思われた、ということで。

それ以前から父は、オサケを呑みすぎると、日系人を圧迫するアメリカ社会の在り方への日ごろの不満が嵩じて、攻撃的なことばを口にすることがあった。カリフォルニア州ではだいぶまえから、日系イッセイは土地を購入できなくなっていたけれど、一九二〇年ごろには土地を借りることすら難しくなっていた。そして戦争が始まると、夜間外出禁止令が発令されて日系アメリカ人全員の行動が制限されるようになる。そのせいで父は午前六時まえに出勤することができなくなったわけだ。これは理不尽としか言いようがなかった。ハクジンの同業者たちは、たとえ同じ敵対国のドイツやイタリア出身の人であろうと、いつでも、誰でも、どこへなりとも自由に出かけることができたのだから。午前六時になるまで出勤できないことで、父は中西部や大西洋沿岸各地からの注文を山ほど逃すことになった。

姉のローズは、毎晩、午後八時までに帰宅しなくてはならなくなったことに文句を言っていた。「花市場のパーティーまで中止にさせられたんだからね」姉は憤懣やるかたない口調でわたしに愚痴った。ロサンゼルスのダウンタウンにある生花市場から数ブロックほど離れた、ウォール・ストリート沿いの穴倉みたいな建物で開かれる日系ニセイの集まりが、アメリカ政府にとって脅威になんぞなるわけもないのに、とわたしでさえ思った。

姉は顔が広く、日系ニセイのいくつもの団体に出入りしていた。第二次世界大戦勃発後、日系人が規則を守りながらトロピコの街で暮らしていくための身の処し方を確認する際には、それが大いに役立った。姉を通じて知りあったリチャード・トカシキは、お父さんがロスフェリズで生花店を営んでいて、うちにあったラジオや父がウサギを追い払うのに使っていた猟銃をどこに供出すればいいかを教えてくれた。リチャードはまた、愛国的なニセイの団体、〈全米日系市民協会〉（JACL）を支援する活動に姉のローズを引き込んだ人でもあった。JACLは日中行われるさまざまな催し物やイベントの受付デスクに窓口を設けて、新規加入者を募集していた。姉からはわたしも参加するよう、たびたび誘われていたけれど、そのころにはラスティが散歩に見向きもしなくなり、餌もほとんど食べなくなっていたので、そばを離れる気になれなかった。ラスティにはたぶん、これからわたしたちの身に起こることがわかっていたのではないかと思う。あるいは、家のなかにただよっていた、ことばにはできない緊張感を敏感に感じとっていたのかもしれない。

それでも、ある日とうとう妥協して、姉に引っ張っていかれるまま、ユタ州からきたJACLのリーダーの講演会のあとの新規加入者募集の受付を手伝うことになった。受付のテーブルについているのは、なんだか詐欺を働いているような気がした。わたし自身はJACLに加入する気はさらさらなかったから。加入希望者が提出する誓約書は、けっこう物々しくて、当人の署名に加えて、白黒の顔写真に右手の人差し指の指印まで必要だった。声明文には、われわれはアメリカ合衆国憲法を支持し、あらゆる敵から擁護する、〝ゆえに神のご加護を（ソー・ヘルプ・ミー・ゴッド）〟

と書かれていた。署名が公証人による認証を受けたあと、晴れてJACLの一員となった人たちには、その誓約書というたかが一枚の紙きれが真のアメリカ人の証しであるかのように、ポケットやバッグにしのばせて常時携帯することが推奨されていた。

　その運動に、わたしとしては腑に落ちない部分があった。JACLに加わることができるのは、アメリカで生まれた人だけなのだ。だったら、わたしたちの両親は？　アメリカにやってきて、とんでもない苦労をしながら生活の基盤を築いたのは、父や母の世代の人たちだ。この地に移り住むことを選択し、この地で暮らすために奮闘してきた人たちだ。その人たちに比べたら、姉のローズもわたしも、太平洋を渡る長旅すら経験せずに、奇跡の御業のおかげでこの地に生まれ落ち、魔法によってアメリカ人になったようなものだろう。

　ハイスクールを卒業したあと、わたしが通うことになったロサンゼルス・シティ・カレッジには、わたし以外にも日系ニセイの学生が二百人ほどいた。アップタウン、サウス・セントラル、ボイル・ハイツ、リトルトーキョーの日系人コミュニティから通ってきてる人たちで、同じコミュニティの人たち同士でよく集まっていた。それほど勉強に身を入れていたわけではなかったこともあって、一九四二年の年明けから時間があるときには、姉のローズと同じように青果卸店で働くようになった。青果卸市場は、まるで大地震でよって立つ土台が崩壊してしまったかのように、大きく様変わりしていた。働く男たちの言動は以前よりも荒っぽくなり、誰もが短気になっていた。取引先のなかには、なんの理由も言わずに仕入値段をさげてくるところもあった。あるスーパーマーケット・チェーンの仕入担当者はその理由をはっきりと口にした、あんたらが〝日本人(ジャップ)〟だからだ、と。

父はそれでもあまり心配していないように見えた。「食べるものは、誰だって必要だろ？　人間、食べなくちゃ生きていけないんだから。でもって、うちの野菜が最高だってことは、誰だって知ってる」ロイ・トナイと従業員たちに向かって、父はそう言っていた。だけど、店長のオフィスからみんながぞろぞろと出ていってしまうと、父の顔から笑みは消えた。

そんななか、ラスティの健康状態は眼に見えて悪化していった。それは家族全員が戦争のせいで環境が大きく変化したことにばかり気を取られているからではないか、と思うと不安が募った。ある金曜日の正午下(ひる)がり、裏庭にいるラスティの呼吸があまりにも苦しそうで、わたしは居ても立ってもいられなくなった。で、物置から手押し車を出してきた。載せ方がわからなくて悪戦苦闘し、三度も失敗した末にようやく、ラスティを載せると、わたしは手押し車を押し、路面のでこぼこでラスティの身体が揺れるのもかまわず、グレンデール大通り(ブールヴァード)を進み、路面電車の操車場の脇を通って、見たところなんの変哲もない建物のまえまで運んだ。その建物に、ふだんは馬を診(み)ている獣医師がいたからだ。

獣医師から聞かされたのは、わたしが恐れていたことだった。あなたの犬の心臓は弱ってきていてほとんど機能していない、と言うのだ。ラスティはわたしの顔を見あげた。わかってるから、と言うように。旅立つ覚悟ができていたのだ。

家に戻ったときには、肌寒くなっていた。ラスティを裏庭のヒマラヤスギの木陰に寝かせた。それまでよりももっと苦しそうな息遣いになっていた。「ラスティ、大好きだよ。大好きだからね」厚手のコートを着込み、前立てのボタンをいちばんうえまでとめると、わたしはラスティの隣に横になった。横になっている地面の土のにおいに混じってラスティの口臭がした。そのふたつが混じりあった、あのときのにおいは、今でも忘れられない。

暗闇が忍び寄ってくるなか、窓越しに両親と姉のローズが夕食の後かたづけをしているのが見えた。スタッカートのような母の日本語も聞こえてきた。なにをしゃべっているのかまではわからなかったけれど、わたしの名前を言っているのだけは聞き取れた。起きあがって、ここにいることを知らせるべきだとわかっていながら、ラスティのそばを離れたくなかった。なにをするのも億劫（おっくう）で、いつの間にかうとうとと眠り込んでしまっていた。

はっとして眼が覚めたときには、ラスティの身体はこわばり、冷たくなっていて、もうこの世にはいないのだということがわかった。ラスティの身体をアライグマやらコヨーテやらにかじられたり、鉤爪（かぎづめ）で引き裂かれたりするのは、考えるのもいやだったった。物置小屋にあった古いスコップで裏庭の土が柔らかいところを探した。母が毎年春になるとシソの苗を植えるところがよさそうだった。穴を掘りはじめて少しすると固い粘土層が出てきたけれど、スコップの先で突いてその先まで掘り進んだ。そして、暗がりのなか、ラスティを埋葬した。

家に入ったとき、わたしは全身泥だらけだった。

「ちょっと、どうしたの？」拭いていた皿を取り落としそうになりながら、姉が言った。

「ラスティが死んだの」

誰もなにも言わなかった。夜間外出禁止令の刻限を過ぎているのにそとにいたことを叱られさえしなかった。

わたしがはじめてこの眼で退去命令の通知書を見たのは、その年の三月のことだった。ロスフェリス大通り(ブールヴァード)にある、スコットランドふうを売り物にしている人気レストランのまえの電柱に貼りだされていた。「すべての日本人に告ぐ」と黒々と大書された文言を見て怖くなった。通知書に曰(いわ)く、〝アメリカ国籍を有する者も有していない者も〟四月末日までにパサディナの戦時民事監督局に出頭すること。その際には、下着、シーツ類、洗面用具、ならびに衣類を持参のこと、ただし各自で運搬可能な量におさめること、とされていた。政府はわたしたちをどこに連れていこうとしているのか？

日系社会のなかで指導的立場にあるイッセイの男の人たちは、大部分がすでに街からいなくなっていた。その人たちの奥さんたちは、あとに残され、不安いっぱいで、どうしていいかわからず困惑し、わが家を訪ねてきた。母はパニックの火種を見つけては片っ端から消してまわった。感傷的になったり、取り乱したりしている暇はなかったから。わたしたちは今にも沈みそうな手漕ぎボートで未知の海域を渡っていかなくてはならないのだ。泣いたり、質問したりするため漕ぐ手をとめようものなら、小舟はあっという間に沈没してしまう。

　わたしたちは身のまわりのものをまとめて、段ボール箱と両親が初めてアメリカに渡ってきたときに持ち込んだ柳行李と、それにもちろん、野菜や果物の木箱も使って荷造りをした。まとめた荷物の大半は、サンフェルナンド・ヴァレーで農場を経営しているあるドイツ人が、納屋で保管しておいてくれることになった。銀食器類と父の工具類は、市場で働いているメキシコ人のひとりが預かってくれた。家族写真のアルバムはグレンデールの教会が預かると言ってくれた。言い方を変えるなら、わたしという人間を構成している部分部分が切り離され、あちこちに散らばっていったわけだけれど、わたしはごく短期間に、どんなことに対してもあまり感傷的にならない術を会得しつつあった。

　ロイ・トナイは青果卸店の店主だったこともあり、地元の政治家や実業家経由でいちはやく内部情報を得ていた。ある日わが家にやってきて、お母さんとお姉さんを連れて早めにオーウェンズ・ヴァレーにある集合センターに出向くことにした、ぐずぐずしていると別の州の見ず知らずの場所に移送されることになりかねないから、と言うのだ。移送予定先はマンザナーといって、デス・ヴァレー方面に車で四時間ほどのところにあり、シェラネバダ山脈の峰々に囲まれた場所らしい。「けど、それでも少なくともカリフォルニアには留まれる」荷物を運び出し、がらんとしてしまったわが家の居間の真ん中に突っ立ったまま、ロイはわたしの両親と姉に向かってそう言った。

これまでならロイの言うことには洟もひっかけなかった姉だったが、そのときだけは熱心に耳を傾け、最後に何度もうなずき、「行先がわかってるほうが、まだましってことよね」とロイのことばに同意した。

父は、わたしたちの家財道具のなにをどこに預けたか、鉛筆で手書きした一覧表をこしらえ、その書きつけをフェルト帽の飾りリボンの内側に挟みこんだ。そして、「なに、あっという間に戻ってこられるさ」と言った。その時期、父は感情の浮き沈みが激しく、それはもっぱら飲酒量の多寡次第だったけれど、家族と商売に関しては基本的に楽観主義で見通すというそれまでの路線を踏襲していた。

だけど、わたしはそこまで楽観できなかった。トロピコを離れるまえに最後にもう一度、カエルの合唱が聞きたくてコンクリートで固められた川岸を長いこと歩きつづけた。野の花をつんで、もとは母のシソ畑だったラスティのお墓に手向けた。母同様、わたしもここにはもう戻ってこられないだろうと諦めていた。ひょっとして運よく帰ってこられたとしても、そのときにはわたしたち自身が変わってしまっているにちがいなかった。

一九四二年の三月下旬、わたしたちがマンザナーに到着した時点で、すでに五百以上のバラック小屋が建ち並んでいた。わたしたちは車で隊列を組み、憲兵車輛に追尾されながらマンザナーまでやってきたのだ。父の車から降りたとたん、わたしは胸のなかで希望がぺしゃんこに叩(たた)きつぶされるのを感じた。風がうなりをあげ、髪の毛をなぶり、スカートの裾を脚のあいだに追い込んだ。到着後、その場で父のフォード・モデルAは憲兵に没収された。父の表情が曇った。自分たちがなにを奪われることになるのかを、ようやく悟ったようだった。

収容所は三十六の居住区に分けられていて、それぞれが十四棟のバラック小屋で構成されていた。七棟が二列に並び、一棟の大きさは縦三十メートル、横六メートル、一棟が四部屋に区切られている。わたしたちはそのひと部屋で、ロイのお母さんとお姉さんと夫を亡くした伯母(おば)さんと一緒に暮らすことになった。ロイ自身はわたしたちの棟があるのと同じ二十九居住区内に設けられた、独身者用の棟に住むことになった。わたしたちの部屋の窓から、〈子ども村(チルドレンズ・ヴィレッジ)〉が見えた。戦争が始まる以前からあった三ヵ所の孤児院から連れてこられた子どもたちが暮らしている特別区画で、トロピコからもそれほど離れていないところにあった〈小児園(ショウニエン)〉という孤児院の子どもたちも交じっていた。子どもたちの年齢はまちまちで、ほんのよちよち歩きの赤ちゃんを卒業したばかりの子からほとんど大人に近いような子までいて、専用の炊事場を備え、自立して生活しているとのことだったが、実際にどんな暮らしぶりなのかは傍(はた)からはほとんどわからなかった。〈子ども村(チルドレンズ・ヴィレッジ)〉のまわりには、植木職をしていたり育苗場で働いていたりしたイッセイの人たちが少しずつ庭をこしらえていて、桜の木を植えたりもしていた。今回の移送で負った心の傷や痛みを、植物が癒してくれることを願っていたのかもしれない。

各居住区にはそれぞれ、男女別の共同トイレが設けられていた。初めてそのトイレに足を踏み入れた瞬間、わたしはぎょっとして思わず眼を剝きそうになった。なんと、トイレというのに個室や仕切りがまったくなかったのだ。そんなわけで、イトウ家の女三人はつねに一緒にトイレに行くことにした。三人いれば交代でコートやタオルでまわりを囲い、用を足している姿を人目にさらさずにすむからだ。トロピコに住んでいたときには計ったように規則正しく来ていた生理も、収容所で暮らすようになったとたん、ぴたりと来なくなった。わたしだけでなく、母や姉も。それほどのストレスにさらされていたとも言える。誰も声高に不平不満を訴えたりはしなかったけれど、身体は正直で本音を隠せなくなっていた、ということだ。

収容所の暮らしがはじまった当初、わたしたちイトウ家の四人は一致団結していた。馴染みのない環境を耐え忍ぶため、つねに寄り集まって過ごしていた。それが何週間かたつうちに、その結束が緩みだした。姉のどこか超然とした、自信に満ちた態度や雰囲気は、男女を問わず、よくも悪くも人の眼を惹いた。案の定、いくらもしないうちに、ニセイの若い女性たちからなるグループの〈ジャスト・アス・ガールズ〉、通称JUGSが姉を勧誘し、ほどなく姉は彼女たちと食事を共にし、毎晩のように集まりに出かけていくようになった。わたしはのけ者にされて大いに傷ついた。あまりにも傷ついたので、姉や姉の新しい友人たちに強引に頼み込んでわたしも仲間に入れてもらうのではなく、彼女たちを徹底的に避けた。

収容所の暮らしは、両親にはかなりこたえたようだった。父は青果卸店の店長という肩書を奪われ、気力を喪失し、内にこもるようになった。イッセイの男の人たちの大半が従事していた、木工や大工仕事や造園作業は、みみっちくてけちくさいうえになんの役にも立っていない、と言って見向きもしなかった。なにもしない代わりに酒量だけが増え、見るからに柄の悪い年寄り連中とつきあうようになった。そういう人たちはずいぶん研究熱心で、収容所でも手に入る、たとえばトウモロコシの穂軸のような粗末な材料を寄せ集めて〝極上の〟密造酒をこしらえていたからだ。

母は体面を保つことをあきらめなかった。生え際に白いものが目立つようになってきたので、朝起きてからかなりの時間をかけて一本ずつ慎重に自分で引っこ抜くか、その退屈な作業を姉やわたしにやらせた。それから、その日にやることのリストをこしらえ、ひとつ終えるたびにその項目の頭にチェックマークの〝レ〟を入れていた。ほかのイッセイの女の人たちにも同じことをするよう勧めているのを聞いたこともある。正気を失わないでいるのに役に立つ、と母は力説していた。

わたしは収容所の用度部で仕事の口を見つけた。寒くなってきたら収容者にコートやらジャケットやらを配給したりする部署のことだ。そこでヒサコ・ハマモトというターミナル島からやってきた女の子と知りあった。いくらかぽっちゃりした体形の子だったが、当のヒサコ自身、あまり気にしていないようで、一緒に食事をしたあとにウェストまわりの贅肉（ぜいにく）をつまんで見せて自ら笑いの種にしているぐらいだった。朝の早い時間帯にはヒサコと一緒に、食糧不足を補うために所内に設けられた、いわゆる〝戦時農園（ヴィクトリー・ガーデン）〟まで足を運び、ロイ・トナイや花卉（かき）農家の息子たちに交じって、レタスやホウレンソウの種蒔（たねま）きに向けて土を耕したりもした。ある日、ふたりして畑にしゃがみこんでいたときのことだ。ヒサコがいきなり悲鳴をあげた。犯人は毒サソリだった。わたしは靴の踵（かかと）でそいつをぺしゃんこにしてやった。ヒサコが刺されたのは、腿（もも）のうえのほうで、真っ赤に腫れあがってしまっていた。わたしはヒサコをいちばん近くの食堂まで連れていって、刺された部分をきれいに洗い、氷嚢（ひょうのう）をこしらえた。

「針は残っていないみたいだから、たぶん、じきによくなると思う」ヒサコを安心させたくて、以前、ラスティを連れてロサンゼルス川の川岸を散歩していたときに、ラスティが同じような災難に遭遇したことを話した。そのときに父がラスティの脚の裏からサソリの針をピンセットで抜いて手当てをするところを見せてくれたのだ。

「アキなら優秀な看護婦さんになれそう」ヒサコはめくりあげていたスカートの裾をおろしながら、そんなことばでわたしのことを褒めてくれた。「急なことにも冷静に対処できるんだもの。わたしなんか、頭んなかがこんがらがっちゃって、なんにも考えられないよ」じつをいえば、わたしは大の泣き虫だった。ところが、危険が迫ってきそうな気配を察知したとたん、頭のなかの回路がいつもとは別のところにつながって、自分ではできると思ってもいなかったことが、どういうわけかできてしまうのだ。

そのときヒサコから言われたことが、その後もずっと頭の片隅に残っていたのだと思う。マンザナー収容所内の病院で看護助手の育成コースがはじまることを知って、わたしは受講を申し込んだ。いずれにしても、そのころには、姉とはほとんど顔もあわせなくなっていた。忙しかったのだ、ローズは。収容所内の食堂で夜に開かれる特別な行事、たとえば結婚式とか陸軍に入隊するニセイの兵隊さんたちの壮行会とかのために紙の花をこしらえていて、夜遅くまで帰ってこないこともあった。JACLのリーダーたちは、日系人の若者も最初から徴兵の対象とするよう、政治家に働きかけ、ロビー活動を行っていたが、父がそのころつきあっていた柄の悪い人たちのなかには、そんな活動に批判的なことを言う人もいた――おれたちがアメリカ合衆国に忠誠を誓った市民だってことを証明するため、どうして戦場で血を流さなくちゃならないんだ？　まずはこの檻から出せ、話はそれからだ。

そういうふうに考えたくなるのも無理はない、とわたし自身は思っていたけれど、姉にはなにも言えなかった。姉はほとんどの時間をJACLを支持するニセイたちと過ごしていたから。姉を名指しして、ローズはイヌだ、という噂も聞こえてきた。当局の内通者という意味だ。収容されているイッセイやニセイのうちの誰が日本で教育を受けたかを密告し、ロイ・トナイのお父さんが拘束されているような司法省が管轄する拘置所送りにしている、というのである。それ自体は突拍子もない言いがかりにすぎなかったけれど、収容所内の空気は次第に、政府の体制に妥協的なグループと反発するグループとに二分されていった。

一九四三年の春になると、アメリカ政府は国家に忠誠を誓う忠実なニセイについては、収容所から解放し、アメリカ合衆国の自由な一般市民に同化させる計画に着手した。解放にあたっては、西部にある軍事施設には近づかないことという条件がついた。つまり、以前住んでいた場所に戻ることは許されず、行ったこともない中西部や東部の都市や町に移り住まなくてはならないことになる。そういった地域では、海外に派兵された男たちの代わりとなる、安い労働力を必要としていた。

移住先の候補地のなかでは、シカゴがいちばん条件がよさそうだった。アメリカで二番目に大きな都会で、働き手を必要としている工場やら会社やらもたくさんあった。収容所でも、この大都会のさまざまな魅力を紹介する『ハロー・シカゴ』という白黒映画のシリーズを観せられたりもした。シカゴで暮らすことの利点を謳う、一種の売り込みのようなものだ。スクリーンに映しだされる高層ビルやダウンタウンを流れる大きな川や、ハクジンと黒人の女の人が帽子をかぶりハイヒールを履いて、交通量の多い通りを横断する姿を見て、姉は眼を丸くしていた。わたしは怖くなった。身近にハクジンたちがいて家を出れば何本もの大通りがある、そんな日常生活をほとんど忘れてしまっていたからだった。荒涼としたオーウェンズ・ヴァレーを吹き抜ける突風に、一万人の日系アメリカ人が暮らすバラック小屋の列に、周囲の切り立った山々の眺めに、いつの間にか馴染み、マンザナーがわたしの日常になっていたのだった。

一九四三年六月、戦時転住局（WRA）はシカゴに転住させるニセイの第一陣に加わるよう、姉のローズを勧誘した。戦時転住局（WRA）からの正式な要請に応じて、姉は説明会に出席し、再移住についてのパンフレットを持ち帰ってきた。帰宅すると、姉はそのパンフレットを無造作に自分のベッドに放った。わたしはパンフレットに飛びつき、そこに書かれていることに、つまりアメリカの一市民としてのごくまっとうな生活にいかに同化するべきか、こまごまと記されている規約や注意事項のひとつひとつに、じっくりと眼を通した。

「三名以上の集団にならないこと」再定住に当たっての注意事項には、そう明記されていた。

わたしたちイトウ家は四人家族なんだけど、とわたしは声に出さずにつぶやいた。ってことは、わたしたちはもう、今の時点で定員オーヴァーってこと？「日系人には目立ってほしくないってことかな」

「見えない存在にしたいのよ」ローズはそう言って笑い声をあげた。「そんなこと、逆立ちしたって無理なのに」

やむをえず人の眼にさらされるのであれば、転住者はニセイの手本であるべきであり、こざっぱりとしたスーツやワンピース姿で白い歯を見せてにっこり笑っていなくてはならない。戦時転住局(WRA)の思惑は、わたしにも理解できた。わたしが戦時転住局(WRA)の職員なら、何百人ものローズ・イトウを中西部の大平原やニューイングランドの村々に送り出すにちがいない、と思った。わたしたち日系人も愛国心に富んだアメリカ国民だということを信じきれずにいる世間一般の人たちを納得させられる人がいるとすれば、それは姉のローズをおいてほかにいない。姉の表情が輝くばかりに晴れやかなので、姉がその重大な使命を引き受けたのだとわかった。

一九四三年九月、姉がマンザナー収容所を出発した日のことを、わたしは今でも繰り返し頭のなかで再現している。そうやって何度も何度も記憶をたどりなおすうちに、それまで見落としていた細かい部分をふと思い出すかもしれない。どこかでそんなふうに期待しているのかもしれない。姉が出発する日、わたしは離れ離れになりたくなくて泣いていた。二十歳になったのに盛大に泣きべそをかいていることで、みんなからからかわれた。わたしはもともとそれほど口数が多いほうではなかったが、ときどき心の奥底から泉の水のように感情が湧きあがってきて、蓋をする間もなくそとにあふれだしてしまうことがあった。

「父さんと母さんのこと、頼んだからね」と姉は言うと、薄茶色のスーツケースの持ち手を握った。姉の周囲で砂埃(すなぼこり)が舞いあがった。これがほかの人だったら、ただ埃っぽくて、貧乏くさく見えただけだろうけど、そのときの姉は金粉に包まれた天使みたいだった。紺地に白い水玉模様の、お気に入りのワンピースを着て、ひと筋の乱れもなく髪を整え、帽子をかぶっていた。

姉のことばにわたしはうなずき、まかせてくれて大丈夫だ、と言った。そのときは、それがどれほど難しいことか、気づいてもいなかったから。わたしのほうからは、送別の贈り物を渡した。出所の許可が正式におりたと姉から聞かされてから、手に入る限りの材料で手作りしてきた日記帳だった。表表紙と裏表紙には、収容所に便器を搬入した際の木箱の残骸の一部を利用した。紙やすりと塗料は、収容所内で木工作業を請け負っているイッセイのご老人から分けてもらった。表表紙用と裏表紙用の二枚の板に、それぞれ三つずつ、ドリルで穴を穿けるところも手伝ってもらった。その二枚の板でメモ用紙を挟み、履けなくなった靴から取っておいた古い靴紐で綴じた。それから金串を熱して表表紙に姉の名前の〝ROSE〟と薔薇の花の絵を焼きつけたのだった。

「ありがとう、アキ、すてきじゃないの」と姉は言った。「実際に使うかどうかはわからないけど——アキも知ってるように、なにかをまめに書き留めておくタイプじゃないから」そこでわたしのがっかりした表情に気づいて、慌ててつけくわえた。「ううん、でも、だいじにする。ほんとよ。スーツケースじゃなくてバッグにしまうことにする。そしたら、ほら、列車に乗ってるあいだもずっと肌身離さず持っていられるじゃない？」

姉は、いくつか州を越えた先の甜菜農園に派遣されるニセイの男の人たち何人かと一緒にバスに乗り込んだ。姉はこちらに向かって力いっぱい手を振った。それでもわたしは、すぐには顔をあげなかった。これでほんとにさよならなのだ。そこで姉のほうを見たりしたら、わっと泣きだしたきり、いつまでも涙がとまらなくなりそうで怖かった。バスが動きだして、わたしがようやく顔をあげたとき、姉はもう、まっすぐまえを向いていた。これから進んでいく先を見つめて。

「もうすぐおれもシカゴに行くことになりそうだよ」わたしたちのバラックに郵便物を届けにきたついでに、ロイ・トナイはそう言った。一九四三年のクリスマス間近のことだった。ロイはわたしたちが暮らしている二十九居住区の区長に選ばれていた。郵便物を各戸に届けてまわるのは、区長の役目のなかでもいちばんの愉(たの)しみだったのではないかと思う。わが家に届く郵便物はほとんどなかったけれど、姉が収容所を離れてからは、ときどき葉書が届くようになった。今回は、〈シカゴの自動階段(ムーヴィング・ステアーズ)〉、つまり完成したばかりの地下鉄のエスカレーターの絵葉書だった。立派なホテルの絵葉書も届いた。シカゴのウェスト・ディヴィジョン一一一番地、クラーク・ストリートの角に建つマーク・トウェイン・ホテルの絵葉書だった。そのホテルは、姉が同じ日系ニセイの女の子ふたりと同居している、アパートメントからも歩いて行かれる距離にあるらしい。姉は名前を聞いたら、たぶん、知らない人はいないんじゃないか、というぐらい有名なお菓子メーカーで働きはじめていた。ピーナツとキャラメルをチョコレートでコーティングした、あのキャンディ・バーで有名なメーカーだ。姉が甘いにおいに包まれながら、書類を整理したり、事務を執ったりしている姿を思い浮かべた。今回届いた葉書には、両親とわたしもいずれはシカゴにやってくるだろうから、そのときに備えて、家族全員で住める部屋を探しはじめている、と書いてあった。

「まさか、うち宛ての郵便物を無断で読んだりしてないよね？」わたしはわざと怒った顔をしてロイをからかった。

「だって葉書だろ？　読みたくなくても読めちゃうよ」とロイは答えた。

「姉さんからの手紙、そっちにも届いてるんでしょ？」

ロイの顔が赤くなった。それは姉のローズと手紙のやりとりをしていないからなのか、あるいはしているからなのか、どちらとも判断できなかった。

ロイはわたしの質問には答えなかった。「なにはともあれ、ここには早いとこおさらばしたいよ」と言って肩にかけていた配達用の大きな鞄の肩紐の位置をなおした。「こんなとこにいつまでもくすぶってたりしたら、男たるもの、早死に街道まっしぐらだからな」

それから一ヵ月もしない一九四四年一月、ロイ・トナイも収容所を出てシカゴに向かった。わたしも両親ともども、姉やロイのあとに続くべく、出所許可申請書を提出する準備を進めていたのだが、ほとんど意味をなさない質問事項のオンパレードに頭を抱えるはめになった。たとえば、あなたは日本国天皇に対する忠誠を拒絶することを誓えますか？——そもそも日本国天皇に、誰が忠誠を誓ったというのか？　質問事項に対して望ましい回答をしなければ、〝不忠誠〟の烙印（らくいん）を押され、新たな地へと無理やり追い立てられる。オレゴンとの州境にある、マンザナー以上に過酷な環境の収容所に移送されるのだ。両親もわたしも、ともかくマンザナーを出て、自由のある場所で暮らしたいと願っていた。

役所や公的機関に英語の書類を提出する場合、これまでは姉のローズが家族全員の分の記入を一手に引き受けていたが、それは今ではわたしの役目になっていた。その責任の重さに押しつぶされそうだった。それぞれの質問事項に対して、ぜったいにまちがいのない答えを記入したはずが、ううん、やっぱりまちがっているかもしれないと迷いはじめたり、意味を取りちがえようのない質問を三回も読みなおしたりした。両親に対して、ああして、こうしてと指示を出すたび、ふたりとも気の抜けたような眼で、まるでわたしが誰なのかもよくわかっていないのではないか、と思いたくなるような眼で、じっと見つめ返してきた。「それから、父さん、夜遅くまで出歩いてちゃだめだからね」とわたしは父に釘（くぎ）を刺した。シカゴが遠のくような真似はなにがなんでもさせられなかった。

両親とともに収容所を出る予定の日が決まり、その予定日のちょうど一週間まえのある晩遅く、父が起き出してきて踵のすり減った靴を履こうとしていることに気づいた。
「ちょっと、どこに行くつもり？」わたしが起きあがったときには、父はもうそとに出てしまっていて引き止めるには間に合わなかった。あきらめて、また枕に頭を戻したものの、眠れなかった。母の寝息が聞こえた。荒く忙しなく騒々しいその息遣いは、こんな狭苦しいバラック住まいでは充分に酸素を吸うこともできない、と訴えているようだった。

明け方近くになって、バラック小屋が揺れたので、父が帰宅したのだとわかった。父は泥酔していた。収容所内の治安維持に当たる警察官のヒッキー・ハヤシに抱きかかえられるようにして、かろうじて立ってはいたものの前後不覚だった。母は跳ね起き、ヒッキー・ハヤシとふたりがかりで父をベッドまで連れていった。父はそのままベッドにごろんと転がった。「こういうものは禁制品ですよ。所持していちゃいけないことぐらいご承知でしょう、イトウサン?」そう言うと、ヒッキー・ハヤシはガラスの小壜を掲げてみせた。父が密造酒を保存しておくのに使っている壜だった。

胃袋がずんっと沈み込んだような気がした。この規則違反のために、来週に迫ったわたしたち家族の出所は取り消しになってしまうのだろうか?　ひざまずいて謝罪し、今回だけは見逃してもらえないかと懇願するしかない、と思ったとき、母が一歩まえに踏み出した。そして、ナイトガウン姿ではあったけれど、そんな恰好には不似合いな格調の高い日本語で、臣下が君主に奏上するときの最上級の敬語で、ヒッキー・ハヤシに謝罪のことばを述べた。そして両親のベッドのしたから、新品の男物の靴を取り出してきた。シカゴに移住するのにあわせて父のために、〈シアーズ・ローバック〉のカタログ販売で注文したものだった。ベッドにだらしなく伸びている父が履いている、あちこち擦り切れて穴が穿きかけている靴の代わりになるはずのものだった。その新品の靴を差し出すことで、母は収容所の警官の沈黙を買おうとしていた。

ヒッキー・ハヤシは首を横に振った。「いやいや、イトウサン、こんなことをしてもらっちゃ困りますよ」

「これは、ほんのお礼の気持ちです。あなたのような方が力を尽くしてくださっているからこそ、おかげさまで、わたしたちもここまで無事に過ごしてこられたのですから」

この押し問答を三回ほど繰り返したのち、ヒッキー・ハヤシのほうが折れ、彼は父の真新しい靴を抱えて帰っていった。一週間後、わたしは両親とともにシカゴに向かっていた。

移動手段は列車だった。あまりにも長いこと、オーウェンズ・ヴァレーの一・五キロ四方の限られた空間で暮らしてきたので、列車に乗ること自体、妙に現実味がなかった。強制収容所で暮らすことは、スノーボールのなかに閉じ込められるようなものだ。なにもかもが筒抜けの環境に何ヵ月も身を置くうちに、以前の当たり前だった世界こそがひょっとすると想像の産物だったのではないか、と思えてくる。でも、そうではないのだ。なぜなら、ほら、こうして両親とともに列車に乗っているのだから。その事実を再確認するうちに、窓のそとを、コロラドの勇壮な山々が、目路の限り続くネブラスカの大平原が、流れるように通りすぎていった。

アイオワ州に入る少し手前のあたりから、なんとなく具合が悪くなりはじめた。そのうち、眼に見えない手で内臓をつかまれ、きりきり絞りあげられているようにおなかが痛くなった。いいえ、痛くなんかない、そんなのはただの気のせい、と全力で自分に言い聞かせた。

「アキチャン、食堂のお友だちがこしらえてくれたお菓子は食べちゃだめって言ったじゃないの」わたしの様子がおかしいことに気づいて、母が言った。

母の言うお菓子とは、長旅の道中に食べられるよう、ヒサコが炊いたお米に収容所生活ではなかなか手に入らない貴重品の砂糖をまぶして焦げるまで焼いた、ヒサコ特製のオコゲ菓子だった。母の眼には、食べられたもんじゃないと映ったようだったけれど、わたしはヒサコの思いやりが嬉しかった。

どうにかこうにか列車のトイレにたどり着くことはできたけれど、そのときには左右の頬を滝のように汗が伝い、脚もわなわな震えていて、かなりみっともないことになっていた。女子トイレの個室に閉じこもっているあいだ、ほとんど気を失っていた。姉の声が聞こえた気がした――父さんと母さんのこと、頼んだからね。ふと甦(よみがえ)った思い出の断片ではなく、新たに与えられた指令のように。心配しなくても、わかってるって、とわたしは胸のうちでつぶやいた。腹が立ったのは、家族から当てにされないことが無意識のうちに自分でも当たり前になっていたからだった。

冷たい水でじゃぶじゃぶ顔を洗って、化粧が落ちるのもかまわず無造作にハンカチで顔を拭いた。ほぼすっぴんの状態で、わたしは座席に戻った。父は帽子のつばを引きおろして、いつの間にか眠り込んでいた。帽子の飾りリボンから紙片の端がのぞいていた。今ではすっかり黄ばんでいた。ロサンゼルスに置いてきた、イトウ家のなけなしの全家財の保管場所の一覧表だった。

「ローズは駅まで迎えに来てくれるかしらね」と母が言った。姉から最後に葉書が届いたのは何週間かまえで、以来なんの音沙汰もなかった。シカゴに到着する日が決まった時点で、わたしは姉に電報で知らせたけれど、それにも返信はなかった。それでも、両親もわたしも、あまり心配はしなかった。強制収容所にいるわたしたちに、まさか電話をかけてくるわけにもいかないだろうし。大都会に出て、若い男と知りあい、その人のことで頭がいっぱいになっているのではないか、と母はそちらのほうを心配していた。わたしたちの乗った列車にも、ニセイの兵隊さんが何人か乗りあわせていた。ぱりっとアイロンのかかった制服姿は颯爽（さっそう）としていて凜々（りり）しく、姉もそんな誰かに心を奪われたのかもしれない、とわたしも想像を逞（たくま）しくした。

目的地に近づくにつれて、父は眼に見えて気力を取り戻しだした。少なくとも、わたしにはそんなふうに見えた。汽車が大きく揺れるたびに、父は背筋をぴんと伸ばして坐りなおした。窓のそとをぼんやりと眺めていても、客車に人の出入りがあるたびに、そちらに眼を向けるようになった。わたしは姉に会えさえすれば、姉がぱっと笑顔になるところを見ることさえできれば、それだけでもう充分満足だった。

列車はついにシカゴのユニオン駅に到着した。父は自分のスーツケースだけ持つと、誰よりも先に客車から降りていった。ユニオン駅は駅舎の壁が白い大理石で重厚感があって、ともかく広くて、ともかく立派だった。大時計のしたに戦時国債の購買を呼びかける巨大なポスターが掲示されていて、あちこちに差し渡したポールから、連合国の——アメリカとイギリスとフランスとオーストラリアの国旗がさがっていた。中央に慰問協会(USO)がデスクを構えていて、休暇で当地を訪れた兵士に必要に応じて最適な宿泊施設や娯楽施設を紹介すると謳っていた。

そして、ともかく人だらけだった。大勢の人のなかでまごつき、途方にくれていたとき、こちらに向かってくる日系人の集団に気づいた。ひとりは収容所のニセイのリーダー格だったエド・タムラだった。マンザナー収容所からニセイが解放されることになったとき、いちはやく手を挙げて誰よりも早く新天地に向かったのだ。丸顔でつるんとした肌をしていて、男の人だけど毎日髭(ひげ)を剃(そ)る必要もなさそうに思われた。その次にロイ・トナイに気づいた。いつものようにオールバックにした髪が、五月の蒸し暑さでちょっぴりうなだれていた。

こんなふうに総出で出迎えてくれることに、まず戸惑った。わたしたちは、ただのイトウさんだ。ロサンゼルスで青果卸店の店長だった男とその妻と次女であって、著名人でも有力者でもないのに……出迎えにきた人たちのなかに、わたしは姉の姿を探した。この蒸し暑さのなかでも一ミリのにじみもなく紅を引いたあの唇が、にっこりとほころぶところを見るために。姉の輝くばかりの笑顔は見あたらなかった。

「思いもかけなかったことが起こりました」構内の喧騒(けんそう)で、ミスター・タムラの声はほとんど聞き取れなかった。

ロイはわたしたちと眼を合わせようとしなかった。「昨夜、地下鉄の駅で事故があった」その瞬間、わたしにはわかった。ロイに「亡くなったんだ」と告げられるまえに。列車で具合が悪くなったのは、それを身体の芯で感じたからにちがいなかった。姉がこの世界から旅立っていったことを。姉にしかできない性急で、劇的な方法で、この世にわかれを告げたことを。

第三章

マンザナーからバスと列車を乗り継いできた長旅で、両親もわたしも疲れ切っていたものの、その晩は誰ひとり一睡もできなかった。スーツケースはミスター・タムラとロイが運んできてくれて、ダイニングルームに寝室一間のアパートメントの暖炉のまえに置いてあったが、荷ほどきする気になれなくて、そのまま置きっぱなしにしていた。寝室の窓を開けて夜の涼しい風を入れたほうがいいこともわかっているのに、その気力さえ尽きていた。ふたつ並んだベッドに、着替えもしないでそのまま横になった。収容所にいたときと同じように、片方のベッドに父と母が、もう片方のベッドにわたしが。わたしのほうは、ひとりでひとつのベッドを使えたけれど、真ん中から左にははみ出さないようにした。そっちは姉が使うはずの側だったから。姉はもう永遠に帰ってこない、という実感が持てなかった。

翌日、姉の遺体と対面するため、検視局の死体保管所に出向くことにした。身元確認はロイがしてくれていたので、わたしなり両親なりがわざわざ出向く必要はなかったわけだけれど、どうしても姉に会っておきたかった。姉が死んだことを自分自身に納得させたかったたからではなく、せめて姉の身体がこの地上にあるあいだは、姉をひとりぼっちにしたくなかったからだった。わたしが検視局に出向くと決めたことで、父も同行することになった。

目撃者はいなかった。地下鉄のクラーク・アンド・ディヴィジョン駅で人がひとり列車に轢かれたことは確かだったが、事故の瞬間は誰も目撃していないのだ。地下鉄が緊急停止した十五分後、警察が現場に到着した。事故現場の線路のあいだに姉のものと思われるハンドバッグが落ちていた。警察はそのハンドバッグを回収した。中身はそっくりそのまま無事だったけれど、バッグの持ち手は列車の車輪に轢きちぎられていたらしい。

父もわたしも、夢遊病者のようにふらふらとタクシーに乗り込んだ。市の地理には不案内で、どこをどう通ったのか、まるでわからないながらもどうにか検視局に到着し、父とふたり、廊下を進んで死体保管所に足を踏み入れた。酸っぱいにおいがした。そこに化学薬品を思わせるにおいが混じって、ものすごくいやなにおいになっていた。姉の遺体には白布がかけてあった。たぶん身に着けていたものをすべて取ってしまった状態だから、そして損傷が激しいからだと思われた。対面のときも白布は頭から顎のところまでしかめくられなかった。そのとき、肩先がのぞいていた。片方の腕が、肩口のところからなくなっていた。姉の遺体がどれほどひどい状態なのか、父も気づいたようで、その場にぺたんと坐り込んでしまった。支えるなり、手を貸して立ちあがらせるなりするべきだったが、わたしはなにもしなかった。ふたりとも衝撃のあまり、文字どおり茫然自失だったのだ。

身体が硬直しているのが自分でもわかった。姉はほんとにこんな顔をしていただろうか、と何度も胸に問うた。姉の美しさがひとつ残らず消えていた——頬のいきいきとした赤みも、唇のふっくらとしたはりとつやも、眼の奥をよぎるはずのいたずらっ子のようなきらめきも、なにもかも。わたしのよく知っていたはずの顔なのに、人間の頭蓋骨に獣皮を張ってあるだけのように見えた。いつもひと筋の乱れもなく整えられていた黒髪まで、つややかさを失っていた。変わっていないのは、右の頬のほくろだけだった。ほくろのおかげで、この身体にローズ・ムッコ・イトウの魂が宿っていたことがわかった。

父がよろよろと立ちあがり、そとの廊下に出ていった。それでも、わたしはその場から動けなかった。

どのぐらいそうして立ち尽くしていたのか、わからない。しばらくしたとき、換気扇のまわる音だけではなく検視官の声が聞こえてきていることに気づいた。わたしに話しかけているのだ、そろそろシーツを戻してもいいだろうか、と。わたしは黙ってうなずいた。検視官はシーツの折り返した部分をもとに戻し、姉の顔をシーツで覆った。

「お話ししておきたいことがあります、ミス・イトウ」と検視官に言われて、検視官の執務室に通された。部屋のまんなかに置かれたデスクにも、床のあちこちにも、マニラフォルダーを積みあげた山が危なっかしくそびえていた。

検視官に勧められるまま、わたしはキャスターのついた木の椅子に腰をおろした。とたんに、椅子はきしみをあげて数センチうしろに滑った。わたしの人生には揺るぎのないものも、まっすぐなものも存在していないのだ。そう、検視局という政府の公的機関の建物の床まで。検視官はデスクにつくと、高々と積みあがったマニラフォルダーの山から一冊を引き抜き、人差し指をひとなめしてからなかの書類をなんページかめくったところで、いきなり核心に触れてきた。「あなたのお姉さんですが、妊娠中絶の処置を受けていました。比較的最近のことです。おそらくは、そうですね、二週間まえといったところでしょうか」検視官はブルーの眼をしていた。トロピコで暮らしていたころ、近所の子が持っていたビー玉にそっくりだった。

「なにかのまちがいです」とわたしは言った。きっぱりとそう言ってしまってから、言われた相手よりも言った当人のほうが驚いた。日ごろのわたしなら、権威ある人に、ましてやその人がハクジンの男の人だったりしたら、面と向かって相手のまちがいを指摘するようなことはしない。けれども、この人は姉が死んだというのに、そんな口にするのもはばかられるような犯罪行為のことを持ち出してきた。どうしてそんなことを言うのか、ともかくわたしには解せなかったのだ。妊娠中絶の処置を受けていた、だなんて。「姉は列車に轢かれたんです」

「中絶処置を受けていたのは、まちがいありません。事実なので検視報告書に記載しないわけにはいかないんです。ですが、死因ではありません。お姉さんの件はまちがいなく自殺です」

姉のことを知りもしないくせに、自殺したのはまちがいないときっぱり断言できる、その神経が信じられなかった。大声を張りあげて怒鳴りつけてやりたかった――姉は自殺なんかしません。それも、わたしたちがシカゴに到着する前日なんかに。

検視官はなにも言わず、わたしのことをじっと見ていた。なにを言おうとしているのか、わかるような気がした。姉は、両親とわたしがシカゴにやってくるから自殺した――そう、たぶん、自らが陥ってしまった状況を恥じて。

「でも、姉はそんなことはしませんから」最大限に声を張りあげ、ぴしゃっと言ってやったつもりが、実際に出てきたのは、かろうじて聞こえる程度の情けないぐらい弱々しい声だった。

「こんなことをお伝えしなくてはならないのは、こちらとしても心苦しい限りなんです」と検視官は言った。ことばとは裏腹に、ちっとも心苦しそうではなかった。少なくともわたしには本心からのことばとは思えなかった。

「姉の所持品を返していただけませんか」とわたしは言った。姉の持ち物は、たとえどんなささいなものであっても、こんな場所に保管されたままにしておきたくなかった。

「バッグの中身は警察が保管しています」

「着ていたものは――」

「検死時に切りました。血液も大量に付着していたし」

「返してください、着ていたものも」

「それも警察が保管しています」

わたしは検視官を見つめた。この人は果たして本当のことを言っているのだろうか？　よくわからなかった。「では、保管先の警察署の住所を教えてください」

姉の所持品を保管している警察署は、ウェストシカゴ・アヴェニュー一一三番地にあるとのことだった。その住所を紙に書いてもらえないか、と頼んだ。検視官は住所を走り書きしたメモ用紙をわたしに差し出すと、椅子から立ちあがって「では」と言った。「警察から許可がおり次第、お姉さんのご遺体は葬儀場に移送します」

父は検視局の建物のまえで待っていた。フェルト帽のつばをぐっと引きおろしているのは、泣き腫らした眼を見られたくないからだと思われた。姉と対面するまえには、もう戻れないということだった。父も、わたしも。

アパートメントに戻るため、オグデン・アヴェニューからタクシーに乗った。降りるときに運転手から求められた料金で、わたしは財布の中身をごっそり減らすことになった。姉のローズがわたしたち家族と一緒に住むために確保してくれたアパートメントは、ラサール・ドライヴ沿いの総世帯数が百を超える大きな建物の、たったひとつだけ空いていた最上階の部屋だった。前日、わたしたちの入居に立ちあったミスター・タムラは、そんな部屋しか確保できなかったことを繰り返し謝った。「収容所から解放される人が増えているもので、こちらの住宅事情も逼迫してましてね。供給が追いついていないんです」それでも、わたしたちがこれから暮らすアパートメントは二部屋、ダイニングルームと寝室一間がある。再移住組は、ほとんどの人がスタジオタイプの一間きりのアパートメントに住んでいると聞いていたし、場合によってはひとつのアパートメントに六人が暮らしているケースもあるという。それに比べたら、わたしたちのアパートメントはずいぶん贅沢な間取りということになる。

　わたしは玄関ドアの鍵穴に鍵を差し込み、何度かがちゃがちゃやって解錠し、ドアを開けた。室内はむっとするほど蒸し暑く、空気がよどんでいた。わたしのスーツケースも両親のスーツケースも前夜、運び込んだときのまま、暖炉のまえに置きっぱなしになっていた。仕事の帰りに顔を出す、と言っていたロイが、ダイニングルームの木のテーブルについていた。見たところウォールナット材のテーブルのようだった。テーブルのうえにビールが二缶、拡げたままの新聞、ミスター・タムラが置いていった三人分の配給手帳と新生活の手引きとなるパンフレット類が何種類か載っていた。そのテーブル以外の家具は、ベッドが二台に椅子が三脚、それしかなかった。キッチンも、流しに調理用コンロと氷の塊を入れて冷やす方式の冷蔵庫を配しただけの、簡易キッチン程度の設備しかない。充分とは言えなかったけれども、収容所の共同キッチンを思えば、はるかにましというものだった。

　ロイへの挨拶は省略した。こんなときに挨拶をすることが無意味に思えて。「母さんは？」

「横になってる。医者にもらった薬を服んだんだ、服むと眠くなるやつを」

わたしたちが以前暮らしていた南カリフォルニアにはイッセイの医師が何人かいた。そのうちひとりでもシカゴに再移住していて、わたしたちの診察に当たってくれればどれほど心強いことだろう。だが、残念ながら、その人たちのほとんどはまだ、アメリカ全土の十ヵ所に設けられた強制収容所のいずれかに抑留されたままだった。それぞれの収容所で医師の助けを必要とする日系アメリカ人は、合計すれば十万人以上もいたから。

「途中でサンドウィッチを買ってきた」とロイは言った。

「父さん、食べよう」わたしは父に声をかけた。父は他人の家に足を踏み入れた人のように、玄関の戸口を入ってすぐのところに突っ立ったままでいた。「ロイがサンドウィッチを買ってきてくれたって。なにかおなかに入れないと」

父はのろのろとダイニングルームのまんなかあたりまで近づいてくると、身体を腰から折り曲げるように前傾して、頭のてっぺんがテーブルをこすりそうになるぐらい深々とお辞儀をして日本語で言った。「ご配慮、痛み入る」

「そんなたいしたことはしてませんよ、オジサン。今回のことは、おれもなんと言っていいか……」とロイは言った。声がかすれているような気がした。

サンドウィッチは紙箱に入って流しの横のカウンターに置いてあった。テーブルに運ぶため振り返ると、父の姿が見当たらず、ビールもひと缶なくなっていた。わたしは思わず顔をしかめた。空きっ腹にアルコールはよくない。ひと言注意しようと寝室に向かいかけたところをロイにとめられた。

「アキ、放っておいてあげな。ひとりになりたいんだよ」そう言って、少しだけ残っていたビールを呑みほした。「最悪だっただろ？　あんなふうに変わり果てた姿の姉さんに会うのは」

そのとき、なぜか猛然と姉をかばいたくなった。姉の変わり果てた姿について、あれこれ言われたくなかった。そもそも変わり果てた姿という表現すら不愉快だった。そんなことを言う資格などありもしないくせに。「いったいなにがあったの？　そのとき、ロイも一緒だったの？」

ロイは首を横に振った。「警察がローズのアパートメントを訪ねて、ローズのルームメイトのひとりがおれの仕事場に電話してきた。それで知ったんだ。警察にも話を聞いてみたけど、おそらく自殺だろうってことだった」

「姉さんは自殺なんかしない。そういう人じゃないことぐらい、よく知ってるでしょ？」

「もちろん事故だった可能性もある」

隣の部屋に両親がいるので、ここで妊娠中絶の話を持ち出すわけにはいかなかった。「ボーイフレンドは？　おつきあいしている相手はいた？」

ロイは眉間に皺を寄せた。「いや、少なくともおれの知ってる限りでは。って、なんなんだよ、いきなり？　ローズからなんか聞いてたのか？」

寝室の奥のドアが開く音がした。次いでタイル張りの浴室に入っていく父の足音が聞こえた。

「そろそろ帰るよ」とロイは言った。

「話しときたいことがあるんだけど、なるべく早く」わたしは声を落として言った。

両親の耳には入れたくない類いの話だということが、ロイにも伝わったようだった。「だったら、近いうちに呑みにでも行くか？」

「悪いけど、ロイ、あなたと一緒にバーなんかに行くつもりはないから」収容所の噂では、ロイはいささか手が早くて、ダンスのときも女の子に身体を密着させすぎる、と言われていた。

「明日は工場で仕事なんだ。製菓工場の近くに軽食堂（ダイナー）があるから、そこでどうだ？」ロイはそう言うと、その店の名前とそこからいちばん近い交差点の名前をあげた。わたしはバッグから手帳を取り出して書き留めた。

そして翌日、そこで落ちあうことになった。

ロイは空になったビールの缶をテーブルに置いたまま、その横の新聞に向かって顎をしゃくった。「ローズの記事が出てる。おじさんとおばさんには見せないほうがいいと思う」そのことばを最後に、ロイは席を立ち、帰っていった。

『シカゴ・デイリー・トリビューン』紙に掲載されていた記事はごく短いもので、紙面上では紙マッチぐらいの大きさしかなかった。〈クラーク・アンド・ディヴィジョン駅で女性が列車にはねられて死亡〉という見出しで、死亡した女性の氏名や身体的特徴についての記述はなく、二日前の午後六時過ぎに発生したもので、目下警察が捜査中である、と結ばれていた。

両親のことを考えると、続報は出ないほうがありがたい。それが正直な気持ちではあったけれど、その一方で姉のローズのことをこんな五センチ四方のちっぽけな囲み記事に埋没させるわけにはいかない、という思いもあった。

思わずその場にしゃがみ込んでしまいそうなぐらい気力も体力も消耗していた。それでも、両親が寝ているすぐ隣のベッドでは一睡もできないに決まっていた。収容所の環境も快適からは程遠いものだったけれど、今のこの悲嘆という暗幕にすっぽりとくるみこまれた状況はさらに息苦しく、呼吸さえ奪われそうだった。なにかしないではいられなかった。

午後七時を過ぎたばかりで、戸外はまだ明るさが残っていた。バッグからペンを取り出し、新聞の角の部分をちぎって、こう書いた。

ちょっと出かけてきます。すぐに戻るから心配しないで。
アキ

姉の記事が載っている紙面をやぶり取り、たたんでバッグに入れ、姉が最後に送ってきたマーク・トウェイン・ホテルの絵葉書を取り出した。裏面の端に差出人住所としてクラーク・ストリート沿いのアパートメントの住所が記されていた。テーブルに置いてあった再移住者向けの『シカゴにようこそ』というパンフレットをぱらぱらめくり、付録についていたシカゴのダウンタウン付近のアメリカ自動車協会（トリプルA）発行の地図を見つけた。玄関のそとに出てドアの鍵がまちがいなくかかっていることを確認してから、わたしはアパートメントをあとにした。

第四章

姉にルームメイトがふたりいたことは、わたしも知っていた。ヒラ・リヴァーの収容所から来たパサディナ出身のルイーズという人と、名前までは憶えていなかったけれど、サンフランシスコ出身の人だ。ロイ・トナイに聞いても要領を得ないなら、姉と同居していた人たちのところに行って話を聞くまでだった。

シカゴのわたしたちが移住してきた界隈は、街路が格子状に走っているので、目的地までの行き方は地図を見れば簡単に確認できた。わたしたちのアパートメントの建物があるラサール・ドライヴは南北に伸びていて、それに平行するように走っている隣の通りがクラーク・ストリート、そのさらに一本向こうの通りがディアボーン・ストリート。そして、それらの通りと垂直に交わりながら、東西方向に伸びているのがディヴィジョン・ストリート。ロサンゼルスでもマンザナーの収容所でも、ひとり歩きには慣れていたので、地図さえあればクラーク・アンド・ディヴィジョン駅まで行くぐらい楽勝だろうとなんとなく思いこんでいたのだけれど……高をくくっていたとしか言いようがない。

アパートメントの建物からラサール・ドライヴに出たとたん、通りを行きかう車の排気ガスのにおいで息が詰まり、眼が痛くなった。タイヤが巻きあげる粉塵が眼のなかまで入り込んでくるのだ。何度か瞬きしてみたけれど効果はなかった。しつこくこびりついた砂埃がちくちくと眼を刺し、よけいに涙が湧いてきて視界がぼやけた。不様なことこのうえなかったし、それで方向感覚を完全に失ってしまうことになった。

頭のなかで思い描いていたのとはちがう道順だと気づかないまま、二ブロックほど歩いた。再移住促進のため、収容所で観せられた映画のなかの、あの眼を瞠るようなシカゴの姿は見あたらなかった。黄昏どきなのに、故郷のトロピコの街やその遠景の茶色い丘陵地帯を包みこんでいた、あの優しく穏やかな輝きもなかった。灰色の大通りはただよそよそしかった。行きかう人たちもみな一様に険しい顔をして、せかせかした忙しない足取りで次の目的地に急いでいる。

アパートメントに引き返そうか、と思ったとき、自分がディヴィジョン・ストリートとの交差点にいて、眼のまえの新しく建ったばかりと思われる、堂々とした立派な建物が、姉の絵葉書で見たマーク・トウェイン・ホテルだということに気づいた。わざわざ絵葉書を送ってきたのは、姉もマーク・トウェイン・ホテルをシカゴに来たら見るべきところだと思っていたからにちがいない。姉もこの場所からあのホテルを眺めたのかもしれなかった。そう思うと、尽きかけていた気力がまた湧きあがってくるようだった。ホテルの向こう側の通りがクラーク・ストリートで、ラサール・ドライヴ以上の活気があった。母が日本語で言うところのニギヤカな通りで、種々雑多な店舗が肩を寄せ合うように軒を連ねている――レストラン、バー、理髪店、なかでも下宿屋の多さが眼を惹いた。ブロックのまんなかあたりの、クリーニング店とバーに挟まれたエレヴェーターのない三階建ての建物が、姉の住んでいたアパートメントだった。建物の玄関まえの階段のところに、ズートスーツ姿のニセイの若い男たちがたむろしていた。襟が大きくて丈の長いジャケットにタックをとったたっぷりとしたズボンをあわせたズートスーツに、腰ベルトからチェーンをぶらさげる、というのが当時の流行り（はやり）のスタイルだった。そういう恰好をしたニセイの若い男たちを〝パチュケ〟といって、ロサンゼルスに住んでいたころも、ダウンタウンやボイル・ハイツの界隈で見かけたことがあった。ボイル・ハイツには、メキシコ人やロシア人やユダヤ人に交じって日系人もたくさん暮らしていたからだ。収容所では、若い男たちがアクセサリーにするために、共同トイレの洗面台から排水口の栓のチェーンを失敬していく、と噂にもなった。

わたしはバッグを胸に抱えこんだ。一瞬、後悔めいた思いが胸をかすめた。この界隈にひとりきりで出向いてきたのは、賢明ではなかったのかもしれない。

「よう、マンザナー、二十九番」階段に腰かけていた男のひとりが、そんなふうに声をかけてきた。とっさに意味がわからなかったけれど、一拍遅れて、二十九番というのがわたしたちが住んでいた居住区の番号だということに気づいた。

声をかけてきた若い男が、どこの誰かはわからなかったけれど、敢えてことばを交わしたいとは思わなかった。収容所では、こういう連中には近づかないほうが身のためだと言われていたからだ。とはいえ、収容所で暮らしていたあいだは、どこにいてもたいていそばにイッセイの年長者が居合わせていたので、そういう連中にも越えられない一線というものが存在していて、一定以上に距離を縮めてくることはなかった。けれども、シカゴには、そんな一線など存在しない。この界隈はこいつらの縄張りなのだろうと思われた。

眼をあわせないよう、わたしはうつむいたまま玄関まえの階段をのぼった。玄関のガラスの扉がなかなか開かず、手間取っているうちに、先ほどの男が近づいてきて掛け金をぐいっと引きあげてくれた。男のつけているコロンのムスクのにおいがきつくて、思わずくしゃみが出そうになった。「掛け金がかかってちゃ、開くもんも開かない、だろ？」と男は言った。わたしはあからさまに顔をそむけ、左肩で扉を押してなかに入った。

カーペット敷きの階段を二階まであがった。足元をゴキブリが走り抜けていった。そう言えばいつだったか、姉から届いた葉書にシカゴはどこもかしこもナンキンムシだらけだ、と書いてあったことを思い出した。にわかに足首を掻きむしりたくなったけれど我慢した。今は虫なんぞに気を取られている場合ではないのだ。

階段をのぼりきった先の、向かって左側の四号室が、姉の住んでいた部屋だった。思わず泣きだしそうになったけれど、ふたつ大きく深呼吸をして、オチツキナサイと日本語で自分に言い聞かせた。姉のためにも、ここはひとつ、気を確かにもって冷静でいなくてはならない。

続けて二度、力を込めてノックした。鍵をまわす音がしてドアが開き、その隙間から痩せたニセイの女の人が顔をのぞかせた。髪は茶色っぽくて襟首のあたりでカールしていた。玄関口の明かりは消えていたけれど、部屋の奥のほうからフロアスタンドの弱々しい明かりが洩れてきていた。女の人はわたしよりもいくつか歳上のようで、身体にぴったりした黄褐色のワンピースを着て、ラズベリーレッドの口紅をつけていた。なにを着ればほっそりした体形を魅力的に見せることができるか、よく心得ているようだった。

「ローズの妹です」とわたしは言った。

とたんに相手の表情が曇った。唇がぐっと引き結ばれ、視線が床を向き、全身がこわばり、一瞬、その場に凍りついたようになった。

「お姉さんのこと、ほんと、なんて言っていいのか……」しばらくして、その人はようやくそう言った。「ええと、まずは入って。どうぞ遠慮なく」

部屋には幅の狭いシングルベッドが三台――二台は部屋の左右の壁際に、もう一台はほとんど戸口をふさいでしまいそうなところに置かれていた。壁のうえのほうに何ヵ所か釘が打ってあって、それぞれからハンガーにかけた服がぶらさがっていた。片方のベッドの横の壁は、壁紙が剝がれて、長いひび割れが剝きだしになっていて、そのまわりに茶色いしみのようなものが拡がっているので、もしかすると水漏れでもしているのかもしれなかった。片隅に小さな冷蔵庫が置いてあってその隣のカウンターにホットプレートが載っていたけれど、流し（シンク）はなかった。

「アキ、でしょ？　写真を見せてもらったことがあるの。話も聞いてる。ローズは口を開けばあなたのことばかりだったから。わたしはルイーズ」

そこでまたドアが開いて、別の女の人が入ってきた。首にタオルを巻いていた。眼が大きくて、眉毛は眉墨で描いたように濃くくっきりとしていたが、たぶんもともとそういう眉なのだろうと思われた。見るからに健康的で、たいていの男よりも働き者の農場の娘といった雰囲気の人だった。

「こんにちは」とその人は言った。わたしのことを遠慮会釈なく眺めまわしながら。

「ローズの妹さんなの」とルイーズが声を落として言った。「アキさんっていうの」

「まあ、ローズの？　はじめまして、チヨです」と言って片手を差し出し、握手を求めてきた。ふんわりした柔らかな手だったけれど、握手は力強かった。

わたしは内心、首をかしげた。チヨと名乗ったその人は、サンフランシスコ出身ではなさそうだったし、チヨという名前にも聞き覚えがなかった。「もうひとり、ルームメイトがいたと思うんですが」

「ああ、トミのことね」とルイーズが言った。「トミなら、何ヵ月かまえに引っ越していっなかったのよ。今はエヴァンストンで住み込みのお手伝いさんをしてる。大都会の生活には馴染めなかったみたいで」

「トミが使ってたスペースを、わたしが受け継いだってわけ。それまでは廊下みたいなとこで寝起きしてたから、それに比べたらまちがいなく千倍は暮らしやすくなったわ」チヨは首からはずしたタオルをハンガーにかけて、壁の釘に吊るした。もう一度こちらに向きなおったとき、それまでよりも頬がうっすら赤くなっていた。「そんなわけで、わたしはお姉さんと知りあってから日が浅いの。あんまり話もしなかったし。だけど、ほんとに傷ましいことだと思ってる。このたびはご愁傷さまです」

こんなやりとりが、これから何度も繰り返されることになるのだろうか、とわたしは思った。周囲の人たちは、わたしや両親をこんなふうに気の毒そうな眼で見るのだろうか？　チヨのことばに、わたしは黙って軽く頭をさげた。

ちょうどルイーズが姉の薄茶色のスーツケースを持ってきてくれたところだった。「ローズは身のまわりのものを全部、これにしまっていたから――」

「歯ブラシとコップは、まだ共同洗面所に置いたままよ」とチヨが言った。「待ってて、今取ってくるから」

頭がくらくらして、なんだか気分が悪かった。ルイーズはそんなわたしの様子に気づいたようだった。

「ほら、坐って」と言って、部屋のまんなかに場所ふさぎ然と置いてあるベッドを身振りで示した。わたしはそこに腰をおろした。わたしの重みでへたりかけたマットレスがぐっと沈み、スプリングが軋んだ。姉が寝ていたのはこのベッドだったのかもしれない……。

　呼吸を整えようとしているあいだ、こちらを食い入るように見ているルイーズの視線を感じた。そんなふうに注目されると、落ち着くどころかよけいに緊張してしまって、正直言ってありがた迷惑だった。

　しばらくしてチヨが赤い歯ブラシと空き瓶を持って戻ってきた。もとはイチゴジャムが入っていた瓶を、歯みがき用のコップとして再利用したらしい。そんなものをどうして持ち帰りたいと思ったのか、自分でもよくわからなかったけれど、わたしはお礼を言って歯ブラシとジャムの空き瓶を受け取った。

「あんまりよ、あんなひどい事故が起こるなんて」とルイーズが言った。

「そんなふうに見られてるんですか？　事故だったたって？」

ルイーズはチヨと眼を見かわした。「ええ、それはそうよ。当然じゃない？　事故以外にありえないもの」

「検視官は、自殺だったと言ってるんです。姉は自殺をしたんだって」

「えっ、まさか」ルイーズは明らかに動揺していた。チヨのほうはそれまでと変わった様子はなかった。

「姉が自殺なんてするはずがないんです」とわたしは言った。そう、姉がわたしを見捨てるはずがなかった。「その日、姉がどんな様子だったか、聞かせてもらえませんか？」

「このところ、あまり体調がよくなくてね」とチヨが言った。

「そうね、ベッドに横になったまま、なかなか起きてこないこともあったし」とルイーズも言った。「流感かなんかにやられたんじゃないかと思ってたのよ」

姉のローズは、でも、馬も恐れ入るぐらい丈夫な人だったはずだ。収容所で予防接種を受けたときも、ほかの人たちは具合が悪くなって一時間置きにトイレに駆け込んでいたけれど、姉だけはけろりとしていたぐらいなのだ。

「病院には？」

「ううん、行かないって言い張って」それでも無理やりにでも連れていくのだった、という後悔の混じった口調でルイーズは言った。「病院によっては、わたしたちみたいな日系人は診てもらえないこともあるから」

「だけど、診てくれるお医者さんだってたくさんいるじゃない？」とチヨが言った。

わたしが知りたいのは、姉がどういう状況に置かれていたかだ。「姉と親しかったのは？」

「ロイでしょうね、もちろん。だからこそ、警察が訪ねてきたときにも彼に連絡したんだし」とルイーズが言った。

「ロイ以外には？　たとえば、おつきあいしていた相手とかいませんでしたか？」

「いなかったと思う。少なくとも、わたしが知ってる限りでは」とルイーズは言った。「特別親しくしていた相手って、ほかに思い浮かばない。わたしたち、たいていグループで行動してたから。踊りに行くときも、どこかに出かけるときも、一緒なの。それに、妹だったらわかるでしょ、ローズのまわりにはいつだって〝取り巻き〟がうろちょろしてたし」

チヨはそういう現場を見たことがない、と言った。「でも、わたしはダンスパーティーとかにはあんまり行かないから」

「トミがエヴァンストンに引っ越すまでは、トミと親しくしてたわ」

「では、トミさんの電話番号を教えてもらえませんか？」

「それはもちろんかまわないけど、ひとつ考えてほしいことがあるの。トミ宛てに何度も電話がかかってきたら、雇い主のレディはいい顔しないんじゃないかしら」

「だったら住所なら教えてもらえますか？」

ルイーズは唇をすぼめ、頬をきゅっとへこませて、考え込む顔になった。眼のまえの相手に、つまりわたしに甘い顔をしていたら、調子に乗ってつけあがり、えらく厄介なことを頼んできた、と言わんばかりに。それでも、わたしが腰をおろしているベッドのまえに膝をつき、ベッドのしたから箱を引き出し、その箱に入っていた緑色のアドレス帳らしきノートをぱらぱらめくって、とある住所を読みあげた。わたしは出がけにたたんでバッグに入れてきた新聞の余白に、その住所を書きとめた。ルイーズが物入れの箱を元どおりベッドのしたに押し込もうとしたとき、箱のなかの本の山が眼に入った。わたしは思わず息を呑んだ。

「ああ、トミが読み終えた本よ。落ち着いたら、引き取りに来てって何度も言ってるんだけど」とルイーズは言った。

積み重ねた本にまぎれて、見覚えのある背表紙がのぞいていた。姉が収容所を離れるときに餞別(はなむけ)に贈った日記帳にまちがいなかった。「それ、姉のものです」

ルイーズは怪訝(けげん)そうな顔をしたけれど、わたしは手を伸ばし、本の山のまんなかあたりに挟まっていた日記帳を引き抜いた。本の山のうえのほうが崩れて、何冊かが硬材の床にどさどさと落ちるのもかまわず。

「これ、わたしが作ったものなんです、姉のために」ざらざらする表紙を撫で、金串を炙(あぶ)って焼きつけた〝ROSE〟の文字を片手で覆いながら、わたしは日記帳をぎゅっと胸に抱き締めた。

「そうだったのね。それじゃ、こうして見つかったのはなによりね」とチヨが言った。わたしは姉のスーツケースを開け、たたんで入れてあった衣類のあいだに日記帳を押し込んだ。それから、衣類に交じってしまってあったスカーフを取り出した。姉がオーウェンズ・ヴァレーの冬場の寒さに備えて、〈シアーズ・ローバック〉のカタログ販売で取り寄せたものだった。そのスカーフでジャムの空き瓶をくるんで歯ブラシと一緒にスーツケースにしまった。

「ほんと、そうよね、こんなきっかけでもなければ、ローズの日記帳がここにあったことにも気づかないままだったかもしれないもの」ルイーズは立ちあがって、指先と服についた埃を払った。「でも、ローズが日記を書いてるとこ、見たことがないわ。絵葉書を書いてたのは覚えてるけど」

スーツケースの蓋を閉めたところで、玄関の扉を小さくノックする音がした。

「あら、またしてもオキャクサンみたいよ」チヨが日本語交じりで嬉しそうに言った。この部屋を訪ねてくる人は、あまりいないのだろう。

訪ねてきたのは、わたしたちと同じぐらいの年頃の若い女の人で、パウダーブルーのスーツケースを引いていた。その人を見た瞬間、わたしは気が遠くなりそうになった。姉に生き写しだったから。背がすらっと高いところも、顔が面長なところも、にっこりと笑うだけで、どんな気難し屋のイッセイも官僚主義に凝り固まったニセイも、あっさり態度を軟化させてしまいそうなところも。ところがしゃべり方が姉よりもずっと女の子っぽくて、瓜二(うりふた)つだと思った第一印象はあっという間に覆った。

「はじめまして。キャスリンといいます。アーカンソーのローワー収容所から来ました。アメリカ・フレンズ奉仕団(AFSC)（一九一七年にフィラデルフィアで設立された、キリスト友会（クエーカー）系の団体。人道援助や社会正義を目的とし、戦争による民間の犠牲者の救済、人権、平和や死刑の廃止などのために活動）にこちらを紹介されたんです。こんな時間に押しかけてきちゃってご迷惑だったかしら？　だけど、この部屋ならまだ空いてるはずだって言われたもんだから」

そのあと、しばらく気まずい沈黙が続いた。最初にチヨが気を取り直して自己紹介をして、それからルイーズを紹介した。わたしを紹介する番になって口ごもったので、わたしが助け舟を出した。「アキといいます」

キャスリンは姉のスーツケースに眼をとめた。「あら、あなたがここを出てく人？」

「いいえ、ちがいます」わたしはベッドから立ちあがった。「そろそろ失礼しないと」

チヨはうなずいた。ゆっくりしていられないことは承知している、とでもいうように。

「そとまで送っていくわ」とルイーズが言った。

「いいえ、ここで結構です」とわたしは言った。姉のいた場所が、こんなにも短時間のうちに別の人に埋められることが無性に哀しかった。こんなふうに代わりの住人が入ってしまったら、明日になったらもう、チヨもルイーズも姉がいなくなってしまったことを実感できなくなるだろう。

「それじゃ、階段のしたまで」

キャスリンは屈託のない明るい声で、別れの挨拶をしてきた。キャスリンはこれから自分が使うことになるベッドの、以前の使用者の身になにがあったか、誰かから聞かされることになるのだろうか？　と思うともなく思った。

ルイーズに続いて部屋を出ようとしたとき、玄関のドアに見るからに頑丈そうな差し金式の錠が取りつけられていることに気づいた。アパートメントの建物自体はかなり古くて壁やドアの金属類はどれも錆びていたり劣化していたりするのに、その錠だけは真新しく、まだぴかぴかしていた。

　階段をいちばんしたまでおりたところで、なにか言わなくてはならないような気がした。

「姉は自殺じゃありません。あなたはルームメイトのなかでは姉とのつきあいがいちばん長いんですよね。だったら、わかると思います、わたしの言うとおりだって」

「お姉さんとはものすごく親しかったわけじゃないの」ワンピースのいちばんうえのボタンを引っ張りながら、ルイーズは言った。「ローズにはローズのつきあいがあったし、わたしにはわたしのつきあいがあったから。ごめんなさいね、こんなことしか言えなくて」

　わたしはそれ以上、なにも言わなかった。バッグを持っている手で姉のスーツケースも持ちあげ、空いているほうの右手で手すりを軽く伝いながら、玄関まえの階段をおりた。この手すりを姉も伝ったのかもしれないと思いながら。

　ルイーズは礼儀正しくて、お洒落（しゃれ）で、見かけはいかにも上品そうだけれど、彼女の話を鵜（う）呑（の）みにすることはできない気がした。トミの連絡先をあんなふうに教え渋る理由もわからなかった。そしてあの朗らかで健全さを絵に描いたようなチョはチョで、ローズの死を自殺とする検視官の見解になんの疑問も持たず、それで納得してしまっている。それまで一緒に暮らしていたルームメイトが死んだというのに、ふたりともどうしてあれほどあっさりと立ち直って、代わりのルームメイトを歓迎したりできるのだろう？　あのふたりにとって、姉の生き死になどなんの意味も持たないということなのか？

トミ。トミに訊けば、姉が抱えていた秘密が、わたしたちには明かしていない事情がなにかわかるかもしれない。

ふと見ると、眼のまえがクラーク・アンド・ディヴィジョン駅の入口だった。一瞬、自分がなにを見ているのかわからなかった。通りから穴倉のような地下鉄の駅に向かう階段の降り口は、骨と皮ばかりの怪物が大きな口を開けているように見えた。その階段をおりてプラットホームに立ってみたかった。姉がその足で立ち、最後の息をしていた場所に。とはいえ、こんなかさばるスーツケースを持って階段をおりたりのぼったりするのは気が進まなかった。明日、また来ればいい、とわたしは自分に言い聞かせた。明日の午後六時ぐらい、新聞記事に書いてあった、姉が死亡したと思われる時刻に。

スーツケースを右手に持ちかえた。一ブロック進むごとに、重さを増していくような気がした。バーのまえを通るたびに、店先にたむろしている男たちが煙草(たばこ)や葉巻をふかしながら声をかけてきた。

「そこのベイビー」

「よっ、トーキョー・ローズ（第二次世界大戦中、日本軍が連合国側向けに行ったプロパガンダ放送の女性アナウンサーに、アメリカ軍将兵がつけた愛称）」

「かわいこちゃん」

「こっちにおいで」

「ちょっとおしゃべりしないか？」

陽はとっぷり暮れていて、わたしは身の危険を感じた。

途中でイヴニングドレス姿に厚化粧の――おまけに身長が一八〇センチ以上もある――人物が通りを全力疾走で駆け抜け、マーク・トウェイン・ホテルのドアからなかに飛び込むところを目撃した。このシカゴという大都会では、なにごとであれ見たままではなく、額面どおりに受け取ってはいけない――わたしはそのことを少しずつ理解しはじめていた。

アパートメントに帰り着いても、なかなか動悸がおさまらなかった。足音をさせないよう、ヒールのある靴を脱ぎ捨て、足首までの白い靴下になって室内を歩きまわった。寝室との境のドア越しに、聞き慣れた父のいびきが聞こえた。少なくとも今この瞬間は、両親も悪夢のような現実を目の当たりにせずにすんでいる、ということだった。

ダイニングルームで姉のスーツケースを開け、なかのものをいったんすべてそとに出した。てきぱき動くことができなかった。アパートメントには、玄関を入ってすぐのところにリネン類を収納する小さな戸棚があるきりで、ほかにものをしまえそうな場所はなかった。そとに出したものをもう一度スーツケースに詰めなおすことになるだろうけれど、それならそれでかまわなかった。

出したものをすべて丁寧に並べた。シルクのストッキングが何足か、入っていた。日用品なのに、なかなか手に入らないものだった。少なくとも収容所にいたときに入手したものではなかった。ほかにワンピースが三着。いちばん洒落たデザインのものは、見覚えがなかった。姉のお気に入りだった水玉模様のワンピースは見当たらなかった。それから戦時公債切手の台帳（アルバム）が一冊——そう言えば、わたしたちがマンザナーに送られるまえ、姉がロサンゼルスで購入していたことを思い出した。台帳（アルバム）には十セントの切手を全部で一八七枚貼れるよう枠が設けてあって、貼ってある赤い切手にはアメリカ独立戦争のときの民兵の図柄が印刷されていた。最後の一ページを残して、切手貼付欄にずらりと十セント切手が、枠からはみだしたり曲がったりしないで几帳面（きちょうめん）に貼ってあった。スカーフで包んでおいたイチゴジャムの空き瓶を、割れないように慎重に取り出して、テーブルに置いた。どんな形であれ、姉がまだわたしたち家族と一緒にいることの証しとして。

　なによりも見たかったのが、日記帳だった。姉は実際に日記帳として使っていたのだろうか？　姉は日記をつけてその日の自分の行動を振り返り、反省するようなタイプではなかった。日記帳を開いたひょうしに、なにかからちぎりとったような紙切れが一枚、落ちてきた。〝20〟という数字が赤インクで印字されていた。なんの数字かわからなかったし、これといって思い当たることもなかった。ただのしおり代わりかもしれなかった。紙切れをもとどおり挟みなおして、ぱらぱらとページを繰ってみた。

　曲線を強調した縦長の文字は、まちがいなく姉の筆跡だった。眼にした瞬間、涙がこみあげてきてとまらなくなった。いろいろな思いが一気に押しよせてきて、今夜は一文字たりとも読めそうになかった。日記帳を閉じたとき、綴じてある背表紙の部分に隙間があることに気づいた。まとめて何ページかを破り取ったのだ。そのページに記されていたものが、姉の抱えていた秘密に、姉が今はもうこの世にいない理由に、つながるのではないか、そんなふうに思わずにはいられなかった。

第五章

今日は新たな冒険がはじまる日、すばらしい旅立ちの日だ。シカゴ。

青果卸店で働いていたころ、父さんに頼まれて何度かシカゴの取引先に電話をかけたことがある。日本人ではなくハクジンが電話をしてきたと思わせるため、高い声を出して気取ったしゃべり方をしたものだ。ハイスクールのとき、ある先生に、声がいいと褒められたこともある。ラジオのアナウンサーになったらいいんじゃないか、と言われたけれど、このわたしがラジオのアナウンサー？　そんなの自分でも想像できない。

この日記帳は、妹のアキがわたしのためにこしらえてくれたものなので、せっかくだから使う努力をしてみようと思う。わたしは日記をつけるようなタイプじゃないことはアキも知ってはいるけれど、そんなふうに決めつけるものではないってことを証明できるかもしれないじゃない？　どのみち、この列車に揺られているあいだは、話し相手もいないことだし。おっと、そろそろランチタイムだ。食堂車をのぞきに行ってみるのもいいかもしれない。考えてみたら、食堂車で食事をしたことなんて、一度もないもの。

翌日、わたしはいつまでもベッドから出られなかった。父と母は早起きをして、二番目に上等なよそゆきに着替えていた——前日、シカゴまでの列車の車中で着ていたのが、一番上等なよそゆきだった。

「どこに行くの？」眠気のこびりついた眼をこすりながら、わたしは父が腕時計をはめ、母がバッグを胸に抱えるのを眺めた。まえの晩、ベッドに入るまえに、わたしなりに時間をかけて丁寧に髪を小分けにして巻き、ヘアピンでとめるピンカールというのをしてから寝たのだけれど、寝ているあいだにヘアピンがはずれていて、起きてみると、頭のまわりに巨大な蜘蛛（くも）が何匹もぶらさがっているようなありさまになっていた。

「再移住事務所に行ってみるの。トウサンもわたしも仕事を見つけないといけないから」と母が日本語交じりに説明した。

わたしはもぞもぞと起き出し、コットンのパジャマ姿のまま、両親のあとを追ってダイニングルームに移動した。母にとって職探しをするのは、生まれて初めての経験にちがいなかった。とはいえ、わが家にはまちがいなくお金が必要だった。アパートメントには文字どおり食べるものも飲むものもなかった。浴室と簡易キッチンの流し（シンク）の蛇口から出る水は、茶色っぽく濁っていたし、冷蔵庫を使うにも、まずは氷を入れなくてはならない。

検視官に言われたことを両親に伝えるべきか否か、ひと晩じゅう考えた。姉が妊娠中絶の処置を受けていたことが、この先新聞に続報記事として出てしまったら？ 両親の受ける衝撃ははかりしれない。妊娠中絶は違法なのだから。ハイスクールに通っていたとき、誰それが妊娠したらしいという噂を耳にすることはあったけれど、そういう子たちはたいてい、まるでそれが決まりのように、遠い親戚の家というどこかとも知れない場所に行かされることになっていた。姉の同級生にもひとり、かかりつけの医師に中絶処置を受けたと思われる子がいたけれど、それは極秘中の極秘情報で、おもてだって口にするのははばかられる雰囲気だった。

収容所にいたとき、〈全米日系市民協会(JACL)〉の会員向け広報紙の『パシフィック・シティズン』に載っていた短い記事を読みあげたことがある。アリゾナの収容所送致の対象にならない地域に居住していたイッセイの医師が、ハクジンの女の人の中絶手術を行ったことで刑務所に送られた、という記事だった。「アララ」という日本語の間投詞が母の感想だった。母にとっては、その医師が懲役刑を受けたことよりも〝中絶手術〟ということばのほうが衝撃だったのだ。そう、中絶処置を受けた者はそのことを徹底的に秘し、なによりも逮捕されないよう用心のうえにも用心を重ねる、それが暗黙の了解事項なのだ。

だとしたら、両親には説明のしようがないではないか。

姉のスーツケースは前夜のうちにとりあえず、玄関を入ってすぐのところのリネン類を収納する小さな戸棚にしまったので、すぐに両親の眼にとまることはないだろう。父も母も精神的にもろく、傷つきやすくなっているから、ローズがもうこの世にいないという事実をあらためて思い知らせるようなものはできるだけ見せたくなかった。

「葬儀の手配がまだだったわね」出かける間際に母が言った。

「わたしがなんとかするから」とわたしは言った。とたんに眉間に皺の寄っていた母の顔が、穏やかな表情になった。「いつにする？　今度の週末とか？」

「早いに越したことはないわ」

「それじゃ、明日にでもってこと？」

母は父の顔をちらりと見やった。意見を求めるためではなく、表情を確認するために。

「われわれのシゴトが決まらなければの話だがな」母のことばを遮って、父が言った。

年配の日系移民の夫婦がそれぞれまともな仕事にありつくのは、とりわけ調理でも清掃作業でもない仕事に就くのは、簡単なことではない。母もわたしも、それはよくわかっていた。

「明日でもかまわない――」

「じゃあ、イッテキマスね」と母は言った。いつも家を出るときに言っていたように。ごくごくふつうに、日常生活の一環として。その聞き慣れた日本語のフレーズは、首筋に当てられた温湿布のように感じられた。父のほうは、ぶっきらぼうに短くうなずいただけだった。他人行儀というかなんというか、道端で顔見知りに行きあったときの挨拶みたいだった。

両親を送り出したあと、茶色く濁った水しか出ない浴室で手早くシャワーを浴びて、コットンのワンピースに着替えた。ボタンをとめているときに、玄関のドアをノックする音がした。

「どちらさまですか?」最後にいちばんうえの、咽喉(のど)のところのボタンをとめながら、わたしは尋ねた。

「ハリエット・サイトウといいます。二階に住んでいる者です」とドアの向こうの相手は言った。明るくはきはきした口調は、どことなく小学校教師を思わせた。

わたしはドアを開けた。ハリエット・サイトウと名乗った人は、わたしと同じく、ニセイの女性としては平均的な背恰好で、焦げ茶色の髪をカールさせてアップに結いあげていた。そんな人のまえに、ピンカールに失敗した不様なヘアスタイルで出てしまったことが恥ずかしくなった。どこの美容院に通っているのか、ぜひとも教えてもらいたかった。

「わたしも戦時転住局(WRA)の再移住事務局所で働いているんです、ミスター・タムラと同じ職場です」ハリエット・サイトウはそう言って断熱真空水筒(サーモス)と茶色い紙袋に入ったものを差し出した。「これ、少しだけど。もしかしたら食べるものが必要じゃないかと思ったもので」

渡されたものをありがたく受け取り、ハリエットをなかに通した。断熱真空水筒(サーモス)にはホットコーヒーが入っていて、紙袋のほうには『パシフィック・シティズン』紙とパンとイチゴジャムが入っていた。ジャムの瓶に見覚えがあった。姉が歯磨き用のコップとして使っていたのは、このジャムの空き瓶だった。

「わあ、ありがとうございます」ごくありきたりの日用品が黄金より貴重な贈り物に感じられた。

「それから、『パシフィック・シティズン』には、お姉さんのローズの記事は出ないのでご心配なく。ミスター・タムラが先方と話をつけたと言っているのを、たまたま小耳に挟んだの。『マンザナー・フリー・プレス』にも報道を控えるよう働きかけるそうよ」

なんと応えればいいのか、よくわからなかった。姉の思い出も家族のプライヴァシーももちろん守りたかった。とりわけ、収容所のゴシップ好きな人たちの眼にはさらしたくはなかった。とは思うものの、姉が死んだ事実を意図的に隠すことは、姉に対する裏切りや冒瀆になりはしないだろうか？

そんなわたしの複雑な心境を察したのだろう、ハリエットは話題を変えるように簡易キッチンの設備に眼を向け、簡易コンロが問題なく作動するかどうかを確かめ、次いで古い冷蔵庫の扉を開けた。そして「氷が要るわね」と言い、ついでにミスター・タムラが配達を頼んでいる氷販売店を紹介してくれた。

そのあと、ハリエットとふたりでダイニングルームのテーブルについて坐った。わたしはこれからの日常生活に必要なあれこれの情報をせっせと吸収した。懸案の髪の手入れについては、美容室を何ヵ所か挙げてもらった。マーク・トウェイン・ホテルの美容室もお薦めとのことだった。「お店をやってるのが、コロラドのアマチの収容所にいた人なの。だから常連になると安くしてくれるわ」

話を聞きながら、わたしは断熱真空水筒（サーモス）の蓋のコップにコーヒーを注ぎ、少しずつ飲んだ。ひと口飲むごとに身体じゅうの細胞がひとつずつ眼を覚ましていくようだった。ひとしきりしゃべったところで、ハリエットは眼を伏せ、床を見つめた。「わたし、今度の戦争で兄を亡くしたの。あなたが今、どんな気持ちでいるか、わかるつもりよ」

わたしは眼を大きく見開いた。「ヨーロッパで？」

ハリエット・サイトウはうなずいた。「イタリアで。一ヵ月まえに」

「そんなご不幸が」

「両親が収容先で追悼式をしたの。わたしはこっちに来ちゃっていたから出席できなくてね。いったん収容所を出てしまうと、なかなか戻してもらえないの。出るよりも戻るほうが難しいかもしれない」

その状況の皮肉さに、わたしは胸に灼熱（しゃくねつ）の痛みを感じた。ハリエットの両親は戦死した息子に別れを告げるときでさえ、鉄条網のなかから出ることは許されなかったのだ。そのことを思うと、耐えられない気持ちになった。

「わたしは兄が大好きなの。それは兄もわかってるはずだから」ハリエットは現在形を使って言った。存命中の人のことを言うように。

わたしをなぐさめようとしてくれているのは、よくわかった。なのに、わたしはおなかの底から怒りが突きあげてくるのを感じた。どうしてわたしたち日系人は故郷から追い出され、縁もゆかりもない遠方の地に放逐されただけでなく、兄や姉まで奪われなくてはならないのか？

わたしは空になったカップを断熱真空水筒に戻し、蓋を締めた。そして「今日はこれから警察署に行ってみるつもりなんです」と言った。

「まあ、なんのために？」

「姉の所持品を返してもらおうと思って」

「そういうことは、ミスター・タムラにお願いすれば代わりにやってくれるわ。わざわざ辛い思いをすることないもの。なにもかも任せてしまっていいのよ」

「いいえ、これはわたしの役目ですから」ハリエットはお兄さんの死から距離を置くことで、心の平安を保つことができたのかもしれない。でも、わたしは彼女とはちがう。

「ご遺体の安置とご葬儀に必要な費用だけれど、必要ならご用立てすることもできる、とミスター・タムラが言っているの」

その申し出を父はきっと断ろうとするだろうけれど、ほかに当てがあるわけでもない。収容所を出るにあたって、戦時転住局からはひとりあたり二十五ドルの給付金が支給されていたし、加えてわたしがマンザナー収容所の用度部で働いて貯めた分も十ドル近くあったけれど、そのほとんどはこのアパートメントを借りるときに使ってしまっている。

「クラナーズ葬儀社に相談するといいわ。ここから数ブロックのところだし」とハリエットは言った。「ミスター・タムラから話は通してあるから。あなたがたはわたしたちにとって最初の——」ハリエットはそこで口ごもり、わたしも敢えて助け舟は出さなかった。ハリエットは椅子から立ちあがり、きまり悪そうに、そろそろ失礼しないと仕事に遅刻してしまうと言った。わたしは両親が一時間ほどまえに再移住事務所に向かったので、事務所で姿を見かけるかもしれない、と伝えた。

「早めの時間に出向かれたのね、よかった」とハリエットは言った。「丸一日、待たされることもあるから」

「事務所でうちの両親を見かけても、わたしが警察署に行くつもりだということは黙っていてもらえますか？」

「もちろんよ。ええ、大丈夫、わかってますから」ハリエットはそう言うと、わたしに向かって小さく笑みを浮かべてみせた。気づかわしげな笑みだった。

地図で見たところ、警察署は六ブロックしか離れていなかった。ラサール・ドライヴは、下宿屋が軒を連ね、そのところどころから教会が、鋭く天を指す尖塔(せんとう)に上部が丸い木の扉という歴史を感じさせる姿をのぞかせる、そんな通りだった。

警察署は、巨大な煉瓦を積みあげた三階建ての長方形の建物に入っていた。それぞれの階に縦長の窓が七つずつ並び、正面玄関は張り出し屋根付きで、道路から階段をあがって入館するようになっていた。ロサンゼルスで暮らしていたころも、警察署に足を踏み入れた経験はほとんどないようなものだったから、緊張しないわけにはいかなかった。なにしろ、シカゴといういまだ馴染みのない超がつくほどの大都会の警察署なのだ。そこに入っていくことを考えただけで震えが出そうだった。何度か深呼吸を繰り返してから、わたしは階段をのぼった。

正面玄関のドアが勢いよく開いて、なかからハクジンの女の人が三人、出てきた。三人とも身体の線を強調するような、ぴったりした服を着て、髪の毛が乱れたままで、口紅がにじんでリップラインからはみだしていた。女の人たちのあとから、黒人の男の人がふたり、ひとりは聖職者の着る立て襟のシャツ姿で聖書を抱えていた。ふたりとも女の人たちとはなんの関係もないようだった。まだ正午まえだというのに、イーストシカゴ・アヴェニュー署は混みあっていた。

受付デスクで、クラーク・アンド・ディヴィジョン駅で死亡した者の妹だと伝えたが、デスクについていた誰ひとりとして表情ひとつ変えなかった。誰かの悲劇的な最期も、ここでは日常業務の一環として処理される、ということだった。

それからたっぷり一時間半ばかり待たされた。眼のまえを、無精髭の伸びた男たちが何人も——ハクジンもいれば黒人もいた——黒っぽい制服と制帽姿の警官に引っ立てられていった。わたしはその様子を眺めるともなく眺めた。ずいぶんしてからようやく、漆黒の髪の警官が近づいてきて、「イートオ」と呼んだ。わたしの苗字（ラストネーム）をそんなふうに発音されたのは初めてのことだった。間近で見ると、皺深い顔をしていた。ぱっと見たときの印象より、実際にはもう少し年配のようだった。

　わたしは腰かけていたベンチから立ちあがった。「わたしがアキ・イトウです」

警官は、トリオンフォ巡査だと名乗った。そして、わたしのことを、濃いベージュのパンプスからブルーのワンピースまでじろじろと、獲物をまえにしたヘビのような眼で眺めまわした。視界の隅に巻き毛がひと房伸びてきているところを見ると、出かけるまえに整えてきたはずの髪の毛が、湿気のせいでとんでもないことになっているにちがいなかった。

　わたしは自分がローズ・イトウの妹で、姉の所持品を引き取りに来たことを伝えた。

「あんたのような若い娘さんに渡せるもんじゃないな」トリオンフォというその巡査は言った。「血だらけだし、汚れてるし、その眼で見たら気持ちのいいもんじゃない。悪いことは言わん、引き取るなら、お父さんか戦時転住局（WRA）の人に来てもらったほうがいい」

「そういうわけにはいかないんです」とわたしは言った。父は目下の状況にかろうじて耐えているだけなのだ。そんな父に遺品の引き取りなど任せられるわけがなかった。エド・タムラは戦時転住局（WRA）という行政機関の一職員でしかない。いい人にはちがいなかったけれど、家族の一員というわけではなかった。「だから、わたしが引き取って帰ります」とわたしは言った。恥ずかしいことに、蚊の鳴くような声で、おまけに小刻みに震えてもいた。トリオンフォ巡査は訳知り顔ににやりと笑った。わたしが諦めてすごすごと尻尾を巻いて帰るだろうと踏んでいるのだ。

冗談じゃなかった。そういうわけにはいかなかった。わたしは姉の代理としてこの場にいるのだ。姉を見捨てるような真似をするつもりはなかった。

気がついたときには、怒鳴っていると言ってもいいぐらいの大声を張りあげていた。「姉の所持品なんです、返してください」

こちらがいきなり感情を爆発させたので慌てたのだろう、トリオンフォ巡査はすかさず警棒に手をかけた。雨あられと打ち据えられる場面が思い浮かんだ。打ちのめしたければ打ちのめせばいい、とわたしは思った。むしろ歓迎したい気分だった。身体の痛みで、胸のうちに抱え込んだ痛みもやわらぐかもしれない。わたしはぎゅっと眼をつむった。が、殴打の嵐は襲ってこなかった。恐る恐る眼を開けると、わたしとトリオンフォ巡査のあいだに割って入るようにして、ハクジンの警察官が立っていた。中年の男の人で、制帽をかぶっていなかったので、短く刈り込んだ蜂蜜色の髪をしていることがわかった。

「なにを騒いでる？」その人がトリオンフォ巡査に尋ねた。

「イトウの妹だそうで。姉貴のバッグやら着てたものやらを返してほしいと言うんですよ。

どれもぼろぼろのずたずたなのに」

「保管庫にあるんだろう？　出してきてやりゃいいじゃないか」

蜂蜜色の髪の警官を、トリオンフォ巡査は黙ってじっと見返した。どうやら上官のようだった。

「トリオンフォ巡査」蜂蜜色の髪の警官はぴしりと言った。

トリオンフォ巡査は首を横に振りながら、階段をおりて地下に向かった。

「ありがとうございます」わたしはスカートの襞（ひだ）を撫でつけながら言った。

「わたしは巡査部長のグレイヴスといいます」トリオンフォ巡査はがっしりとした身体つきで制服のジャケットの胸まわりも腕のあたりも窮屈そうに皺が寄っていたけれど、グレイヴスと名乗った巡査部長はどちらかというと細身で、制服もすっきり身体に馴染んでいた。肌の見えている部分には、手先にも顔面にも、まんべんなく色の薄いそばかすが散っていた。

「アキ・イトウといいます」

グレイヴス巡査部長はおもしろがっているような顔になった。わたしの名前を一種の冗談かなにかのように思ったのかもしれなかった。そして受付カウンターのほうを身振りで示して言った。「所持品の返却請求に際しては、いくつか確認しなくてはならないことがあるもので」

そう言われて差し出された書類に、わたしは自分の氏名、ローズとの間柄、現住所を記入した。住みはじめてまだあまりにも日が浅く、アパートメントの番地まで正確に覚えていなくて、バッグから住所を書きつけたメモを取り出して確認しなくてはならなかった。「二日まえにシカゴに着いたばかりなんです」と事情を説明した。

巡査部長は、耳新しいことではないという態度で応じた。「そうでしたか、シカゴにようこそ。いい市ですよ、シカゴは。なのにこんな形で新生活を始めることになったのは、じつにお気の毒です」

「姉は自殺なんかしません」とわたしは言った。「そういうことをする人ではないんです」

「あなたがたにとってこの何年かは、たいへんなご苦労の連続だったと拝察します」

ハクジンがそんなことを口にするとは、堂々とはばかることなくことばにするとは。ものすごく意外だった。

「そうですね」とわたしは答えた。「おっしゃるとおり、わたしたちにとっては苦難の連続です」そこでいったん口をつぐみ、姉の死については今後も捜査を続ける、と相手が言うのを待ったが、巡査部長はただ黙ったまま、忍耐強さを発揮して口元に笑みを浮かべていた。確約をする気がないということだと受け取り、もう一押しすることにした。「姉の身になにが起こったのか、突き止めてくださいますよね」

グレイヴス巡査部長はうなずいた。「もちろんです。捜査はまだ終わったわけじゃない。連絡先を記入していただいたので、新たにわかったことがあった場合は必ずおたくまで報告に行かせます」

それを真に受けるほど楽観的にはなれなかったけれど、少なくともグレイヴス巡査部長は先ほどのトリオンフォとかいう巡査よりは話のしやすい相手だった。

「このあとはどちらに？」とグレイヴス巡査部長が言った。

「葬儀社に寄るつもりです。たしか、クラナーズというところだったと思います」

「ああ、なるほど。あそこなら心配ない。きちんと対応してくれるはずです」それから、これで失礼すると言い、間もなくトリオンフォ巡査がローズの所持品を持って戻ってくるはずだとつけくわえた。

「ありがとうございました、巡査部長」

別れ際、握手を交わした。グレイヴス巡査部長の手はひんやりとしていて、手を握られているとなんだか安心できる気がした。悲嘆に暮れる女の人の手を握ることに慣れているのかもしれなかった。

数分後、トリオンフォ巡査が戻ってきた。

「ほらよ、持ってきてやったぞ」巡査はそう言うなり、抱えていた茶色い紙袋を投げてよこした。わたしの顔面めがけて投げつけたも同然で、紙袋が額をかすめた。なによりも屈辱的だったのは、その態度に敬意のかけらもなかったことだった。誰かに見られていなかったか、思わずまわりに眼をやったが、みんなそれぞれ自分のことに、わたしなんかのことよりももっとずっと差し迫った問題に、気を取られているようだった。

クラナーズ葬儀社は、ディヴィジョン・ストリートの一ブロック北のノースクラーク・ストリート二五三番地にある、堂々たる構えの施設だった。敷地もかなり広くて、優雅な雰囲気の自前の葬祭場も併設していた。

うちは両親とも日曜日ごとに欠かさず教会に通うほど信仰心に篤いわけではなかったし、よくよく考えてみれば仏教徒のような気もしなくもなかったけれど、姉のローズとわたしはグレンデールにいた時分には、日系人の通う地元のキリスト教会の礼拝にときどき出席していた。収容所から出るにあたって提出させられた書類には、家族全員キリスト教徒だと記入した。そうしておいたほうが、なにかと都合がよかったからだ。

対応した職員は、両頬がにきびのあとだらけだったけれど、面倒見がよくて細かいところにまで気がまわる人だった。姉の遺体の搬出許可がおりるのはいつになるか、検視局に電話をかけて問いあわせてくれたのも、その人だった。葬儀の式次第についてひとつひとつ細かく質問されたときには、グレンデールで教会に通っていたことが役立った。「聖書の朗読は詩編を」とわたしは言った。「主はわたしを緑の牧場に導く、というような一節がありましたよね。それを読んでください」

讃美歌(さんびか)は「われをも救いし(アメイジング・グレイス)」以外になにも思いつかなかった。「讃美歌を歌うのはなし、ということでもかまいませんか？」考えあぐねたすえにそう訊いてみた。「オルガンで讃美歌のメロディを演奏するだけにするとか？」その提案に、葬儀社の人はちょっと驚いたようだったが、それでも異を挟むことなくわたしの希望したことをファイルに書きとめてくれた。

「それから姉がどこで眠りにつくかも決めないと」

「でしたら、火葬に付してご遺灰を骨壺（こつつぼ）にお納めすることもできますよ。それなら身近に置いておいて差しあげることもできますからね。ご希望に沿うのではないかと思いますが」

「家族としては、しかるべきところに埋葬してあげたいと思っているのですが」

そのハクジンの担当者は、それ以上わたしに面と向かっていられなくなったのか、そっと眼を伏せた。それから席を立ち、ほかの従業員となにごとかしばらく話しあい、そのあとどこかに電話をかけた。

そして戻ってきて言った。「こちらで葬儀を執り行うことは可能ですが、ご遺体をそのまま埋葬するのは、なんと言いますか、物議をかもすことになりかねません」つまりどういうことなのか、わたしは相手の言わんとすることがすぐには理解できなかった。「いずれにしましても、火葬に付すことにはなります。それが前提条件です。そのうえでご遺灰を納める場所を決めることも可能になる、ということです」

「それは、わたしたちがシカゴ出身ではないからですか？」と訊いてみた。

担当者のそれでなくても前屈（まえかが）みだった姿勢が、ますます前屈みになった。わたしはヴィヴィ・ペルティエの母親のことを思い出した。日本人は歓迎できないことを暗に伝えてきた人たちのことを。そういうことなのだ、そのボディランゲージが意味しているのは。果たせるかな、担当者は言いにくいことをどうしても言わなくてはならなくなったという口調で、わたしが恐れていたことをずばりと言ってきた。「なにぶん、こういうご時勢ですからね、いずれの墓地も現時点では日本人のご遺体の埋葬を認めていないもので」

言い返す気力もなかった。姉の埋葬を拒否するというなら、こちらとしてもそんなところに姉を託したくはない。

「埋葬については、こちらに相談してみることをお薦めします」葬儀社の担当者はそう言って、シカゴ共済会という名前と電話番号を記したメモをよこした。葬儀については、姉の遺体の搬出が許可された日の翌日に執り行うことになった。

葬儀社との打ち合わせが終わったあと、わたしはロイと会うことになっている軽食堂（ダイナー）に向かった。そのときの気分をなにかにたとえるなら、さしずめ、ぐしょぐしょに濡れて使いものにならなくなったティッシュペーパーといったところだろうか。マンザナー強制収容所という孤絶した環境にいたあいだ、シカゴははるかかなたのひと筋の光のように思えた。ところが実際にその地に到着してみて、その光は自分たちが切望していたものの幻影にすぎなかったことを思い知らされたのだ。

それでも、日ごろなにかにつけ母から言われていることだが、なにごとも最後までやり遂げることにはまちがいなく意味があった。警察署でも葬儀社でも、嫌な目に遭い、嫌な気持ちをたっぷりと味わわされ、失望もさせられたけれど、それでもめげずに姉の葬儀の段取りをつけたのだ。わたしはそのことで達成感のようなものを覚えていた。シカゴという大都会の公共機関や施設でぺしゃんこにされ、いっときノックダウンをくらいはしたものの、その数分後にはこうして立ちあがり、レストランのテーブルにつこうとしている。二年以上できなかったことを、しようとしている。

軽食堂に入ったところで、ドアのすぐそばにいたウェイターから〈ミルクダッツ（キャラメルをチョコレートでコーティングした粒状の菓子）〉の小さな箱を渡された。それをどうするべきなのかわからず、呆けたようにその場に突っ立っていたところ、窓際のいくつか並んだボックス席のひとつからロイが顔をのぞかせ、わたしを呼んだ。

「これ、もらったんだけど」ウェイターに渡された黄色っぽい箱をロイに見せた。

「それってギリシアの習慣なんだそうだ。食事のまえに甘いものをどうぞってことらしい」

わたしはテーブルを挟んでロイの向かい側の席に坐った。ロイはネクタイをしていて、髪にオイルをつけて撫であげ、オールバックにしていたけれど、前髪のあたりがいくらか崩れかけていた。ロイに教えられたとおり、わたしはさっそく〈ミルクダッツ〉の箱を開けてチョコレートをかけた小さな粒々を次から次へと口に放り込んだ。まさしくわたしが必要としていた〝薬〟だった。おかげで、わたしは今回のことが起こるまえの、ロイが知っているアキに戻ることができた。

ふたりともコーヒーを注文した。ご馳走するから、とロイに強く勧められたので、わたしは好物のパンケーキも追加で頼んだ。マンザナーのパンケーキはもそもそしていて、食べるたびに咽喉に詰まりそうになる代物だった。それで、パンケーキはもう絶対に食べないと決めて、その決意をこの二年というもの守り続けてきたのだけれど。

「それはなに？」わたしがビニール張りの座席の自分の隣にそっと置いた紙袋に眼をやって、ロイが言った。

「姉さんの着てたものと所持品。警察から返してもらったの」

「なんだって、アキ？　気でもふれたか？　ローズのものを抱えてシカゴじゅうほっつき歩いて、なんのつもりだ、ええ？」

「警察署からまっすぐここに来たんだって。あっ、葬儀場には寄ったけど」トリオンフォ巡査にどんな扱いを受けたか、今さら思い出したくなかったので、事細かに話をするのはやめておいた。「葬儀だけど、明後日の十一時からってことになった。知らせたほうがいい人に知らせてもらえる？」と言ってはみたものの、参列する人は多くはないだろうと思われた。大多数の人は仕事があるはずだから。それでも、ロイは必ず参列する、と言ってくれた。

「遺体は火葬することになった」とわたしは言った。またしても声が震えているのが自分でもわかった。

「と聞いても驚かないよ。ハクジンの墓地は〝日本人〟お断りだから。ロサンゼルスと事情は同じだ」

「シカゴなら、そんなことはないんじゃないかって、どこかでそんなふうに思ってた気がする」

　ロイは鼻を鳴らすことで返事に代えた。

「火葬したあとのことだけど、シカゴ共済会に連絡して、共済会の霊廟で遺灰を預かってもらえるかどうか訊いてみようと思ってる」

「モントローズ墓地にある共同墓所のことだろう？　うん、あそこならしばらく預かってもらえるはずだよ」

「ここから遠い？」姉を遠いところでひとりぼっちにしたくなかった。

「近くはないよ、北のはずれだから。墓地にするための土地を探してたドイツ人が、草原だかなんだかを買い取ったんだそうだ。でも、まあ、いちおうシカゴ市内ではある」

「エヴァンストンの近く？」

「おいおい、ノースウェスタン大学にでも通おうってか？」

「トミさんが住んでるの」

　ロイは眉間に皺を寄せた。

「トミさんよ、トミ。知ってるでしょ？　姉のルームメイトだった人」

「会ってどうするんだ？」ロイの口調は、びっくりするほど刺々しかった。

「姉のことを訊きたいから」

「トミに訊いたところで、なにがわかるわけでもないと思うよ。ローズとは最近、ほとんど話らしい話もしてなかったみたいだし」

わたしがしようとしていることに、ロイはどうして冷や水を浴びせかけるようなことを言うのか、納得がいかなかった。そんな思いが表情に出ていたのかもしれない、ロイはどこからともなく大きな箱を出してきて、テーブルに載せ、わたしのほうに押してよこした。「やるよ。プレゼントだ。おじさんとおばさんと一緒に食ってくれ」

見ると、眼のまえにキャラメル入りのチョコレートバーがひと箱丸ごと、鎮座していた。箱に印刷された表示によれば、二十四本入りとのこと。

「どっかから盗んできたの？」

ロイは声をあげて笑った。そのうち、わたしも一緒になって笑っていた。ロイのそんな笑い声を聞くのは、戦争がはじまってから初めてだったかもしれない。「おれがどこで働いてるか知らないのか？　製菓工場だぞ」

わたしの注文したパンケーキが運ばれてきたときには、思わず泣きそうになった。こんがりと完璧な色に焼きあげられた、平らな円盤状のパンケーキがうずたかく積みあげられ、ほかほか湯気をあげていて、うえに載っている大きなバターの塊がねっとりと溶けだしていて……そのうえから、わたしはたっぷりとメイプルシロップをかけた。そのぐらいにしておけ、とロイにとめられるまで。「通りをうろついてる宿なしじゃないんだから」

「いいの、誰にどう思われたってへいちゃらよ」とわたしは言い返した。自分のやりたいことを他人からとやかく言われるのには、もううんざりだった。それは母からことあるごとに、女の子なんだからはしたない真似をするものではない、と言われつづけているからでもあった。

パンケーキをむさぼるあいまに、わたしは姉が暮らしていたアパートメントを訪ねてみたこと、そこで日記帳を見つけたことをロイに話した。

「知らなかったよ、ローズが日記をつけてたなんて。そういうタイプには見えなかったし」

ロイはコーヒーのカップに口をつけようとして、ふと手をとめ、思いついたように言った。

「おれのこと、なんか書いてあったか？」

「別に」わたしは嘘をついた。姉の日記についてはもちろん、もっと時間をかけてじっくり眼を通す必要があったが、とりあえずロイの名前が出てきているところが何ヵ所かあることは把握していた。「少なくとも、たいしたことは書いてなかった」

ロイはフォーマイカのテーブルの天板を指先で連打した。ローズの日記に自分のことがどんなふうに書かれていたのか、気になっているのだろうか？　検視官から聞かされた所見のとおりなら、姉を妊娠させた相手がいたわけで、シカゴで姉のいちばん身近にいた異性といえば、ロイ・トナイということになる。

「その日記、そのうち見せてもらいたいな」とロイは言った。

わたしは、メイプルシロップでべたべたになった唇を、必要以上に何度もナプキンで拭った。姉の日記をロイに見せるつもりは、これっぽっちもなかった。「書いてあったのは、どうってことのない身辺雑記みたいなものだよ。シカゴ市内のどこそこに行ったとか、マーク・トウェイン・ホテルの美容室で髪をセットしてもらったとか。そういうことばかり」

「ってことは、自分のことばかりか。さすが、ローズだな」

ロイの当てこすりは無視することにした。「日記を読んだ限りでは、落ち込んでた様子はなかった。わたしにはどうしても信じられない。あの姉が自殺したなんて。そうは思わない？」

ロイは前髪を指でかきあげた。「収容所を出たことで、環境が大きく変わったよな。それはわかるだろ？　やっと自由の身になったはずなのに、結局のところ自由じゃない。見えない檻に閉じ込められてるようなもんで、やっちゃいけないことをやらかすと、壁にぶちあたることになる」

「たとえば？」

「たとえば、工場の同じ製造ラインで働いてるほかの連中より、はるかに熱心に働いてきたんだから、そろそろ昇進させてくれてもいいんじゃないかって頼むとか」ロイは唇をぎゅっと引き結んだ。「おふくろのことがなけりゃ、とっくに入隊してるよ」

わたしはハリエット・サイトウのお兄さんのことを思い出した。「けど、そしたら戦死しちゃうかもしれないいんだよ」

「おれは、くにゃくにゃでふにゃふにゃの軟弱クラゲ野郎なんかじゃない。ああ、まわりからなんて言われてるか、知ってるよ」ロイの家族は、ロイに頼りきりなのだ。とりわけトナイ青果卸店を乗っ取った連中――ロイが呼ぶところのごうつく張りのハゲワシども――との話し合いは、ロイひとりが対応していた。お父さんのミスター・トナイは、いまだにニューメキシコ州サンタフェの外国人収容所に抑留されたままだし、政府が早期出所を許可する見込みもほとんどないも同然で、そんな事情からトナイ家の女たちはマンザナー収容所に居残ることにしたのだ、少なくとももうしばらくのあいだは。

ウェイトレスがやってきて、わたしのまえの空になった皿をさげた。わたしはパンケーキのかけらひとつ、メイプルシロップの垂れたあとひとつ残さず、きれいに平らげていた。

ニセイの女の人の二人連れが店に入ってきて、わたしたちのブース席のところで足をとめた。背の高いほうの女の人が、背の低いほうの女の人の腕を引っ張ったのは、わたしたちに話しかけるのをとめようとしたのだろうが、効果はなかった。「なるほどね、どうりで長続きしなかったわけだわ」と背の低いほうの女の人が言った。喫煙の習慣がある人のような、しゃがれた声だった。つばの広い帽子をかぶっているので、丸顔の輪郭が強調されてよけいに丸々して見えた。

ロイはテーブルに肘をつき、眼元を隠すような位置に手をもっていった。その人たちと眼を合わせたくないのかもしれなかった。「こいつはローズ・イトウの妹だよ。アキっていうんだ」とロイは言った。女の人たちは、たちまち黙り込んだ。

わたしたちは挨拶を交わした。背の低いほうの人がマージという名前だということしか頭に入ってこなかった。「ローズに妹さんがいたなんて知らなかったわ」マージという女の人がしゃがれ声で言った。背の高いほうの人は、猫の眼のように両端が吊りあがったデザインの眼鏡越しに、わたしのことをじろりと一瞥した。

それからふたりして、これで失礼するとぎごちなく言い残して、あたふたと店内の反対側のブース席に逃げ込んだ。

「なにかあったの？」わたしはロイに尋ねた。

ロイは庇のような前髪を引っ張りながら言った。「あのふたりのルームメイトの子とつきあってたんだけど、思ったようにはいかなくてね」

「姉とはどうだったの？」

「どうって、なにが？」

「わかるでしょ？」

「ただの友だちだって。同郷の幼馴染ってやつだよ。それ以上でも以下でもない。考えてみると、シカゴに来てからおれに対して愛想がよくなったかもしれない。まともに相手してくれるようになったって言うか……たぶん、あんたやおじさんやおばさんがそばにいなかったからじゃないかな。ロサンゼルスにいたころからの知りあいは、おれしかいなかったから」

「姉にボーイフレンドはいなかった？　つきあってた人とかは？」

「ローズがどういうやつか、妹なんだからわかるだろ？」ロイは空になったコーヒーカップをのぞき込んでいた。「いつだって取り巻きを引き連れてるけど、誰もほんとうのあいつを知らない。誰ひとりとして近寄らせないから。ほんとうのあいつを知ってるのは、アキ、あんただけかもしれない」

　そこで会話はぷっつりととだえた。ロイのことも、トナイ家の人たちのことも、ずっと以前から知っている。ロイの言うことを信じてもいいのだろうか、とわたしは自問した。姉が誰かと関係を持っていたのはまちがいないとして、その相手がロイ・トナイではないとしたら、では、いったい誰だったのか？　亡くなるまえ、姉の身になにが起こっていたのか、ロイの話を聞いても手がかりの〝て〟の字も得られず、わたしはがっかりするのを通り越して苛立ち（いらだ）さえ感じていた。だから、というよりはじつはパンケーキの代金分の現金を持ちあわせていなかったので、会計はロイに持ってもらった。今度は中華料理店に連れていってチャプスイをご馳走する、とロイは言った。

別れ際、互いに別々の方向に歩きだすまえにわたしは言った。「明後日、忘れないでね。姉のお葬式のこと」

歩きまわったせいで、脚がくたびれていた。で、たったひと駅分だとわかってはいたけれど、地下鉄に乗ることにした。ラッシュアワーになろうかという時間帯で、ちくちくした生地のスーツを着た男の人たちやハイヒールを履いた女の人たちに交じって、わたしももみくちゃになり、押しつぶされそうになった。車内にはむっとするほどの熱気がこもっていた。ふとしたひょうしに証拠品保管用の茶色い紙袋から漏れてくるにおいを嗅いでしまうと、そのたびに吐き気がこみあげてきた。わたしは胃が強くなく、感情の波に揺さぶられるとすぐに調子が悪くなるのだ。気がついたときには、駅名を告げる駅員のアナウンスが聞こえていた――「クラーク・アンド・ディヴィジョン」。とたんに心臓が飛びあがった。涙で視界に靄がかかり、思わず姉の所持品の入った紙袋をぎゅっと胸に抱き締めた。五月十三日の夜、姉が立っていたはずのプラットホームの様子を自分の眼で見て確かめるつもりだったのに、人の波に押されるがまま、根を張ることのない浮草のように、ともづなを解かれた小舟のように、わたしはただ前へ前へと流されていくしかなかった。

第六章

ブラジャーの縫製工場の仕事についた子たちもいる。最初に話を聞いたときは、試作品を無料（ただ）でもらえたりするかもしれないし、悪くないんじゃないの、と思った。だけど、蓋を開けてみたら、なんと、職場は窓がひとつもないところで、作ってるブラジャーも安っぽい生地だし、ホックが背中に食い込んでくるような粗悪品だったことがわかった。

ルームメイトのトミは、市内にある大きな製菓会社の工場で働いていて、そこだったらわたしも働けるかもしれない、と言ってくれた。で、面接に行ってみたんだけど、担当の面接官ってのが、丸顔で口髭をワックスで固めてるの。西部劇に出てくる人みたいに。思わず噴き出しちゃったりしないよう、口元にぎゅっと力を入れてたから、きっと面接のあいだじゅう、傍から見たらずうっとにこにこしてるように見えたんだと思う。そんなわけで、かどうかはわからないけど、ともかく、わたしもその製菓会社の工場で働くことになった。

葬儀に備えて、母とわたしは美容室に髪をセットしてもらいに行くことにした。シカゴに着いて恥ずかしい思いをしなくてすむよう、マンザナーの収容所内にある美容室で髪を整えてもらったのが、つい一週間まえのことだったけれど、今回はローズにさよならを言うために、完璧に身なりを整えた状態に――日本語で言うところのチャントした状態に、なっておく必要があったからだ。

母とふたりで向かったのはマーク・トウェイン・ホテルのなかにある美容室だった。アパートメントから近かったし、ハリエット・サイトウからも勧められていたからだけれど、その店に行くことにしたほんとうの理由は、姉もそこを行きつけにしていたと知ったからだった。

アパートメントでひとり留守番することになった父には、出かけるまえにもう一度、じきに氷が届くことになっている旨、念を押しておいた。戸外に出て歩きはじめたとたん、足元から舗装道路の照り返しの熱があがってきて、母もわたしもすぐに汗まみれになった――なのに、まだ五月だということが信じられなかった。マンザナー収容所のあったオーウェンズ・ヴァレーの夏は、眼もくらむほどまぶしい陽光が容赦なく照りつけ、顔でも腕でも脚でも覆っていないところは残らず、真っ黒に陽灼けしてしまうけれど、少なくともからりと乾燥していた。それを懐かしく思い出すことになろうとは。それぐらい、大都会の市街地は湿度が高く、むしむししていた。

マーク・トウェイン・ホテルは交差点に面して、翼を広げて飛ぶ鳥のような恰好で建っている。わたしたちのアパートメントとはとうてい比較にならないぐらい巨大で、ゆったりしていた。少なくとも五階建てで、ロビーもあって、フロントの受付デスクには従業員がふたり、対応に出ていた。ひとりは日系人のニセイのようだった。がっしりして胸板の厚い男の人で、髪にはゆるやかにウェーヴがかかっていた。そして、眼のまえを通り過ぎるわたしたちをただ黙ったままじっと眼で追いかけてきた。笑みも浮かべず、質問ひとつしないで。わたしたちが収容所から出てきたばかりだということを、なぜか知っているように思えた。

美容室の〈ザ・ビューティー・ボックス〉は、ホテルの一階の奥のほうにあった。店内には、背の高い椅子が二脚、それぞれ抽斗(ひきだし)のついた台に載せた丸い鏡に向きあうように配置してあった。「ふたりとも、予約はしていないんです」いきなり押しかけてきたことを、わたしはニセイの店主に謝った。ちょうどハクジンのお客さんから料金を受け取っているところで、そのお客さんの恰好というのが、全身ピンク尽(ず)くめで寝間着にガウンをはおってきたのではないか、というようなスタイルなのだ。

「大丈夫ですよ、大丈夫。午後はこのあと、予約は入ってませんから」

店主兼美容師のその人はペギーといった。自己紹介をしながら、まずは母の髪の状態をチェックした。「いい髪をしてらっしゃるわ。こしもあるし、はりも充分だし、黒々してて。日ごろからノリをたくさん召しあがってるんじゃないですか？」

母は笑みを浮かべた。母の笑顔を見るのは、ほんとうに久しぶりのことだった。そう、確かに母は日ごろから髪を自慢にしていた。「わたしはユリといいます」と母も名乗った。苗字は敢えて言わなかった。「それから、この子は娘のアキ」

「ユリとアキ、どちらも覚えやすいお名前ですね。シカゴには来られたばかりで？」

母とわたしは揃ってうなずいた。わたしとしては姉のことを訊きたくてじりじりしていたけれど、実行に移した場合の母の反応も予想できた。赤の他人を相手にローズのことを話題にするのを、母は嫌がるに決まっていた。

ペギーは、母やわたしを質問攻めにしたりしなかった。マンザナー収容所にいたことはわたしたちのほうから話題にしたので、それだけ聞けば充分だと思ったのかもしれなかった。まず母のほうを椅子に坐らせ、慣れた手つきで逆毛を立てて額のうえの前髪を膨らませた。途中経過を見た限りでは、なんだかオカメインコみたいだった。そして母はドーム型のヘアドライヤーをかぶせられ、今度はわたしの番だった。

「もう少し短くしますか？　そのほうが似合うんじゃないかしら。湿気の多いシカゴでも手入れがしやすくなると思うし、スタイリングも楽ですよ」

髪をいじるのは、じつは苦手だった。初対面のペギーにどうしてそれを見抜かれたのか、不思議だった。とはいえ、プロの眼から見たら、その程度のことは一目瞭然だったのかもしれない。わたしの髪は、肩のところで無造作にカットしただけだったから。姉もそうしていたから、という理由で。

「ええと……」わたしは口ごもった。

母がごうごうと音を手てているドライヤーからひょいと頭を出して日本語交じりに言った。

「そうよ、アキチャン、思い切って短くなさい。夏に向けてスッキリしなくちゃ」

人から爽やかに見られるかどうかなんて、わたしとしてはどうでもよかった。「それじゃ、短くはするけど、男の子みたいに見えないようにしてもらえますか」わたしは小さな声でペギーに頼んだ。

ペギーは声をあげて笑った。ウィンドベルのように軽やかで陽気な笑い声だった。「髪の毛を剃りあげて、つるつるの丸坊主にしたって、女の子にしか見えませんよ。でも、信じてもらって大丈夫よ、わたし、腕は悪くないから。絵に描いたようなかわいいお嬢さんにしてあげる」

ペギーに髪を切ってもらっているあいだ、なんだか甘やかされているようで、とても満ちたりた気持ちになった。そんなふうに感じるのは、ずいぶん久しぶり……というか、もしかすると初めての経験だったかもしれない。髪をカーラーで巻いたあと、母に続いてわたしもドーム型のドライヤーのしたに送り込まれた。そのあと、ペギーはわたしのカーラーをはずし、目が細かくて持ち手の先端がびっくりするほど尖った櫛で——そう、その先端をぐっと突き刺したら眼玉がくりぬけるんじゃないかと思うほど物騒な見てくれの櫛で、ちょいちょいと手を入れた。鏡のなかのわたしは別人だった。姉に似てはいるけれど、姉の劣化版に過ぎなかった女の子が、それまで見たこともない人物に変身していた。

「あらあら、どうしたの？　なにを泣いてるの？　気に入らなかった？」ペギーは鏡の載っている抽斗から化粧用のティッシュの箱を取り出して何枚か引き抜き、わたしに差し出した。そのあいだ、母は猛禽のような眼でこちらを見ていた。言いたいことは手に取るようにわかった——なにも言うんじゃありませんよ。口はつぐんでおくのよ、いいわね。

わたしは涙で濡れた頬をティッシュで拭った。「わたし、じつは泣き虫なんです。泣き虫だってこと、いつもはこんなにあっさりバレたりしないんだけど」

「うんうん、ここまでいろいろあったでしょうからね。それに、収容所からこんな大都会に出てきたわけでしょ？　心身ともに調子だっておかしくなるわよ。わたしもそうだった」ペギーは業務用ワゴンの抽斗をひっかきまわしたあと、なかからヘアカーラーを三つ取り出し、サーヴィスで無料にしておくから、と言ってわたしにくれた。「夜、寝るときにそれで巻いてみて」

「アキチャン、そろそろ行かないと遅れるわ」と母が言った。遅れてしまうような約束などなにもないのに。そして会計をすませると、わたしの手をつかみ、椅子から引き剝がさんばかりの勢いで立ちあがらせた。

店のそとに出て、ホテルの廊下を歩きながら母は日本語で言った。「家族のことは家族のなかだけで解決するものよ。誰かれかまわずふれまわる必要はないの」そうは言っても、明日には葬儀が行われるのだ。ローズ・イトウが亡くなったことを世間に対して永遠に伏せておくことなど、できない相談だった。

父も母も、葬儀の参列者は多くはないだろうと思っていた。その日は午後から雷雨になるとの天気予報が出ていた。シカゴではどこからともなく雨雲が押し寄せてきて、にわか雨に見舞われるらしい。ということは、母もわたしも、きれいにセットしてもらった髪がだいなしになるかもしれない、ということでもあった。まだ傘も買っていなかったので。

葬儀社の担当者から、検視官の書いた死体検案書の入った封筒を渡されたあと、礼拝堂の最前列の、姉の遺灰をおさめた骨壺のまんまえの席に坐るよう言われたけれど、わたしは礼拝堂の戸口のところに立って、弔問に来てくれた人を出迎えることにした。わたしにとって姉のシカゴでの生活は知らないことだらけだったから、弔問に来てくれた人ひとりひとりに挨拶することで姉の交友関係を知り、姉と関係があった可能性のある人物について、手がかりのようなものでもつかめれば、と思ったのだ。両親のほうは、葬儀社の人に指示されたとおり、最前列に坐った。スーツ姿の父は肩を落としてうつむき、母のほうはなにか見落としていることはないか、というように始終うしろを振り返っていた。

正午に近い時刻から始まる葬儀だというのに、これほどたくさんの人が参列してくれたことに正直なところ驚かざるをえなかった。葬儀の日程が決まったこと自体、つい四十八時間まえのことなのだ。しかもこんな真っ昼間とあっては、シカゴで暮らすニセイたちは誰しも、工場の製造ラインに立っているか、事務所のデスクについて書類の山と格闘しているはずの時間帯なのに。トロピコで暮らしていたころは、葬儀といえば夜に行うものだった。市場で働く従業員たちが仕事を終えて、お風呂に入ってから参列できるように、という配慮があったからだ。

葬儀は、赤ちゃん誕生のお祝いや結婚式よりも優先され、欠かさず参列すべきものと考えられている。カリフォルニアでは、葬儀場に入るまえに受付で、現金を封筒に入れたコウデンと呼ばれるものを渡すことになっていた。もともとは仏教に由来した習慣だけど、アメリア合衆国の日系人コミュニティで暮らすお年寄りたちは、信仰する宗教がなんであれ、欠かさずコウデンを持参して葬儀に列席する。誰かが亡くなると、コミュニティ内で人から人へと訃報が伝えられ、知らされた人たちは葬儀に参列し、遺された家族にお金を渡して葬儀代にしてもらうのだ。そして、遺族はその返礼として、困難に見舞われた際にコウデンという形で援助の手を差し伸べてくれた人やその家族が亡くなったときに、自分たちが貰ったのとちょうど同額の現金をコウデンとして差し出すのだ。

クラナーズ葬儀社はそれまで日系人の葬儀はほとんど取り扱ったことがなかったらしい。当然と言えば当然かもしれなかった。シカゴ在住の日系人は大半がまだ若く、健康状態も比較的良好な人がほとんどだから。実際、参列者のなかでは父が最年長のようだった。これは葬儀が始まるまえに葬儀社の葬儀担当主任から聞いたことだが、葬儀の際にコミュニティ内で相互扶助をする習慣は、ドイツやポーランドからの移民の人たちにもないわけではないけれど、日系人のコウデンほど明確に定められているわけではないそうだ。わたしは係の人に頼んで、出納簿(すいとうぼ)のような罫線の入った用紙を用意してもらった。そしてコウデンを受け取ったら、そのつど必ず、封筒に持参者の氏名と住所が記入されているかどうか確認してほしいと指示した。

最初にやってきたのはロイだった。ルームメイトのイケというニセイの、背がすらっと高くて痩せていて切れ長の奥二重の眼をした男の人と一緒だった。ロイは髪を丁寧に撫でつけてきちんとオールバックに整え、おまけにネクタイまで締めていたけれど、ただならない顔つきをしていた。いつもはすっきりしている眼がびっくりするほど充血していたし、唇も、まるで蚊に刺されたみたいに、ぷっくりと腫れていた。ロイはコウデンの受け取り窓口であるウケツケを引き受ける、と言ってくれた。ウケツケは戦争が始まるまでは若い女性か年配の男性の役目とされていた。それに葬儀社のほうからも、ウケツケは従業員が責任を持って引き受ける、と言ってもらってもいたので、ロイの申し出は断った。どうしてそこで突然、ロイの外見が気になったのかは自分でもよくわからない。ただ、ロイには気弱で頼りなさそうな顔をしていてほしくなかった。できることなら礼拝堂の両親のそばの席、まえのほうの席に坐っていたが、ロイはうしろのほうの席に坐って、わたしから眼を離そうとしなかった。葬儀の場に面倒なことが持ち込まれるのを、ロイなりに警戒しているのかもしれなかった。

それからほどなく、人がたえまなく到着するようになった。ルイーズとチヨも、それぞれ亡くなった人に敬意を表して茶色や紺の地味なワンピース姿で来てくれた。チヨからは力強い抱擁を、ルイーズからは肘をぎゅっとつかむ無言の励ましを受けた。燃えるような赤毛でわたしたちと同じぐらいの年恰好のハクジンの女の人と、ぴしっとした仕立てのいいスーツを着て帽子をかぶった男の人ふたりが、ロイのそばの席に坐った。たぶん製菓会社の工場の同僚たちだろう。数えるほどではあったけれど、参列者のなかにはハクジンも交じっていた。

エド・タムラは奥さんと聖職者用の立て襟のシャツを着た年配の男の人を連れてきた。そのすぐうしろにハリエット・サイトウが控えていた。

「お揃いでご参列くださるとは思ってもいませんでした」とわたしは言った。

「ミスター・ジャクソンがかまわないと言ってくれたんです。自分もいるし、クエーカーのご婦人たちもいるから、心配しないで行ってきなさいって」とハリエットが事情を説明した。そう言えば以前、そのミスター・ジャクソンという人が戦時転住局（WRA）再移住事務所のいちばん偉い人だと聞いた覚えがあった。

ミスター・タムラが牧師さんを紹介してくれた。ラサール・ドライヴとシカゴ・アヴェニューの角にあるムーディ聖書学院という神学校で日系人対象の礼拝を司牧している、スズキ牧師という人だった。スズキ牧師は薄くなりかけた髪をブラシで無理やりかきあつめたような髪型で、面長で角張った顎をしていた。もしかすると両親のどちらかがハクジンなのかもしれなかった。「じつは今週中におたくをお訪ねするつもりでした」とスズキ牧師は言った。「意外でしたよ、こんなにもすぐにご葬儀を行われるとは」

ともかく終えてしまいたかったのだ、とは言えなかった。そんなことを言えば、ものすごく薄情に聞こえるだろうから。葬儀までに時間的な余裕があれば、わたしたちはいやおうもなく礼儀作法やら親戚づきあいやら儀礼的なあれこれを考えざるをえなくなり、あちこちの収容所に抑留中の親戚とか友人知人にも知らせなければならなくなっていたはずだ。ヒサコに知らせることとさえためらわれた。わたしたちのように収容所を出た者は、あとに残され、いまだ鉄条網のなかで暮らしている人たちにとって一種の希望であるはずだから。葬儀を早々にすませることで、誰にどう知らせるか、知らされたほうはどう思うか、そうした決断や懸念を抱え込まなくてすむはずだった。少なくとも当面のあいだは――『マンザナー・フリー・プレス』紙にわたしたちイトウ家が悲劇に見舞われたことが載らないよう、ミスター・タムラが手をまわしてくれてはいるけれど、いつまで記事を抑えておけるものか、わからなかった。

「あなたのお姉さんのことは、残念ながら存じあげないので」とスズキ牧師が申し訳なさそうに言った。「故人をご紹介するときの参考にするため、どんな方だったか、簡単に教えていただけないでしょうか？」

わたしはスズキ牧師と一緒に礼拝堂の戸口から何歩か離れたところに移動し、頭に浮かんでくることを次々に伝えた。姉は、ローズ・イトウは、新しいものを──それがリンディ・ホップ（男女一組で踊る軽快な動きのジルバ）のステップでも、新発売のチューインガムでも、缶詰のスパゲッティでも、誰よりも先に試してみる人だったこと。内心は怖いと思っていたのかもしれないけれど、そんな素振りはこれっぽっちも見せなかったこと。好きな色はオレンジ色、だけど肌映りが悪いからという理由で着るものには決して取り入れなかったこと。そして、わたしにとってたったひとりの、かけがえのない姉だったこと。

「お生まれはどちらですか？」

「トロピコです、カリフォルニアの」併せて姉の誕生日を伝え、両親の名前を、ギタロウとユリ・イトウだと改めて教えた。

オルガンの演奏が始まった。まもなく葬儀が始まる合図だった。牧師さんと一緒に戸口のヴェルヴェットのカーテンのあいだを抜けて礼拝堂に入った。わたしたちのあとから、ズートスーツ姿の二人組が入ってきた。「ここはローズ・イトウの葬儀の会場ですが」とわたしはその男たちに言った。ロイがすかさず近づいてきた。まるでこのニセイの二人組が現れることを予期して、待ち構えていた、とでもいうように。

「わかってる」二人組のひとりが言った。その男に見覚えがあった。姉が住んでいた古いアパートメントのまえで、近づいてきた男だった。今度は眼を逸らしたりしないで、相手をじっくりと観察してやった。浅黒い肌をしていた。長い時間を戸外で過ごして陽灼けしているのかもしれない。片方の眼の際に三日月形の傷痕、水疱瘡の痕か、もっとよからぬ原因によるものか……。

「故人に敬意を表しにきた」とその男は言った。「おまえとはちがうからな、トナイ」もうひとりの男は、眼元に傷のある男よりももっとずっと大柄で、のっぺりした蒼白い顔をしていた。黙ってうなずいたのは、眼元に傷のある男のことばに同意するという意味のようだった。ふたりはロイを肩で押しのけるようにして礼拝堂に入り、最後列に着席した。

男たちの耳には聞こえないぐらい離れていることを確認してから、わたしは声をひそめてロイに言った。「あれ、どういう意味？」おまえとはちがうからなとは、なにがどうちがうということだろう？

「あいつらは問題ばかり起こしてる」

「どうして姉のことを知ってるの？」

「ローズがあいつらを憐れんで情けをかけてやったからじゃないか」

わたしは小さく眉根を寄せた。姉はどんな相手に対しても憐れんで情けをかけるようなことはしない。それはロイもよくわかっているはずだった。

葬儀社の係の人が集めて持ってきてくれたコウデンの封筒の小さな束をバッグに入れてから、わたしは両親の隣の席に坐った。ロイはルームメイトのイケと一緒に、わたしたちの二列ほどうしろの席に着いた。

オルガンの演奏が終わって、スズキ牧師が話をはじめた。なにを話しているのか、身を入れて聴くことができなかった。ときどきその一部が耳に引っかかってきたけれど――たとえばトロピコをトロピカルと言いまちがえたり、ローズはダンスが大好きでスパゲッティが好物だったとか――姉の紹介にはまるでなっていなかった。隣に坐っていた母が身をこわばらせたのがわかった。

式が終わったあと、参列者がひとりずつ祭壇の姉の遺灰のところまで進み出て、最後のお別れをしたあと、両親とわたしにお悔やみのことばを伝えて礼拝堂を出ていった。タムラ夫妻とロイをのぞけば、わたしたちの知りあいはひとりもいなかった。見ず知らずの人たちから同情のことばをかけてもらっても、空疎で、中身がなく、ことばだけにしか聞こえなかった。この人たちは、わたしたちがなにを失ったのかわかっているのだろうか、と思いたくなった。

セオドア・ローズヴェルトに似た濃い口髭をたくわえた男の人が、父と母のほうに身を屈めて、自分は製菓会社でローズの上司だった者だと言った。「お嬢さんはすばらしい従業員でした。善良な人でした」ひと言ひと言、ゆっくりと明瞭に発音するのは、そうしないとうちの両親には理解できないとでも思ったのだろうか。

次はルイーズとチヨの番だった。両親にふたりを引きあわせて姉のルームメイトだと紹介した。両親は胸のあたりまで深々と頭をさげた。「うちの娘がたいへんお世話になりました」と母が日本語で言った。

「トミさんは結局、来なかったですね」とわたしは言った。姉がシカゴでいちばん親しくしていたトミという人にぜひ会ってみたいと思っていたので、かなり残念に思っていた。葬儀のことをトミにも伝えてほしかったので、その旨メモにして、昨日、彼女たちのアパートメントのドアのしたから差し入れておいたのだ。

「トミは教授夫妻のお宅で働いているから、学期の変わり目のこの時期はやるべきことがたくさんで自由に出かけるわけにいかないんだと思うわ」

果たしてそうかしら？　まあ、いずれわかることだけど——わたしは声に出さずにつぶやいた。近いうちに、トミを訪ねてエヴァンストンまで足を伸ばすことは、わたしのなかではもう決定事項になっていた。

列はどんどん短くなった。まもなくロイとルームメイトのイケを含めて、ほとんどの参列者が挨拶を終えてそれぞれの職場に戻っていった。

礼拝堂のうしろのほうに、眼鏡をかけたハクジンの男の人が立っていた。警官が持っているような小さな手帳に短い鉛筆でなにやら熱心に書き込んでいた。痩せていてメタルフレームの眼鏡をかけているところは、なんだかフクロウみたいだった。男の人のなかにはぱっと見たときはハンサムだけれど、よくよく見るとおじさん臭く見える人がいるけれど、その男の人もそういうタイプだった。

お悔やみの挨拶もしないまま、どうしていつまでも居残っているのだろう、と不審に思った。ロイも帰ってしまったので、知っている人かどうか訊くこともできなかった。わたしはひとつ大きく深呼吸をすると、礼拝堂を突っ切ってその人のほうに向かった。わたしが声をかけようとしたタイミングで、その人はくるりと向きを変えて礼拝堂から出ていった。

「あの牧師のせいで、締まりのない葬式になっちまったな」

そのことばはわたしに向けられたものだと気づいて、振り向いて声の主を探した。赤いヴェルヴェットのカーテンに半ば身を隠すようにして、眼元に傷のあるズートスーツの男が立っていた。

その男の言うとおりだと思わなくもなかったけれど、スズキ牧師に非があるわけではない。わたしは背筋を伸ばして、その男と視線をあわせた。「お名前は?」

「ハマー」

葬儀が終わったばかりだということを考えて、わたしは噴き出さないようこらえた。日系ニセイには、へんてこなあだなを通称にしている人がたくさんいる。〝燻製豚肉(ベーコン)〟とか〝釘束(ネイルズ)〟とか。だったら〝金槌(ハマー)〟と呼ばれている人がいても不思議ではない、とは言うものの……。

「本名はハジムだけど」ハマーと名乗った男は、きまり悪そうに言った。通称よりも日本名を名乗ることのほうが恥ずかしいらしい。

「わたしはアキといいます。今日はご参列くださって、ありがとうございました。そして、先日はドアを開けるのを手伝ってくださって、ありがとうございました」

わたしの冷静な反応が意外だったのだろう、ハマーは一瞬ことばに詰まり黙り込んだ。ハマーの着ているズートスーツは辛子色で、片方の耳のうえに煙草を一本挟んでいた。連れの男のほうは〝饅頭（マンジュウ）〟と呼ばれていることがわかった。ミスター・〝マンジュウ〟は、その巨体には何サイズか小さいのではないかと思う格子柄のスーツ姿で、片方の足からもう片方の足にひっきりなしに体重をかけかえていた。

「姉のローズとはどういうきっかけで？」

「ご近所のよしみってやつだな、近所に住んでるから」

「ローズは気さくだからね、誰にでも気軽に声をかける」とマンジュウが言った。

わたしは眉をひそめた。意味ありげな言い方にかちんときたのだ。

ハマーはそんなわたしの苛立ちに気づいたのだろう、これで失礼すると言い、マンジュウの背中を押しながら礼拝堂をあとにした。

そこに葬儀社への支払いを終えた母がやってきた。

「ああいう人たちとどうして口をきくの?」

「姉さんの知りあいよ。お悔やみを言いに来てくれたんだから」

母はわたしの言ったことを信じていないようだった。「ひとさまから後ろ指を指されるようなことは、ぜったいにしないでちょうだいよ。評判を落としたら、おしまいなんですからね」

戸外(そと)に出ると、舗道の路面は濡れていたが、太陽が顔を出していた。正午近くのにわか雨は宇宙が人間相手に放ったたんなるジョークだとでもいうように。シカゴという大都会ではなにひとつとして信用ならない。その最たるものが天候かもしれなかった。

アパートメントに戻ってから、死体検案書の封筒を開けた。姉の人生の基本事項が記してあった。

氏名:ローズ・ムツコ・イトウ

生年月日:一九二〇年六月三日

「死因」という項目のしたには地下鉄車両との接触時における上腕部動脈断裂が招いた失血による心停止と記入されていた。看護助手の研修を受けていたから、上腕部動脈というのは腕のうえのほうにある太い血管のことだと知っていた。

その次の行に、自死とあった。

妊娠中絶の処置を受けていたことについては、なんの記述もなかった。思わずひと言文句を言いたい気持ちになった。わたしが聞かされたことを、なかったことにされたくなかった。姉が経験したことを事実として文書にちゃんと残しておいてほしかった。

預かったコウデンの封筒の束を父に渡した。これから両親と三人で手分けして、葬儀に参列してコウデンをくれた人たちをひとり残らずリストアップしていく作業が待っていた。翌日に持ち越すわけにはいかなかった。今の段階できちんと整理しておくのが遺された家族の務めだったから。今回、コウデンをいただいた相手にこの先ご不幸があった際には、オカエシとしていただいたのと同額の現金を差しあげなくてはならないのだ。きちんと記録を残しておく必要があった。

父は氷を入れたばかりの冷蔵庫で缶ビールを何本か冷やしていて、そのうちの一本を取り出してから、作業に取りかかった。わたしも自分の分として一本持ってきて、テーブルについた。ビールを呑んだことはそれまでたった一度しかなかった。缶のてっぺんに缶切りの先端を押し込んだ瞬間、気体の洩れるプシュッという音が静かなアパートメントの室内にやけに大きく響いたけれど、父も母も心ここにあらずといった様子で、なにも言わなかった。

父が店長をしていた〈トナイズ〉青果卸店の独身の従業員の身内に不幸があると、うちの家族も総出で葬儀を手伝っていたので、コウデンの集計にも決まった手順のようなものができあがっていた。父がコウデンの封筒に入っている現金の金額を確認し、その額を封筒に書き留める。母が帳面にその金額と持参者の氏名を英語と日本語の両方で記入していく。母が記入した氏名を葬儀場の芳名録と照らしあわせて、なくなっているコウデンはないかを確認するのが姉の役目だった。わたしはいつも姉が坐っていた場所に陣取ると、缶からじかにビールを呑んだ。ビールの苦みが咽喉に残った。

いずれはわたしの口から事実を明かすことになるのかもしれなかったが、差しあたりその晩は見送ることにした。ところが、翌朝、朝食の席でイチゴジャムを塗ったパンを食べていたとき、気がつくと口走っていた。「検視官に言われたんだけれど、姉さんはつい最近、妊娠中絶の処置を受けていたらしい」

父は口の端からイチゴジャムを垂らしたまま、その場に凍りついたように動かなくなった。母はせわしなく瞬きを繰り返した。わたしが言ったことをなんとか咀嚼しようとしているようだった。それから「だけどシカタガナイ、デショ？」と日本語で言った。「あの子はもういないわけだし、わたしたちにはどうしてあげることもできない。あの子だってわたしたちにまえに進んでいってほしいと思っているはずよ。だから、そうするの。この話はもうおしまい、いいわね」

第七章

戦時転住局(WRA)の事務所は、見上げるぐらい大きなビルのなかにある。何階建てか、ぱっと見ただけではわからないほどで、窓のまわりには凝った装飾がほどこされていて、なにしろすてきな建物なのだ。なんなら毎日報告に来てもいいかな、という気になる。戦時生産局(WPB)も同じ建物のなかにあるから、エレヴェーターには男の人がたくさん乗っている。スーツを着込んだ気取り屋のエリート野郎が多いけど、兵隊さんやオーヴァーオールに長靴姿の労働者も乗ってくる。そう、男の人の見本市みたいなもの、いろいろな人が揃ってる。

その日の午後、わたしは戦時転住局(WRA)の再移住事務所に行ってみることにしていたので、母は急いでタムラ夫妻とハリエット・サイトウ宛てに会葬御礼を書いてわたしに託した。父も母もまだ仕事は決まっていなかったが、その日のうちに参列してくれた人たち全員宛てに会葬御礼の手紙を書きおえるべく、罫線入りの便箋に向かっていた。ミスター・タムラに立て替えてもらっている葬儀代は、葬儀で集まったコウデンで返金できるめどがついた。加えて、会葬御礼の封筒代のような雑費までまかなえそうだった。お礼状を郵送するには別途切手代もかかるので、手渡しできる相手にはできるだけ手渡しすることにしたのだった。

再移住事務所は、わたしたちのアパートメントから二キロ半ほど離れた、ウェストジャクソン大通り(ブールヴァード)の二二六番地にあった。歩けない距離ではないので、両親は徒歩で出向いた。母曰く——地下鉄なんかにお金を使うのはモッタイナイ、要するにお金の無駄遣いだ、ということになるらしい。でも、地下鉄を避けるほんとうの理由は、地下鉄に乗るとローズがそこで命を落としたことを改めて思い出さないわけにいかないからではないか、と思う。わたしの靴は、まだいくらも歩いていないのに、情けないぐらい擦り減っていたし、汚れてもいたけれど、わたしも歩いていくことにした。アパートメントの重苦しい雰囲気から逃げ出して、戸外(そと)の新鮮な空気が吸いたかった。

誰からも関心を持たれない、というのはいいものだった。わたしは気分が軽くなった。マンザナーで暮らしていたときには、誰にも気づかれずになにかするのは、それがなんであれ、できない相談というものだった。ところがここでは同じ二十九番居住区で暮らす人たちから、いちいち呼びとめられて、これから食堂に行くのか、あるいは品がないこと甚だしくも、トイレに行くのか、などと訊かれることもない。監視塔もなければ、鉄条網もない。舗装された歩道に、バッグを小脇に抱えて、わたしは意気揚々と足を進めた。気分は、これから重要な商談に出向く若き職業婦人といったところだった。

目的地のシカゴ・アンド・ノースウェスタン・オフィス・ビルディングは、確かに少なくとも十三階以上はありそうだった。それまで見たことがあったロサンゼルスの街中のビルディングとは対照的だった。ロサンゼルスのビルディングはどれも、縦方向ではなく横方向に伸びている。たとえるなら、でっぷりと太った男が、自分の身体がどれほど場所を取るかも考えず、無頓着にだらんと寝そべっているようなイメージだ。

わたしは父から借りてきたハンカチで、額と鼻のしたの汗を拭った。わたしは大の汗かきなのだ。とくに顔はすぐに汗みずくになる。慌ててコンパクトを取り出して鏡をのぞくと、たいていみっともないぐらい真っ赤な頬っぺたをした自分の顔を見ることになる。「アキ、どうしていつもそうなっちゃうの？」と姉にもよくからかわれた。そう言う姉のほうは、どれほど緊張していようと、はたまたへとへとに疲れていようと、右の頬骨のいちばん高いところにぽつんとひとつだけある、あのほくろを除けば、しみひとつ、皺一本なく、汗さえかいていないのだ。そんなとき、わたしたちはほんとうに血のつながった姉妹なのだろうか、と思いたくなったものだ。

戦時転住局(WRA)の再移住事務所のまえの廊下には、折りたたみ椅子がずらりと並んでいたが、空席はほぼなかった。坐って順番を待っているのは、いずれもシカゴにやって来たばかりで、仕事や滞在先を探しているイッセイやニセイだった。その人たちのまえを、ハクジンの女の人がひとり、水の入った紙コップをトレイに載せて行ったり来たりしていた。長時間待たされている人たちに飲み水を配っているのだ。深緑色の地味なワンピースのうえから、胸当てがあって丈の長い小花模様のエプロンを締めていた。事務所のなかにも何人か、同じエプロンをして動きまわっているハクジンの女の人たちがいたので、奉仕活動に来ている人たちだとわかった。たぶん、キリスト友会(クエーカー)の人たちだろう、と思われた。クエーカーの人たちは〝フレンド派〟と呼ばれることもある。

フレンド派のことを初めて聞いたのは、まだロサンゼルスで暮らしていたときのことだ。フレンドというぐらいだから、友好的(フレンドリー)なハクジンさんたちなんだろうな、と思っていたけれど、そうではない、と姉にすぐに訂正された。「キリスト教の一派なの。お祈りのときには輪になって坐って、牧師さんとかそういう立場の人はいないのよ」姉はクラスメイトに連れられてパサディナのフレンド派の集会に出たことがあって、そのときにとんでもなく場違いなところに来てしまったと思ったらしい。いささかどころではなく気づまりだったそうだ。集まった人たちは静かに坐ったまま、聖霊が訪れるのをじっと待つのだ、と説明されたけれど、姉にしてみればいったい誰を待てばいいのか、あるいはなにを待てばいいのか、見当もつかなかった、と言っていた。

フレンド派の人たちは、相手がどんな人であれ困っていれば助けるのを旨としているらしい。マンザナーに抑留されていたわたしたちのところにも、未舗装の道を四時間も運転して訪ねてきては、手作りのパイや今はもう使わなくなった日用品の類いを届けてくれる人もいた。彼らのそんな寛容と思いやりの精神は、わたしには気持ちのうえで負担だった。もちろん、感謝しなくてはならないことはわかってはいた。それでも、そもそもそんな施しを受けざるをえない立場にいることを恥じた。

　ところが、シカゴの戦時移転局（WRA）の再移住事務所のまえの廊下で、わたしはクエーカーの女の人が差し出した、水の入った紙コップを気がつくと受け取っていた。あとから考えてみると、あのときからわたしの意地はしぼみはじめたのかもしれない。実際問題として、自分と両親がこのシカゴという大都会で生き抜いていく助けになるなら、差し出されればどんなものでも受け取るしかないのだ。

　わたしは紙コップを持ったまま、一脚だけ空いた折りたたみ椅子に坐った。持っているうちに紙コップはふやけて、ぐずぐずになってきた。結局、ひと息に中身を飲みほした。西部劇に出てくるカウボーイが酒場から出ていくまえにグラスのウィスキーを、かっとあおるように。そのとき、眼のまえに見覚えのある人が立っていることに気づいた。

「アキ、知らなかったわ、今日来ることになっていたなんて」ハリエット・サイトウだった。そのときはAラインのワンピースに着替えていたので、たくましいボディラインもいい具合にカヴァーされていた。ハリエットはわたしの肘をむんずとつかみ、椅子から持ちあげるようにして立ちあがらせた。わたしとほとんど変わらない背恰好の女の人にしては、びっくりするほどの腕力だった。ハリエットはそのまま、わたしを順番待ちの行列の先頭まで連れていった。

この特別扱いを、順番待ちをしていた人たちが見逃すはずもなかった。

「おい、どういうことだ？」

「なぜその子だけ特別扱いなの？」

「そうそう、スペインの王女さまってわけでもないのに」

さらにいたたまれない気持ちにさせられたのが、わたしの両親と同年代ぐらいの男の人や女の人が無言で向けてくる渋面や非難の眼差しだった。歯が抜けてしまっているのか、ハロウィーンを過ぎて腐りかけたカボチャのランタンみたいに、両頬がげそっとくぼんでいる人もいた。

ハリエットに引っ立てられるようにして、やっとのことで事務所に入った。その先は、木の椅子に坐って順番を待っている人たちを、文字どおり乗り越えるようにして進まなくてはならなかった。事務所から出ていこうとしていたニセイの女の人のふたり連れが通れるよう、場所をあけようとしたときには、もう少しでイッセイのご夫妻らしき人たちの膝のうえに着地するところだった。

頬がかあっと熱くなった。ハリエットの心遣いはありがたかったが、どういう形にしろともかく目立ちたくなかった。

順番を待っている人たちのあいだで囁き声が行きかい、それが次第に大きくなった。「あら、あの子、お姉さんが亡くなった子じゃない？　ちがう？」木の椅子に坐って待っている人たちの先頭に向かっていたとき、イッセイの女の人が隣の席の知りあいにそんなふうに言っているのが聞こえた。それを機に、つい今しがたまで、こちらを憎々しげににらみつけていた人たちが、わたしに向かって小さく会釈をしてきた。

「ハリエット、こんなことをしてもらうわけには……」と抗議したにもかかわらず、ハリエットはわたしをミスター・ジャクソンのデスクのまえまで引っ張っていくと、わたしの肩を押さえつけるようにしてデスクのまえの面談者用の椅子に坐らせた。

　そして、わたしの手から丸めた紙コップの残骸を取りあげ、首を横に振った。せっかくの好意を無にしないで、と言いたいようだった。そして、わたしをその場に残して去っていった。わたしのうしろには、ニセイの若い男の人が坐っていた。男の人にしては長めの髪で、背中を丸め、雑誌を読んでいた。うつむいているので眼のまえに髪が垂れてきていた。わたしが横入りしたことには気づいてもいないようだった。

　戦時転住局（WRA）の事務所の所長のミスター・ジャクソンは、眼鏡をかけていて、白髪交じりの茶色い口髭をたくわえていた。その口髭についているのは、今朝食べてきた朝食の名残のトーストと卵のようだった。もうひとつのデスクにはエド・タムラがついていて、ご夫妻らしきイッセイの男女の話を、片言の日本語交じりで相槌を打ちながら聞いているところだった。

　面接に必要な書類はすでに、わたしのかわりにハリエットが記入して、ミスター・ジャクソンに渡してあった。それを知って、どれだけほっとしたことか。強制収容所に送られたときから、わたしたちはなにかというと設問がずらっと並んだ書類に必要事項を記入させられてばかりだけれど、その手の設問のなかにはなにを訊いているのかさっぱりわけがわからないものもあったりするのだ。

　ミスター・ジャクソンはわたしの書類をタイプライターにセットした。

「それでは、これまでの職業経験からうかがいましょうか？」

「ええと、青果市場で一年ほど働いた経験があります」

　ミスター・ジャクソンはタイプを打ちはじめた。「仕事の内容は？」

「おもに電話番です。かかってきた電話に出て取り次いだり、伝言を受けたりしていました。収容所では用度部で働きました。供給品の在庫管理の仕事です。あとは看護助手の研修も受けました」マンザナー病院で働けるようになるまえに、収容所を離れてしまったけれど。

「すばらしい。それに字もきれいだし、タイプも打てるんじゃないかと思うんだ」

　実を言えば、わたしは悪筆で、青果卸店で働いていたとき、わたしの書いた注文書を読みまちがえる人が続出して、そのたびに父からお小言を頂戴していた。タイピングについては……はっきり言って、ぽつん、ぽつん、の雨だれタイピングだ。ミスター・ジャクソンのタイプを打つ指の動きが、やけに優雅に見えた。とはいえ、言われたことをわざわざ否定するような発言は控えた。

ミスター・ジャクソンは、ガリ版刷りの求人リストにちらりと眼をやってから、その書面をわたし向かって差し出した。

わたしはリストを受け取り、眼を通した。ほとんどに「英語の理解に不安のないニセイ」という条件がついていて、そうでないものは清掃やら建物のメンテナンスやらの仕事ばかりだった。「このニューベリー図書館というのは？」

「ああ、その図書館なら、今お住まいのアパートメントから歩いてすぐですよ。同じ通りにあります。確か、レファレンスサーヴィス窓口の助手を募集していたんじゃなかったかな」

わたしのうしろで順番を待っているニセイの若い男の人が、いきなりそれまでの沈黙を破って言った。「バグハウス・スクエアのすぐ横だ」

「バグハウスって……害虫(バグ)がたくさん出るんですか？」

「ちがう、ちがう。ちょいとイカれたやつらが木箱かなんか持ち込んで、それを演壇代わりに一席ぶつからさ。で、そんな名前で呼ばれるようになった（bughouseには精神科病院という意味もある）」若い男の人はそう言って、眼のまえに垂れかかっていた前髪をかきあげた。どことなく見覚えのある顔だった。もしかしたら、マンザナーにいた人かもしれなかった。

ハリエットがいつの間にか戻ってきていた。「この人の言ったことは無視していいからね。いい公園よ、ベンチがたくさんあって。ランチを持っていってそこで食べてもいいし」

「それじゃ、この仕事に興味があるってことでいいね？」わたしの背中を押すように、ミスター・ジャクソンが言った。

見ると、ハリエットも力強くうなずいていた。

「はい、お願いします」とわたしは言った。

ミスター・ジャクソンがわたしの未来の雇い主に電話をしているあいだ、わたしは罪悪感を覚えていた。死んだニセイの若い娘の妹だというだけの理由で、ここにいるほかの人たちには考えられないような破格の待遇を受けているのだ。自分としては特別な配慮を求めるつもりは、これっぽっちもなかった。でも、両親に満足のいく暮らしをしてもらうには、わたしががんばるしかない。罪悪感だのなんだのとうじうじ悩んでいる場合ではなかった。

そのまま図書館の公共サーヴィス部門の部長という人に書類を提出しに行くことになった。ハリエットがおおまかな地図を描いてくれたけれど、地図は不要だった。クラーク・ストリートを北に向かって歩いていけば、いやでもニューベリー図書館に行きあたった。そのブロック全体ににらみを利かせる、四階建ての堂々たる建物で、見る者に畏敬の念を抱かせた。正面玄関のドアからなかに入りながら、おまえなんぞの来るところではない、と建物から拒絶されそうな気がした。もしくは、警備員が飛んできてつまみ出される、ということも考えられた。

床は汚れひとつなく、ぴかぴかに磨きあげられていた。わたしの靴の情けないぐらいすり減ったヒールでは、つるっといきそうだった。青銅の胸像の隣に警備員が立っていたので、まずはそちらに向かった。胸像には〈ウォルター・L・ニューベリー〉という銘板がついていた。聞いたことのない名前だったけれど、こんなふうに胸像になるぐらいだから超がつくほどの大人物だったにちがいない。警備員は、ロビーの奥の階段を指さした。びっくりするほど立派な階段だった。そこをのぼっていくときの気持ちときたら……たとえるなら、変身するまえのシンデレラだろうか。今にも心臓がとまりそうだった。ほんの数日まえまで木造のおんぼろ小屋で寝起きして砂嵐に吹きなぶられる暮らしをしていた娘が、こうしてこんな場所にいることに戸惑った。なんだか現実とは思えなかった。さらには、ひょっとすると、ここで働くことになるかもしれないのだ。ますます現実離れしている気がした。階段をのぼりながら、何度もつまずきそうになった。

目的の部屋をようやく探しあてた。間仕切りのない広い部屋で、木のデスクが列を作り、突きあたりに並んだうえのほうが丸くなった縦長の窓から陽光が射し込んできていた。手前に受付カウンターがあって、男性利用者が手荷物を預けていた。対応しているのは、わたしと同じぐらいの歳ごろの若い女の人だった。スカイブルーの服を着て、トウモロコシのひげのような色の髪をしていた。

わたしの番になったので、その女の人に書類を渡した。その人は物珍しそうにわたしを一瞥したあと、しばらく待つように言い置いてその場を離れ、本を山ほど抱えた黒人の女の人を呼びとめ、ふたりしてなにごとか相談しあった。黒人の女の人は、つやつやの髪を頭のてっぺんでふたつに分けてふんわりとカールさせていた。その人も、遠慮なくわたしをじろじろ見てきた。青果卸店で働いていたときにも、身のまわりにハクジンはいくらでもいたし、黒人も何人かいたけれど、みんな男ばかりだったし、わたしに関心を向けてくる人などひとりもいなかった。

スカイブルーの服を着たハクジンの女の人は、短い電話を一本どこかにかけたあと、受付カウンターに戻ってきて言った。「少し待っていてもらえるかしら?」

しばらくして、その部署の責任者と思われる人物がようやく姿を現した。中年の男の人で、薄い色のスーツを着ていた。ミスター・ガイガーという人で、にこにこと気さくな笑みを浮かべていた。わたしにいくつか質問をしたあと、こんなふうに言った。「ミセス・キャノンのしたで働いてもらうことになります。具体的な仕事については、ほかの助手たちに訊いてください。彼女たちが教えてくれるはずです。月曜日から来てもらいましょうか。始業は午前九時、遅刻しないように」

こうして、わたしはニューベリー図書館で働くことになった。

そのままクラーク・ストリートをまっすぐ北上して、アパートメントに帰ってもよかったのだが、ニューベリー図書館のゆったりとした空間を歩きまわった直後にあのわびしく狭苦しい部屋に戻るのは、どうにも気が進まなかった。通りを挟んだ向かい側は公園になっていた——戦時転住局（WRA）の事務所で会った、あの若いニセイが言っていたバグハウス・スクエアだった。あの人が言っていた、〝ちょいとイカれたやつら〟とやらに興味があった。ロサンゼルスのスキッド・ロウ地区（ロサンゼルス市ダウンタウンの中心部にある地区。路上生活者や薬物中毒者が多く、貧困層やマフィアによる殺人・強盗・強姦・薬物売買などの犯罪多発地区とされている）は、わたしが働いていた青果卸店の眼と鼻の先だ。なにやらぶつぶつ独り言をつぶやきながら徘徊している人なら、わたしもそれなりに見たことがないわけではなかった。

通りを渡っているとき、一瞬、ふつうに戻ったような気がした。勝手知ったるトロピコの街を歩いている感じを取り戻した、と言えばいいだろうか。チョウチョが眼のまえを飛んでいった。リスが慌ててオークの木を駆けのぼっていくのが見えた。そして、ほんの一瞬、忘れかけたのだ、姉がもうこの世にいないことを。だから、いつか姉と一緒にこの公園に来ようと思い……その瞬間、哀しみに叩きのめされ、虚しさに沈んだ。この先もう二度と、なにを以てしても埋めることのできない虚しさに。

噴水のまわりを囲むように、ベンチが並んでいた。眼についたベンチに腰をおろした。そのまま、どのぐらいのあいだかはわからないけれど、ともかく坐っていた。公園のあちこちで、政治について演説する人たちがかわるがわる木箱をひっくり返した即席の演壇に登壇したり、芝生のまんなかに進み出たりして、ファシズムの悪辣さについて、社会主義労働者党が政府にいかに不当に弾圧されているかについて、熱弁をふるった。連合国軍がイタリアのカッシーノをドイツ軍から奪還した、という最新の新聞記事をただ延々と読みあげる人もいた。だんだん瞼が重くなってきた。宿なしのようにベンチでうとうとしているところを他人(ひと)に見られたくなかった。わたしはベンチから立ちあがって、ワンピースの皺を伸ばした。知りあいに見られたりしていないか、確認しておきたくて公園内を見渡した。噴水の向こう側のベンチに、葬儀場で見かけた怪しげなハクジンが坐っていた。ここでもあの小さな手帳にせっせとなにやら書き込んでいた。なにをしているのか、こんなところで?と思ったとたん、顔から血の気が引くのがわかった。密偵のようなことをしているのかもしれなかった。連邦捜査局(FBI)の指示で日系アメリカ人の動向を監視しているのかもしれなかった。今すぐこの場を離れるべきだった。

急ぎ足でクラーク・ストリートに出た。そのまませかせかと歩いていたとき、うしろから呼びとめる声がした。「ねえ、ちょっと、そこのあなた――」

振り返ると、ニューベリー図書館のレファレンスサーヴィス窓口の受付にいたブロンドの女の人が、スカイブルーの服の裾が波打つほどの荒い息をついていた。見ると、その人はフラットシューズを履いていた。わたしはひそかに胸を撫でおろした。レファレンスサーヴィス部門と言うからには、山ほど積みあげた本を取りにいったり別のところに運んだりすることになるはずだ。ハイヒールを履いていて務まる仕事とは思えなかったのだ、少なくともわたしには。

ブロンドの女の人は、わたしの名前を知らないようだったので、わたしのほうから自己紹介をした。彼女はナンシー・コワルスキーという名前だった。

「で、あなたは何人なの？　中国人？」

わたしはとっさに眼を伏せた。「いいえ、日本人です。ニセイなんです」ナンシー・コワルスキーにニセイの意味がわかるとは思えなかったので、もう一言つけくわえた。「両親は日本人だけど、わたしはアメリカで生まれたんです」

「わたしには、今、遠く太平洋の彼方に出征して、日本人と戦ってる友人たちがいるの。だけど、あなたはそういう日本人じゃないってことはわかってる。話には聞いてたのよ。西海岸に住んでて強制収容所に送られたんでしょ？　『トリビューン』で特集記事にもなってたし。あなたたちを恐れたりするべきじゃないって書いてあったし」

ナンシー・コワルスキーはまくしたてるような早口で、熱っぽくしゃべった。身振り手振りも大きく激しかった。彼女の言っていることにどう反応すればいいのか、わたしにはわからなかった。

「図書館の仕事、たぶん気に入ると思う」わたしのことを頭のてっぺんから爪先までじろじろ見ながら、ナンシーは言った。「うん、あなたならみんなのなかに溶け込めるんじゃないかって気がする。わたし、話し好きなの。それが問題なのよね。利用者さんともしょっちゅう話をするんだけど、ときどき話が弾みすぎちゃって、それで、まあ、問題になっちゃうのよ。口は禍の門って言うけど、まさにそれよ、わたしの口、禍を呼びまくっちゃってる。で、もうひとりの助手のフィリスをしょっちゅう怒らせちゃうの。あ、そうそう、ちなみにそのフィリスの綴りだけど、P-H-I-L-L-I-Sで、Yは入らないからね。ひとつお願いがあるの、わたしが言っちゃいけないことを言ったら教えてね、いい？ それから、まえもって謝っとく。きっとたぶん、もうなにか失礼なこと、言っちゃってると思うから」

わたしは首を横に振った。「いいえ」本当のことは言わなかった。「親切にいろいろと教えてくださってありがたいです。どれもこれから役に立ちそうなことばかりです」

「それと、あなたの名前、どう発音するのかもう一度教えてもらえる？ アーチーでいいの？」

「アキです——ア・キ。日本語の秋という意味です」

「なるほど、オータムね、すてき。だったら、オータムって呼んだら……だめよね、ううん、いいの、今言ったことは忘れて。アーチーよね、うん、わかった」

クラーク・ストリートを歩いていると、姉が住んでいたアパートメントの玄関まえの階段にハマーが膝立ちになっているのが見えた。脇の壁めがけてコインをぶつけ、戻ってきたのを受けとめて、また投げることを繰り返していた。煙草を、一本では物足りないとでもいうように二本くわえながら。

わたしはバッグを胸にぎゅっと抱き締め、歩調を速め、気づかれないことを願った。もちろん、そうは問屋が卸さなかった。ハマーには女の人が近づいてくるのをいちはやく察知する第六感が備わっているらしい。「よお、マンザナー」

癪に障るったらなかった。この際、失礼を承知で無視することもできたけれど、しつこくつきまとわれるのも迷惑だった。わたしは足をとめ、くるりと向きなおって言った。「わたしはアキよ。忘れたの？ それに出身地はトロピコだから」抑留されていた強制収容所の名前で呼ばれるのは心外だった。

「そうかそうか。だったら、トロピコ、だな」煙草には火はつけていなかったようで、ハマーは口から抜き取って、左右の耳にそれぞれ一本ずつ挟んだ。葬儀のときと同じ、辛子色のズートスーツを着ていた。着たままのスーツはこの湿気でいささかにおいはじめていた。コロンをたっぷりとつけているのは、そのせいだと思われた。

「ご機嫌だな」

「仕事が決まったの」

「どこ？」

「ニューベリー図書館」

「ああ、あのバグハウス・スクエアの向かいの、ごてごてした建物か」鼻の横をこすりながらハマーは言った。「まあ、納得だな。イトウさんちのお嬢ちゃんは、お高くとまっててお行儀がよくていらっしゃるからな」

「父のことを知ってるの？」

「以前にちょっとだけ、〈トナイズ〉青果卸店で働いてたことがあってね、といっても、すぐに馘首（くび）になっちまったけど」

わたしは両方の眉をくいっと持ちあげた。

「おれはさ、ほら、夜が明けるまえから起きて働くタイプじゃないから」

それはわたしにもよくわかった。ニセイの女の人のふたり連れが、わたしのすぐうしろを通り過ぎた。ああ、なるほど、そういうことね、という表情で顔を見あわせながら。たぶん、ハマーとつきあっていると思われたのだろうけど、その程度のことはハマーから話を聞くのをやめる理由にはならなかった。「今はどこで働いてるの？」

「休職中ってことにしとこう」

シャツのポケットから紙幣の束がのぞいていた。ポケットの口が垂れさがっていた。

「休職中の人にしては、ずいぶんお金持ちだこと」

「男子たるもの、ひとりで生きてかなきゃならないからな」にんまりしたひょうしに、唇の隙間から虫歯になりかけの犬歯がのぞいた。「おまけにこのご時世、〝日本人（ジャップ）〟を助けようなんて奇特なやつはいないから、自らの手で自らを救わなきゃならない」

「シカゴに来るまえはどこに？」

「あっちこっち、いろんなとこを転々と」

「そうやって、のらりくらりはぐらかすの、やめて。うちの家族のことをずいぶんよく知ってるようだけど、こっちはあなたのこと、なにも知らないんだからね」

ハマーは舌先で頬の内側を突いた。固い飴玉でもなめているように見えた。「おれのこと、ひとつだけ教えるってのはどうだ？」しばらくして、そんなことを言いだした。

「いいけど。でも、今日履いてる靴下の色は何色か、なんてのはなしだからね」

ハマーは背筋を伸ばし、さっきまで脇の壁にぶつけていた硬貨を片方の掌で転がした。黙ったままなにも言わないので、わたしはその場から立ち去るつもりで背を向けた。

「おれは孤児だ」とハマーは言った。わたしの背中に向かって。同情などしてほしくない、とでもいうように。だけど、わたしはたちまち同情していた。マンザナーには〈子ども村〉と呼ばれていた孤児院があった。もしかするとハマーもそこにいたのかもしれない。なんと声をかけたらいいのか、わからなかったけれど、少なくとも今の発言がちゃんと聞こえたことぐらいは知らせておくべきだろう、と思った。わたしは足を止めて振り向いた。期待どおりの反応だったのだろう、ハマーはまたぼろぼろの犬歯をのぞかせて、にやりと笑った。

ハマーという人は矛盾のかたまりで、どう解釈するべき相手なのか、どうもよくわからなかった。それでも今回は、繊細で、傷つきやすい部分をのぞかせているような気がして、もう一歩踏み込んだ質問をしてみることにした。「お葬式のときにロイ・トナイに言ってたこと、あれってどういう意味？　うちの姉に対してあなたは節度を以て接してたけど、ロイはそうじゃなかったってこと？」

「いや、別にたいしたことじゃない」

「それじゃ答えになってない。ちゃんと答えて」

「トナイは気が短い。あいつのそういうとこに気づいてるかどうか知らないけど」

青果市場に出入りしていたあいだに、いろいろな場面でロイを見てきた。あるとき、ロングビーチの生産者がちょっとしなびたキュウリを持ち込み、それを買いとるよう父に求めたことがあった。一緒にポーカーをしていたときに、ロイ・トナイが買い入れを約束した、というのだ。父に言われて、わたしはロイを呼びに行った。生産者の言い分を聞くと、ロイは激怒した。思わずわれを忘れかけたのだと思う。あやうくその生産者を、その人が運んできた野菜の入った木箱もろとも、荷下ろし用のプラットホームから突き落としかけたのだ。

「そのことが言いたかったの？　ロイがうちの姉にむかっ腹を立てて怒鳴りつけてるとこを見たとでも言いたいの？」

「そうは言ってない」

ハマーは何か隠している。それはまちがいなかったが、この調子では核心に迫れそうにはなかった。陽が傾きかけていた。父も母も、いつまでも帰ってこないわたしのことを心配して、気を揉んでいるにちがいなかった。仕事が見つかったことを早く報せたかった。高給は望めそうにないけれど、収容所で働いていたころの月給十二ドルよりは、ずっとましだろう。しかも職場はあんな優雅な建物のなかにあるし、アパートメントから二キロと離れていない。

「それじゃ、そろそろ失礼しないと。両親が待ってるから」わたしはそう言って、歩きはじめた。

何歩か進んだところで、ハマーが大声で言うのが聞こえた。

「トロピコ、その新しい髪型、なかなか似合ってるぜ」

第八章

ここ、シカゴには、いかにもいかがわしげなナイトクラブが何軒かあって、そのうちの一軒のハワイ語の名前のついた店がニセイの若い男たちのたまり場みたいになってる。お店の女たちは――白人もいるし、黒人もいるし、日系人もいて――襟ぐりの開いたドレスを着て、お店のまえに出て、慣れた仕種で通行人を誘っている。呑みすぎた男たちがふらふらと歩道に出てきてゲロを吐き、正体をなくして自分の吐いたそのゲロのなかに倒れ込んでいる姿も、この市では見慣れた光景だ。母さんが見たら、なんておぞましいと思うにちがいない。

ニューベリー図書館で働きはじめて一週間が過ぎても、ナンシー・コワルスキーはあいかわらずわたしのことを〝アーチー〟と呼んでいた。わたしも敢えて訂正しなかった。正しく発音しようと彼女なりに努力してくれていることはわかっていたし、このご時世ではそれだけで充分すぎる配慮だと思ってもいたから。もうひとりの助手、フィリス・ディヴィスのほうは、つねにわたしをじっと見ていた。まるで日系人というものを生まれて初めて見ました、とでもいうように。実際のところ、ほんとうに初めて見たのかもしれなかった。

ナンシーもフィリスも、仕事を教えるのが上手だった。利用者が入館するときに手荷物を預かり、退館するときに返却し、かかってきた電話に応対し、レファレンスサーヴィス担当の司書が利用者の求めに応じて指定した本やパンフレット類を書庫から探しだしてくる――それが、わたしたち助手の仕事とされているものだった。

利用者のほとんどが年配のハクジンの男の人で、地元の大学の教授あたりだったのではないかと思う。とはいっても、もちろん利用者全員というわけではない。なかにひとり、定期的に通ってきて受付で大きな格子柄の手提げバッグを預ける女の人がいた。バッグにはいつも、市内の百貨店でしてきた買い物の包みがどっさり入っていた。じつはその人は小さな子どものいる母親だった。どうしてわかったかと言えば、あるとき、気がつかないうちに時間が経っていて、通りの向かいにある学校に息子を迎えにいくのに遅刻しそうだ、と言っていたからだ。ほかにもスーツを小粋に着こなす黒人の男の人もよく来館していた。来館するたびに、胸ポケットからのぞくポケットチーフがちがうのだ。

休憩時間にわたしたちが使える部屋も用意されてはいたけれど、わたしとしては戸外に出て、バグハウス・スクエアのベンチでランチを食べるほうがよかった。わたしたち助手は時間をずらしてお昼食の休憩を取ることになっていた。受付につねに最低ひとりはいなくてはならなかったからだ。

助手として勤めはじめて最初の一週間がもうすぐ終わろうという日のことだった。お昼食(ひる)の休憩のとき、いつものようにバグハウス・スクエアのベンチに坐って、家から持ってきたパンにバターを挟んだだけのランチを食べおえようとしていたところにナンシー・コワルスキーがやってきて、わたしのすぐ隣に腰をおろした。自分だけのお気に入りの休憩場所を知られてしまって、ちょっぴりがっかりしたけれど、それでもわたしは笑みを浮かべた。

「ここだったのね、いなくなるたびに来てたのは。わたしもこのあたりには写真を撮りにくることがあるの」ナンシーも紙袋に入れてランチを持ってきていた。「キィエルバサ（ポーランドのソーセージで、豚肉のみではなく牛肉も使用して作られる）っていうの。食べたことある？」油紙に包んであったのは、端と端がくっついていてアルファベットのOの恰好になっている細長いソーセージだった。「食べてみて」と言ってナンシーは端っこをちぎってわたしに差し出した。

茹(ゆ)でたソーセージは見るからにおいしそうで、その申し出を断るなんてできるわけがなかった。見かけを裏切らず、ソーセージは塩気がきいていて、肉そのものの味がした。これほどおいしいものを食べるのは、ほんとうに久しぶりのことだった。

ふたりでランチを食べながら、芝生で大声を張りあげ熱弁をふるう人たちを眺めた。ひとりはその場所の常連で、わたしと同じぐらいの背丈で白髪交じりの痩せた男の人で、アメリカ国内のファシズムという不正義を許すべきではない、と主張していた。同じ演説をもう二回も聞いていた。今日はもじゃもじゃの赤毛の髯(ひげ)を剃っていたので、いつもより十歳は若く見えた。

その男が演説を終えてリンゴの木箱の演壇から飛び降りたあと、わたしは仕事をはじめてからずっと心のなかで引っかかっていたことを、ここで思い切って持ち出してみることにした。「フィリスはわたしのこと、あまり好きじゃないみたい」

「あら、あの人は誰に対してもいつもあんな感じよ。感情をおもてに表さないの。わたしも嫌われてるんだとばかり思ってたけど、そのうち、気づいたのよね。わたしのことなんて別になんとも思ってないんだって。フィリスのことは、そういう人なんだって思っておくのがいいと思う」

「フィリスが住んでるのは、このあたり?」

「サウスサイドよ。シカゴの黒人のほとんどがサウスサイドに住んでる。わたしが住んでるのは、ウェストタウン。ポロニア・トライアングルの近くって言ったほうがわかりやすいかな」ナンシー・コワルスキーは口をもぐもぐさせながら言った。「フィリスのお兄さんは軍隊にいて今は戦地に行ってるの。たしか陸軍じゃなかったかな。あまり話したがらないけど。でも、お兄さんにはしょっちゅう手紙を書いてるのよ。あそこの通りの角のポストに手紙を投函(とうかん)してるのを、何度も見たことがあるもの」

フィリスはわたしのことをどう思っているのだろう、と考えた。彼女のなかでは敵に分類されているような気がした。

ナンシーのおしゃべりは続いた。いつの間にかナンシーの家族のことが話題になっていた。聞いているうちに家族の人数が倍になり、そこからさらに倍になり、そのさらに倍というように膨らんでいくように思えた。誰が誰と結婚して子どもが何人生まれて、といった他愛のないおしゃべりが、じつのところわたしには賑やかで愉しく感じられた。「あなたにはいないの、お兄さんとかお姉さんとか？」と最後に訊かれた。いつもの習慣で「ええ、姉がひとり。三つちがいの」と言ったところで、頭がブレーキをかけた。「でも、今はシカゴにはいないの」そこで腕時計に眼をやって、慌てて立ちあがり、わたしの休憩時間はもう終わりなので、と言った。

フィリスと交代するため図書館に戻りながら、思考回路が麻痺したようになにも考えられなくなっていた。戻るのが何分か遅れていたので、フィリスはたぶん、いらいらしているにちがいないと思ったけれど、そのときのわたしにはそこまで気遣う余裕がなかった。

図書館の仕事を終えて帰宅すると、母が料理をしていた。母もパートタイムの仕事に就いていて、クラーク・ストリート沿いの、ベローというフィリピン人の兄弟がやっている理髪店で清掃係をしていた。理髪店では日々、清掃は欠かせない。髪を切れば床に散らばるし、散髪道具は使えば汚れる。ところが遅い時間まで働くことに父がいい顔をしなかった。そこでベロー兄弟と相談した結果、母は早朝の午前七時ぐらいに出勤して暗くなるまえに退勤することになった。そう取り決めたおかげで、母は毎晩、夕食の仕度をして父とわたしの帰宅を待つことができるようになった。

簡易キッチンの電気コンロで母は細切れの牛肉とニンジンを煮ていた。スキヤキのようなにおいがした。味つけに欠かせない醤油や配給制の砂糖をどこで手に入れてきたのか、わたしにはわからなかったけれど、その晩いちばんのご馳走は、じつはそのスキヤキもどきではなかった。

「わあ、ゴハンだ」母がもうひとつの鍋の蓋をあけたとたん、わたしは思わず大声で叫んだ。立ちのぼる湯気で母のほつれ毛がふんわりと持ちあがった。

つやつやのおいしそうなライス――ちゃんと粘りけがあって、ハクジンたちがバターを絡めて食べるパサパサで砂みたいな代物なんかじゃない、本物のゴハンだった。収容所で暮らしていたときもライスにはありつけてはいたけれど、食堂で出てくるのはライスとは名ばかりで、きわめて独特な食べ物だった。あるときは沼地の怪物かと思うような、べちゃべちゃした巨大な塊になって出てきたし、またあるときは見ためは確かにライスだけれど食べると段ボールの味がしたりするのだ。

「父さんは？」

「戦時転住局（WRA）の事務所に行ってるわ。仕事を探しに」

父の帰りを三十分ほど待つうちに午後六時になった。もうそれ以上は、わたしはもちろん、母も待てなかった。お肉は煮過ぎてそろそろ固くなってきていたし、煮汁もだいぶ煮詰まってきていた。

「父さんだってきっと文句は言わないと思うよ」とわたしは言って、シカゴのアパートメントでは初めてのスキヤキを愉しむことにした。フレンド派の人たちから貰いうけた色も形も不揃いの二枚のお皿にゴハンとスキヤキを取り分けた。お皿の縁からこぼれそうになる煮汁を、ゴハンで堤防を築いて堰（せ）きとめ、ゴハンにたっぷりと煮汁を吸わせた。

その晩のスキヤキの味は、母がトロピコで作ってくれていたものとまったく同じというわけにはいかなかったけれど、少なくともこの二年間ではまちがいなくいちばんのご馳走だった。日本の文化のなかで母がなにより重要視しているのがエンリョという、相手のことを慮（おもんぱか）って自分の行動を自ら抑制することだったが、その晩のわたしはそのエンリョの精神を最大限に発揮して、父の分まで食べてしまわないよう努めた。

母は自分の分にちょっと手をつけただけで席を立ち、窓からそとを眺めて父の姿を探していた。戸外（そと）はもう真っ暗で、したの通りを歩く人の姿も見分けられないというのに。

わたしは最後にもう一度、スプーンでぐるっとお皿を撫でまわし、煮汁が残っていないことを確認してからスプーンを置いた。父の帰宅が遅いことで、母はせっかくの夕食を落ち着いて愉しむ気になれないでいた。

「ハリエットのところに訊きに行ってこようか。なにかわかるかもしれないから」

母にそう言って二階までおりて、ハリエットの部屋のドアをノックした。なかで物音がした。それから抑え気味の声のやりとりが聞こえた。そのあとドアが少しだけ開いて、その細い隙間からハリエットの右眼がのぞいた。

「あら、アキ」とハリエットは言った。

そのままなかに入れてくれるものと思ったけれど、ハリエットはドアの隙間をふさぐようにしてその場を動こうとしなかった。じつを言えば、わたしはハリエットのことをそれほどよく知っているわけではなかった——アパートメントにしてもご両親と一緒に暮らしているのか、あるいは結婚していて家族がいるのか、もしくは訪ねてくるようなボーイフレンドがいるのか、といったことさえも。

「ええと、うちの父のことなんです。今日、再移住事務所で父を見かけましたか?」

「申し訳ないと思っているのよ、話がうまく進まなくて」

わたしが怪訝な顔をしたのを見て、ハリエットは言ってはいけないことまで言ってしまったことに気づいたようだった。

「英語を母語としない五十歳以上の男の人が仕事を見つけるのは、なかなか難しくて」事情を説明する口調で、ハリエットは言った。「工場でもそういう人を雇いたがらないし、一家の主婦はイッセイの男の人を家に入れたがらないし。あなたにもわかると思うけど」

「それじゃ、今日も仕事が見つからなかったんですね」

ハリエットはためらいがちにうなずいた。「ええ、じつは」

「父がまだ帰宅しないので、母もわたしも心配してるんです」

「それは心配ね。お父さんが事務所を出られたの、午後の三時過ぎぐらいだったと思うんだけど」

ということは、父は戦時転住局(WRA)を四時間以上もまえに出たということだった。

ハリエットは、今はちょっと手が離せないので、という理由でドアを閉めた。「ミルクが煮立って噴きこぼれてるよ」という男の人の声が聞こえた。わたしにはあわせたくない相手、ということだろうか？ と思うともなく思った。

部屋に戻り、母には父の帰宅が遅いのは、仕事の面接を受けにいったかららしい、と言ってごまかした。

「今度こそきっと雇ってもらえるわ」母はそう言うと、スプーンからこぼれそうなほどたっぷりすくったゴハンを口に運んだ。

そのあと、わたしは使った食器を洗いながら、心配をまぎらわすため、シカゴという市(まち)のことを考えた。アメリカ自動車協会(トリプルA)発行の地図を暇さえあれば眺めているのに、いまだにシカゴの市街が理解しきれていなかった。シカゴ・ハーバーのそばには、いわゆる観光名所がいくつもあった。フィールド自然史博物館、ラグーン、グラント・パーク、シカゴ美術館。もっと北のほうまで足を伸ばせば、ミシガン湖沿いにビーチが続き、リンカーン・パークがあって、リンカーン・パークには動物園もあるしゴルフコースまである。シカゴの人は口を開けば、ループ、ループと言うけれど（シカゴ市内を走る環状の高架鉄道のこと。その鉄道が囲む地域を指す名称でもある）、わたしにはシカゴのダウンタウンのどこがイカレ（ルーピー）ているのか、どうもよくわからなかった。

わたしにとってなにより印象的だったのが、シカゴの川だった。川幅が広くて、悠然と、力強く流れている様子は、コンクリートで護岸されたなかをちょろちょろと流れるだけのロサンゼルス川とはまるで別物だった。シカゴ川はシカゴという大都会の最も優雅で最もお金のかかっている地区を流れ、その存在感を堂々と主張していた。その流れをコントロールしようとするものはどこにもいない。だからなのだ、わたしがこの川に惹かれ、敬意を抱くのは。

アメリカ自動車協会（トリプルA）発行の地図を見てもそこまではっきりとはわからないけれど、シカゴの街は居住する人たちの人種とか出身とかでいくつかの地域に分かれている。たとえばナンシー・コワルスキーが住んでいるウェストタウンには、ポーランドの人たちが多く住んでいる地区がある。同じようにギリシア系、ドイツ系、イタリア系の人たちが集まっている地区もある。黒人とアイルランド系の人たちは、サウスサイドのそれぞれ別の地区にまとまって暮らしている。もちろん、チャイナタウンもある。ロイが今度、連れていってやると約束したチャイナタウンのレストランは、茹で鶏のパッカイと中華麺を炒めたチャウミンで有名らしい。ということは、もうじき、あの豚肉の甘酸っぱいソースの絡んだ麺料理を食べられるということだ。想像しただけで、つばが湧いてきた。

使った食器を洗いながら、母にはもう休んだらどうかと言った。シカゴに着いてから、母はかなり体重が落ちたようだった。それは父も同じだった。わたしは眼につくほど痩せたわけではなかったけれど、それでも二キロぐらいは減っているような気がした。

夕食に使った食器と鍋を洗いおわったあと、ついでに簡易キッチンを隅々まで掃除して、こびりついていた黒ずみや汚れをひとつ残らずやっつけた。母が大箱で買っていた重曹が役に立った。母もパンやケーキを焼くため、というより主に掃除に使うために買っておいたにちがいなかった。備えつけの冷蔵庫はクーラレーター社の製品で、高さがだいたい一五〇センチぐらい。うえのほうの四角い仕切りに氷の塊を入れて庫内を冷やす方式で、一週間に一度はその氷を入れ替える必要があった。あいにく、わが家のクーラレーターさんはだいぶお歳を召していて、氷が溶けた水がそのしたの、冷蔵したいものを載せる棚の側面に洩れだしてしまうものだから、野菜や肉を入れるときには、必ず油紙でしっかりくるんでおかなくてはならなかった。

キッチンがきれいになると、ほかにもうすることがなかった。音楽を聴こうにもラジオもないし、おしゃべりをしようにも話し相手がいないし、編み物や裁縫には興味もないし。で、玄関を入ってすぐのところのリネン類を収納する小さな戸棚から姉のスーツケースを引っ張り出してきた。アパートメントの部屋にひとりきりでいられるときは、たいてい、こうして姉のスーツケースを引っ張り出してきて、なかから姉の服を取り出して、たたみなおしていた。姉の着るものとして、いちばん意外だったのが、濃い青緑の地に白い折り鶴の模様を散らしたワンピースだった。華やかですてきではあるけれど、姉の好みからするとはですぎた。襟のにおいを嗅いでみた。男もののコロンによくある、ムスクみたいなにおいがした。

服をたたみなおしたあと、いつもは姉の日記帳を取り出して読み返した。どうして妊娠したのか、中絶処置を受けたのであればどこで受けたのか、そうした疑問を解く手がかりになりそうなことが書かれてはいないか、何度も何度も読み返してみた。床にぺたんと坐り、クロゼットの側面にもたれかかって。日記の最初の部分は、たとえるなら甘いお菓子だった。ホイップクリームをたっぷり盛りあげてあって、そのしたに暗くて深い穴が隠れている気配すらうかがえなかった。本音や肝心なことは胸の奥深くにしまったままだったのかもしれない。日記の日付は次第に飛び飛びになり、まんなかあたりになると、書き込み自体も短くなった。どういう意味がよくわからない文が一文だけ、という日もあった。そのあとバッグの中身も取り出して検(あらた)めた。ひび割れた丸い鏡、姉のお気に入りだったレッド・マジェスティの口紅、白黒の顔写真が貼ってある無期限収容所出所許可市民証明書、そして数ドル分の硬貨が入った小銭入れ。

その晩はダイニングルームの床に坐り込み、膝のうえに姉のワンピースやスリップを拡げて顔をうずめているうちに、いつの間にか眠り込んでしまったようだった。椅子の脚がリノリウムの床をこする音で、はっとして眼が覚めた。帰宅した父が、椅子に坐ろうとしているところだった。玄関のドアが開けっぱなしになっていたので、わたしは立ちあがって閉めにいき、ついでに鍵もかけた。

腕時計に眼をやった。午前零時になろうとしていた。「どこに行ってたの？」と訊いたものの、訊くまでもなかった。父の身体や着ているものからアルコールのにおいがしていたから、なにをしていたかは容易に想像がついた。

「シゴトを見つけてきた」と父はぶっきらぼうに言った。青果卸店の従業員たちが、急いでいるとき、そんな話し方をしていたことを覚えている。

「ほんとに？」と言ったとき、本気で疑っていたわけではなかった。けれども、言われたほうにとっては、そんなふうに聞こえたのかもしれない。父は冷笑としか表現しようのない笑みを浮かべて、わたしをじろりとにらんだ。

「信じられないか？」

「だったら、どこの仕事？」

父はすぐには答えなかった。「〈アロハ〉って店だ」

「〈アロハ〉？　バーの名前みたいね」

「バーのどこが悪い？　シカゴなんてバーだらけじゃないか。それにこれを見ろ。オカネを稼いできてやったぞ」父はそう言うと、ポケットから紙幣の束を引っ張り出して見せた。

「父さん、ほんとにそこしかないの？　そういうとこで働いて大丈夫なの？　だってマンザナーでも、まわりに迷惑かけたでしょ？」

「ダマレ！」と父は日本語でひと言怒鳴った。余計なことを言うな、というのだ。そんな乱暴なことを父から言われたことは、それまでただの一度もなかったのに。父の表情から、父自身、自分の怒りの激しさにびっくりしていることがうかがえた。その怒りはまだおさまっていなかった。父は手近なところにあったもの、姉が歯みがきのときのコップにしていたイチゴジャムの空き瓶をつかむと、部屋の奥の壁めがけて手榴弾（しゅりゅうだん）みたいに投げつけた。瓶は割れて粉々になり、破片がリノリウムの床に散らばった。破片のひとつが、わたしのなにも履いていない足のそばできらりと光った。

　寝室から母が出てきた。くしゃくしゃになった髪が頭にぺたんとはりついていた。「なんなの、なにがあったの？」

　あまりにもびっくりしていたので、とっさにことばが出なかった。父もあれほど泥酔していなければ、勢いに任せて部屋を飛びだしていたと思う。わたしたち三人は、そのましばらくのあいだ凍りついたようにその場に突っ立っていた。姉の所持品はクロゼットの横で小さな山になっていた。割れた瓶のかけらを踏むのが怖くて、わたしたちはどこに足を踏み出せばいいのか、わからずにいた。

第九章

どうしてなのか、理由は自分でもわからないけど、わたしは女の子と仲良くなるとたいていいつももめる。女の子って、ある程度親しくなると、自分のルールに従わせようとする子がどうしてあんなに多いんだろう？　わたしはそもそも他人(ひと)に従いたいなんて、これっぽっちも思ってないのに。ああしろ、こうしろ、と言われるのもいやだし、察しが悪いと責められるのもまっぴらごめん。だいたい、他人(ひと)の気持ちなんて読めるわけないんだから。マンザナーの女の子が集まってやってたクラブ活動みたいなのは、悪くなかった。こっちも時間をつぶせることを探してたし。みんなで協力しあってなにか作ったり、ダンスパーティーを企画したりするのは、愉しかったたし。仲良くなるって、お互い心の奥底にしまってある暗い秘密を打ち明けあわなくちゃいけないってことじゃないはずだよ。

父が怒りを爆発させてからというもの、両親は一致団結して、わたしに対して共同戦線を張ることにしたようだった。母に言わせれば、父があんなふうに激怒したのも、わたしに非があることになるらしい。イッセイの男の人たちが勤め先を見つけるのにものすごく苦労をしているときに、ようやく見つかった仕事のことをまっとうな職場なのかと質問するとは、よくもそんな生意気な真似ができたものだ、と言うのだ——母が理髪店をきれいにして、父がバーをきれいにする。ソウジというものは、つまり清掃業務というものは、尊敬に値する立派な仕事であり、わたしのほうこそ心のソウジをして魂を清めたほうがいいのではないか、と言われた。

それはつまり、わたしになにをしろと言うことなのか、わたしにはさっぱりわからなかった。アパートメントにいるときに、父か母のどちらかひとりでも居残っていると、まるで割れやすい卵を敷き詰めたうえを歩いているようで、なにをするにも言うにも、えらく気を遣うはめになった。ある晩、ようやくひとりになれたので、玄関を入ってすぐのところのリネン類を収納する小さな戸棚を開けたところ、姉のスーツケースがなくなっていた。面と向かって母を問い詰めたりしたら、そこでまた大騒ぎになるに決まっていた。不幸中の幸いと言えるかどうかはわからないけれど、姉の日記帳だけは手元に残せた。あらかじめわたしのベッドのマットレスとボックススプリングのあいだに隠しておいたので。警察署から引き取ってきた血のついた衣類は、姉のお気に入りだった水玉模様の濃紺のワンピースではなく、黄土色の地に小さなチョウの柄がプリントされている、わたしは一度も見たことがないものだった。だんだんにおいがひどくなってきたので、あるとき、思い切って処分した。惜しいとは思わなかった。

クラナーズ葬儀社で渡された名刺を頼りに、シカゴ共済会の代表のミスター・ヨシザキに連絡を取り、土曜日の午後、〝エル〟のローレンス駅のそばの喫茶店(コーヒーハウス)で会うことになった。

シカゴの人たちが〝エル〟と言うのを聞くたびに、わたしはやっぱりまだ少し混乱した。〝エル〟とは、シカゴでは知らない人のいない高架鉄道のループの頭文字を取った呼び方だった。高架鉄道の〝エル〟はシカゴのいくつもの地区をまたにかけ、轟音(ごうおん)を撒(ま)き散らしながら走っている。ところが、クラーク・アンド・ディヴィジョン駅のような新しい地下鉄の駅にとまる列車のことも〝エル〟と言うのだ。

土曜日の午後、わたしはクラーク・アンド・ディヴィジョン駅からその〝エル〟に乗った。地下鉄の線路を走っているあいだ、列車は滑るようになめらかに進んでいたけれど、高架に入ったとたん、その動きに轟音と激しい揺れが加わった。たった今、レールの継ぎ目を通過したな、とわかるのは、継ぎ目を通過するたびに乗っている人たちの身体がまえに投げ出されそうになるからだった。ときどき、低所得者向けのアパートメントの窓からほんの一メートルも離れていないところを猛スピードで走り抜けた。バルコニーの洗濯ロープにどんな洗濯物がぶらさがっているかまで見えた。朝食のテーブルを囲んでいる人の姿がちらりと見えることもあった。うちの両親も含めて近所の人たちはクラーク・アンド・ディヴィジョン駅界隈の住宅が手狭なことで寄ると触るとぶつくさぼやいているけれど、こんなふうにほかの場所で暮らしている人たちの様子を目の当たりにすると、その程度のことでモンクを言うものではない、という気持ちになった。

ミスター・ヨシザキと電話で話したときに聞いた説明によると、待ち合わせをした喫茶店(コーヒーハウス)は、高架鉄道の駅の階段をおりたすぐ横にあるとのことだった。その界隈は、これはあとで知ったことだけれど、アップタウンと呼ばれていて、どこを向いても劇場やら映画館やらバーやらのネオンサインで飾られた看板がにぎやかに夜遊びを誘っていた。プラットホームのすぐ隣のきれいなスペイン風の建物は、ダンスホールだった。

目的の店を探してうろうろ歩きまわるまでもなく、一軒の喫茶店(コーヒーハウス)のまえに初老のアジア系の男の人が立っているのが眼に入った。その人がシカゴ共済会の代表の人にちがいなかった。

わたしは足を速めた。

「ミスター・ヨシザキでいらっしゃいますか？　お待たせして申し訳ありません」

「ああ、イトウサン」とその人は言って、軽く頭をさげた。話し方に、わたしにとっては耳慣れた穏やかな抑揚があった。青果卸店のイッセイの経理担当者のことを思い出した。ミスター・ヨシザキは、頭髪についてはだいぶ心細くなっていた。もじゃもじゃの眉毛も、なんと睫毛(まつげ)までもが真っ白だった。

連れ立ってお店に入り、ひとつだけ空いていたテーブルについた。まわりはハクジンの客ばかりだった。ミスター・ヨシザキはわたしになんでも好きなものを注文するように言ったけれど、自分はクリーム入りのコーヒーしか頼まなかった。

ミスター・ヨシザキも日本語を折り交ぜてしゃべった。「あなたのご家族が遭遇なさった今回のいたましい出来事のことを思うと、悲しみで胸が張り裂けそうです」

その誠実で実直な口調に、わたしは深く心を揺さぶられた。こんなふうに味方になってくれる年長者の存在は、わたしにとってなによりもありがたかった。ミスター・ヨシザキは詮索がましい質問を浴びせかけてくることもなく、ただわたしたちが困っていることはないかどうか、それだけを気にかけてくれた。

「おかげさまで、いい仕事に就くことができました」とわたしは言った。「じつはもう、家族全員仕事が見つかって、働いているんです」両親がいわゆる肉体労働に従事せざるをえなかったことは、敢えて口にしなかった。

「そうでしたか、それはヨカッタ」

わたしたちはそれぞれコーヒーを飲んだ。ウェイトレスが追加注文を訊きに来たけれど、ミスター・ヨシザキは手を振って、なにも要らないことを伝えた。

ウェイトレスがそばを離れたところで、わたしは咳払い（せきばら）をひとつして、こうして面談を求めた理由を説明した。「姉のローズのことなんです。わたしたち、どこにも――」

ミスター・ヨシザキは身振りでわたしの話を押しとどめた。「お姉さんのご遺灰でしたら、モントローズ墓地にある納骨堂でお預かりすることができますよ。費用のことはどうかご心配なく。なにもかもシカゴ共済会にお任せください。今日のうちに葬儀社に連絡してみましょう。明日には納骨堂にお移しできるように」

「ありがとうございます、なにからなにまで」わたしは思わず手を伸ばして、ミスター・ヨシザキの節くれだった手をぎゅっと握った。わたしたちニセイはふつう、相手が日系人の年長者だったら、まずそんなことはしない。たとえ親戚だったとしても。

「シカゴ共済会は、アメリカに暮らしている身よりのない日系人を支援するためにできた団体です。そういう方々には力になってくれる親類縁者がいませんから」とミスター・ヨシザキは説明した。「つまり人のお役に立つことが会の使命なんです。納骨堂でご遺灰をお預かりするのに期限はありません。お姉さんのご遺灰もいつまでもお預かりしますよ」

これで姉も落ち着いて休むことができるだろう。たとえ身よりのない日系移民の骨壺の隣だったとしても。姉の遺灰を安置するしかるべき場所が見つかったことで、わたしは肩の荷をひとつおろした気分だった。

帰り道、高架鉄道の駅の階段をのぼりながら、わたしは底なしの哀しみに呑み込まれそうになった。母は故郷の鹿児島で暮らしていたころのことを思い出すたびにクロウということばを口にした。英語にすると〝苦難〟── suffering になるのだろうけれど、suffering ということばは、なんだか表面をさっとひとすくいしただけに聞こえる。クロウは、もっと奥深くまでえぐられた状態をあらわすことばだ。咽喉の奥から絞り出されるうめき声や骨の髄まで貫くほどの痛みまでをもあらわす。ミスター・ヨシザキはご自身のことは、日本で暮らしていたころのことも、アメリカに渡ってきてからのことも、どちらについてもなにも語らなかったけれど、たぶんクロウというものを知っている人なのだと感じた。

両親とともにシカゴに移ってきて三週間がたち、日を追うごとに暑さが厳しくなった。姉の身になにが起きたのか、必ず突き止めると固く心に決めてはいたものの、猛烈な暑さでその意気込みも萎えていた。四方八方から熱気が押し寄せてきて、もう息もできないと思うこともあった。唯一の避難所が、エアコンの入っている職場、ニューベリー図書館という至聖所だった。

その至聖所のわたしたちのいる受付カウンターに、とある金曜日のこと、ロイが訪ねてきた。その日はそのあと工場の深夜勤務が待っているけれど、週末は休みだ、とロイは言った。ナンシーとフィリスが目配せしあっているのが見えた。わたしとしてはその場ですぐさま、ううん、この人はただの友だちだってと伝えて、ふたりがいかなることを想像していようとも、どれも的外れもいいところだと指摘したかった。

「こんなところになんの用?」とわたしはロイに尋ねた。ロイは南カリフォルニア大学を卒業してはいたけれど、本好きとは言えないことを知っていたからだ。

「明日の晩、〈アラゴン〉で、〝カリフォルニアン〟の連中がダンスパーティーを開くって聞いてね」

〈アラゴン〉は、先日、ミスター・ヨシザキと会うために〝エル〟のローレンス駅の近くの喫茶店（コーヒーハウス）に出向いたとき、途中で見かけたスペイン風のあのきれいな建物のことだった。「日系人は三名以上で集まっちゃいけないことになってたんじゃなかった？」

ロイはやれやれとでも言いたげな顔で天井を仰いだ。クラーク・アンド・ディヴィジョン駅界隈の活気は、収容所であれほど言い含められていた規則がじつは有名無実化しているなによりの証拠だった。

「新参者の誰かさんにとっちゃ、シカゴの社交の場を知るいい機会になるんじゃないかと思ったもんだから。で、アパートメントの廊下の公衆電話に電話してみたんだけど、誰も出なくてさ」

〝カリフォルニアン〟の連中というのが、どういう人たちなのか、聞いたこともなかった。（これもまたあとで知ったことだけれど、彼らは自分たちのグループの名前をふつうのCからはじまる Californians ではなく、Kからはじめて Kalifornians と綴るらしい）。とはいえ、ロイに同行するということは、そのあいだアパートメントの部屋にはいなくてすむ、ということでもあり、それを思えば否やはなかった。

「言っとくけど、デートじゃないからね、ロイ」それだけははっきりしておきたかった。

「馬鹿なことを言わないでくれよ。誰かさんはおれにとっちゃ妹みたいなもんだぜ。おれがお目付け役ならローズだって安心するよ」

というわけで、ロイとは土曜日の午後七時にマーク・トウェイン・ホテルのまえで待ち合わせることになった。待ち合わせの時刻が遅めなので、それまでの時間を有効に使うことができそうだった。土曜日にしたいことのひとつが、姉の遺灰が収められている納骨堂を訪ねてみることだった。

土曜日の朝、わたしはクラーク・アンド・ディヴィジョン駅のそばの生花店で花を買った。姉の好みを考えると、華やかでぱっと眼を惹く赤い花、たとえばバラのような花を選びたくなったけれど、シカゴの蒸し暑い気候でも長持ちしそうな黄色いキクを選んだ。生花店の店員は、用途を聞くと、花束を白い厚手の包装紙にくるんでくれた。その花束を抱えて、わたしはクラーク・アンド・ディヴィジョン駅におりるエスカレーターに乗った。

姉が命を落とした現場のプラットホームに立つことにも、だんだん慣れてきていた。姉のことがまったく思い浮かばなかったときさえあった。そのことに気づいて、われながら驚き、罪悪感を覚えた。母は、ローズだってわたしたちにまえに進んでいってほしいと思っているはずだ、と言ったけれど、わたしは賛成できなかった。姉は舞台の中心にいて、みんなを結びつける核だった人だ。自分の役目はそこにあると思っていた人でもある。そんな人が忘れ去られることを願っているとは、どう考えても思えなかった。

アメリカ自動車協会（トリプルA）発行の地図で見る限り、モントローズ墓地は実際にはエヴァンストンにそれほど近いわけではなかった。それでも、少なくとも方向は同じだった。そう、北に向かえばいいのだ。それで心は決まった。墓地を訪ねたその足でトミに会いにいくつもりだった。

そのためには列車に乗り、バスをいくつか乗り継ぎ、さらにそこから延々と歩かなくてはならない。タクシーは料金がかさみすぎて論外だし、ロイに車を借りて乗せていってほしいと頼むつもりもなかった。トミに話を聞きに行くわけだから。ロイはどういうわけか、トミのことをよく思っていない。会いに行くと言えば、行くなと説得してくるような気がした。

ローレンス駅で列車を降りて、駅の周囲をさんざん歩きまわってようやく目的のバスを見つけ、六キロばかりバスに揺られたのち、プラスキという大通り（ブールヴァード）で降りて、そこからは一直線だけれど、かなりの距離を歩くことになった。気温が高くて、生花店で買ったばかりのキクの花が早くも生気を失い、なんだかしおれてきている気がした。額に噴きだした汗が滴り、眼にしみた。これはあまりいい思いつきではなかったかもしれない、という気がしはじめていた。

けれども、モントローズ墓地の標識のところまで来たところで、そんな後ろ向きの思考ががらりと変わった。数日まえの夏の嵐のおかげか、墓地の敷地内の芝生はどこもみずみずしく、墓参に来た人がこの地に眠る愛する人に手向けた花が、湿気と陽光とでどれも今を盛りと咲き誇っているようだった。

足の裏が痛くなってきたので、靴底を見てみた。右の靴底がずいぶんすり減っていた。父の靴のようにじきに穴が穿(あ)いてしまいそうだった。心配になって、キクの花束を包んでもらった紙を破り取り、四角くたたんで靴の内側に敷き込んだ。それでなんとかなりそうだった。

それから、日系人の納骨堂の場所を教えてくれそうな人はいないか、あたりを見まわした。遠くのほうに新しい墓地区画を造成している作業員たちの姿が見えた。濡れた芝生を抜けてそちらに向かうのは気が進まなかったので、遊歩道沿いに周囲の墓標や方尖塔(オベリスク)に眼をやりながら、ぐるっとまわってみることにした。少し進んだところで、背の高いアジア系の男の人が、コンクリートでできた記念碑のようなものを洗っているのを見かけた。記念碑は、傾斜のついた日本風の屋根のような形の石板を戴(いただ)いていてその正面に旭日(きょくじつ)の意匠が彫り込まれ、そのしたに〝JAPANESE MAUSOLEUM〟――日系人共同墓碑――と記されていた。

わたしはその場で立ち止まり、キクの花束を抱えたまま、一分か二分ほどその男の人の動作を眼で追った。着ているものは、カーキ色のズボンに白いランニングシャツ。わたしの視線を感じたのか、ふと作業の手をとめてこちらを見た。「おっと、こんにちは」

「こんにちは」とわたしも言った。

「納骨堂にお参りに？」

わたしはうなずいた。

「掃除はもうほとんど終わりました。しばらくのあいだ、おひとりでどうぞ」その人はそう言って雑巾とバケツを手に、そばに停(と)めてあったピックアップトラックに向かった。背中を丸めず、しゃんと伸ばして歩いていた。墓地で納骨堂の掃除をしているところを見られても恥ずかしくもなんともない、とでもいうように。気がつくと、心のどこかで、このままトラックに乗って走り去ってしまいませんように、と願っていた。もう少し話をしてみたかった。

花を生ける花立のようなものはなかったので、花びらをちぎって納骨堂の墓碑のまえに撒いた。姉の遺灰はこのなかに納められているはずだったから。ミスター・ヨシザキは納骨室の棚に骨壺ごと納めることになる、と言っていたので、そのことばを信じるまでだった。

墓参は、イッセイニセイの区別なく、わたしたち日系人にとって大きな意味を持っている。イトウ家の血のつながった親戚は、ワシントン州のスポケーンに住んでいる人たちしかいなかったけれど、父がカリフォルニアのあちこちの墓地に出向いては、今は亡きかつての同僚や従業員たちのお墓に詣で、なつかしさと哀悼の気持ちを表していたことを覚えている。日系人納骨堂の墓碑のまえで、わたしは両手をあわせて頭(こうべ)を垂れた。哀しいことに、姉の存在を感じることはできなかったけれど、それでも姉のために祈り、納骨堂で眠る人たちのために祈った。

眼を開けてからもう一度、墓碑をじっくりと眺めた。姉のローズがどんなところで眠っているのか、両親に話して聞かせてあげたかった。父にしろ母にしろ、はたしてわたしの話に耳を傾ける気があるかどうかは、わからなかったけれど。

墓碑に背を向けると、掃除をしていた男の人がまだ立ち去っていなかったことがわかった。手袋をはずしてトラックに寄りかかっていた。ランニングシャツのうえからチェックの半袖シャツをはおっていた。「うちの父が会の関係者なんです」とその人は言った。会というのはシカゴ共済会のことだろうと思われた。「以前は父が会の有志を引き連れて掃除に来てたんだけど、このところ足腰にがたがきてしまったもんで。それに、そもそも政府はぼくたちが集まってなにかすることを禁止してるし」

日系人は三名以上の集団にならないこと——姉の言ったとおりだった。そんな規則を守ることは、逆立ちしたって無理なのだ。政府関係者はクラーク・アンド・ディヴィジョン駅の界隈には足を運んだことがないのか、でなければ、わたしたち日系人のコミュニティが日に日に拡大していることも、ニセイたちがたびたびダンスパーティーまで開いていることも、見て見ぬふりをしている、ということになる。それでは、どの規則が厳密に適応され、どの規則がざるなのか、どうやって知ればいいのか、とわたしは思った。それを知る手がかりがわたしたちにはないのだから。

わたしは先日、シカゴ共済会のミスター・ヨシザキに会ったことを話した。

「ああ、ヨシザキサンね。ぼくにとっては伯父（おじ）さんみたいな人ですよ」

「ご出身はシカゴですか？」好奇心から訊いてみた。その人には、日系のほかの人たちとはどこかちがうところがあったから。頬骨が高く張っていて、顎ががっしりしていて、眼のまえにどんな障害が立ちはだかっていようと、ものともしないで立ち向かっていきそうな顔つきだった。

「そう、生まれも育ちもシカゴ。今はサウスサイドに住んでます」

「サウスサイド？　黒人とアイルランド人が住んでる地区だと思ってました」

「基本的にはそのとおりです。そこに日系人がちらほら交じってるって感じかな。以前はシカゴ全体でも日系人は数百人程度しかいなかった。その当時はシカゴにいる日系人は全員知りあいみたいなものだった」その人はわたしの顔をじっと見つめたまま、いつまでも眼を離そうとしなかった。見られているうちに、どういうわけか、わたしは恥ずかしくなってきた。

「あなたはシカゴ出身ではなさそうだ」

「ロサンゼルスです。マンザナーに送られたあと、シカゴに来ました。今は一家でクラーク・アンド・ディヴィジョン駅の近くに住んでいます」

「ってことは、ニアノースですね。ニアノースにシカゴ共済会のやってる簡易宿泊所（ホステル）があるんだけど、ここしばらくは表立って募集はしていなかったはずだから……こちらにきてもう長いんですか？」

わたしは首を横に振った。「まだ一ヵ月ぐらいです」

そのあとしばらく沈黙が続いた。もしかすると、その人はわたしがこうして日系人墓所にお参りにきたわけを知りたがっているのかもしれなかった。それを敢えて訊いてきたりはしない人なのだ。

「それじゃ、わたしはそろそろ失礼します」バッグから、トミが住み込みで働いているエヴァンストンの教授宅までの行き方をメモした紙を取り出した。ここからさらに歩いてバスに乗り、それからまたいくつかの交通機関を乗り継がなくてはならなかった。

「これからどこかにいらっしゃるんですか？」

「エヴァンストンです」

「エヴァンストン？　クラーク・アンド・ディヴィジョンとは逆方向だけど？」

「ええ、人に会いに行くんです」

「乗せていきますよ。午後はなんの予定もないので」

「いいえ、とんでもない。そんな厚かましいこと、お願いできません」

「でも、その靴が目的地までもつかどうかわかりませんよ」

折りたたんで靴のなかに敷いていた包装紙が足の裏に当たっていた。この分では靴擦れができるにちがいなかった。おおきな水膨れがいくつもできそうだった。「そういうことなら、車に乗せてくれる男性の名前ぐらいは知っておかないと」

その人はにっこり笑って右手を差し出し、握手を求めてきた。「アート・ナカソネです」

アート・ナカソネというその人の手は、ざらざらしていて固かった。「アキ・イトウです」

エヴァンストンまでの道すがら、どちらもあまり口をきかなかった。アート・ナカソネは世間話をするようなタイプではなく、それはわたしも同様だった。姉のことは話したくなかった。可哀想な子、姉を亡くした妹という眼で見られたくなかった。ごく一般的な、ふつうの女の子でいたかった──もちろん、こんなご時世なので、その状況下でシカゴという大都会に暮らすニセイの女の子の身で可能な限り〝ふつう〟という意味ではあったけれど。

それでもアートがシカゴ大学の学生で、専門課程に進む際にはジャーナリズムを専攻するつもりだということがわかった。話し好きでもなさそうだし、詮索好きでもないので、なんだか意外な気がした。

シカゴで生まれ育ったというだけあって、アートはわたしの持ってきた地図を一度見て道順を確かめると、そのあと運転しているあいだ、地図はまったく見なかった。三十分から四十分ぐらい走ったところで、焦げ茶色の煉瓦造りの洒落た邸宅のまえに差しかかると、スピードを緩めた。庭先から邸宅の黒い蝶番をあしらった玄関ドアまで、アーケードのようにアーチのついた小道が続いていた。小道の左右に大きな灌木が植わっていて、ピンクの花を盛大に咲かせていた。

アートはトラックのエンジンを切った。そして「このお宅だと思うよ」と言った。

わたしはメモ用紙に書き移してきた住所の番地と照らしあわせて確認した。ここまで乗せてきてもらうあいだに、トミのことは何度か話題になり、今はエヴァンストン在住のとある大学教授のお宅で住み込みのメイド（ハウスガール）として働いていることも話していた。

「ぼくだったら玄関から訪ねていくのはやめておきます」とアートは言った。「裏口にまわったほうがいいと思う」

その助言はありがたかった。使用人と使用人を訪ねてきた人には当然のごとく従うべき暗黙のルールがあるということだ。そういう事柄に関して、わたしははっきり言ってめっぽう疎いのだ。

「帰りはクラーク・アンド・ディヴィジョンまで送っていきますよ。ここで待ってます」

ふだんなら丁重にお断りするところだったが、そのときのわたしにはほかに選択肢がなかった。わたしはアート・ナカソネの申し出をありがたく受け入れた。

トラックの助手席から飛び降り、皺だらけになったスカートを撫でおろして、できるかぎり皺を伸ばした。気温もさることながら、この湿度の高さにはほとほとうんざりだった。教授のお宅に近づくと、犬の吠（ほ）える声が聞こえた。低い声なので、たぶん大型犬だと思われた。そこに小型犬と思われる高くて鋭い鳴き声が加わった。

わたしは裏口のドアを叩いた。最初は控えめに、そのあともっと力をこめて。それにあわせるように、屋内（なか）から聞こえる犬の鳴き声も大きくなった。「静かに！」という女の人の声がした。犬たちは命令に従った。それからドアが開いて女の人が顔を見せた。ルイーズのような痩身で、ルイーズほど背は高くなく、抜けるように白い陶磁器のような肌をしていた。繊細な目鼻立ちは、絵筆をすっすっと動かして描いたみたいだった。戦争が始まるまえにロサンゼルスのリトルトーキョーにある〈フジカン〉という映画館で家族と観た日本映画の、ひと昔まえの美人女優を思い出した。

「トミさんですか？　トミ・カワムラさん？」犬の荒い息遣いが聞こえた。犬は奥の部屋にいるようだった。

「ええ、そうですけど」

「アキ・イトウといいます。ローズの妹です」

ローズの名前を出した瞬間、トミはドアを閉めようとした。

「待ってください。ご迷惑は――」と声を張りあげて呼びとめたが、気づいたときにはトミは顔を引っ込め、わたしの眼のまえでドアが閉められていた。「お願いです、どうしてもお話を聞かせてほしいんです。姉のためにどうしても」わたしは平手でドアを叩いた。犬がふたたび激しく吠えはじめた。わたしがドアを連打する音が、おもての並木道の静けさを震わせた。

ドアが開いて、トミのつるんとしたきれいな顔がのぞいた。「ばんばん叩かないで。わたしを馘首にさせる気？」

「静かにします。だから、お話を聞かせてください」わたしは頼み込んだ。

「事前に許可されてない人の訪問を受けてはいけないの」

「五分だけ、五分だけでいいです」

「三分」トミはそう言うと、胸のまえでほっそりした腕を組んだ。わたしをなかに通す気はない、ということだった。

なるべく手短に話すことにした。「あなたは姉の友だちだった。シカゴではたったひとりの友だちだったんじゃないかと思います。姉の日記を読みました」

「日記？」トミの両頬がさっと紅（あか）くなった。

「アパートメントに残っていたんです。あなたの本と一緒に」

トミ・カワムラはしばらくなにも言わなかった。それからようやく口を開いて言った。

「どうしてここまで訪ねてきたの？」

「姉が亡くなるまえになにがあったのか知りたいんです」

「でも、わたしがもうこっちに移ってきたあとのことだし――」

「トミさんなら姉の秘密をご存じだったはずです。ご存じですよね、姉には大きな秘密があったことと」そこでひとつ深呼吸をしてつづけた。「姉が妊娠していたことを」

「どうかしてるわ」トミはまたしてもドアを閉めようとしたが、今度はわたしが身体を差し入れ、邪魔をした。

「どこかで会ってもらえませんか？　ここではないところで」トミの顔はわたしの眼のまえ

にあった。ほんの数センチと離れていないところに。あまりの距離の近さに、トミのちんまりとした小鼻が膨らんだのがわかった。「わたし、ニューベリー図書館で働いています。そこなら落ち着いてお話をうかがえると思います」

トミはそこでまたドアノブを力任せに引っ張った。ドアの角がわたしの左足に激突した。あまりの痛さに悲鳴をあげ、前のめりになり、そのはずみでドアの向こうの三和土のようなスペースに転がり込んだ。壁のフックに犬の散歩用の引き綱が二本とレインコートが何着かかけてあって、そのしたのベンチ型の椅子のしたにゴム長靴が並んでいた。奥のガラス板を嵌めた両開きのドア越しに、黒いラブラドールレトリーヴァーと白いプードルが揃って後ろ足で立ちあがり、前足でドアをひっかいているのが見えた。爪がガラスに当たるカシャカシャという音がした。二匹の犬はどちらも盛大に尻尾を振っていた。

「入ってこられちゃ困るの」トミはそう言うと、立ちあがろうとするわたしに手を貸しながら、ドアのそとに押し出そうとした。

おもてのほうで車のドアを勢いよく閉めた音がした。トミが通りのほうに眼をやった。

「あの人は……？」

見ると、アートがピックアップトラックから降りてきていた。わたしたちが揉みあっているのを見て降りてきたにちがいなかった。

「墓地でたまたま行きあった人です。ここまで乗せてきてくれました」

「たまたま行き会った人？ どこの誰かもわからないってこと？」

「アートという人です、アート・ナカソネ。シカゴの人で、サウスサイドに住んでいます」

「それじゃ、会ったばかりの人の車に乗ってきたのね。で、その男をここまで連れてきて他人の家を教えるような真似をしたわけね。ちょっと、あなた、どうかしてるんじゃない？」

「アートのお父さんはシカゴ共済会の関係者だし、彼はシカゴ大学の学生です」

「ローズと同じよ、あなたも。常識ってもんがないのよ」とトミは吐き捨てるように言った。

そして、予期せぬ叱責にわたしがなにも言い返せずにいるのに乗じて、わたしをそとに押し出し、ぴしゃりとドアを閉めた。犬がさよならを言いそびれたことを詫びるようにいつまでもさかんに吠えたてていたけれど、アートのピックアップトラックに乗り込むと、それも聞こえなくなった。

第十章

シカゴのニセイのダンスパーティーはろくなもんじゃない。強制収容所のダンスパーティーももちろん貧乏くさいもんだったけど、はっきり言ってそれ以下だ。マンザナーのパーティーには、少なくともジャイヴ・ボンバーズもいたしメアリ・カゲヤマもいた（マンザナー収容所では時折ダンスパーティーが開かれ、収容者の中で楽器を演奏できるひとたちでジャイヴ・ボンバーズというバンドを結成し、メアリ・カゲヤマがメインボーカルとして歌っていた）。だけど、こっちにはまともに歌える人が誰もいないみたい。バンドもその場しのぎの最たるもの。楽器を演奏できる人をそのへんの通りから引っ張って来て、とりあえずバンドの体裁だけ整えましたって感じ。おまけに、途中から正気をなくすほど酔っ払った男どもが殴りあいの喧嘩をはじめて、それでダンスパーティーどころじゃなくなる、という場面にこれまでに二度は遭遇している。ロイが言うには、ここのパーティーもそのうちもっときちんと運営された、ちゃんとしたものになるはずだってことだけど……まあ、それはこの眼で見たうえで判断させてもらおうと思う。

クラーク・アンド・ディヴィジョンまでの帰りの車中は、エヴァンストンに向かうときよりももっと静かだった。それでもまったくかまわなかった。アート・ナカソネとおしゃべりできるような気分ではなかったから。ほかのことで頭がいっぱいだった――トミ・カワムラはなぜあそこまで激しくわたしのことを拒絶したのか？　訪ねてきたのは、亡くなったルームメイトの妹なのだ。それでも、少なくともわたし自身に原因があったとは思えなかった。これまで一度も顔を合わせたことすらないのだから。原因があるとすれば、それはおそらく姉がシカゴで暮らしていたあいだのなにか、それがトミをあそこまで怯えさせているのではないか、と思えてならなかった。たとえば、つきあうべきではない連中の仲間に引きずり込まれていた、とか？　それは考えられなかった。そんなのは、姉らしくない。交友関係について、ロイはなにも言っていなかった。でも、トミになら、親しい同性のルームメイトになら、ほかの人には打ち明けられないようなことも打ち明けていたのではないか……。

レイクショア・ドライヴに出た時点で、アートにはある程度の事情は説明するのが礼儀というものだろうと思いはじめていた。なんといっても、時間を割いてわたしにつきあい、おまけに送迎係まで務めてくれたわけだから。「今日、ああして共同墓地を訪ねたのは」とわたしは言った。「あそこに姉が眠ってるからなんです。このあいだ地下鉄で事故があって亡くなった人がいたでしょう？　それが姉だったの。エヴァンストンに会いに行った人は、姉のルームメイトだった人です」

アートは、長い指を揃えてステアリングに置いたまま、一度だけうなずいた。そして赤信号に差しかかって車を停めると、こちらに顔を向けて「お姉さんのこと、かけることばがない」と言った。「ひどすぎるよ、あんなこと」

「事故のこと、ご存じなんですか?」

アートは今度もまた短くうなずいた。「シカゴでニセイの若い女の人が亡くなるのは、そうしょっちゅうあることじゃないから」

その声が、あまりにも優しかったからだろうか、気がつくと涙がぽろぽろこぼれて頬を伝っていた。胸に拡がる哀しみをなんとか抑え込もうとしたけれど、我慢しようとすればするほど、ますます涙がとまらなくなった。みっともないったらなかった。

「水を飲む?」お気遣いなく、と答える間もなくアートはオーク・ストリート・ビーチのまえで車を停め、運転席からおりてうしろの荷台によじ登り、しばらくしてカウボーイが鞍にくくりつけて持ち歩いているような、古めかしい水筒を持って戻ってきた。

本音を言えば、そんな錆びた水筒の水を飲むのには抵抗があったけれど、せっかくの気遣いを無にするのもいやだった。ひと口飲んでみると、意外なことに錆の味がしないどころか、びっくりするぐらいおいしい水だった。

「ありがとう」わたしはハンカチを取り出し、眼元を拭った。どんな顔になっているか、コンパクトの鏡で確かめようかと思ったけれど、確かめたところでどうしようもないことに気づいて断念した。「わたし、自分でもいやになるぐらい泣き虫なんです。最大の弱点だわ」とわたしはアートに言った。

「弱点だとは思わないよ」とアートは言った。「ぼくにも妹がいてね、仲がいいんだ。妹の身になにかあったら、ぼく自身どうかなってしまうと思う」

わたしは何度か深呼吸を繰り返した。助手席側の窓に頭をもたせかけ、車外（そと）を眺めた。ビーチの水着姿の若者たちが、ミシガン湖に向かって歩いていくのを眼で追った。戦争は終わってもいないというのに、みんな屈託がなく、なんだかずいぶん気楽に見えた。その気楽さが、心配や不安とは無縁でいられることが、わたしにはたまらなくうらやましく思えた。

アパートメントのまえでわたしをおろすとき、アートは一瞬、ためらい、なにか訊きたそうなそぶりをみせた。

アパートメントの玄関まえの階段にたむろしていた、ニセイの女の子たちがいっせいにこちらを向き、わたしたちを鋭く一瞥したあと、互いに顔を寄せあってひそひそ耳打ちしあってどっと笑った。

「送ってくれてありがとう」とわたしはアートに言った。

「うん、それじゃ、また」

助手席側のドアを開け、歩道に飛び降りた。左の爪先がまだ少しずきずきしていたけれど、花束の包装紙でこしらえた即席の中敷きがクッションの役目を果たしてくれていた。

玄関まえの階段でたむろしていた女の子たちが、モーゼのまえの紅海のようにさっと左右にわかれ、わたしはその真ん中を通って玄関に向かった。途中でひとりの子が「ふうん、アート・ナカソネとねえ」と冷やかすように言ってきた。どうやらわたしは、びっくりするほど有名な人に自宅まで送ってもらったようだった。

帰宅してみると、父も母も不在だった。わたしはこれ幸いとダンスパーティーに出かける仕度にとりかかった。冷蔵庫に油紙にくるんだオニギリとローストチキンの残りが入っていたので、オニギリをいくつか食べ、チキンもちょっとだけつまんだ。ちゃんとお皿に取りわけてテーブルにつき、フォークで食べている時間がなくて、流し（シンク）のまえに立ったまま食べた。母が知ったら小言のひとつも飛んできそうだった。

それから急いでシャワーを浴びたあと、なにを着ていくべきか、考えながら手持ちの服を眺めた。情けないほど選択肢が乏しかった。さっきまで着ていたコットンのワンピースがいちばんのお気に入りだったけれど、汗でぐしょぐしょだった。ということは、平凡なストライプ柄のワンピースを着ていくしかない、ということになる。特別な機会に着ていく〝よそいき〟でもなんでもなくて、たとえば病院に行く程度の用向きに着ているものだ。

それからヘアピンを何本も動員して髪型を整えにかかった。悪戦苦闘するうちに、指先から逃げたヘアピンが床に落ちた。屈んで拾おうとしたとき、床に落ちたピンのすぐ向こうに姉の薄茶色のスーツケースが見えた。両親のベッドのしたに押し込んであったのだ。母がしたことだろうと思われた。スーツケースの隣の、焦げ茶色の大きな荷箱は、つい最近、カリフォルニアから届いた荷物だった。倉庫に預けていたものを送ってもらったのだ。姉のスーツケースには、姉が着ていた服が残らずしまってある。わたしの手持ちの服よりもずっと洒落た服が何着も。だけど、それを着るわけにはいかない、とわたしは自分に言い聞かせた。姉の思い出に汚点をつけることになりそうな気がして……と思ったとき、姉だったらこんなふうに言い返してきそうな気がした。「そんな意気地なしでどうするの？　こんなところにしまいっぱなしにしておくんじゃ、なんの役にも立たないでしょ？　服だってかわいそうよ」

わたしはベッドのしたから姉のスーツケースを引っ張り出し、留め金をはずした。姉の服は、わたしが詰めたときのまま、一着ずつ皺にならないよう筒型に丸めた状態で並んでいた。真っ先に眼にとまったのが、あの濃い青緑の地に白い折り鶴の模様を散らしたワンピースだった。

姉がその服を着ているところを見た覚えがなかった。だからかもしれない。その服ならわたしが着てみても、それほどどうしろめたくはなさそうに思えた。

折り鶴柄のワンピースは、まえで重ねてウェストの紐をきゅっと結ぶラップアラウンド・スタイルで、着ると、まえに重ねたスカートの脇の部分が襞飾りのように優雅に波打つデザインだった。姿見はないので、コンパクトの鏡で自分の見てくれのだいたいのイメージをつかもうとした。それまでわたしは自分の体形にはおよそ無頓着で、しげしげと眺めたこともなかった。そのときはじめて、自分がもう姉の取り巻きにおじけづき、もじもじしていた引っ込み思案な女の子ではないことに気づいた。青緑のワンピースを着たわたしは、身体のラインがきれいに見えた。出るべきところはちゃんとでっぱり、引っ込むべきところはちゃんと引き締まっていた。これがわたし？　なんだか信じられなかった。玄関の階段にたむろしていた女の子たちの表情を思い出した。わたしを見る眼は、値踏みするような詮索がましい眼だったけれど、そこにちょっとだけ、一目とまではいかないまでも、そう、半目ぐらいはおいてもいい、とでもいうような承認の色が混じってはいなかっただろうか？　同年代の女の子からそんな眼で見られたことは、それまで一度もなかった。試着のつもりで袖を通した青緑のワンピースを着たまま、姉のスーツケースを閉め、もとどおり両親のベッドのしたに押し込んだ。

浴室の洗面台のうえのひびの入った鏡で、もう一度自分の姿を眺めてみた。ロイと待ちあわせた時刻が迫ってきていた。心の準備ができていようといまいと、そのまま出かけるしかなかった。

「おい、アキ、ここだよ、ここ！」

黒いオールズモビルの助手席の窓から、ロイは腰のあたりまで身を乗り出していた。車内には人がぎゅう詰めに乗っていた。そばまで近づいたところで、運転席に坐っているのはロイのルームメイトのイケだとわかった。波打つほど豊かな髪の持ち主なのに、散髪に失敗したのか、黒い髪が箒の固い穂先のようにつんつん突っ立っていた。後部座席にルイーズとチヨと新しいルームメイトのキャスリンが乗っていた。

ロイは車外に出ると、わたしにまえの座席のイケとのあいだに坐るよう身振りで示した。わたしとしては道々、落ち着いて話ができることを願っていた。トミのことについて、ロイに訊いてみたいことがいくつもあったから。どうやらそれは無理そうだった。

後部座席のみんなに手を振って、わたしはまえの座席に身体を押し込んだ。男の人ふたりに挟まれていささか窮屈だったので、両腕をもぞもぞ動かし、肩をすぼめるようにして縮こまった。

「イケのことは覚えてるよな？」車が走りはじめたところで、ロイが言った。

「うん。これはイケさんの車なの？」

「伯父貴の車を借りてきたんだ」とイケは言った。「輸出入の仕事をしてるんでね」

「つまり、オカネモチってことだ、少なくとも戦争が始まるまでは」ロイはそう言いながら、人差し指と親指で丸をこしらえ、日本人がよくやるお金を表すジェスチャーをしてみせた。

うしろの席の女の子たちがくすくす笑った。

「そういうブルジョア根性丸出しの鼻持ちならない日本のことばは使うなって言ったよな？」とイケが言った。「そういうことばは、われわれアメリカ人にはちんぷんかんぷんなんだから」

「そっちこそ、そういうもったいぶった偉そうな態度はやめとけ。ハクジンたちはおまえのことなんぞ仲間だなんて思っちゃいないんだから。仲間だと思ってたら、シカゴ大学のおまえが通ってる医学部課程のニセイの定員枠が、どうしておまえひとりだけなんてことになるんだ？」

「出身はシカゴ？」とわたしはイケに訊いた。

「生まれたのはウィスコンシン。親父（おやじ）はタマネギ農家をやってる」

「うちの父はロサンゼルスにいたときは、ロイの家族が経営してる青果卸店の仕事をしてたの」

「そうだってね、ロイから聞いたよ」

イケは朗らかで、人当たりがよかった。車内の雰囲気から、後部座席の女の子たちがロイよりもイケに関心があるようだということがわかった。なにしろこれから医師になろうかというニセイの若い男性なのだ。関心を持つなというほうが無理だろう。

しばらくすると、ラウンジやクラブが並ぶいわゆる歓楽街に入った。そこがシカゴのアップタウンだった。その日の朝、高架鉄道からバスに乗り換えた場所もアップタウンだったが、夜になると街はがらりと様変わりしていた。通りには車がひしめき、歩道には一張羅の晴れ着で精いっぱいめかしこんだ男女が闊歩（かっぽ）している。誰もがなんのためらいもなく自分の存在を主張している。

駐車できる場所を探して、イケはそのブロックを二周したすえに、ようやく使用禁止の表示が出ている建物の横の路地に空きスペースを見つけた。

「戻ってきたときに伯父貴の車がなくなってないことを願うばかりだ」とぼやくイケにかまわず、わたしたちはどやどやとオールズモビルから降りた。最後に降りてきたのが、いちばん奥に坐っていたキャスリンだった。脚にへばりついたスカートをはがして形を整えると、そこではたと動きをとめて、街灯のしたに立っていたわたしを長いことじっと見つめた。

「そのワンピース、すてきね」とキャスリンは言った。ほかのみんなもいっせいに眼を向けてきた。誰もなにも言わなかった。姉のものだとわかったにちがいなかった。恥ずかしさと同時に好奇心が頭をもたげた。これだけ個性的な柄だから、姉が着ていたのを覚えている人がいるかもしれない。その人から話を聞くことができるかもしれない。

見覚えのある大きな建物の外壁に、縦書きにした看板の〈ARAGON〉という文字が光っていた。シカゴ共済会のミスター・ヨシザキと待ち合わせをしたときに見かけて、なんてきれいな建物だろうと思った場所だった。そこに今、自分がいるということが、なんだか無性に嬉しかった。ロイがわたしたち全員分の入場料を支払い、みんな揃ってなかに入った。ダンスホールはびっくりするほど混みあっていた。シカゴにこんなに大勢ニセイがいたとは。一緒に来たほかの五人以外に見知った顔は見当たらなかった。もう少し奥のほうに進んだところで、ハリエット・サイトウに行きあった。わたしの着ているものを見たとたん、ハリエットは表情を曇らせた。「まあ、アキ」と言うのが精いっぱいのようだった。

「来いよ、ジャイヴがはじまった」誰かに手をつかまれた。ロイだった。引っ張られるままダンスフロアに出た。じつはダンスはわりと得意だった。間接的にはそれもまた姉のおかげ、ということになるのかもしれない。姉がうちでリンディ・ホップのステップを練習するとき、わたしを練習台にしていたからだ。

マンザナーで暮らしていたときは、ダンスパーティーにはあまり参加しなかった。家族の恥をさらすようだけれど、父が密造酒製造に手を染めている柄の悪い連中と呑みあかし、浮かれて大騒ぎして明け方に帰宅するような毎日を送っていたから、母をひとりにしておきたくなかったのだ。それでも、ロイに手を引かれてフロアに立ち、音楽に呑み込まれたとたん、わたしは現実を忘れた。高らかなトランペットの音に、わたしたちの踏み鳴らすウッドフロアの振動が重なり、気がつくと、ミシガン湖のビーチで見かけたあの若者たちのように、なににも頓着せず、なににも縛られず、夢中になって踊っていた。

曲が終わると、ロイは歓声をあげた。ヘアオイルで丁寧に撫でつけた髪から汗が滴っていた。「ジャイヴ、踊れるんだな」ロイは大声を張りあげて、わたしに言った。わたしのことを見なおした、とでもいうように。

ロイが飲み物を取りにいっているあいだ、坐って待てそうな場所を探したけれど、ダンスフロアは文字どおり立錐の余地もない状態だし、空いている椅子もなかった。イケはルイーズとキャスリンとチヨに囲まれていた。三人ともイケの話に熱心に聞き入り、ひと言ひと言に熱を込めてうなずいていた。

　チヨは初対面のとき、ダンスパーティーにはあまり行かないと言っていた。そのチヨがこんな混みあう場にいて、イケのことをうっとり見つめていた。〝首ったけ〟ということばは、ああいう状態を言うのだと思われた。今度はチヨのほうからイケになにやら尋ねていた。ルイーズは少しずつ、少しずつあとずさっていた。話の輪に加わりそびれているようだった。わたしはそちらに足を向けた。

「トミさんに会ってきた」そばまで近づいたところで、ルイーズに言った。

　ルイーズは顔を手で扇ぎながら、ぽかんとした顔でわたしを見つめ返してきた。「えっ？　どういうこと？　どうしてそういうことになったの？」

「トミさんが雇われているお宅まで会いに行ったの」

「どんな様子だった？」

「どんな様子って……どういう意味？」

「元気そうだった？」

　わたしはわけがわからない、という顔をした。「心配しなくちゃならないようなことがあったってこと？」ルイーズが唇をすぼめるのを見て、わたしは急いでつけ加えた。「これで最後にするから。もう二度と迷惑はかけないから。だからちゃんと話して」

ルイーズはうしろにちらりと眼をやった。キャスリンもチヨも、イケが最近、外科病棟で経験してきた実習の話に夢中になっていて、こちらには眼をくれる気配もなかった。いつまでもひとりだけのけ者ポジションにいることに嫌気がさしたのか、あるいはわたしを厄介払いできる好機と考えたのか、理由はともかく、ルイーズはわたしの腕をつかんで数メートル離れたところまで移動した。確かにそこのほうが気兼ねなく話ができそうだった。「あの子、少しまいってたの」ルイーズは声を落として言った。ついさっきまですぐそばにいた三人に眼を向けたまま。

「精神的にまいってたってこと?」

ルイーズもようやく、そこまで話した以上、もっと詳しく説明せざるをえないと納得したようだった。「びくびくしてたっていうか、ともかく怖がってた。アパートメントの部屋にひとりきりでいるのも、帰りが夜遅くなるのも、いやがるようになって。そんなふうになっちゃった原因をローズは知ってた。でも、ふたりともわたしには打ち明けてくれなかった。きっかけがなんだったのか、わたしにはわからないけど、ある晩すさまじい言い争いになったことがあったの。ローズとトミとで。お皿が割れたり、ふたりして怒鳴りあったりで、ともかくすごかった。で、その翌日、トミは引っ越したの。ローズはトミのことは二度と話題にしなかった。チヨが引っ越してきてくれて、正直言って助かったわ。おかげで物事が単純になったから。気を遣って頭を悩ませることもなくなったし」

ひょろっと背が高くてまばらな口髭をはやしたニセイの男が、ルイーズの膨らんだ袖をちょいちょいと引っ張り、ダンスに誘った。それを機に話を打ち切ることができて、ルイーズはほっとしたようだった。わたしのほうは、寒空に放りだされた気分だった。姉はトミとなにを言い争っていたのか？　姉が妊娠していたことに関して？　ともかくトミに話を聞く必要があった。そのためには、どうすればいいのか……？

まわりにいるのは同年代の若い人たちばかりなのに、わたしはいつものように、自分はひとりぼっちだと感じはじめていた。ロイの所在もわからなかった。ほかの女の子を追いかけるのに夢中で、わたしのことも、飲み物を取ってくると約束したこともすっかり忘れているにちがいなかった。

ダンスフロアの端を移動しながら、豊かな髪をヘアオイルでぺったり撫でつけた頭を探して、混みあった店内に眼を走らせた。ロイは見つからなかったけれど、途中でハリエットと行きあった。メタルフレームの眼鏡をかけたハクジンの男の人と一緒だった。その人もまた、先刻のハリエットと同様、わたしの着ているものを見てびっくりしているようだった。そこまで驚くことが、どうにも理解できなかった。いくらなんでも、異様な反応だという気がした。

ハリエットの同伴者の男の人に、わたしは真正面から近づき、商談まえのビジネスマンのように片手を差し出し、握手を求めた。「アキ・イトウです」と自己紹介をした。「姉の葬儀にご参列くださっていましたよね。それから先日はバグハウス・スクエアでもお見掛けしました。文章を書くのがお好きなんでしょうか、なにごとか熱心に手帳に書きこんでいらしたから」

ハリエットとしては、そこで紹介の労をとらざるをえなかったのだと思う。「ええと、アキ、こちらはダグラス・ライリー。人類学者で、今は戦時転住局(WRA)の仕事をしてくれてるの」

その人の手は汗で湿っていた。握手自体もふつうの人の握手よりも長い気がした。「めざわりだったら謝ります」とミスター・ライリーは言った。「わたしの仕事は、観察してその結果を報告書にまとめることなんです。その関係であちこち足を運びますが、どうやらそこにあなたもいらしたようだ。でも、安心してください、あなたのことを尾行していたわけじゃない」

「わたしたち、戦時転住局(WRA)の再移住事務所で一緒に働いているの」とハリエットが言った。そのダグラス・ライリーなる人物との間柄を説明しようとしたようだったが、ふたりは職場の知りあい以上の関係ではないか、という気がした。

「いつかあなたのことも取材させてもらいたいな」とダグラス・ライリーはわたしに言った。

「どんなことについてでしょう？」

「マンザナーからシカゴに移住してきたことについて。あなたやあなたのご家族にとってどんな経験だったか、そのあたりの話をうかがいたいんです」

「わたしたちの話なんて、政府の関心を惹くとは思えません」姉が死んだことや、遺されたわたしたち家族三人がどれほどの衝撃を受けたかを根掘り葉掘り訊かれるのかと思うと、冗談じゃないという気持ちになった。両親もわたしも傷つき、混乱していて、おまけにわが家は目下内輪もめの真っ最中なのだ、そんなことを誰がすき好んで話したいと思うだろう、それも政府のお役人相手に？

「ダグラスは今の仕事を通じてわたしたちに手を貸そうとしてくれてるの。これからの再移住政策の指針になるように」

政策もこれからの指針も、わたしにとっては正直言ってどうでもよかった。問題は現在であり、どうすれば家族三人がこれから先も飢えることなくちゃんと生活していけるか、なのだ。わたしとしてはこれ以上はないぐらい丁寧に、穏便に取材を断ったつもりだったけれど、別れ際、ハリエットは精いっぱい明るい笑みを浮かべようとしながら、こんなふうに言ってきた——「その件についてはは帰ってからまた改めてゆっくり話しあいましょう」

ふたりと別れたあとも、苛立ちはおさまらなくて、あやうく人とぶつかりそうになった。

「こんばんは」聞き覚えのある声だったけれど、声の主の印象はずいぶんちがった。汗まみれのランニングシャツではなく、パリッと糊のきいた白いシャツにグレイのスーツ、えび茶色でまんなかに黒い縞が二本入ったネクタイといういで立ちだったから。相手がアート・ナカソネだとわかったとたん、鼓動が全身に響きはじめた。

「あら、こんばんは」

「知らなかったよ、きみも来るつもりだったなんて」とアートは言った。

「わたしも知らなかった、あなたが来るつもりだったなんて」とわたしも言って、ふたりして声をあげて笑った。なんだか間の抜けた笑い声だった。

「思いがけないことってあるもんなんだね」

「毎週来てるの？」と訊きながら、わたしはさりげなく頰に手をもっていった。生え際に汗の玉が浮いていないことを、化粧が崩れていないことを願った。

「いや、ここのところずっと来てなかった。今夜、来ることにしたのは正解だったってことだな」

最後のひと言に、どきっとした。こちらの気を惹こうというのだろうか？　そもそもその手の会話には慣れていなくて、当意即妙に答えることができなかった。なんテンポか遅れて、わたしは蚊の鳴くような声で言った。「初めて来たの」

「えっ、なんて言ったの？」ただ音が大きいだけのバンドの演奏とウッドフロアを硬いヒールで踏みならす振動とで、会話をつづけるのが難しかった。

「今夜、初めて来たの」わたしはもう少し大きな声で、もう一度言った。

そのとき、ダンスフロアに低い怒鳴り声が響いた。巨大な磁石に引き寄せられるように、フロアにいた人たちがいっせいに声のしたドアのほうに向かった。思いがけない出来事に誰もがあっけにとられ、ダンスどころではなくなっていた。

「なんの騒ぎだ?」騒ぎの場に向かおうとしているふたりの男に、アートが声をかけた。

「ヨゴレどもだよ。性懲りもなくまた暴れてるのさ」片方の男が答えた。

「えっ、どういうこと?」とわたしも尋ねた。

「ハマー・イシミネが押しかけてきたんだよ。ロイ・トナイと取っ組み合いの喧嘩になってる」

ハマーと言えば、あのハマーにちがいなかった。アートに説明する手間を省いて、わたしは人だかりのしているほうに走り、騒ぎの中心をこの眼で確かめるため、野次馬たちをかき分けて進んだ。

輪のなかに出たときには、取っ組み合いが殴り合いになっていた。辛子色の袖が空を切るたび、拳がぶつかる鈍い音があがるたび、周囲の若い男たちから囃(はや)したてる声があがった。まもなく年嵩(としかさ)の男たちが何人か駆けつけ、殴りあいに割って入った。ロイの姿がようやく見えた。鼻も口元も血だらけで、右の耳が腫れあがっていた。ハマーのほうは顔は無傷のままだったけれど、ズートスーツの襟が派手に破れていた。そんなハマーをかばうように、忠実なる相棒のマンジュウがそばに控えていた。

三十過ぎと思われる年恰好の、口髭を生やした男が、ズートスーツ姿のハマーを指さして言った。「もうたくさんだ、ハマー。おまえは出入禁止だ。今後二度とおれたちの集まりには顔を出すな」

「ほう、そんなの痛くも痒(かゆ)くもない。こんなネズミのくそみたいなしけたダンスパーティーなんざ、こっちから願い下げだね」そこで人だかりのなかにいたわたしに気づいたようだった。「よう、トロピコ、こんなネズミのこえだめ、とっととずらかろうぜ」

わたしはハマーのガールフレンドでもなんでもないのに、さも親しげにそんなふうに言ってくるとは。あまりの厚かましさにほとほとあきれかえった。わたしは黙ったまま、その場を動かなかった。

次の瞬間、ハマーはけたたましく笑いだした。なんだ、冗談も通じないのか、とでもいうように。そしてマンジュウを脇に従え、急ぐでもなく悠然と〈アラゴン〉から去っていった。

わたしはロイのほうに近づいた。ロイは折れた歯を吐き出していた。折れたのが前歯でなくて幸いだった。わたしはポケットからハンカチを取り出してロイに渡した。

「トナイ、きみも今夜はもう帰ってくれ」ダンスパーティーを主催した、頭文字がKのカリフォルニアンのひとりが言った。

「あれは正当防衛だ。自分の身を守っただけだぞ」とロイは反論した。

「殴りあいになったのは、ハマーだけじゃなくてきみにも原因があったと聞いたけどな」

そこにイケがやってきて、ロイの唇の傷を診て言った。「よし、ほら、帰るぞ。何針か縫わなきゃだめだ」

わたしは無意識のうちにふたりのあとに続いた。しばらくのあいだ、アートのことは頭になかった。思い出したとたん、ちゃんとさよならを言ってこなかったことが気になった。急いで引き返したかったけれど、そのときにはもう、そのタイミングを逸してしまっていた。

第十一章

両親のことやアキのことが恋しく思える夜がある。それと、わが家の飼い犬だったラスティのことも。ラスティは家族のなかではアキにいちばんなついていた。だけど、アキがいないときには、いつもわたしにべったりだった。

オールズモビルにぎゅうぎゅう詰めで帰路に就いたものの、車内の雰囲気は行きとは打って変わって重苦しかった。どういうわけか、キャスリンがいちばん気を落としていて、溜め息を連発しては、上下の唇をくっつけたり離したりしてポンともパンともつかない破裂音をたてていた。どちらも気分のいいものではなかったけれど、それほど親しい間柄でもないので、やめてほしいとは言えなかった。

みんな、口に出しては言わないまでも、ロイには失望していた。ロイは、わたしのお気に入りのハンカチを血だらけにした張本人であるにもかかわらず、どうしてあんなことをしたのか説明するでもなく、弁明するでもなく、ただむっつりと黙り込んでいた。あんな大立ち回りをしでかしておいて、それが原因でこうしてみんなが早々に帰らざるをえなくなったというのに、そのことに対して謝罪さえしないのだ。ロイの同伴者だったという理由で、わたしたち全員がパーティーをだいなしにする厄介者の烙印を押されてしまったというのに。

クラーク・アンド・ディヴィジョンまであと数ブロックのところで、チヨがいつもより一オクターヴぐらい高い声で、こんなことを言いだした。「アキのことを先に送ってあげたほうがいいんじゃない？」

イケは車線を変更するためウィンカーを点滅させたが、わたしはとめた。

「このまま直進して」と言って。「わたし、マンザナーの強制収容所で看護助手の研修を受けたの。ロイの傷を縫うんなら、介助できるから」

ルイーズたちのアパートメントのまえの歩道際に駐車スペースを見つけて、イケはそこに車を入れた。ルイーズは後部座席の助手席側のドアから文字どおり飛び出すように降りると、行き帰りの移動手段を提供してくれたお礼を言った。心がこもっているとは言えない口調ではあったけれど。キャスリンもなにか言おうと口を開きかけたものの、例のポンという音しか出てこなかった。チヨだけが後部座席でぐずぐずしていた。「わたしも役に立てるわよ、お手伝いが要るんなら。わたし、農場育ちでしょ？　動物を殺して肉にするのは見慣れてるから、血を見ても平気だし」

ロイは眼を剝き、わたしは笑いだしそうになるのを必死にこらえた。その点、イケはじつに紳士的だった。手伝いを申し出てくれたことにお礼を言い、手伝いそのものは無用だと丁寧に断った。

チヨは開いているドアのほうに腰を滑らせて移動し、「それじゃ、またね」と言って車を降りると、ルームメイトたちのあとを追って、玄関まえの階段をあがっていった。

ぴしゃりとひと言、意地の悪いご意見を述べたくなりはしたけれど、口先まで出かかったことばを呑み込んだ。そう、チヨがイケに夢中だろうとなかろうと、わたしにとってはどうでもいいことではないか。こと恋愛となると、率直なタイプなのだ、チヨは。母なら裏表がないという意味の日本語のスナオということばを使って、スナオな子だと評するところだろう。ところが、姉のローズのこととなると、チヨの場合、その率直さが発揮されなくなるようだった。ルイーズのほうがまだしも、今夜のところは率直だった。ルームメイト同士の関係性について、ほんの少しとはいえ、実態らしきものを明かしてくれたわけだから。

マーク・トウェイン・ホテルのまえを通り過ぎようとしたとき、以前にも見かけたことのある豪華なカクテルドレス姿の巨人のような人が、信号を無視して車のすぐまえを突っ切った。衝突を避けるには、鋭くステアリングを切るしかなかった。さすがのイケも小声で悪態をついていた。

「あの女の人、まえにも見たことがある」とわたしは言った。

「あの男、じゃなくて?」とロイが言った。ようやくしゃべれるようになったけれど、唇が切れているのでいくらかしゃべりにくそうだった。

「えっ？」

ロイは血を吸ったハンカチを唇から離した。「そう、あいつは男だよ、あんなちゃらちゃらした恰好して女みたいだけど。ああいうやつ、収容所にも何人かいたよ」

「まさか」とわたしは言った。あの日系人だけの濃密なコミュニティに、そんな人が、しかも複数名いたということが信じられなかった。

「そのまさかだよ」

「ううん、嘘よ。そんなこと、誰が信じますかって」ロイにはこの手の〝前科〟がある。わたしが単純で騙されやすいのをいいことに、これまでに何度もわたしをひっかけ、信じたわたしをからかって歓んでいたのだ。

「アキはほとんど受付窓口に詰めっきりで、みんなにコートやら毛布やらを配給してただけだろ？　こっちは、居住地区全体をまんべんなく歩きまわって郵便物を届けたり、それ以外にもあれやこれや解決したり調整したりしてたじゃないか。その関係でほうぼうのバラック小屋に出入りする機会も多くてさ。そういう立場の人間は、まあ、いろんなものを眼にすることになるってわけさ」

「たとえば誰？　わたしの知ってる人？」好奇心からというよりも裏づけがほしくて、わたしは訊いた。

ロイはなにか言いかけたけれど、口を開いたところで考えなおしたようだった。「なあ、アキ、自分で気づいてるか？　おまえを見てると、ときどき、ローズにそっくりだと思うことがあるよ」それは容姿のことでもなく、誉めことばでもなさそうだった。

「どういう意味？」

「ローズは知りたがり屋だった。自分にはまったく関係のないことなのに、首を突っ込んじゃ、根掘り葉掘り訊きまくってた」

ロイとしては釘を刺したつもりなのだろうと思われた。それが無性に癪に障った。

「ねえ、わたしのハンカチ、だめにしてくれちゃったね」と思わず言い返した。「そのハンカチ、ローズにもらったものだったんだよ」

「えっ、そうだったのか」とロイは言った。打って変わって穏やかな口調になっていた。

ハンカチはじつは姉にもらったものではなかったけれど、わたしとしてはロイにささやかながら仕返しをしたつもりだった。そう、せめて一矢は報いないと。

ロイはイケとふたりで、イケの伯父さんが所有しているフォーフラット、つまり一軒の戸建て住宅に四世帯が入る居住形式の、一世帯分のスペースに住んでいた。建物の向かって左半分の上下階、二世帯分は、イケの伯父さんと伯母さんの住まいだった。夫婦なのにどうして上下の階で別々に暮らしているのかは訊かなかった。ロイとイケが暮らしているアパートメントは向かって右側の上階部分で、したの階には中国人の一家が入居していた。建ってだいぶになる古い建物のようだったけれど、手入れはまずまず行き届いていた。木造の外壁の灰色の塗装も、月明かりで眺めた限りでは剝げてめくれてきているところはなかった。ロイとイケのアパートメントの窓が開いていて、出かけるときにつけっぱなしにしてきたテーブルの明かりが窓格子越しに洩れてきていた。

二階にあがり、アパートメントに入ると、イケはアンティーク調のフロアスタンドをつけた。居間には家具調度が揃っていた。硬材張りの床には遠く東洋の異国から届いた手織りの絨毯(じゅうたん)が敷かれ、暖炉があって、ひとり掛けの椅子が二脚に鳥の鉤爪のような形の木の脚のついたソファが、ゆったりした配置で並んでいた。そして、当たり前の日常生活が営まれている場という雰囲気があった。そんな居間の様子に、わたしは居心地のよさを感じると同時に、たまらなく羨ましくなった。

ロイはソファに直行し、ぐったりと倒れ込んだ。ソファには、中身がたっぷり詰まったクッションがふたつ置いてあって、ロイはハンカチで唇を押さえたまま、そのうちのひとつに頭を載せた。

「道具を取ってくるよ」とイケは言って、一方の寝室に向かった。「まずは縫合用の針を消毒しないと」

わたしはどうしたものか決められず、踏ん切り悪く居間に突っ立ったままでいた。「なにかお手伝いしましょうか？」

「いや、いいよ。あとで縫合するときに、患者が動かないよう押さえておいてくれるだけでいい」とのことだった。寝室とその隣の部屋を行ったり来たりしているイケの足音が聞こえた。わたしはとりあえずひとり掛け用の椅子に腰をおろした。開け放してある窓から夜風が入ってきていた。

ロイはソファに寝転がったまま、ぴくりとも動かなかった。ひょっとして寝入ってしまったのだろうか、と思って声をかけてみた。

「起きてる？」

顔のうえに載せていた片腕がさがり、ロイは眼を開けた。

「今日、トミさんに会ってきた」とわたしは言った。

「どこで？」

「あの人が住み込みで働いてるお宅に訪ねていったの」

「エヴァンストンの？」両肘をついて上体を起こしながら、ロイは言った。「どうやって行ったんだよ、あんな遠くまで？」

その質問には答えずに続けて尋ねた。「トミさんと姉とのあいだでなにがあったの？　言っとくけど、〝別に〟は通用しないからね。なにかのことでトミと姉が喧嘩してたってルイーズから聞いてるんだから」

ロイは返事を渋ったけれど、わたしもあとには引かなかった。相手が怪我人だろうと手加減するつもりはなかった……というか、じつを言うと、そこに思い切りつけこみ、弱っている相手から強引に返事を引き出そうという魂胆だった。

「姉は喧嘩上等と思ってる人よ。しかも喧嘩になったら容赦なく相手をやり込めて、あっという間にねじ伏せちゃう人よ。でも、トミさんが相手だとそうはいかなかったんだと思うの。今日実際に会ってみての印象なんだけど。もう一度会いにいってみようと思ってる。明日の朝いちばんに」

ロイはついに音を上げた。

「やめとけ」とロイは言った。そしてソファのクッションをふたつ重ねて寄りかかり、天井をじっと見あげた。「ローズはトミが文字どおりの意味でおかしくなっちまったと思ってた。つまり精神的に異常を来したんじゃないかってことだ。収容所やらなにやらで、神経をすり減らして、それがこたえたんだろうって」

「というか、なにかを怖がってたらしいの。トミさんとデートしたことはないの?」

「一度だけ誘ったことがある。って言っても真剣につきあおうと思ってたわけじゃない。ちょっと食事をした程度だ。なんかしっくりこなくて、それきりだ」

「そう? 逆かもしれないよ、トミさんのほうがしっくりこないって感じたのかもしれない」

「おれはあの子の父親が原因じゃないかと思ってる。娘に対して少々乱暴だったんじゃないか？ 少なくともローズからはそんなふうに聞いてる。だからそっとしておいてあげてって。まあ、ローズがそう言うんならそうなんだろうと思ってさ。で、トミとはそれっきりだ」

娘に対して乱暴だった、というのは、つまりトミは父親から暴力を受けていたということ？ 考えただけで口のなかがからからになった。うちの父は姉のこともわたしのことも宝物扱いで、とても大切に育ててくれた。だからかもしれないが、父親がじつの娘に手をあげるということ自体が、わたしには想像できなかった。「実際に会ってみてわかったんだけど、確かにきれいな人だった」トミという人を表すのに、わたしにはほかに言いようがなかった。

「まあ、人間、見た目がすべてじゃないけどな」ロイはそう言うと、わたしにちらりと眼を向けてきた。まるでわたしがそのいい見本だとでも言うように。

さすがに傷ついたので、話題を変えることにした。「ところで、今日はなんでハマーと喧嘩になったの？」

「向こうからいちゃもんをつけてきやがったんだよ。いつもそうなんだ。収容所に送られるまえから」

ハマーが〈トナイズ青果卸店〉を馘首になった、と言っていたことを思い出した。その当時もロイと喧嘩をしていたのか、父に訊いてみることにした。ハマーのことをさらに聞き出そうとしたところに、イケが金属のトレイに縫合用の針に糸を通したものを載せて居間に戻ってきた。

ロイの顔から血の気が引いた。そんな意気地なしの赤ちゃんだったとは。

「フランケンシュタインの怪物みたいにしないでくれよ」ロイは気の抜けた声で、おもしろくもない冗談を披露した。

「心配ご無用。すぐにあちこちの美人コンテストに出場できるようになるよ」

わたしがトレイを受け取ると、イケは傷口を洗浄し、ガーゼに薬液をしみこませたもので局部麻酔を施した。処置を受けているあいだ、ロイは何度か身をこわばらせた。わたしが立ちあっていなければ、悲鳴をあげていたにちがいない。

それまで気にして見たことがなかったけれど、イケは細くてきれいな指をしていた。爪もきちんと短く切って整えてあった。ロイの唇の傷を縫合するあいだ、その指の動きから眼が離せなくなった。縫合といっても唇の内側をひと針、外側をひと針の合計二針だったけれど、イケは腕のいい外科医になるにちがいなかった。

最後に鎮痛剤と軽い睡眠薬を一錠ずつ服(の)ませて治療は終わった。ロイはソファから起きあがり、わたしにおやすみと言い残してふらふらと奥の寝室に引きあげていった。

イケが縫合につかった医療用具を片づけているあいだ、わたしは居間のなかを歩きまわった。楕円形(だえんけい)の額に入れた家族写真が飾ってあった。シルクハットをかぶった、いかめしい風貌の日本人の男の人とその人に寄り添うキモノ姿の女の人が写っていた。イケは裕福な家庭で育ったのだ。ロイと同じように。ふたりには共通点がたくさんある、ということだった。

「ごめんなさい、たいしたこともできなくて」オールズモビルにふたたび乗った時点で、わたしはイケに言った。

「いやいや、とんでもない。ああしてロイを落ち着かせてくれたんだから。それだけで半分以上手間が省けた」イケはそう言って、わたしを送っていくため、車のエンジンをかけた。

いつの間にか、だいぶ遅くなっていて、そろそろ午前零時をまわろうとしていた。さすがに父ももう寝入っているにちがいなかった。

数ブロック進むあいだ、わたしは黙ったまま、ただ窓のそとを眺めた。シカゴのサウスサイド界隈に馴染みがあるわけではなく、ただ漫然と眺めていただけだったけれど、通り沿いの家はどれも大きくて立派で、手入れも行き届いているようだった。

交差点で一時停止したところで、わたしのほうから話しかけた。「ロイに迷惑をかけられてませんか？」

「あいつはいいやつだよ。ぼくは好きだな。ときどき短気を起こすこともあるけど、まあ、無理もないと思うよ。親父さんはまだサンタフェの収容所に抑留されたままだし、おふくろさんもマンザナーに残ってるわけだし、家業だってこの先の見通しがまるで立たない状態だろう？　しかも、トナイ家がスミトモ銀行に開設していた口座は、政府に凍結されていて一セントたりとも動かせないんだから」

「ロイと知りあったきっかけは？」

「じつはきみのお姉さんが引きあわせてくれたんだよ」

「ほんとに？」姉はイケとも知りあいだったとは、思ってもみなかった。

「今年の冬にYMCAでダンスパーティーがあってね。冬になったばかりのころは比較的暖かい日が続いていたんだけど、二月に入って猛吹雪が襲来した。気温が零下になるようなとこで暮らしてきた人たちは揃って、寒さで死にそうになった。カリフォルニアから移住したことなんてないからね。で、ロイは爪先が凍傷になったと思い込んだらしい。ローズはそんな馬鹿なことはありえないって繰り返し言って聞かせたようなんだけど、なにしろ当人がぜったいに凍傷だって言い張るもんだから、それでそういえばぼくが医学部の学生だったと思い出して、一度診てやってもらえないか、と頼んできたんだよ」

「それじゃ、ロイの爪先がきっかけでルームメイトになったってこと？」

イケは声をあげて笑った。前歯のあいだに隙間が空いていた。

「タイミングもよかったんだ。伯父の事業は貿易関係だから、戦争が始まったことで大打撃を受けた。それで伯母としては間借り人をもうひとりぐらい置いて、収入を増やしたいと思っていたところだったんだ。なにしろ、ぼくは病院にいる時間が長くて家にはほとんどいないも同然だからね。家のなかがきちんと片づいてるのは、ロイのおかげだよ。あいつはああ見えて、意外にまめなんだ。それに働き者でもある」

ロイが働き者だというのは、確かにそのとおりだった。

「そのころはローズもまだロイと親しくしてたんだ。トミとも」

「トミさんとも知りあいなんですか？」

「トミもそのダンスパーティーに来てたんだ。くすくす笑ってばかりでね、一度笑いすぎて鼻からジンジャーエールを噴き出しそうになってた。おもしろい子だったな」

思わず耳を疑った。あのトミがそんなへらへらした態度をとっていたということが信じられなかった。わたしの受けた印象とはあまりにもちがいすぎた。

「それはそうと、こっちはどう？　新しい生活は順調？」

なんと答えていいか、わからなかった。「まだましだわ、狭いところに閉じ込められてるよりは」

「じきに慣れるよ。中西部の人間は基本的に気のいい連中だしね」

「わたし、どうしても知りたいんです。姉の身になにがあったのか」自分がそう言っているのを聞いて、自分でも驚いていた。イケのまえで声に出してそんなことを言うつもりなど、これっぽっちもなかったのに。

「どういう意味？」

「姉は自殺したんじゃありません。そそっかしい人でもなかったので、誤って線路に転落したとも思えません」

オールズモビルの車内が、気味の悪いほど静まり返った。

「なにかあったんです、姉の身に」

イケは説明を求めてこなかった。つまりどういうことか、わたしの考えていることを訊くのが怖かったのかもしれない。

「ハマーという人がどういう人か、詳しくご存じですか？」

イケは首を横に振った。「ぼくが知っているのは、ハマーはネブラスカ州のオマハにある〈少年の町〉（ボーイズタウン）からシカゴに移ってきたってことぐらいだな。移ってきたといっても、実際は逃げてきたらしい」

「〈少年の町〉（ボーイズタウン）って、あの？」わたしはフラナガン神父（一八八六年七月十三日～一九四八年五月十五日　本名エドワード・ジョゼフ・フラナガンのこと。カトリック教会の聖職者で、社会事業家。生まれはアイルランド。一九一二年にネブラスカ州のオマハに〈少年の町〉という少年たちの更生自立支援施設を作ったことで知られる）をモデルにしたモノクロ映画を観にいったことを思い出した。スペンサー・トレイシーがフラナガン神父を演じ、道を踏みはずした少年たちのための施設で悪戦苦闘する過程が描かれた作品だった。

「ロイに聞いた話だけど、ハマーはマンザナーにいたときに窃盗の罪で逮捕されたことがあるらしい」

それなら矯正施設に送られたのも不思議ではなかった。そして、そんな人物が通常の収容所出所に際しての諸条件を満たしたうえでシカゴに移住してきたとは考えられなかった。

「ハマーはロイを嫌ってる。ロイのことを銀のスプーンをくわえて生まれてきたお坊ちゃんだと思ってるから。そうこうするうちにハマーがローズと親しくなったもんだから、ロイは尋常じゃなく腹を立てた。激怒したといってもいいかもしれない」

わたしは呆気に取られて、ことばが出なかった。ハマーが姉と親しくなった? わたしが黙っていることでイケがそのまま話を続けてくれるかもしれないと期待したけれど、そのときにはアパートメントのまえに到着してしまっていた。

「ちょっとしゃべりすぎちゃったかな」オールズモビルのエンジンをアイドリングさせたまま、イケは言った。「ぼくから聞いたことで、ロイを問いつめたりしないでくれるとありがたい」

「送ってくれてありがとう」とわたしは言って、ドアの開閉レバーを引いた。「それと、ロイの友だちでいてくれることにも」

第十二章

噂が野火のように一気に拡がることにおいては、シカゴも収容所と変わらない。

帰宅してみると、まだ明かりがついていた。父がひどい食あたりでトイレにたてこもっていて、母は父の苦境を救うべく、冷たい水やら温めた湿布やら、あれこれ手を尽くしているところだった。

どうにか症状が落ち着いたところで、母にことの次第を訊くと、父は〈アロハ〉で出された夕食の、豚肉だか鶏肉だかの、口にするのもはばかられるような部位を煮込んだ、なんとも恐ろしげなスープ料理を食べたとのこと。父はようやく便座から離れられるようになると、よろよろと寝室に戻ってきてそのままベッドに倒れ込んだ。少しのあいだ、ひとりにしてあげたほうがよさそうだったので、母とわたしはダイニングルームのテーブルにつき、薄く淹れたブラックティーを飲んだ。母は疲労困憊(こんぱい)していて、わたしが姉の服を着ていることにも気づいていないようだった。

「ああ、そう言えば、どうだった？」と母は日本語で〈アラゴン〉で開かれたダンスパーティーのことを訊いてきた。「いい人との出会いはあった？」母の言う〝いい人〟とは、つまり結婚相手としてふさわしい独身の若い男の人という意味だ。

わたしは黙ってただ肩をすくめた。姉が恋愛についてあれこれ〝尋問〟されていたときの気持ちが、ようやくわかった気がした。

翌朝、眼が覚めたとき、両親はまだ寝ていた。父はベッドから身を乗り出すような、もう少しで床にずり落ちそうな恰好で寝ていた。寝ているあいだに吐き気に襲われたとき、床に置いた洗面器にいつでも吐けるようにしているうちに、寝入ってしまったのだと思われた。母のほうは、深い海に放りだされた人が水面に浮かんでいようとするみたいに、水をかくような仕種で手を動かしていた。可哀想に、怖い夢でも見ているのかもしれなかった。額の生え際から前髪が盛大に逆立ち、いつものオカメインコのような寝ぐせがついていた。

前夜の睡眠時間は決して充分ではなかったにもかかわらず、わたしはエネルギー満タンで、朝っぱらからアドレナリンが身体じゅうを駆けめぐっていた。その勢いを借りてハマーを探しだし、ローズとは本当はどんな関係にあったのか、問いただすつもりだった。

ハンガーにかけておいたストライプ柄のワンピースに着替えて、音を立てないようそっとアパートメントを抜け出した。日曜日の朝なので、通りのあちこちで、いちばん上等の〝よそゆき〟を着て礼拝に向かうキリスト教徒の家族の姿が見られた。翻って、アメリカ合衆国で仏教徒でいつづけることは難しかった。何ヵ所かの強制収容所に抑留されている僧侶数名が出所を許され、シカゴにも派遣されてくるらしい、という噂は耳にするものの、実現はしていなかった。

そんなふうに宗教とは無縁に暮らしているのは、信仰心に欠けることではあるけれど、一方でそんな生活に解放感めいたものを感じてもいた。傍目にはそんなふうには見えないかもしれないけれど、反逆者の気分だった。そんな反逆者の自分がどこか誇らしかった。少なくともその日の朝は。教会に向かう人たちを後目に、こちらはしばし、のんびりとあたりを散策しようかと思ったところで、またしても擦り切れた靴底がストップをかけた。

姉が住んでいた古いアパートメントの建物のまえを通りかかった。昨夜のダンスパーティーに同行した三人娘のだれかにばったり行き会ってしまわないことを願いながら。玄関まえの階段に、とある人物がひとりぽつんと坐り込んでいた。

「おはよう、マンジュウ」とわたしのほうから声をかけた。考えてみれば、いくらあだなとは言え、大の男を、小麦粉の皮で餡をくるんで蒸した料理名で呼ぶというのも、なんだかへんなものではあったけれど。「ハマーを見かけなかった?」

マンジュウは、今朝は格子柄のスーツではなく、ごく普通の白いTシャツにジーンズという恰好だった。マンジュウは首を横に振った。「昨夜のあの殴りあいのあと、ふいっと出ていっちまって。そのあとは見かけてない」マンジュウはまとまりのないしゃべり方をした。

まるでひと言発するたびに息を吸わないと、先を続けられないとでも言うように。

「それだったら、住んでるとこはわかる？」

「泊めてくれるやつんとこ、かな。泊めてくれればどこでも、みたいな。おれのルームメイトが言うには、もうおれたちとは一緒に住めなくなったってことらしいわ。今週はチャイナタウンの女の子んとこに転がり込んでるんだと思う」これには正直、驚いた。その日暮らしで先行きの見込みもなく、着た切りスズメも同然のニセイの男でも、異性の愛情を獲得できることがあるとは。仮にひと晩限りだとしても、女の人に助けてもらえるのだ。ハマーは母が日本語で言うところのモテる人なのかもしれなかった。確かに、人を惹きつけるところがなくはなかった。それは否定しないけれど、でも、わたしからすると、その惹きつけ方がなんとなくべたついて感じられるのだ。たとえるなら、うっかり踏んでしまったチューインガムのように。

わたしもマンジュウも黙ったまま、しばらくのあいだ通りを眺めるともなく眺めた。それから、わたしは少しだけ勇気を出して、単刀直入に訊いてみることにした。「うちの姉のことなんだけど、ハマーと会ったりしてたかどうか知ってる？」

マンジュウはゆっくりとわたしのほうに顔を向け、陽光のまぶしさに眼を細くした。「つまりつきあってたかってことか？」

わたしはうなずいた。

次の瞬間、マンジュウは笑いだした。声をあげて、身体を揺らしながら。「アキ、あんた、おもしろいことを言うね。たいした想像力だ」

なんだか馬鹿にされた気がして、わたしはさよならも言わずにその場を離れた。それ以上マンジュウに質問したところで埒が明くとも思えなかった。ハマーに義理立てしてはぐらかしたのか、あるいは姉とハマーの関係については本当になにも知らないのか、なんとも判断がつかなかった。

母が清掃の仕事をしている理髪店のまえを通り過ぎた。店を経営しているフィリピン人のベロー兄弟はふたりとも敬虔（けいけん）なカトリック教徒で、毎週日曜日は店を閉めていた。フィリピンに侵攻した日本軍が現地で蛮行に及んでいることは、たびたび報道されていた。だから、ときどき、ベロー兄弟もわたしたち日系人に対して、イッセイにもニセイにも恨みを抱いているのではないかと思うことがあった。けれども、ベロー兄弟はわたしたちのことを、太平洋に展開している敵兵とは切り離して考えることのできる人たちだった。今や来店客の半数近くが日系ニセイで、彼らの注文に応じて、入隊をまえに髪をうんと短く丸刈りにしたり、ズートスーツに映えるように前髪を盛大に逆立てたポンパドールにしたりするのも、苦痛ではないのかもしれなかった。

昨夜はあまりにも盛りだくさんな一夜だったので、今朝は少しばかりの贅沢は許してもらえそうな気がして、ディヴィジョン・ストリートにある軽食堂（ダイナー）兼アイスクリーム・パーラーに立ち寄ることにした。気温は早くも摂氏三十度を軽く超えていそうだったし、服地越しに陽光がじりじりと肌を焦がしている気がした。ニューベリー図書館から週ごとに貰うお給料はほとんどそのまま母に渡していたけれど、急に必要になることもあるだろうから、とのことで毎週数ドル程度は手元に残しておいてもいいことになっていた。靴も新調しなくてはならないので、無駄遣いをする余裕はなかったけれど、いったんアイスクリームのことを思い浮かべてしまうと、その誘惑には抗しきれなかった。

アイスクリーム・パーラーは〈ティング・ア・リング〉といって、毎週日曜日はお休みと決まっていたが、どういうわけかその日は開いていた。軽食堂（ダイナー）もアイスクリーム・パーラーのほうも、どちらも年配のポーランド人のご夫妻が経営していた。ふたりの姿は見あたらなかったが、代わりに接客に出てきたニキビ面のティーンエイジャーのウェイターが、ボックス席のひとつに案内してくれた。隣のボックス席には、ハイスクールの生徒ぐらいの年頃の子たちが、日曜日だというのに教会には行かずにたむろしていた。ウェイターの接客態度からすると、どうやらその子たちはウェイターの子のクラスメイトのようだった。同年代同士の気安さで構えることなくやりあい、学校でのあれこれを材料に互いをからかいあっていた。ときどき聞こえてくる屈託のない笑い声はわたしにはお馴染みのものであると同時に、大きな隔たりを感じさせられるものでもあった。

心のどこかにマンザナーを懐かしむ気持ちがなくはなかった。マンザナーにいたときに、少なくともヒサコという友人がいた。収容所を出るとき、ヒサコからはシカゴでの生活が落ち着いたら、まっさきに手紙で知らせてほしいと言われていたけれど、これまでの出来事すべてをヒサコに伝える気にはどうしてもならなかった。ニセイが収容所を出て再移住するケースは増加の一途をたどっているから、ヒサコも今ごろはマンザナーを離れてしまったかもしれない、というのを言い訳にして。

わたしが注文したストロベリーのアイスクリームが、ついに眼のまえに運ばれてきた。こんもりと形よく、しかもたっぷりと気前よく盛りつけられていた。そのピンクの小山にアイスクリーム用の先の尖ったスプーンを突き立て、ひと口分をすくいとり、口に運んだ。甘さと冷たさの塊が咽喉を滑り落ちていくうちに、後頭部がキーンとしてきた。その冷たさをそのまま閉じ込めておいて、アイスクリーム・パーラーを出たとたんに襲ってくるはずの外気の熱さましに使えないのが残念だった。

ハマーを見つけられないまま、わたしはアパートメントに戻った。母はダイニングルームのテーブルについて、父の靴下を繕っていた。「父さんの具合なんだけどね、まだよくならないのよ。今日は仕事に行かれそうにないわね。公衆電話からお店に連絡して、父さんのボスに今日はお休みするって伝えてもらえないかしら。ロッキー・イヌカイって人なんだけど」

「だったら、お店に行って直接伝えてくる」

母はためらった。「若い娘が行くようなお店じゃないから」

「場所もわかってるし。何度もまえを通ったことがあるから。それにね、母さん、わたしだってあと何ヵ月かしたら二十一になるんだからね、一人前の大人だよ」

母はかがったばかりの靴下の踵の縫い目を検めた。いつものとおり、完璧だった。

「直接訪ねていけば、店長にちゃんと伝わったことが確認できるでしょ？」とわたしは言った。〈アロハ〉の電話対応は絶対的に信頼できるものとは言い難い。少なくとも、これまでに何度か、仕事中の父を呼び出してもらった際の経験に基づく限りでは。

その点については母も同意見のようだった。「お休みするって伝えたら、すぐに帰ってくるのよ」

わたしはうなずいた。

〈アロハ〉は、クラーク・ストリート沿いの、地下鉄の駅の北側にあった。騒々しくてあまり治安のよくなさそうな界隈なので、ふだんはわたしもできるだけそのあたりを通らないようにしていた。ときどき歩道沿いに高級車が停まっているのを見かけることもあった。後部座席には決まって、めかしこんだ男が同じように着飾った豊かな胸の女を連れて坐っているのだ。かと思えば、歩道を酔っ払いがふらふら歩いていたりもする。いちおう紙袋に入れてあるけれど、ほとんど丸見えの安ウィスキーの瓶を後生大事に握り締めて。さらに娼婦たちがふくらはぎどころか太腿のあたりまで見せびらかしている、そんな界隈なのだ。

〈アロハ〉の店舗自体は、質屋の隣の、これといって特徴のない茶色い煉瓦造りの三階建ての建物に入っていた。おもてには、そこにナイトクラブがあることがわかる看板のようなものはなにも出ていない。通りに面した大きな窓越しに、ビリヤード台のまわりに男たちが集まっているのが見えた。わたしは深呼吸をひとつして、背筋をぴんと伸ばした。大丈夫、どうってことないよ、アキ、と自分で自分に言い聞かせた。

父の雇い主がハワイ出身のニセイだということは、わたしも聞いていた。店の横の通用口からなかに入り、店内の薄暗さに眼が慣れるのを待った。店内の照明をもうふたつか三つぐらい増やしても、それ以上雰囲気がこわれることもないだろうに。見てくれ同様、においもひどかった。譬(たと)えるなら、そう、長いこと放置した生の鶏肉のにおい、といったところだろうか。奥のほうに二階にあがる階段があって、その横の椅子にオフホワイトのミニ丈のドレスを着た女の人が、だらしない恰好で坐っていた。スカート部分の裾がきわめて短く、身体にぴったりと張りつくようなドレスで、チチの輪郭がくっきりと浮きあがっていた。

「お嬢ちゃん、職探し?」鼻にかかった甘ったれた声で、その人が言った。「〈プレイタイム〉なら雇ってくれるんじゃない?」

わたしは思わず顔をしかめた。〈プレイタイム〉はハクジンの売春婦もニセイの売春婦も揃っている、というのが売りの、兵隊(GI)さん御用達(ごようたし)の店だった。

オフホワイトのドレスの胸元を極力見ないようにしながら、わたしは「ロッキーに用があって来たんです」と言った。

「んじゃ、ここで待ってて」その人はそう言って椅子から立ちあがった。ハイヒールの足元が危なっかしく、よろよろと今にもつまずきそうな足取りで、店の奥のもうひとつの、地階に降りる階段のほうに向かった。眺めるともなく眺めているうちに、その階段で男たちが次から次へと地階に降りていくことに気づいた。あまり人相のよくない、いかにも荒くれ者といった感じの男たちばかりだった。

父のボスを待つあいだ、わたしは店の奥の、小さなバーカウンターのほうに移動した。六脚しかないストゥールのひとつに、戦時転住局(WRA)の事務所でわたしのうしろに並んでいたあのニセイの長髪の男が坐っていた。あのときと同じ雑誌に読みふけっていた。いちばん左の端に坐っていたのが、その日の午前中わたしが探しまわっていたまさにその人だった。ハマーはまえの晩と同じ辛子色のズボンを穿(は)いていたが、ジャケットは着ていなかった。白いシャツの腋(わき)のしたに汗のしみができていた。

「寝てないみたいね」ハマーの隣のストゥールに腰かけながら、わたしは言った。

ハマーはこちらを見もしなかった。眼のまえのグラスをつかんで呑みほそうとしたけれど、グラスはすでに空だった。

麻薬の類いに手を出しているのかどうかはわからなかったが、クラーク・アンド・ディヴィジョン界隈で何度か行き会ったときのハマーとはまるで別人だった。肩で風を切るような勢いもなければ、自信満々な態度もうかがえなかった。ハマーらしくないハマーの顔つきに、わたしはイッセイの家でよく壁に飾ってあるお面を思い出した。角の生えた恐ろしげな形相のオニという悪鬼のお面なのだが、たいていは見るからに猛々しく、いかにも悪の権化といった表情だけれど、なかには口角をさげ、唇を半開きにした苦しげな表情を浮かべているものもある。その理由を母に尋ねたところ、そういうオニは、悪鬼は悪鬼でも善良な悪鬼で、邪悪な悪鬼を追い払ってくれると言われている、とのことだった。

「おれにかまうな、トロピコ。おれは役立たずなんだから」ハマーはそう言うと、空のグラスをカウンターに叩きつけるように置いた。

「ロイと喧嘩になった理由が知りたいの」

ハマーはそこでようやくわたしのほうに顔を向けた。「聞いてないか、あの野郎から?」

昨夜は気がつかなかったけれど、ハマーの頬にも引っかかれたような擦り傷ができていた。

「どうしたの、その顔?」

傷があることを自分で自分に納得させるように、ハマーは指先で頬の傷をそろそろとまさぐった。その仕種もまた、わたしの記憶しているハマーのイメージとはそぐわなかった。

「いいからとっとと帰れ。ここはあんたが来るようなとこじゃない」

わたしは前置きなしで、いきなり急所を狙った。「ローズはわたしの姉よ。だから、わたしには知る権利ってもんがあるの、あんたが姉になにをしたのか」

「頼まれたことしかしてない」

「どういう意味？」と訊き返した声は、自分の声なのに甲高く上ずっていて、自分の声ではないようだった。

雑誌を読んでいたニセイの男が、いかにも迷惑そうにこちらをにらんだ。

「だから、おれじゃなくてロイに訊けって」と言ったきり、ハマーはむっつりと黙り込んだ。

それ以上話す気はないということだった。ニセイにも白い眼で見られ、ハマーにも黙られ、どちらもわたしとの関わり合いを拒絶しているのに、そのあいだに挟まって坐っている自分が、野暮ったい置物にでもなったような気がした。

しばらくしてハマーが口を開いた。「自分でわかってるか。あんたは恵まれてるって。家族がいるんだから」

「自分が恵まれるって言えるのかどうか、わたしにはわかりません」

「そうか。でも、まあ、ローズにはこうして気にかけてくれる妹がいたわけだ。ローズも恵まれてたってことだな」

そこまで聞いて、わたしはこれはもうまちがいないと確信した。ハマーはなんらかの麻薬でハイになっているのだ。でなければ、こんなふうに人生の深淵（しんえん）をうかがうようなことを言いだすわけがないではないか。いつものハマーからは想像もつかない……どころか完全に別人格だった。

そのとき、奥の階段を勢いよく駆けあがってくる足音がして、花柄のシャツを着たがっしりした身体つきの男が現れた。耳に鉛筆を挟み、片手で紙幣を握り締めたまま、その人はまっすぐにわたしのほうに近づいてきた。「あんたか、おれに用があるってのは？　おれがロッキーだ」

慌ててストゥールから飛び降りたわたしを、ロッキー・イヌカイは値踏みするような眼でじろじろ眺めまわした。「うちは時給払いしかできない。それから、そうだな、うんとおめかししてもらわないとな。ハイヒールとか履いて」

「仕事を探しにきたわけじゃありません」

ロッキー・イヌカイは、明らかにほっとした顔になった。

「ギタロウ・イトウの娘です」

「ああ、ギートの子か。で、ギートは？」

「具合がよくないんです」あなたのお店で出された傷みかけの食事のせいでという部分は口に出して言うのは控えた。

「おやおや。まあ、今日は店も混んでないからな。だが、明日は出てきてもらわないと困る」

わたしはうなずいた。お見舞いのことばのひと言もないことに驚きはしなかった。〈アロハ〉は、一に商売、二に商売。それが合法であろうと、違法であろうと——そういう店だということだった。それはわたしにもわかった。こんな店で、しかも勤務時間がとても不規則な働き方で、父はいったいどんな仕事をしているのか、大いに疑問だった。頻繁に掃除をする必要のある場所などそれほどあるわけでもないし、掃除すべきところも掃除が行き届いているとは言い難い。

ロッキー・イヌカイはバーカウンターのなかに入り、ハマーのグラスにお代りを注いだ。わたしは急ぎ足で通用口に向かった。階段の脇の椅子にしどけない恰好で坐っていた女は、まだ戻ってきていなかった。通路に出たところで、眼のまえに大柄なハクジンの男が立ちはだかり、行く手をふさいだ。「おやおや、こりゃまたかわいいゲイシャさんじゃないか」

わたしは無視した。黙ってしたを向き、そのまま足を進めたが、相手はその場を動こうともしなかった。「帰っちゃだめだよ、まだ」と言うなり、わたしを壁に押しやり、動きを封じたうえで強引にキスを迫ってきた。わたしはぐっと顎を引き、相手の唇をかわした。男の頬がざらざらの紙やすりのように肌をこすり、ビールくさい息がかかった。

「放してください」声にならない声を振り絞って、わたしは言った。声が胸のところで詰まって出てこなかった。しっかりしなさい、アキ、声を出すのと自分で自分を叱りつけた。なのに、声を出そうとすればするほど、気ばかり焦って声は出ない。こちらがなにも言えないのをいいことに、相手の男はたっぷりと贅肉のついた身体を利用して、わたしを〈アロハ〉の薄汚い通路の隅に追い込もうとしていた。

身をよじってバーカウンターのほうを振り返った。ロッキー・イヌカイはいなくなっていた。ハマーはストゥールに坐ったまま背中を丸め、グラスの底をのぞき込んだままだし、長髪のニセイの青年も雑誌に夢中で顔をあげる気配もない。助けはどこからも来そうになかった。

わたしは深呼吸をひとつして、胸のまえで腕を交差させて肩を縮め、男と通用口のあいだのわずかな隙間に無理やり身体をねじ込んだ。文字どおり転がるようにして通用口から通りに出た。勢いあまって店の正面ドアのまえで煙草を吸っていた女の人のふくよかなオシリにぶつかった。それはあの布地の面積がかなり乏しい、オフホワイトのミニドレスの女だった。「ちょっと、やだ、気をつけてよ」と女はわたしを怒鳴りつけた。そのひょうしに長く伸びた煙草の灰が歩道に落ちた。

わたしは謝罪も言い訳もしなかった。ここを離れなければ、ということしか頭になかった。走っているも同然の勢いで、クラーク・ストリートを突き進み、歩道に散らばるゴミを飛び越え、こちらに向かって歩いてくる一団の人たちにあやうくぶつかりそうになった。その四人グループのまんなかにいたのは、昨夜イケの運転する車のなかから見かけた、あのドレス姿の背の高い男の人だった。一緒にいる人たちも、裾が長くて身体にぴったりしていて襟ぐりの深いドレスで派手に着飾っていた。四人とも愉しそうに声をあげて笑っていた。わたしの窮状にわざわざ眼を向けることもしなかった。クラーク・ストリートでは自らの身は自ら守るしかない、ということだった。

月曜日には、イトゥ家の全員がどうにか日常を取り戻していた。〈アロハ〉から帰宅したあと、わたしは肌がうっすら赤くなるほどごしごし顔を洗い、あの不快なハクジン男のイメージを頭のなかから締め出した。〈アロハ〉の通路で経験したことを母に言うわけにはいかなかったし、ましてや父にはなおさらだった。父が知ったら、父なりのやり方で不埒な相手に反省を求めようとするだろうし、その結果、刑務所に送られることにもなりかねなかったからだ。

父は弱ってはいたけれど、ベッドから出てきて、バターもジャムも塗っていないトーストとコーヒーで朝食をすませると、昨日よりはだいぶ体調も回復したようだし、この分なら仕事には出られそうだ、と言った。母はひと足先に理髪店に出勤していた。わたしもニューベリー図書館という避難先があるのがありがたかった。いつの間にか、図書館の分厚い学術書や地図や公文書がとても身近なものになっていた。書籍も地図も文書類も、言ってみれば、わたしの毎日を築きあげている背骨のようなものなのだ。レファレンスサーヴィス窓口の助手として働く、わたしたち三人とも、それぞれ図書館の書庫からなぐさめを得ていた。ナンシー・コワルスキーは写真が趣味でアマチュア・カメラマンのようなものだったから、ニューベリー図書館が所蔵する一八〇〇年代のアメリカ・インディアンの姿を撮影した写真のコレクションから眼が離せなかった。フィリス・デイヴィスのほうは美術史の愛好家だったので、書庫のルネサンス期の画家たちの画集を保管してある書架のあたりでよく姿を見かけた。

その日の夕方近く、カウンターで受付業務に就いていたとき、ふと気づくと眼のまえに見覚えのある人が立っていた。髪を横分けにしたアート・ナカソネは、いかにも大学の学生といった雰囲気で、いつもの髪を無造作に撫でつけただけのときにもまして、ハンサムだった。

「アート……」

「よかったよ、きみの居場所を突き止められて」

「今日はもう午後の休憩を取ってしまったあとなの」

「きみにどうしても伝えておきたいことがあって」

わたしはあたりを見まわし、ボスの白髪交じりの頭を探したが、どこにも見あたらなかった。ちょうどそこにブルーの地に水玉模様のワンピースを着たフィリスが、両腕いっぱいに本を抱えて書庫から出てきた。

「ミセス・キャノンを見かけなかった?」とフィリスに訊いてみた。「アートがわたしに話があるって言うんで、ちょっとだけ持ち場を離れる許可をもらいたいの」

フィリスはわたしの脇腹を肘で突いて、「行ってきて」と言った。「わたしがカヴァーしとくから。だけど、なるべく早く戻ってきてよ」

わたしはアートを、廊下の隅に置いてある大きなシダの鉢植えのところまで連れていった。

「それで、話というのは?」

「用心してほしいんだ、きみにも」とアートは言った。

「ちょっと待って。どういうこと?」とわたしは言った。頬が熱くなっていた。ロイとイケの住んでいるところに立ち寄ったことが、アートの耳に入ったのだろうか? 私に関して早くもよくない噂が立ちはじめているということ?

「昨日、ニセイの女の子が襲われたんだ。それもその子が住んでいるアパートメントの室内で」アートの口調は真剣だった。その真剣さのおかげで、わたしも気をつける必要があるのだとわかった。声を落として囁くように話している、ということは、襲われたというのは性的暴行を受けたということかもしれない、と思った。

「どこに住んでいる人?」

「サウスサイド」

「個人的な知りあい?」

「あまり詳しいことは言えないけど、ともかく気をつけて、いいね?」

念を押されたことはわかったけれど、考えがまとまらなかった。その衝撃的な情報をどんなふうに咀嚼すればいいのか、わからないのだ。アートはこれから大学の指導教授と面談の約束があるというので、ふたりで受付のカウンターまで戻った。わたしの代わりを引き受けてくれたフィリスが、カウンターについていて、それまで見たことのない、なんとも言いようのない表情を浮かべていた。そして、アートに直接声をかけた。「ひょっとしてハイドパーク・ハイスクールに通ってませんでした？」

「ええ、通ってました」

「そうじゃないかと思った」

アートはしばらくその場に突っ立ったままフィリスのことを見つめていた。それから、ふと思い出した表情になって、フィリスを指さして言った。「わかった、レジーの妹だ。たしか……そう、フィリスだよね？　うちと同じ通りに住んでるよね」

驚いたことに、フィリスは笑みを浮かべた。それもはにかんだような笑みを。それまでそんなふうにほほえむところを見たことがなくて気がつかなかったけれど、フィリスはほんの少し前歯が出ていた。

アートはそこでまた真剣な表情になった。「レジーは海外に派遣されたって聞いたけど」

「第九十三師団の所属だから（第九十三師団は第二次世界大戦中、一九四二年に黒人だけで作られた師団。一九四四年一月に南太平洋戦線に送り込まれるまで、国内で訓練・待機を続けた。その後ニューギニア島、モロタイ島、ロスネグロス島などで警護・後方支援任務についた）」

「それじゃ太平洋戦線に？」

フィリスはうなずいた。三人ともその場に立ったまましばらく黙り込んだ。フィリスの答えで、わたしの予想していたとおりだったことがわかった。フィリスのお兄さんは日本人と戦っているのだ。

「兄の師団は長いこと国内にいたんだけど。黒人の若造どもは信用ならないって思われてるんじゃないかって。それで海外に派遣されないんだろうって」

わたしはそれまでニセイの兵士のことを考えることはあっても、黒人兵士の置かれている状況については考えたことがなかった。というか、思い浮かびもしなかった。ニセイはニセイだけで編制された部隊に所属するように、黒人もまた人種で選りわけられた部隊に所属し、兵士としての敬意も充分に払われていないように思われた。

「手紙を書くことがあったら、ぼくからもよろしくと伝えて」とアートは言った。

「ええと……はい、ええ、伝えます」フィリスはへどもどしていた。あのフィリス・デイヴィスが。

フィリスにさよならを言ったアートを、わたしは閲覧室のそとまで送っていった。階段の手前でアートは足を止めて、両手をズボンのポケットに突っ込んだ。「ひとつ訊いてもいいかな？ ぼくはきみにとって電話番号を教えてもいいと思える相手かな？」

甘やかなぬくもりが手足の先まで拡がっていった。言い寄られるってこういうこと？ と胸の奥の奥でそっとつぶやいてみた。「あの、それが、うちには電話がないの。アパートメントの廊下に公衆電話があるだけで。今のところはそれを使ってるけど」あいにく、その公衆電話の番号をその場で思い出せなかったので、次に会うときに教えると約束した。それなら明日もまた同じぐらいの時間にこのあたりにくる用事があるから、とアートは言った。

「それって、約束したよってこと？」とわたしは言った。言ったとたん、頬が真っ赤になったのがわかった。そういうつもりで言ったわけではなかったのに、アートはにやっと笑って階段に向かった。

「待って」わたしはアートを呼び止めた。「昨日の何時ごろだったの？」

「えっ？」アートは一瞬怪訝そうな顔をしたけれど、すぐになんのことか理解して表情を曇らせた。「午前中だ。一緒に暮らしてるお姉さんが教会に行っているあいだに」

つまりわたしがひとりでクラーク・アンド・ディヴィジョン駅のあたりを歩きまわり、〈ティング・ア・リング〉でストロベリーのアイスクリームを食べていたとき、ということだ。胸がむかむかしてきそうだった。わたしはカウンターに戻った。

「すてきね、あの人」というのがナンシーの述べた感想だった。フィリスのお兄さんのことが話題になっていたときには、席をはずしていたのだ。ナンシーの感想に、フィリスも笑みを浮かべて異論がないことを示すと、レファレンスサーヴィス部門の司書から頼まれて書庫から探しだしてきた本の山を積みなおした。アートが訪ねてきたことで、ふたりともいくらかはしゃいだ気分になっていた。それがわたしにも伝染して、華やいだ気持ちになったことは確かだけれど、それでも、アートが伝えにきたニセイの女の子が襲われたということばが、重苦しい翳りを拡げているのを感じないわけにはいかなかった。

帰宅してから、アートから聞かされた事件のことを、どうして知ったかは明かさずにさりげなく母に伝えた。母の意見が聞きたかったからだ。

母は「マア」と日本語で驚いてから、「この市のニセイの女の子はお行儀が悪いし、品行方正とは言えないもの。まあ、そういう目に遭うことだってあるでしょう」父のシャツのとれたボタンを新しいものにつけかえながら、そんなふうに言った。

だったら、〈アロハ〉でわたしがあんな目に遭ったことは、どう解釈すればいいのか？ わたしはあの見ず知らずのハクジン男を誘惑するようなことも、刺激するようなことも、いっさいしていないし、言ってもいない。ただ単にたまたまそばにいたというだけだ。ただそれだけの理由で、あの男はわたしのことを思いどおりにしてもかまわない、という気になったのだ。

第十三章

翌朝、わたしは姉の服を着ることにした。あの濃い青緑のラップアラウンド・スタイルのワンピースを着て〈アラゴン〉に出かけたことをきっかけに、姉の服を借りて着ることに以前ほどためらいを感じなくなっていた。その日選んだのは、フリルのついた赤いギンガムチェックのワンピースで、わたしの好みからするとちょっと派手だということもあり、なにか特別なことがあるときに借りようと思っていたものだった。公園でアート・ナカソネと会うというのは、わたしからするとまちがいなく、その特別なことがあるときに該当していた。

その日は重大ニュースとともに始まった。〈連合国、フランスに侵攻〉――大文字を連ねた見出しが『シカゴ・デイリー・トリビューン』紙の一面トップに躍った。一九四四年六月六日の未明、連合国側の複数の部隊がノルマンディ北部の海岸線から上陸し、総攻撃をしかけたのだ。記事のなかで、アメリカの軍隊で戦略上重要な攻撃や作戦開始日を示す用語の〝Dデイ〟ということばがたびたび用いられていた。

期待と不安で胃袋がでんぐり返った。勝利はもう目前に迫りつつある、ということかもしれなかったが、大規模な軍事作戦はそれまで以上に多数の戦死者が出るということでもある。ナンシーとふたりでときどき顔を見あわせながら無言で新聞各紙を並べ、図書館利用者が閲覧できるよう準備を進めた。

そんなわたしたちの無言のやりとりにフィリスも気づいたようだった。「兄のいる部隊はヨーロッパには派遣されてないから」とわたしたちに言った。

「そうそう、そうだった」とナンシーは言って、ほっとしたように息を吐いた。そのあと、三人して連れ立って洗面所に向かい、新聞のインクで汚れた手を洗った。

午前中はあっという間に過ぎていった。フィリスに相談して休憩を取る時間帯を交代してもらい、お昼食（ひる）の休憩は取らず、その分を午後の休憩時間とあわせて長めに取らせてもらうことにした。アートと会うことになっているのだと言われてしまうと、フィリスとしても交換交渉に笑顔で応じざるをえなかったにちがいない。

レファレンスサーヴィス部門の受付には、図書館の利用者が目的の書籍のデューイ十進分類法の番号を書き留めるのに使えるよう、メモ用紙が用意されている。わたしはそのメモ用紙に、短くなった鉛筆でうちのアパートメントの廊下に設置されている公衆電話の電話番号を書きつけておいて、公園の門のまえでアートと落ちあってすぐにそのメモ用紙を手渡した。ふたりで話をするあいだ、わたしは何度もアートのシャツの胸ポケットに眼をやった。そのたびにシャツの布地越しに、メモ用紙に書きつけたわたしの名前がうっすらと透けて見えてこのうえなく幸せな気持ちになった。

わたしたちは公園の南側に足を向け、ニレの木陰のベンチに腰をおろした。どちらにとっても〝Dデイ〟は最大の関心事だった。

「一日も早く戦争が終わってほしい」とわたしは言った。

「うん、誰しも願うことは同じだよ。だけど、そこに至るまでに、多くの血が流れることになるんだと思う」

あなたが戦争に行かなくてすむよう願ってる、とわたしは声に出さずに囁いた。

そんなわたしの胸のうちを読みとったように、アートは言った。「そのうちぼくのところにも召集令状が来るはずだ。時間の問題だと思ってる」兵役に就く覚悟はできている、という口ぶりだった。アートのような中西部を生活の拠点としているニセイは、わたしたち西海岸の日系人たちとちがって鉄条網で囲われた環境で過ごすという経験をしていない。自分の生まれ育った国のために戦う決意をするときも、それほど複雑な思いにはならないのかもしれなかった。

ふたりともしばらく黙り込んだ。アートは腕を伸ばしてベンチの背もたれに載せた。わたしの背中に腕をまわすような恰好で。心臓の鼓動が速くなるのがわかった。なにを隠そう、わたしはそれまでデートというものをしたことがなかった。ハイスクール在学中も卒業後もダンスパーティーなら何度も参加していたけれど、相手の男の子たちからはどういうわけか、ガールフレンドというよりも妹扱いされていた。

「今度の週末は暑くなるらしい」とアートが言った。

「なんだか週末のたびに暑くなるって予報よね」

「でも、今週末は雷雨の予報は出ていないから、ミシガン湖に行ってみるのはどう？」

「そうね……」湖岸でみかけた、こんがりと陽灼けした肌のハクジンの若い人たちが白い砂浜に寝そべったり、何人かでバレーボールをしたりしていたことを思い出した。ついでに着ていくものがなにもない、ということも。

「水着にはあまりいい思い出がなくて」とわたしは言って、八年生のときにヴィヴィ・ペルティエの家で経験したことをかいつまんで話した。

「そうか。だったらショートパンツは？　一緒に水辺を散歩しよう。裸足になって」

「それならできそう」気がつくと、笑みを浮かべていた。アートと並んで歩いているところを想像してしまったのだ。ショートパンツの裾からのぞくアートの筋肉質のふくらはぎが、わたしのふくらはぎを軽くかすめることだって、あるかもしれない、と思ったりして。そのあと、しばらくとりとめのない話をしているうちに、いつの間にか日曜日にハマーと行きあったときのことを頭のなかで反芻していることに気づいた。なにげなく聞こえることを願って、わたしはアートに訊いてみた。「ニセイの女の子が襲われたって話、その後のことはなにか聞いてる？　ことばにはできないぐらい辛い出来事だったと思うの、その子にとってもご家族にとっても」

「お姉さんとふたり暮らしなんだ」とアートは言った。とたんに表情が険しくなった。そのことについてはそれ以上、話す気はないということだった。

一瞬、思考と感情が逃げ出し、その場に身体だけが置き去りにされた感じがした。苦しみや痛みからは逃げてしまいたかった。いつものように。それでも、そうしてはいけないような気がした。「その子と会って話をしてみたい」わたしは小さな声で言った。「励ましたいの、なんか力になれないかと思って」

「それが励ましになるとは思えないな。少なくとも今は。誰とも会おうとしないからね」と言うと、アートはしばらくためらってから改めて口を開いた。「じつはアパートメントに引きこもったままそとに出ることもできないんだ、恐怖心が先に立ってしまって」

「警察には？」

「被害届を出すように言った。その子のお姉さんとぼくとでつき添うからとも言ってみた。それでも怖いって言うんだ」

「でも、このままだと、その犯人、また同じことをするかもしれない」

「うん、それはわかってる」とアートは言った。「ぼくもわかってはいるんだ、このままじゃいけないって」アートは視線を落として自分の手の爪を見つめた。「もうしばらく時間があるから、なにか別のことを話そう」

わたしは一も二もなく賛成した。アート・ナカソネと過ごせる限られた時間を、そんな暗い話題で無駄につぶしていいわけがなかった。

アートと公園で過ごしたその日を境に、何日かよく眠れない夜が続いた。襲われた女の子のことが頭から離れなかったからでもあった。アパートメントの玄関のまえでハリエットを呼びとめ、知っていることがあるなら教えてほしいと頼んではみたが、そのたびにどこかに出かける途中で今は話をしている時間がないと言われた。そんなことが続いて、さすがのわたしも避けられているのではないか、と思うようになった。

ハマーの姿はもう何日も見かけていなかった。クラーク・アンド・ディヴィジョン駅の界隈から忽然と消えてしまったかのようだった。いっこうに姿が見えないとなると却って気になるもので、ある晩、マンジュウが近所をぶらぶらしているのを見かけて呼びとめた。

「最近、ハマーを見かけた？」と訊いてみた。呼びとめてからマンジュウに追いつくまで走ったので、いくらか息があがっていた。

マンジュウは吸っていた煙草の煙を、わざとわたしの顔めがけて吐き出した。マンジュウという人物についてひとつまちがいなく言えるのは、この男は礼儀というものを知らない、ということだった。「いや、見てない。チャイナタウンに住んでる馴染みの女の子んとこにも行ってみたけど、その子もしばらく姿を見てないってさ」

だったら、ハマーは今、どこで寝泊まりしているのだろう？　あんな引っかき傷だらけの顔をして。ロイとの殴り合いでできた傷とは思えなかった。あれは長い爪で引っかかれた痕に見えた。

「こういうことってしょっちゅうあるの？　つまり、こんなふうに、ふいっと姿を消しちゃったりするのかってことだけど」

「そうしたいんだろうけど、おれの眼はごまかせない。ずうっと見てるから。けど、今度ばかりは出し抜かれた」マンジュウが気を落としているのが、手に取るようにわかった。大の男が友人に対してそこまでべったりになるものなのか、わたしにはなんとも理解できなかった。あるいはハマーのほうに、それだけ人を惹きつける力がある、ということなのかもしれなかった。わたし自身、嫌悪感を覚えるのと同時に惹かれるものを感じてもいる。姉もそんなハマーのヨゴレの魅力に屈してしまったということ？　だからロイはハマーに対して含むところがあるのかもしれない。ロイがハマーに対してあんなふうに怒りを炸裂(さくれつ)させるのも、それで説明がつきそうな気がした。

「きっとそのうちひょっこり姿を見せるんじゃない？」わたしはとりあえずそう言った。なんの根拠もなかったけれど。マンジュウの耳には届いていなかったと思う。そのときにはもう、煙草の煙を盛大にたなびかせながら、クラーク・ストリートをのしのしと遠ざかっていたから。

それから数日間はともかく落ち着かなかった。身体のなかでピンボールの球が音を立てて跳ねまわっているようなものだった。シカゴで暮らしていくということは、ロングビーチの行楽地の〈サ・パイク〉にあったジェットコースターに乗っているようなものだ。気持ちが上向きのときの高揚感が、アートにまた会えるという期待感が、不意に逆向きになって一気に急降下して、女の子に性的暴行をはたらいた犯人がまだ逮捕されていないという恐怖感に心がわしづかみにされるのだ。

フィリスもここ数日、心ここにあらずといった様子だった。フィリスはごくごくまれに、たとえば十年に一度あるかないかぐらいの低頻度でしか閲覧請求のかからない、それって本当にうちの蔵書にあるの？　と思うような書籍やら資料やらを探さなくてはならないときに、誰よりも頼りになる助っ人だった。休憩時間にも書庫に入りびたり、誰も足を向けないセクションの書架のあいだを歩きまわっていることが多い。まるで誰にも見向きもされない本こそ、ときどきご機嫌うかがいに行くべきだ、とでもいうように。

利用者のなかには難しい閲覧請求をかけてくる人もいた。たとえば最近になってちょくちょくレファレンスサーヴィスを利用するようになった、ノースウェスタン大学の史学部の客員教授とか。軍事史のなかでも特にガリア戦争におけるユリウス・カエサルの戦い方を専門に研究しているとかで、閉館間際に来館しては急ぎの閲覧請求をしてくることもあった。ニューベリー図書館では歴史関連の参考文献は同じ書籍でも初版だけではなく改訂版もさらにその改訂版も、というように場合によっては数十冊もの版を所蔵している。ナンシーにしろ、わたしにしろ、その教授のリクエストに落ち度なく応えるのは至難の業で、そんなときはフィリスの豊富な知識と経験に頼ることになった。

ところが、その日に限って、フィリスはミスをした。閲覧請求のあった本の、指定されたのとは異なる版を出してきたのだ。それも一度だけではなく。

教授は小柄で、背の高さもわたしと比べるとほんのちょっと高いぐらいの人だった。最初にフィリスが指定したのとは異なる版を持ってきたときには、いくらか辛辣にまちがいを指摘する程度だったが、同じミスが三度続いたところでついに癇癪玉を破裂させた。

「おつむの程度が人並み以下なのか、あの子は？」と言ったのだ。それもレファレンスサーヴィス室に居合わせた全員に聞こえるほど、はっきりと。ナンシーなら当意即妙にぴしゃりとひと言、言い返すところだろうが、たまたま休憩中で席をはずしていた。わたしはと言えば、凍りついたようにその場から動けなくなった。教授のその口調には聞き覚えがあった。青果卸店のいわゆる大物の上得意客、たとえばスーパーマーケット・チェーンのオーナーあたりの口調によく似ていた。そういう人たちにとってわたしたち日系人は、自分たちよりも劣る者として見くだされていたのだ。そして、若い黒人女性であるフィリスもまた、その教授から同じような態度を取られている。

それでも以前のわたしとはちがって、フィリスは相手から眼を逸らしたりしなかった。マホガニー色の眼をきりっと見開き、瞬きひとつしなかった。「いいえ、先生、わたしのおつむの程度は人並み以下ではありません。ひとりの人間として尊重し、それなりの態度で接していただければ幸いに存じます」

フィリスのその返答は、わたしには衝撃だった。口調そのものは落ち着いていて、穏やかでさえあったけれど、ことばのひとつひとつに怒りがこもっていた。教授もそれを感じとったようで、口のなかでもごもごと謝罪のことばらしきものをつぶやくと、尻尾をまいて退散していった。

「フィリス、大丈夫?」とわたしは言った。そこにナンシーが休憩から戻ってきてカウンターのところでわたしたちに加わった。

「兄が……レジーが向こうで負傷したの」とフィリスが言った。「待ち伏せしていた狙撃兵に撃たれたって数日前に電報が届いて」

「そんな、そんな、まさか」ナンシーが悲鳴のような声をあげて、フィリスをぎゅっと抱き締めた。フィリスは両腕を力なく垂らしたまま、無反応に抱擁されていた。

「太平洋諸島で?」わたしはしゃがれ声で言った。ほとんど声が出なかった。

「ブーゲンヴィル島っていうところらしい」

名前の響きからすると、アジアの島というよりもヨーロッパの一地方のように聞こえた。

「なんと言ったらいいか、わからなくて……ごめんなさい」とわたしは言った。窓の高いところから射し込む、正午を過ぎたばかりの陽光に一瞬、眼を射られて、反射的に何歩かあとずさった。

「あなたに謝ってもらうことじゃない。陸軍は兄たちの部隊を最前線には投入しなかった。黒人の男には最前線で戦う資格なんてないってことで。その結果よ、これは」

「治療は受けられてるの？」とわたしは言った。訊かずにはいられなかった。

「向こうで手術を受けたって。そのための地下壕があるらしいの」

地下壕が手術室？　原始的でろくな設備もなさそうな気がした。そんな環境で回復が遅れたりしないのか、レジーの身の上が案じられてならなかった。

フィリスに訊きたいことはまだまだあるような気がしたけれど、次の質問をしようとしたところに、部長のミスター・ガイガーがやってきて、わたしたち三人のうちの誰かに定時より早くあがって帰りがけにノースウェスタン大学のマキンロック・キャンパスにある法学資料室に届け物をしてほしい、と言ってきた。わたしが志願したかった。フィリスのお兄さんが戦地で負傷したと聞かされたときの動揺がまだ尾を引いていて、気づまりで居たたまれなくてすぐにでもその場から逃げ出したかったが、ナンシーかフィリスが希望するかもしれないのでしばらく待った。ありがたいことに、ふたりとも予定があって、都合がつくのはわたしだけだった。次から次へとあまりにもたくさんのことが起こりすぎていた――わたしの身にも、わたしのまわりの人たちの身にも。わたしにはひとりになって考える時間が必要だった。

届け物の書籍は茶色い包装紙で包んで麻紐がかかっていた。重くてかさばる本だった。届け先のノースウェスタン大学マキンロック・キャンパスはそれほど遠くはなかったけれど、ニューベリー図書館のそばから乗った路面電車を、レイクショア・ドライヴとシカゴ・アヴェニューの交差点で一度、乗り換える必要があった。ちょうど混雑する時間帯で空いている座席はなかった。揺れたひょうしにうっかり分厚い法律書で隣の乗客のおなかを押してしまわないよう、わたしは精いっぱい両足を踏ん張った。

見ず知らずの人から言いがかりをつけられたらどうしよう？　という不安がふと頭をもたげた。わたしも〝リベット打ちのロージー（第二次世界大戦中、航空機や武器製造などの軍需産業で働いた女性労働者の象徴）〟のように、赤いハンカチで髪をぎゅっとひとつにまとめ、腕の力こぶを誇示し、ちょっとやそっとのことでは意志を曲げない、そんな人になりたかった。〈アロハ〉の通路の隅で身動きを封じられたあの経験で、あらゆる面で弱いことを思い知らされたけれども、いつまでも可哀想な立場に立たされたままではいたくなかった。わたしにはもって生まれた好奇心がある。それを生かさずしてなんとする？　アキ・イトウという人間の持ち味をもっと積極的に発揮すればいい。遠慮は無用なのだ。そのことをわたしは胸にしっかりと刻みつけた。

乗り継いだ路面電車がキャンパスの真正面で停まった。敷地はそれほど広くはなかったが、立派なキャンパスだった。法学資料室の場所はすぐにわかった。正面に凝った装飾が施された灰色の石造りの建物で、以前に写真で見たイギリス田園の貴族の館を連想させられた。法学資料室はその建物の複数の階にまたがっていた。受付カウンターについていた司書の人に届け物の包みを渡せば、わたしの役目は終了だった。家に帰るまえに、キャンパス周辺のストリーターヴィルと呼ばれる地区を少し歩いてみることにした。

　姉の就職先で、今はロイも働いている製菓工場はたしかそのあたりにあるはずだった。以前に地図で確認していたので、工場の敷地はシカゴ川の河口とレイクショア・ドライヴとオグデンストリップという船着き場の狭い水路に接していることは知っていた。レイクショア・ドライヴの向こうは外港の防波堤だった。てくてく歩いているうちに、遠くに海軍埠頭(ネイヴィー・ピア)が見えてきた。わたしは胸いっぱいに息を吸い込んだ。潮の香りは、もちろんしなかった。そう、ミシガン湖にはいつも騙されてしまうけれど、海ではないのだ。海のように見えても。

　イリノイズ・ストリートに入ってしばらくしたところで、〝BABY RUTH〟(ベイビー・ルース)という文字に気づいた。ちょうど平屋ぐらいの高さで、巨大な靴箱のような恰好をした建物の屋上にキャンディ・バーの商品名の看板が据えられているのだ。気がつくと、通りにも甘いチョコレートのようなにおいが漂ってきていた。よくよく嗅ぐと、焦げたようなにおいもした。車の排気筒からチョコレート・バーが絞り出されている光景が思い浮かんだ。そこがわたしの探していた工場だった。

ちょうど交代勤務のひとつの時間帯が終わったところのようで、建物から女の人たちが続々と出てきていた。誰もが白い作業服姿で、何人かはまだ白い帽子もかぶったままだった。作業着から私服に着替えた人たちが、工場の門のまえで煙草を吸ったり、おしゃべりをしたりしていた。工場から出てきた女の人たちのなかに眼の覚めるような赤毛の人が交じっていた。見覚えのある人だった。わたしは近づいていって声をかけた。「姉の葬儀にいらしてくださってましたよね」

お互いのことはほとんど知らないも同然だったのに、その人はいきなりわたしをぎゅっと抱き締めてきた。骨ばった身体の節々がごつごつしていた。改めて自己紹介をしてくれたおかげで、シャーリーという名前を思い出した。「少しは落ち着いた?」

「おかげさまで、はい」

「ご両親も?」

「なんとかやってます」

シャーリーのハシバミ色の眼が涙でいっぱいになった。わたしが思っていたよりも、だいぶ歳上かもしれなかった。眼のしたに、メイクでは隠し切れない大きなくまができていた。メイクをしているせいで却って目立っているようにも思えた。それでも穏やかで、優しそうな表情をしていた。そういう相手のことは思わず信じたくなってしまうものだ。

「お姉さんのご葬儀のあと、しばらくはなにも手につかなくて」とシャーリーは言った。

そこまで言うのは、いささか大袈裟（おおげさ）に過ぎるのではないか、という気がした。「姉とそこまで親しかったとは存じあげなくて」

シャーリーはネックレスの先につけた十字架をまさぐった。「考えだすと眠れなくなってしまって。もっとできることがあったんじゃないか、ローズを助けることができたんじゃないかって」

眼のまえの相手は、姉を助けることができたかもしれないと思っているのだ。その発言にわたしは好奇心と憤りを同時に感じた。「そんなふうにおっしゃるからには、なにか思い当たることがおありになるんでしょうか？」

「おろおろしてたんだもの、どうしていいかわからないって感じで。それは知ってるの」

この人はそのことをどうやって知ったのか？　わたし以外の人に、姉の繊細でもろくて傷つきやすい側面を察知できるとは思えなかった。

そんなわたしの思いを、シャーリーはわたしの表情から読み取ったようで、具体的な根拠を挙げてきた。「じつは、ある日の午後、洗面所で泣いてるとこを見かけたの。わたしなりに精いっぱいなぐさめたり、励ましたりしたつもりなんだけど」

「えっ？」みぞおちのあたりから吐き気がこみあげてきた。

「泣かせるようなことをしたのは、わたしたちのボスのミスター・シュルツじゃないかと思った。ときどき乱暴になることがあるから」

「その人は姉の葬儀に来てた人でしょうか？」セオドア・ローズヴェルト大統領に似た男の人が、うちの両親相手にひと言ひと言、過剰なほどゆっくりと明瞭に発音していたことを思い出した。

「ええ、正直なところ、意外だった。まさか来るとは思っていなかったから」

「それじゃ、その人なんですね？」わたしは両手を握りあわせた。

「というのは？」

「姉がおろおろしていたというのは、その人のことで悩んでいたってことですか？」

「なにを悩んでいるのかは教えてくれなかった。じつを言うと、泣いてるところを見られたのが、とてもいやだったみたいなの。そのあと、わたしとは眼をあわせてもくれなかったから。気になって仕方なかった、なにか気に障るようなことをしちゃったんじゃないかって」

姉がだれかのまえで泣くところは、ただの一度も見たことがなかった。わたしのまえでさえ涙を流したことはない。そんな人が仕事場で、人目があるところだというのに、泣いていたということは、ふつうでは起こりえないほどのことが起きたということだった。

「それは、いつごろのことでしたか？」

シャーリーは顔をあげ、水辺のほうに眼を向けた。「寒い日だったってことは覚えてるから、冬だったことはまちがいないわ。ローズも毛糸で編んだ分厚いマフラーを首に巻いてたし。そう、そのマフラーで涙を拭いてあげたんだった」

サイレンが鳴り渡り、シャーリーは工場に戻らなくてはならないことを身振りで示した。工場のほうに何歩か進みかけて、また戻ってきて言った。「ロイに会いにきたの？」

「ええと、会えるんなら会って帰ります」

「あと少しであがれるんじゃないかしら。呼んできてあげる」

シャーリーはそう言うと、わたしの腕を一度ぎゅっとつかんだあと、工場のなかに戻っていった。

工場に吸い込まれるように入っていく、次の時間帯の従業員たちの邪魔にならないよう、わたしは人の流れから抜け出した。工場に押し入り、ミスター・シュルツに会わせろと強硬に言い張るべきかどうか、しばらく脳内で議論を戦わせた。だけど、対面がかなったところで、なんと言えばいいのか？　あなたは冬のある日、うちの姉を泣かせるようなことをしましたか、とでも？　現場の監督者が作業員のちょっとしたミスを叱責するのは、珍しいことではないし、叱責されたほうもそこまで激しくしょげ返るものでもないはずだ。今度こそ、ロイを問い詰めて知っていることを洗いざらい話してもらう必要があった。

そのとき、商品の積み下ろし場のほうから、鋭いことばの応酬が聞こえてきた。わたしは声のしたほうに顔を向けた。ニセイの女の人が三人、なにやら思い詰めたような面持ちで話し込んでいた。そのうちのふたりには見覚えがあった。ロイと落ちあい、パンケーキをご馳走になった、あのギリシア人の経営するレストランで、ごくごく短時間ではあったけれど、顔をあわせた人たちだった。あとのひとりはとても痩せていた。スカートがゆるゆるで、そのうち足首まですとんと落ちてしまうのではないかと、他人事ながら気が揉めた。

「警察に通報しなくちゃ。そいつのしたこと、このまま見逃すわけにいかないって」と言っている背の低い女の人は……そう、マージだった。長時間、他人を怒鳴りつけていたのかと思うような、かすれ気味のしゃがれ声をしているので、すぐに思い出した。

「だけど、マージ、これが自分の妹だったらって考えてみて。そんなに簡単なことじゃないでしょう？」痩せた女の人が言った。物静かな話し方だったけれど、相手の関心を捕らえて離さない真剣さが感じられた。「あの人はベティのお姉さんだけど、母親代わりでもあるのよ。おまけに、まだ収容所から出られないご両親には、心配をかけるわけにはいかないの。だって、そうでしょ？　ご両親にはなにもできないんだもの」

レストランで顔をあわせた、背の高い眼鏡をかけた女の人がうなずいた。

「でもね、こんなのまちがってる。正しいことじゃない。わたしが言いたいのはそこよ」とマージが言った。

「あの子、だれ？」背の高い女の人がわたしを指さして言った。

マージが眼を細くすがめるようにして、こちらを見据えた。マージは記憶力がいいらしい。わたしのことを覚えていたのだ。「ああ、あの子ね、ローズ・イトウの妹だわ」背が高くて眼鏡をかけた女の人も、それに同意した。三人は揃って、改めてわたしのことをじっと見つめてきた。悪運を運ぶ黒猫を見るような眼で。

なにか言い返すべきだろうか、と思ったところに、ロイが工場から出てくるのが見えた。灰色の作業着姿で、作業着の胸ポケットに刺繡で名前が入っていた。作業用の手袋をはめたままなので、もしかするとまだ仕事は終わっていないのかもしれない、と思った。それでも、わたしはロイのいるほうに足を向け、近づいていって声をかけた。唇の傷はほとんど目立たなくなっていた。イケは縫合の天才かもしれなかった。

「どうかしたのか？　親父さんか？」とロイは言った。

「ううん、そうじゃないの。職場のお遣いでこの近所まで届け物をしにきただけ。で、工場が見えたから、ちょっと寄ってみようと思って。これまで一度も見たことなかったし」

「で、恐れ入ったか？」いくぶん皮肉混じりに、ロイは言った。

じつを言えば、恐れ入っていた。これほど規模の大きな製造工場は見たことがなかった。この工場の親会社はアメリカ国内に何ヵ所もの営業所を構え、牧場まで所有していて、たくさんの日系アメリカ人が家族ぐるみで雇用されているとのこと。

いつもと同じように互いの近況について訊きあったあと、ようやくわたしが訊きたかったことを持ち出せそうなタイミングが到来した。「ちょっと小耳に挟んだんだけど、サウスサイドでニセイの女の子が襲われたんだって？」

ロイはしばらくのあいだ、わたしの顔をまじまじと見つめた。わたしがロイ以外の情報源から噂を仕入れてきたことに、驚くと同時に感心しているようだった。積み下ろし場のそばでたむろしているニセイの女の人たちのほうを、ちらりとうかがってから、「ああ、ひどい話だ」と言った。それから右手の手袋をはずして、耳のそばの髪をぺたりと撫でつけた。

「姉も同じ目に遭ったんじゃないかって思ったことはない？」

「どういう意味だ、それは？」ロイは太い眉をひそめ、怪訝そうな顔になった。

「姉は妊娠してたの」ということばが、剝きだしのままの事実が、気がついたときには、わたしの口から転がり出ていた。却ってよかったのかもしれなかった。少なくとも、胸のうちを吐露することができて、ある意味ではすっきりしていた。

「なんだと？」衝撃を受けたことを隠そうともしないで、ロイは言った。

「ロイに身に覚えがないってことなら、相手はだれ？」中絶処置を受けていたことは、さすがに言えなかった。たとえ相手がロイであっても、あまりにも生々しく、あまりにもスキャンダラスで、口にするのがはばかられたのだ。

ロイは長いこと、黙ったままその場にただ突っ立っていた。それからようやく口を開いた。

「しばらくまえから思ってたんだ、ローズにはつきあってることをおおっぴらにできない男がいるんじゃないかって。相手は家族持ちだったのかもしれない」

「襲われたとは思わない？」

「それはない。そんなことがあれば、おれが知らないわけがない」

「どうして？」

ロイは口をつぐみ、唇をぎゅっと引き結んだ。

「相手がハマーだった可能性はあると思う？」

ロイの眼がぎらりと光った。「あの野郎、ぶっ殺してやる」

「ちょっと待ってよ。相手がハマーだったとは言ってないでしょ？　だけど、ロイがハマーのことを目の敵にしてるのは、姉がハマーと親しくなりすぎたからなんだって？」

「誰だ、そんなこと言ったやつは？」とロイは言った。それから首を横に振った。「イケだな。口を閉じとくってことを知らないとはな。とんだおしゃべり野郎だ」

「イケは友だちなんでしょ？　友だちのことをそんなふうに言うもんじゃないんじゃない？」

早番の従業員たちが続々と工場から出てきていた。ブリキのランチボックスを提げた人も、スカーフを頭からかぶった人も、首に巻いている人も、誰もがゆったりした足取りで大通りに向かっていた。「ローズはハマーと会ってた。それもたびたび。それはおれも気づいてたよ。先月のことだ。先月の、ローズがあんなことになっちまう直前まで」とロイは言った。湖のすぐそばにいるというのに、夕暮れ時の蒸し暑さは重苦しいほどだった。自由に息ができないような気がした。

ロイは東の、ミシガン湖のほうに顔を向けた。「この三ヵ月ぐらいかな、ローズに避けられてたんだ。なにか悪いことでもしたのかって思ったけど、いくら考えても思い当たることがなくてね」

わたしはハンカチを取り出して額の汗を拭った。ハンカチにパンケーキ・ファンデーションがついてきた。

「けど、アキの話を聞いて、ようやく腑に落ちた」とロイは言った。わたしにではなく、自分自身に言い聞かせていたのかもしれない。「相手はどこのどいつか知らないが、ローズは妊娠してた。だから、あんなふうにおれを徹底的に避けてたんだ。だから、地下鉄に飛び込んだりしたんだ」

「わたしは姉が自殺したとは思ってない」その見立ては、話に出た時点できっぱりと否定しておく必要があった。ローズ・イトウは自殺をした、というのが世間一般の見解ということになってしまえば、それ以外の可能性など誰も信じてくれなくなってしまう。たとえば、何者かによって駅のホームから突き落とされて地下鉄に轢かれた可能性だって、ないわけではないのに。「ロイは本気でそう思ってるの？　あの姉が、あのローズが自殺しただなんて」

「未婚なのに妊娠したとわかったニセイの女の子なら誰だって考えるさ。追い詰められた人間は、極端なことをするもんだし」

ニセイの女の子なら誰だって？　ううん、誰だってじゃなくて、姉よ。あのローズならどうかってことよ？

「だって、わたしたちもシカゴに移住しようとしてたんだよ。そのために、わたしたちの住むところを手配したり、ほかにもあれこれ準備をしてくれてたんだよ」

でも、わたしの言うことはもう、ロイの耳には届いていなかった。ローズが自分を無視していた理由がわかったから。ロイが知りたかったのはそれだけで、姉の死の真相など知りたいとも思っていないのだ。

早番の人たちと入れ替わりで、次のシフトに入るニセイやらハクジンやら黒人やらの労働者が次から次へと工場の戸口からなかに吸い込まれていくのが見えた。どの人も活気に満ちた足取りで颯爽と歩いていた。

「一度、なかに戻って荷物を取ってくるよ」とロイが言った。「ちょっと待っててくれないか？」

わたしは首を横に振り、次の約束に遅れそうだから、と言った。ロイには失望したし、苛立ちも感じていた。自分のことしか考えていないのだとわかってしまったから。ロイ・トナイはそういう人間だということだった。

とぼとぼと歩道に出て、製菓工場の勤務を終えて帰路についた従業員たちに交じった。誰もが列車の駅に向かっているようだった。製菓工場の周辺には同じような工場が並んでいたが、工場街は二ブロックほどで終わり、その先はがらりと雰囲気が変わってたいそう洒落た街並みが続く。数ブロックほど西には、三十四階建ての威容を誇る、『シカゴ・デイリー・トリビューン』紙の発行元、〈トリビューン〉社の社屋ビルが見えた。そんな眺めに、いつにも増して自分がちっぽけで、取るに足りない存在に思えた。気を取り直して、わたしは足を速めた。数人ずつかたまって歩いている人たちを次々に追い抜き、ときには人と人のあいだをすり抜け、ときどき車道に降りて路肩に駐車している車をぐるっとまわって先に進んだ。

しばらくして、少しまえを重い足取りで歩いているのがマージだということに気づいた。工場の積み下ろし場で話をしていた痩せた女の人と一緒だった。ふたりとも、よく似たキャンバス地のバッグを提げていた。

マージが言っていることまではわからなかったが、ときどき苛立たしげな溜め息と会話の断片が聞こえてきた──〝誰も気にとめてもいない〟とか〝身の危険〟とか〝警察〟とか。耳をそばだてながら一ブロックばかり歩いたところで、歩道の割れ目に足をとられてつまずいた。ふたりがこちらを振り向いた。

「ちょっと、なにしてんの？　まさか、わたしたちのこと、つけてきたわけ？」マージがしゃがれ声で言った。非難されたことより、その口調の激しさと感情の昂らせ具合に、わたしはあっけにとられた。見るとマージの額に怒りの皺まで刻まれていた。「信じられないわ、姉妹揃ってどうかしてる」

わたしはなにも言えなかった。姉にしろ、わたしにしろ、これほどの怒りをかうようななにをしたというのか?

「あなたのお姉さんだけどね、最低の人間だった。政府の職員にちゃらちゃらして、わたしたちから聞きだしたことを片っ端から告げ口してたんだからね。わたしたちのこと、監視してたのよ、スパイとして。でもって、今度はその妹ってのが現れた。姉のあとを継いだのね」痩せた女の人がマージの腕をぎゅっとつかんだ。マージを押さえようとしているのだと思ったけれども、じつはマージを盾にしてわたしから隠れようとしているのだとわかった。

マージには言いたいことがまだあるようだった。「うちの父がサンタフェの収容所に送られることになったのだって、あんたたち姉妹のような連中がいたからよ。三十年間ずっとジュウドウを教えてきたってだけの、ただの年寄りよ。それのどこが悪いの? なんの罪になるっていうのよ?」

そこまで言われては、わたしとしてもここできっちり言い返しておく必要があった。イヌ呼ばわりされたのだから。イヌと言われることは、つまり密告者扱いされるということは、イッセイであろうとニセイであろうと、日系人社会においてそれ以上はないほどの屈辱的な悪口を浴びせられたことになる。「わたしたちはそんな真似はしません。姉にしても、わたしにしても。そんなことをしようという発想すらありませんから」

わたしのことばは、マージにはこれっぽっちも響かなかった。すさまじいほどの憤りを吐き出してしまわないことには、おさまりがつかなくなっているようだった。「ローズは自業自得だって言ってる人もいるわ。あの事故のことよ。わたしはバチが当たったと思ってる。だって、そうでしょ？　世の中はそういうふうに自分のしたことはめぐりめぐって自分のとこに返ってくるのよ」そこまで言うと、マージはわたしにくるりと背を向けた。そして痩せた女の人の腰に腕をまわして引き寄せると、ふたりして駅に向かってさっさと歩きだした。

第十四章

シカゴで初めて雪を見たとき、雪の降る街はなんてきれいで、なんて静かなんだろうと思った。マンザナーでもたまに、ちらちらと雪らしきものが舞うことはあったけど、そんなのは一日か二日もあれば消えちゃうから、シカゴの雪とは別物だ。だけど、最近では、雪が降ると、つるつる滑る監獄にいるような気持ちになる。

クラーク・アンド・ディヴィジョン駅まで列車に揺られているあいだ、マージに非難されたという事実が、姉は密告者でわたしも同類だと言われたことが、ちりちりと胸を焦がしていた。収容所にいたときも、姉は政府のイヌではないか、と噂になったことがあった。その噂がシカゴまで追いかけてきたということが、なによりわたしの気持ちをかき乱した。それはわたし自身、シカゴに移住することでわたしたち家族は揃って再出発のスタートラインに着くことができるのではないか、と期待していたからでもあった。ところが過去はわたしたちをしつこく追いかけ、ずるずるとどこまでもついてきた。じつはわたしも心のどこかで薄々わかっていたように思う。過去を断ち切り再出発できると思うのは、シカゴに到着した直後の父がそうだったように、あまりにも楽観的すぎたのだ。

駅に到着したので、わたしは列車を降り、地上に出て、アパートメントに向かって南西に歩きだした。背恰好に見覚えのある人がアパートメントに入っていくのが見えた。横顔しか見えなかったけれど、明るい茶色の髪が薄くなりかけているのがわかった。肩が縮こまり背中を丸めた姿勢は、年がら年中メモを取っているせいだろうと思われた。

わたしは二階まで階段をのぼり、ハリエットの部屋に向かった。そして玄関のドアに耳を押しあてた。このまえのときと同じように、かすかに話し声らしきものが聞こえた。レコードの同じ曲を何度もかけるように、一定の単調なリズムでしゃべっている声の主は、まちがいなくダグラス・ライリーだと思われた。

わたしはドアをノックした。

小声でなにやら囁き交わす声がして、それから玄関のドアから遠ざかるように部屋の奥に向かう足音がして、それから屋内のドアの蝶番が軋むのが聞こえた。

それからようやく、いくらか息を切らした、ハリエットの声がした。「どなた?」

「アキです」とわたしは言った。「あなたの部屋にいるのはわかってるの、ハリエット」

「なんのこと? わたしにはさっぱりわからないけれど」

「ダグラスに訊きたいことがあるんです」

しばらく沈黙が続いた。実際はほんの何秒かのことだったのかもしれないけれど、わたしにはうんざりするぐらい長い時間に感じられた。そのあいだにハリエットはアキ・イトウを思いとどまらせるのは無理だと悟り、シカタガナイと観念したにちがいなかった。ハリエットにもわかっていたのだと思う、わたしが根っからの頑固者で、思い込んだらてこでも動かない以上、ここは玄関のドアを開けるしかない、ということが。

ハリエットの住まいは、ワンルームタイプでしかも狭苦しく、大部分のスペースを簡易キッチンとバスタブが占拠していた。残りのスペースに幅の狭いシングルベッドが一台、押し込んであった。突き当たりの大きな窓は開け放してあって、黄色いコットン地のカーテン越しに沈みかけの夕陽が射し込んできていた。ハリエットはハリエットなりに、少しでも住み心地がよくなるよう、気を配っているのだとわかった。その心がけはわたしも見習うべきものだった。

洗面所のドアがきしみながら開いて、ダグラス・ライリーが姿を現した。「ふたりだけのほうが話しやすいでしょ?」ハリエットはそう言って、ダグラスと入れちがいに狭い洗面所に退いた。洗面所といっても、トイレを設置したらそれだけでいっぱいになってしまった、というような窮屈そうな空間だった。

ダグラスは、その場にいることが気詰まりでどうしていいかわからない人のように、血管の浮きあがった両手を身体の脇にだらんと垂らしたまま、ただ突っ立っていた。狭苦しい空間で、しかもごく近い距離で向かいあっているので、ダグラスのつけているコロンのムスクみたいなにおいがはっきりと嗅ぎとれた。姉の濃い青緑の地に白い折り鶴の模様を散らしたワンピースからしていたにおいと同じだった。

「うちの姉とつきあっていたんですか?」わたしは単刀直入に尋ねた。

ダグラスは首を横に振った。「何度か会って話を聞かせてもらっただけだ。戦時転住局(WRA)の業務の一環として。再定住者から聞き取り調査をしているんだ。もちろん報告書をまとめるときには匿名扱いになる」

そんな政府の聞き取り調査に、姉はどうして協力する気になったのだろう? それもまた、戦時下における国民の国家に対する協力義務に当たると思ったのかもしれない。

「姉からどんな話を聞いたのか、教えてください」

「それはできない。倫理規定に違反することになるからね」

「姉の服からあなたのコロンのにおいがしたのは、どういうわけで? どう考えても倫理的とは思えませんが」

「あの服はぼくがあげたんだ。感謝の気持ちとして。それ以上の意味はない」見ると、ダグラスの上唇の皮が乾いて小さくめくれているのがわかった。皮膚炎を起こしているのか、さもなければ肌が荒れやすいたちなのかもしれなかった。ひそかに左手の薬指に眼をやったのは、確かめずにはいられなかったからだ。断言はできないけれど、つい最近まで結婚指輪をはめていて、それをはずした跡がうっすら残っているような気がした。

戦時転住局(WRA)に雇われたハクジンの調査員が、ニセイの若い女性である調査対象者に、あのワンピースのような決して安くはない品物を個人的な贈り物として渡すというのは、どう考えても常識的な行動とは思えなかった。姉との関係は、たった今当人が説明したよりももっと親密なものだったのではないか。いやな予感が拭えなかった。それ以上、こちらの言うことを否定されたり、拒絶されたりするのもいい加減うんざりだったので、知っていることを白状させるべく、揺さぶりをかけてみることにした。

「姉が中絶処置を受けることになったのは、あなたのせいですか？」

洗面所で、なにか固いものが落ちて床に当たったような音がした。

ダグラスは膝の力が抜けて立っていられなくなったように、ハリエットのベッドに坐り込んだ。「その件については、ぼくはなにも知らない。ローズにはつきあっていた相手はいなかったと思う。少なくとも、ぼくが知ってる限りでは」

わけもなく怒りが咽喉元までせりあがってくるのがわかった。妊娠して中絶処置を受けたということは、妊娠させて中絶せざるをえなくした相手がいた、ということだ。その責任を引き受けるべき者がいるはずなのだ。ダグラス・ライリーは、わたしたち日系人の動向をこそこそ嗅ぎまわっていたことと、姉に不適切な贈り物をしたことについては、はっきり言って許しがたいし、責められるべきではあるけれど、その点をのぞけば、他人を害するような人間には思えなかった。むしろ、どちらかと言えば気が弱くて、お人好しで、なんとなればわたし程度の小娘でも、社会的には無理でも精神的には、いとも簡単に優位に立てそうだった。

悄然とベッドに腰かけたままのダグラスを、わたしはうえから見おろすように眺めた。

「たぶんあなたの耳にも入っていることと思いますが、サウスサイドでニセイの若い女の子が襲われたそうですね」

「噂は聞いてる」ダグラスのグリーンの眼からは、なんの感情も読みとれなかった。「事件はあの件だけじゃない。のぞき魔が徘徊しているらしい。一種の変態だな。強姦魔が野放しになってる、と言う人もいる」

そんなまがまがしいことばを、ダグラスはいとも平然と口にした。わたしはそれがショックだった。「警察は？　警察は犯人逮捕に乗り出さないの？」

「どれもこれも噂でしかない。詳しいことは誰もぼくには話してくれないし。ぼくに言わせれば、きみたち日系人の反応のほうが理解できない。被害に遭っても警察に通報しないということ自体が」

「あなたはどうして通報しないの？」

「ぼくの出る幕じゃないよ。そもそも被害を受けた人から直接話を聞いた、という人がいないんだ。知りあいから聞いた話を聞いた人から聞いた話、みたいな感じでね」

傍観しているだけで行動に移そうとしない人たちには、もううんざりだった。そういうところは、わたしもだんだん姉に似てきているのかもしれなかった。

洗面所のドアが開いて、ハリエットが出てきた。そのまままっすぐ小さな流し(シンク)に直行し、わたしにもダグラスにも眼もくれずに食器を洗いはじめた。わたしはそれを、そろそろ訪問を切りあげろという合図だと受け取った。ダグラスはわたし以上に消耗し、打ちひしがれているように見えた。それ以上ねばっても得るものはなさそうだった。

ハリエットのアパートメントを辞去して自宅に戻ると、両親ともよそ行きの服を着て、母はハンドバッグを提げていた。

「冷蔵庫にノコリモノがあるから」わたしの顔を見るなり、母はそう言った。昨夜の夕食の炒飯(チャーハン)の残りを食べるように、という意味だった。

「ふたりとも、どこに行くの?」

「英語を習いに行くのよ」と母は言った。「YMCAに」

父は青果卸店の店長をしていたぐらいなので、英語についてはまずまず不自由はなかったけれど、母は以前から英語には苦戦していた。励ます意味で、がんばってねと言ったところ、娘のくせに親を馬鹿にしていると思われたのだろう、思い切りにらまれた。

両親を送り出したあと、静かになったアパートメントの空間をひとりで独占できることが無性に嬉しかった。冷蔵庫からノコリモノの炒飯を取り出した。母はスパムを几帳面に小さなさいの目切りにして、彩りにグリンピースを加えていた。わたしは電気コンロのスウィッチを入れ、ひとつしかないフライパンを載せ、炒飯を温めなおした。スパムの焼けるこうばしいにおいが部屋に拡がりはじめたときだった。

廊下に設置してある公衆電話が鳴りだした。わたしは急いでコンロのスウィッチを切り、玄関の鍵をはずして、廊下に飛び出し、電話機に駆け寄った。

「もしもし？」とわたしは言った。息が切れていた。

「走らせちゃった？」

「ううん、大丈夫」受話器から聞こえてくる声が、耳に心地よく響いた。今の自分の姿がアートに見えないことがありがたかった。頬が痛くなるぐらい口元をほころばせて、満面に締まりのない笑みを浮かべていたから。

「湖に行くのが愉しみだ」とアートは言った。

「わたしも」

「十一時に迎えにいくから」

「湖畔で食べられるよう、サンドウィッチをこしらえておく」

「それはありがたいな。それじゃ、水はぼくが用意していこう」

受話器のコードは、床に坐って話ができるほど長くはなかったので、ちょっと待っていてほしい、とアートに頼んでアパートメントに戻り、ダイニングテーブルの椅子を一脚廊下に持ち出し、電話機のすぐ横に置いて坐った。夕暮れが夜に変わりはじめていた。廊下の窓の薄いガラス越しに、高層ビルの背後のピンクで塗りこめたような空がゆっくりと穏やかな宵闇に暮れていくのが見えた。そのとき、この何年かでもたらされた衝撃や悲しみややり場のない憤りでがんじがらめになっていたはずの心が、ふわっと膨らみ、拡がるのをまちがいなく感じた。幸せになることができるかもしれない、という気がした。そして、それは許されることなのだろうか、という思いが胸をかすめた。

大学の夏期講座のレポートを仕上げなくてはならない、とアートが言いだしたのをきっかけに、わたしたちは電話でのおしゃべりを切りあげた。わたしは自宅に戻って、炒飯を食べた。すっかり冷めてしまっていたけれど、気にならなかった。片方の脚を椅子の座面にあげる、という母がいたらまちがいなく許されない坐り方をして、スプーンに山盛りにした炒飯をせっせと口に運んだ。

食べ終えたあと、使ったお皿とフライパンを洗っていたとき、玄関のドアをノックする音がした。今ごろ、だれ？　ととっさに思った。

鍵はかけたまま、ドアに耳を押しあてて訊いた。「どちらさまでしょう？」

「ハリエット・サイトウです」

仕事着からふくらはぎ丈のパンツと白いTシャツに着替えたハリエットは、十歳ほど若返って見えた。

ハリエットをなかに通し、ダイニングテーブルを挟んで向かいあって坐った。飲み物を勧めたけれど、気遣いは無用だと言われて、内心ほっとした。出せるものといえば水道の水しかなくて、それはどう考えてもお客さまにお出しするべきものではなかったから。

「わたしのこと、よく思ってはいないでしょう？」だしぬけにハリエットが言った。

なんと答えたものか、わたしはことばに窮した。それがたぶん表情にも出ていたのだと思う。

「ダグラスをあんなふうに部屋に入れていることよ。褒められたことじゃないと思ってるでしょう？」

「わたしによく思われる必要なんてないでしょう？」あなたのことはほとんど知らないも同然なんだし、と心のなかで言い添えた。

「ダグラスはずっと戦時転住局（WRA）の仕事をしてるの、わたしがシカゴに移住してきた当時からずっと。善良な人なの」

「既婚者なんじゃないですか？」

ハリエットは椅子に坐ったままもぞもぞと坐りなおした。「今は別居しているけど。奥さんはニューヨークにいるわ」そう言って両手をいったんぎゅっと握りあわせ、それをほどいて指を拡げた。「ここなら息ができる、と感じたことはない？」

流し(シンク)の蛇口から水が滴る音がしていた。パッキンの交換が必要なのだ。しばらくのあいだ、その音だけが聞こえた――ポタッ、ポタッ、ポタッ……

わたしはハリエットを見つめた。なにを言いたいのか、よくわからなかった。

「ここでは誰もわたしたち日系人に、あれをするな、これをしてはいけないと言ってこないわ。白人とつきあおうが、結婚しようが文句を言われることもない。わたしたちも、わたしたち自身でいられる」

ハリエットがどこの出身か、そう言われてみればそれまで訊いたこともなかったけれど、たぶんカリフォルニア中央部のモデストあたりの農村出身ではないかと思った。あのあたりは、夏場は殺人的な暑さまで気温が上昇するし、冬場は移動性の濃霧が垂れ込める。そんな農村での生活がことさら息苦しく感じられたのかもしれないけれど、ロサンゼルスやシカゴのような大都会でも、わたしたち日系人はつねにまわりから見られ、査定され、点数をつけられているのが現実なのだ。

「ダグラスはわたしたちのために、尽力してくれてるの。わたしたちの生活が少しでもよくなるよう、そのための仕事をしてくれてるの。それをあなたにもわかってほしくて」

「あの人のしてることは告げ口だと思います。わたしたちのことを政府に告げ口してるのよ。だから姉の立場も悪くなった。まわりの女の子たちから密告者だったと思われてるんだから」

ハリエットは唇をきゅっと引き結んだ。「これをあなたに渡すよう、ダグラスから頼まれたの」ハリエットはそう言って、一冊のマニラフォルダーをわたしのほうに差し出した。

「これは……？」

「見ればわかるわ」

中身は二ページほどの書面で、青いカーボン紙を挟んでタイプ打ちして複写したものだった。一ページめには一九四三年十一月、二ページめには一九四四年三月と記されていた。わたしは急いでフォルダーを閉じた。ハリエットが帰ってからじっくり時間をかけて眼を通すつもりだった。

「わたしは読んでないから」とハリエットは言った。わたしは黙って肩をすくめた。「政府に提出する報告書が、提出まえに外部の人間の眼に触れたと知られたら、ダグラスは窮地に立たされることになるわ。それはわかってもらえるわよね」

立たされるとしても、それほどたいした窮地とは思えなかった。とりわけ、わたしたちがこれまで立たされてきた窮地を思えば。フォルダーの縁を指先でなぞりながら、わたしは言った。「ダグラスはうちの姉のことが好きだったんじゃないですか？」

ハリエットの顔から緊張感が消えた。それまでよりも眼が丸く大きくなって光を帯びたように見えた。

「そうね、そうだったと思うわ」とハリエットは言って椅子から立ちあがり玄関に向かった。

ハリエットを送り出すと、すぐさまマニラフォルダーを開いて書面に眼を通した。

一九四三年十一月

調査対象者、日系二世の女性、年齢二十三歳。グレンデールおよびロサンゼルスのダウンタウン界隈で生まれ育つ。開戦時まで青果卸売店に事務員として勤務経験あり。一九四三年三月から同年九月まで、マンザナー収容所に居住。

調査対象者は家族に先駆けてシカゴに再移住。家族は日系一世の父親、同じく一世の母親、地元のコミュニティ・カレッジであるロサンゼルス・シティ・カレッジに在学していた妹の三人。父親は開戦時まで、調査対象者が勤務していたロサンゼルスの青果卸店で店長を務める。

シカゴ到着後、対象者の居住先は問題なく見つかる。戦時転住局(WRA)の再移住事務所で、サンフランシスコ出身の同年齢の独身女性と知りあい、その場で同居が決まったことによる。ふたりで相談した結果、さらにもうひとり、パサディナ近郊出身でシカゴ転住までヒラ・リヴァー収容所に居住していた女性をルームメイトに選ぶ。

調査対象者の多くは、家族と離れてひとりで自由に暮らせることを満喫している、と答えるものだが、当該対象者は〝想像していた以上に家族が恋しい〟と述懐。社会的活動が欠如しているとの見解を示す。二世の兵士が多く所属する第一〇〇歩兵大隊、および第四四二連隊戦闘団を支援する努力が充分ではないと指摘。

再移住後、とりわけ男性の多くが気力を失っているように見受けられ、戦時転住局（WRA）は日系アメリカ人が職場において同一の仕事に就くほかの勤労者と同一の賃金を得られるよう、働きかけるべきである、との見解を述べる。

一九四四年三月

本調査の当該対象者に対しての追加聞き取り調査の実施が難しくなっている。政府職員に対して敵意を抱き、協力の翻意を示す。社会環境的にはとりたてて変化は見受けられないように思われるが、戦時転住局（WRA）関係者が接触を試みたところ、アメリカ合衆国に完全に見捨てられたと感じている、と語気鋭く述べたとのこと。

ダグラスの手になる報告書を、わたしは立て続けに少なくとも七回は眼を通した。姉のことを実験用のマウスかなにかのように〝調査対象者〟と呼んでいることがまずもって腹立たしかった。それでも、姉の本音のようなものが透けて見えるところもあり、その点では感謝する気持ちもあった。シカゴに再移住したあとも、軍務に就くニセイの若者たちを支援する手段を探していたことも、職場における同一労働同一賃金を主張していたことも、いかにも姉らしいと思えた。姉は以前からそうした社会問題のために戦う人だったから、当然と言えば当然のことと納得できた。わたしたちのことを〝想像していた以上に恋しい〟と思っていたという箇所を読んだときには、歯を食いしばって涙をこらえた。なによりも衝撃的だったのが、姉がアメリカに対して希望を失っていた、という部分だった。イトウ家のなかで誰よりも将来に対して楽観的だった、あの姉が絶望していたのだ。ということは、わたしたち家族も、父も母もわたしも、永遠に希望を取り戻すことなどできないのかもしれない。そう思うと、胸が騒いでならなかった。

第十五章

幼いころ、ホワイト・ポイントの海水浴場に行くのがなにより愉しみだった。お馴染みのあの卵の腐ったような硫黄のにおいは、まもなく目的地に到着するという合図のようなもの。それを嗅ぎつけるやいなや気が逸り、気がついたときには波打ち際のプールにざぶんと飛び込んでいたものだ。水に混じる硫黄成分のおかげで身体がよく浮くので、誰もが釣りの疑似餌のように水面にぷかぷか浮かぶことになった。プールではしゃぐ子どもたちを、コットン地の服を着て麦藁帽子をかぶった親たちが、白く塗った木の柵越しに見守る。ホワイト・ポイントはイッセイの兄弟がオーナーなので、わたしたち日系人もハクジンの大人や子どもに気兼ねなく交じって泳ぐことができた。プールでひと泳ぎしたあとは、家族全員で、ときには友人たちも一緒に浜辺に移動して、白い砂浜に拡げた敷物に坐り、オニギリやらショウユ味のチキンやらスライスしたスイカやら日本の煮込み料理のオデンやらを、おなかいっぱいになるまで食べたものだった。

シカゴという大都市にある水辺なんて、ホワイト・ポイントの海水浴場の足元にも及ばないだろうと思っていたけれど、ミシガン湖の水際の砂地に素足をつけたとき、正直言って心が躍った。視界を遮るもののない景色を眺めること自体、もう二年以上もご無沙汰だった。「本物の海水浴場みたい」思わずはしゃいだ声になりながら、わたしは高層ビル群のほうに顔を向けた。「大都会のどまんなかなのに」

気温が高く、熱気でどんよりしていて、微風の気配さえなかった。ミシガン湖の湖面もべったりと凪いでいた。それでも波が立つこともある、とアートは言った。ときには高さが四メートル以上もの大波になることもあるらしい。ちょっと信じられない気もしたけれど、深く追求するべきことではなかった。なぜなら、両親から離れ、姉が不在で埋めることのできない空隙からも離れ、クラーク・アンド・ディヴィジョン界隈からも離れ、戦争からも遠く離れて、こうして好きな人と水辺を歩いているのだから。今のわたしにはそれだけで充分だった。

アートが水に入っていった。わたしのほうに向かって水面を蹴り、水と砂を撥ねあげてきたので、悲鳴をあげながらお返しに盛大に水を撥ねあげ、彼の糊のきいた白いシャツと膝までまくりあげたチノパンツを水浸しにしてあげた。

最後はお互いに休戦協定を結んで、砂地に敷物を拡げ、靴を脱いで寝ころんだ。アートはサングラスをかけ、わたしは陽灼けしないようバケットハットを顔に載せた。

「アキはどんなことをしたいと思ってるの？」とアートが言った。なにを訊かれているのか、よくわからなかった。それを察してアートは別の言い方で訊きなおした。「なにをしているときに幸せを感じる？」

「飼い犬と一緒にいられたとき、かな」言っても仕方のないことだし、同情を誘っているようにも聞こえたけれど、それが偽らざる本当の気持ちだった。

「だったら、ぜひともわが家に来てもらわないと」

わたしは顔に載せていた帽子をどけて、耳をそばだてた。

「うちには犬が二匹に猫が一匹、インコが一羽いる。母はオレゴンの農場育ちなんだ」

わたしはラスティのことを話した。青果卸店の従業員のうちに生まれた仔犬（こいぬ）を譲り受けて、ラスティと名づけたことから、真珠湾（パール・ハーバー）が爆撃された数ヵ月後、たったひとりでわが家の裏庭に埋葬したことまで。不思議と涙は出なかった。ラスティのことをアートに話せてよかったと思えた。ラスティはもちろん犬にはちがいないけれど、わたしにとってはかけがえのない存在だったことを知ってもらえたわけだから。

「アキ、きみみたいな女の子にはこれまで会ったこともないよ」

わたしは眉をきゅっと寄せて、おでこに皺を寄せた。「平凡が服着て歩いてるようなものだと思うけど？」

「いや、そうじゃない。全然そうじゃない」アートはそう言って手を伸ばし、わたしの手に重ねた。手首から肩口に向かって、電流のようなしびれが這（は）いあがった。アートはサングラスをはずして、わたしの眼をじっと見つめながら顔を近づけてきた。彼の唇は柔らかくてふっくらしていた。男の人とキスするのは、じつは初めてだった。すてきだった。ものすごくすてきだった。アート・ナカソネが相手ならいつまでもキスをしていられそうだった。

帰り道、アートはほとんど左手だけでステアリングを操作し、大きな交差点に差し掛かって減速して一旦停止するたびに、右手をわたしの手に重ねてきた。指と指が絡みあった。いつまでもそうしていたかった。次に会えるのはいつだろう、と気が気でなかった。

アパートメントのまえに着いたとき、あいにく玄関まえの階段のところに先日と同じニセイの女の子たちがたむろしていた。その子たちの眼のまえで、キスをするわけにもいかなかった。助手席側のドアを開けかけたところで、アートはわたしの手をぎゅっと握って言った。

「電話する」わたしは黙ってうなずいた。

そして車から降りると、キャサリン・ヘップバーンを真似て首筋をすっと伸ばし、人差し指に引っかけた帽子をひょいと肩に背負うようにすると、さっと髪をかきあげ、階段に向かった。女の子たちが揃って横目で見てきたけれど、誰もなにも言わなかった。少々もたつきながら玄関のドアを開けてなかに入った。背後でドアが閉まったとたん、女の子たちがいっせいにさえずりだすのが聞こえた。アートとわたしのことについて、あれこれ言わずにはいられないのだ。その日の午後、わたしになにかが起こったにちがいなかった。気がつくと、注目を浴び、羨望の眼を向けられるようになっていた。いつの間にか、姉のローズが占めていた場所に押しあげられていた。

自宅の玄関を入るまえに、幸せで浮かれだしてしまわないよう、気持ちを引き締めた。母はベロー兄弟の理髪店の清掃の仕事を終えて帰宅していて、台所で食器を洗っていた。父はテーブルについて『シカゴ・デイリー・トリビューン』紙の日曜版を読んでいた。

「バカどもが」と日本語でひと言、吐き捨てるように言ったのは、日本軍の動向に対する父なりの評価だと思われた。「アメリカに勝てると思うこと自体、どうかしてる」

母はたいていのことには一家言ある人で、遠慮なく自分の考えを述べるけれど、戦争に関することになるとなにも言わなくなる。母は筆まめで、戦争が始まるまでは日本の鹿児島にいる両親や兄弟姉妹によく手紙を書いていた。日本とアメリカが戦争状態に突入して以降、そうした手紙の行き来はもちろん途絶えていた。だから母も心配でならないはずなのに、それを一度も口に出したことがなかった。わたし自身は、日本の土を踏んだことが一度もなかったし、父方の祖父母にも母方の祖父母にも会ったことがなかった。そのせいかもしれないけれど、日本という国そのものが空想の世界のように、日本の昔話に出てくるおとぎの国のように思えるのだ。

「あらあら、ずいぶんヤケタこと」わたしの陽灼けした頰を見て、母は声をあげた。「どこに行ってきたの？」

アートと出かけることは、両親には言っていなかった。自分には純粋に自分だけの世界が、家族とは別の、百パーセント自分だけのものだと思える世界がある、と思いたかったからだ。そんなわけで、母の質問には湖の周囲を散歩してきた、というようなことを言ってお茶を濁した。父と母が翌日、サウスサイドの〈サウス・パークウェイ・コミュニティ・ホール〉で催されるシカゴで初めての仏教徒のための法要に出席するかどうかを相談しはじめたのを機に、わたしは寝室に向かった。履きふるした靴を脱いだとき、板張りの床に砂粒が落ちた。とたんに、胸いっぱいに歓びが拡がった。その砂粒を残らず集めて、ペンダントのロケットに入れて手元に残しておくことにした。この先なにがあっても、今日という最高の一日を過ごしたことを覚えておくために。

その晩、父のいびきと母の歯ぎしりのポップコーンが爆ぜるような不規則な音を聞くともなく聞きながら、チェーンで首からさげたロケットを指先で何度も何度も撫でた。アートのことで浮かれている自分に罪悪感を覚えた。そして姉の身になにが起きたかを突き止めようとしていることをアートにまだ話せていないことを思うと、さらに罪悪感が膨らんだ。わたしの人生にアート・ナカソネという人が登場するまで、考えることと言えば姉のことばかりだった。それが今では、頭のなかはアートのことでいっぱいだった。たとえば午後になってうっすら伸びた顎の鬚が頬に触れるとちくちくしたこととか、アフターシェイブローションのにおいの記憶とか。天秤（てんびん）のこちらのお皿に姉が、あちらのお皿にアートが載っていて、均衡を保つためにわたしは両方のお皿のあいだを走って行ったり来たりしているような気がした。でも、そんなことをいつまでもつづけられるわけはない。それはわたしにもわかっていた。いずれ選択を迫られることになりそうだった。

二日後、貸出から戻ってきたケルトの神話と民話に関する書籍を何冊か書庫に戻しに行って、フィリスと一緒になった。フィリスのお兄さんのレジーは脚を撃たれ、ブーゲンヴィル島のジャングルで手術を受けることになったが、その後手術は成功し、術後の経過も良好との知らせが届いていた。フィリスからお兄さんが負傷した話を聞いたあと、わたしはブーゲンヴィル島について調べてみた。ブーゲンヴィルという地名はやはり、フランスの探検家の名前に由来していて、オーストラリア北部のニューギニア領にある島だということも地図で確認していた。シカゴのサウスサイドの若者がそんなところに派遣されているということ自体、わたしには想像もつかなかった。

お兄さんの回復具合について逐次連絡が入るようになって、フィリスもいくらか緊張が解けたようだった。以前に聞いたところでは、フィリスのお母さんは学校の先生で、お父さんは保険の査定の仕事をしているとか。フィリスもわたしと同じように、きょうだいはうえにひとりだけだから、レジーの不在を切実に感じているにちがいなかった。

「その後アート・ナカソネとは？」書庫の薄暗さに助けられたか、フィリスが柄にもなくそんな個人的なことを訊いてきた。

「彼のこと、気に入ってるんでしょう？」とわたしは言った。質問の形を取ってはいたけれど、断言したようなものだった。

フィリスは否定しなかった。「みんなそうよ。アートのことが嫌いって人にはお目にかかったことがない。ハイスクール時代も誰とでも気さくにつきあってたし。ニューベリー図書館でアートに会ったこと、兄にも手紙で知らせたわ」

わたしが答えようとしたところに、ナンシーが書庫に入ってきて言った。「アキ、あなたに会いたいって人が来てる。ちなみに女の人だけど」

私はケルト神話と民話の本をそっと棚に戻して、受付カウンターに向かった。

図書館でトミ・カワムラと顔を合わせるのは、エヴァンストンという鳥籠から逃げ出してきたカナリアを見ているようで、なんだか不思議な感じだった。見ると、生え際にいくつかピンクの吹き出物ができていたし、忙しなく瞬きを繰り返していた。なにかに神経を尖らせ、あきらかに怯えている様子だった。

「十分だけ抜けられます」とわたしはトミに言った。「通りの向こうの公園で待っててもらえますか？」

バグハウス・スクエアに急いで向かったが、トミの痩せた姿はどこにも見当たらなかった。待っていてもらえなかったのだろうか、と不安になった。横一列に並んだベンチに眼を走らせた。いつも見かける顔ぶれが揃っていた——眼帯をしたホームレスの男、スケッチブックを抱えてやってくる薄茶色の髪の男、乳母車を押す若いお母さんたち。修道女と野球帽をかぶった男の子のあいだに、ようやく目当ての人の姿を見つけた。トミ・カワムラは絨毯地でできたボストンバッグを膝に載せ、真っ青な顔で坐っていた。両脇を人に挟まれて窮屈そうに坐っているトミの手を引っ張って立たせ、ふたりで公園の南側に移動した。人はあまりいないけれど、直射日光を遮るものがなにもなかった。トミは海の底の真珠のような、色白できめの細かい肌をしていた。

話を切り出すのに、苦労しているのが傍目にもわかった。ベンチに坐っているのに、しばらくのあいだ荒い呼吸を繰り返していた。それから、切れ切れに単語だけを羅列しだした。文章の体をなしていなかった。わたしに聞き取れたのは「男、ナイフ、男」という単語だけだった。

「トミさん、トミさん」わたしは彼女の両肩に手を置いて、そっと身体を揺すった。「焦らなくても大丈夫だから。まずは深呼吸して。落ち着いたら、最初から話してください」

トミはわたしの言ったとおり何度か深呼吸をして、それでようやく口がきけるようになった。「病院で偶然イケと会ったの。今日は雇い主のミセス・ピーターソンの定期健診の日で、その付き添いで病院に行ったんだけど。それで検査が終わるのを待ってるあいだにイケから、二週間まえにニセイの女の子が襲われたって話を聞いたの。ナイフを持った男に襲われたって」

トミは話をしながら両手をぎゅっと握りあわせていた。気温は三十度近くまであがり、湿度は百パーセントぐらいありそうだというのに、そうでもしないと寒くて寒くて仕方がないとでもいうように。「わたしも会ったことがあるのよ、ナイフを持った男に」そう聞いて眼の奥から涙がせりあがってきたのは、トミの話がどこに向かうか、なんとなく察しがついたからだった。「わたしたちの部屋から出てきたところに行きあわせたの」

次の瞬間、トミは坐ったまま華奢な身体を丸く縮こまらせると、肩が大きく揺れるほど激しく泣きはじめた。どうしていいかわからなくて、わたしはトミの背中をそっとさすった。薄い服地を通して背骨のつなぎ目のひとつひとつがわかった。近くのベンチに坐っていた年配の女の人が、怪訝そうな顔をしてこちらを一瞥すると、席を立った。公園の反対側のベンチに移動することにしたようだった。

そのまま、たっぷり五分ほど、泣きじゃくるトミにわたしは黙ってつきあった。休憩時間が終わろうと、仕事場に戻るのが遅くなろうと、知ったことではなかった。

しばらくしてトミはようやく顔をあげた。両眼のしたがうっすらピンクになっていた。泣きじゃくっていた痕跡はそれだけだった。いつもよりもさらにはかなげに、優雅に、美しくさえ見えたほどだった。

「話してもらえませんか、トミさん」とわたしは言った。「ご存じのことを、なにもかも」

トミは話しはじめた。製菓工場のその日の勤務が終わってアパートメントに戻ってきたときのことだった。玄関ドアの鍵を開けようとして、その必要がないことに気づいた。部屋の鍵がかかっていないとわかった時点で異常に気づくべきだったのだ。ドアを開けた次の瞬間、横の壁のほうに強く押しやられ、そのまま床に叩きつけられるような勢いでうつ伏せに押さえ込まれた。力の強い何者かが背後からのしかかってきたのだとわかった。その人物が耳元で、百まで数えろ、騒ぎ立てるな、と押しころした声で囁いた。言われたとおりにしなかったら、草の根分けてもおまえを探しだす、探しだして息の根を止めてやる——ただの脅しではないことを強調するため、その人物はトミの眼のまえに切っ先の鋭いナイフをちらつかせた。トミは震えだした。全身の震えをとめることができなかった。男に命じられたとおり、大きな声で数を数えはじめた。身を守る方法はそれしかないと思ったからだった。背中から重みが消えたので男が立ちあがったのがわかったが、どこにいるのかまではわからなかった。トミはひたすら数を数えつづけた。百まで数えおわると、また一から数えなおした。いつなんどき、拳が飛んでくるかもしれない、あの鋭いナイフで耳を削ぎ落とされるかもしれない——恐怖が先に立った。トミは手袋をはめていた。ところがいくら待ってもなにごとも起こらなかった。その日は雪が降っていたので、トミは手袋をはめていた。身体のしたになっている床が濡れていた。身体についていた雪が溶けて溜まっているのだろうと思っていたけれど、そうではなかった。失禁していたのだ。

ゆっくりと起きあがって恐る恐る右のほうをのぞいた。次いで左のほうをうかがった。それからアパートメントの室内に眼を向けた。そのとき、ローズがいることに気づいた。ローズもまた床に倒れていた。紺色の地の水玉模様のワンピースの裾が、膝のあたりまでめくれあがっていた。

「思わず悲鳴をあげて、それから泣いたわ」とトミは言った。ローズの口をふさいでいたバンダナの結び目をほどくのに手間取った。「『トミ、手のほうを先にほどいて』とローズに言われたの。そのぐらい落ち着いてたの、ローズは。わたしを慰めてくれさえした、ほんとうは逆に、わたしのほうがローズを慰めるべきだったのに」

わたしはトミを見つめた。両眼のしたのあたりがいくらかたるんで、うっすらくまができていた。ほんの短時間のうちに、一気に老け込んでしまったように見えた。

「あのアパートメントはトイレや洗面所が共同なの。で、ローズが女子トイレから戻ってくると、その男が部屋のなかで待ち構えていた。わたしたちだって、当然用心はしてた。玄関の鍵はいつもかけてたし。ローズもトイレに行くときにまちがいなく鍵はかけたって言ってた。なのに、そいつは部屋のなかにいたのよ。どうやって入り込んだのか、わからない。錠前破りの道具かなんかを遣って掛け金をはずしたんだと思う。覆面をしてたから、腕に毛が生えてることしかわからなかったってローズは言ってた。だけど、しゃべり方はニセイっぽかったって」

最後のことばを聞いたとたん、その場で嘔吐したくなった。その瞬間まで、わたしは〈アロハ〉の店内でわたしを壁に押さえ込んだあの男のような、ハクジンの仕業だろうとどこかで思い込んでいたのだ。それなのに、ニセイの男？　世の中、どうかしてしまったんじゃないの、と声に出さずに叫んだ。

「相手に心当たりはないか、姉に訊いてみましたか？」

トミは首を横に振った。「手がかりになりそうなのは、その男が遺していった紙切れのようなものだけ。映画のチケットの半券みたいなものなんだけど。それだけじゃ、なんの手がかりにもなりゃしないわ。ローズには誰にも言わないでって口止めされたし。ルイーズにも言わないでほしいって。ちょうどあなたたちご家族をシカゴに呼び寄せようとして奔走中だったから、万が一にもその妨げになっちゃいけないって」

だから秘密だったのだ。わたしにもようやく納得がいった。姉の持ち前の性格を考えれば、たとえ恥さらしだと後ろ指を指されようと、自分の評判に傷がつこうと、警察に直行して被害を届け出ることになんの躊躇もなかったはずだ。それでも、そんな破廉恥な犯罪の被害者になったことで、わたしたち家族のシカゴ移住が中止されるかもしれない、ということになれば……それで姉は沈黙を選んだにちがいなかった。

「ドアの鍵のことだけど、そんなに簡単にはずせてしまうものだったんですか？」

トミはうつむいて、左手の指の関節を撫でた。「古くて頼りない鍵だったの。十年以上も昔の型だったから、あんなの、万能鍵があればいくらでも開けられちゃうと思う。そのあと、ローズがもうひとつ、内側からかけられるスライド錠を取りつけたわ。ルイーズはどうして追加で錠を設置する必要があるのか疑問に思ってたようだから、最近あちこちで空き巣狙いの被害が出てるから用心のためって説明したわ」

トミの話を聞いているあいだ、まわりの世界の動きがスローモーションになったような気がした。周囲のほんの些細(ささい)な動きまで、ユーカリの木から葉が一枚舞い落ちるところから、歳をとった男の人が麦藁帽子をかぶりなおすところまで、なにひとつ見逃さなかった。わたしはトミに、思い出せる限りのことを、小さなことまで含めて残らず話してほしいと頼んだ。

「ローズが新しい錠を取りつけてくれたけれど、それでもわたしは安心できなかった。そのままあのアパートメントに住みつづけることができなくなったわ。夜も眠れなかったし」トミの眼に今度もまた涙があふれ、両手が小刻みに震えはじめた。それ以前にも同じような目に遭ったことがあるのではないかと感じた。トミは持っていた絨毯地のボストンバッグを開けて、日本人が昼食のベントウを包むのに使うような、ピンクのフロシキに包んだものを取り出した。「わたしが苦しんでることをローズはわかってくれてた。ひとりにならないよう、いつも一緒にいれば大丈夫だとも言ってくれた。それでも、あのままあの部屋に住み続けることは、わたしには無理だって言ったの。だって、たとえふたりで一緒にいたとしたって、襲われたらどうにもならないじゃない？　それがどうしてもわかってもらえなくて。それで喧嘩になっちゃって、結局わたしは引っ越したの。あとでローズがエヴァンストンまで訪ねてきて、これをくれたわ。じつは五月に入って、返してもらえないかと言われたんだけど、わたしが会うのを拒否したの」トミはそう説明して、わたしに包みを受け取ってほしいと身振りで示した。包みは長方形をしていてそれほど重くはなかった。

「中身は？」

「今は開けないで。家に帰ってから見てみて」

みぞおちのあたりが、まだむかむかしていた。「トミさん、警察に行ってください。そのときあったことを通報するべきです」

「無理よ、そんなこと。申し訳ないけれど、わたしにはできない」トミは見るからに悄然としていた。「そういうことをする男のなかには、ギャングとつながりがある者だっているのよ。それをわかって言ってる？」

信じられない思いで、わたしは首を横に振った。

「だとしても、それがシカゴの実情なの。この市はほかとは事情がちがうの。誰が信用できて、誰が信用できないか、それさえわからないんだから」

「だけど、そのときのことがひょっとして――」そこで口ごもったのは、その先のことばを口にするのをためらったからだった。「――姉が死んだことと関係があるとしたら？」

トミは中身を取り出して空っぽになったバッグの底に眼を据えた。「こんな自分じゃなければいいのにって思うわ。もっとちがう人間だったらよかったのにって。ローズやあなたのように強かったらって。ほんとよ、本気でそう思ってるの」

それ以上追求したところでなにがわかるとも思えなかったし、そもそも残酷な仕打ちだという気がした。トミが精神的に崩壊寸前だということは傍目にもありありとわかった。わたしは腕時計に眼をやった。いくらなんでも、いい加減、職場に戻るべき時刻だった。「そろそろ戻らないといけないので、今日はこれで失礼します。これからも連絡を取りあうことにしませんか？」

トミは小さくうなずいた。

トミから渡されたピンクの包みを抱えて、わたしは職場に戻った。

「誘拐されちゃったかと思った」ナンシーはそう言ったあと、わたしが抱えている包みに眼をとめて「ははん、こっそりお買い物してきたってわけね」と言った。

それから一時間後、それ以上はもう我慢できなかった。そこで、しかるべき理由をでっちあげて書庫に向かった。トミから渡された包みをこっそり抱えて。通路に滑り込み、背の高い書架の陰に身を隠すと、書籍と書籍のあいだの空いているスペースに包みを押し込み、フロシキの結び目をほどいた。出てきたのは、わたしが以前、青果卸店で働いていたときに持って行っていたようなブリキのランチボックスだった。わたしはランチボックスの蓋を開けた。くしゃくしゃに丸めた『シカゴ・デイリー・トリビューン』紙をクッション代わりにランチボックスに入っていたのは、小型の拳銃だった。

受付カウンターに戻ったところで、受けた衝撃の大きさが顔に出ていたようで、具合でも悪いのか、とフィリスに訊かれた。わたしはあやうく、ランチボックスを取り落としそうになった。こんなところでうっかりランチボックスを落っことして、そのひょうしに拳銃が暴発でもしようものなら……考えるまでもない、わたしはまちがいなく刑務所送りになる。そんな物騒な代物を、どうしてわたしなんかのところに持ち込んだりしたのか？　トミの考えていることが、まるでわからなかった。それに、そもそも姉はどこでこんなものを手に入れたのか？

さしあたり、保管場所に困った。自宅に持ち帰ろうものなら両親に見つかるのは時間の問題だと思われた。家具らしい家具もないので、隠そうにも隠し場所もないし、だからと言って、ものがものだけに、わたしが寝ているベッドのマットレスのしたに隠す気にはなれなかった。しばらくして、クラーク・アンド・ディヴィジョン駅の地下通路に貸しロッカーが並んでいたことを思い出した。終業時刻を過ぎたところで、誰にも声をかけず、挨拶も省略して職場をあとにした。玄関を通り過ぎるとき、雪のように白い髪に口髭をたくわえた顔馴染みの警備員のミスター・フルゴーニに声をかけられた。「お疲れさん、ミス・イトウ、愉しい夜を」いつもなら「ありがとう、ミスター・フルゴーニ、あなたもね」と応えるのだけれど、その日は黙ってうなずき返すのが精いっぱいだった。

ピンクの包みをしっかり抱きかかえて地下鉄の駅の階段を降り、わたしは地下通路に向かった。全身の震えをとめることができなかった。ランチボックスに入れて、ピンクのフロシキに包んであっても中身が透けて見えてしまっているようで、周囲の視線が気になった。なんだかみんなにじろじろ見られているような気がした。コインロッカーはほとんどが使用中だったけれど、いちばんうえの列にひとつだけ空いているところが見つかった。そこにランチボックスを滑りこませるようにそっと入れてから、お財布をひっかきまわして必要な硬貨を探したけれど……そういうときに限って、必要な金額の硬貨はなかなか見つからないものだ。もうっ、もうっ、もうっ、と口のなかでつぶやきながら、お財布どころかバッグのあちこちまで探しまくって、ようやく見つけた。ところが、せっかく見つけた硬貨をロッカーの硬貨投入口に入れようとしたところで、取り落とした。床に落ちて弾んだ硬貨は円を描くように転がり、男の人の足元でとまった。地下鉄の駅員の制服を着た人だった。

その人は身を屈めて硬貨を拾うと、わたしに差し出しながら「なにかお困りですか、お客さん」と訊いてきた。

わたしは硬貨を拾ってもらったお礼を言って、困っていることはなにもないと答えた。両手がぶるぶる震えていた。受け取った硬貨をロッカーの投入口に入れてドアに鍵をかけ、それから駅の階段を今度はのぼってクラーク・ストリートに戻った。

その晩は夕食が咽喉を通らなかった。母が何度もわたしのおでこや頬に手をやって、熱でもあるのではないかと言うので、ただ疲れただけ、と言って早々に寝室に引きあげ、ベッドに入った。共用廊下の公衆電話が鳴っているのが聞こえたけれど、起きあがって電話に出るだけの気力も残っていなかった。

第十六章

「よく眠れなかったようね」仕事に出かける身仕度をしながら母が言った。父はまだ高いびきで熟睡中で、ときどき右脚がぴくっと動いた。

わたしはベッドに横になったまま、天井の黒い点をじっと凝視していた。いくら見つめてもそれが古い釘の頭なのか、はたまた天井にへばりついているクモなのか、わからなくて、なんだか馬鹿にされているような気がした。姉さん、ローズ、あなたの身にいったいなにがあったの？　ひと晩じゅう胸のうちでその問いばかりを繰り返していた。わたしの助けがいちばん必要だったときに、わたしは姉のそばにいなかった。姉を助けることができなかったのだ。わたしたちを引き離したままにして知らん顔していた政府に猛烈に腹が立ってならなかった。わたしもあのバスに乗っているべきだったのだ、姉がマンザナーから出ていくときに乗ったあのバスに。ううん、わたしだけじゃない、家族揃ってみんなで乗るべきだったのだ。

姉は性的暴行を受け、最悪の形で尊厳を踏みにじられた。さらに言うなら、そのために、性的暴行を受けたことを理由に殺害された可能性も考えられた。トミは精神的に深手を負っていて正義を追求するべく行動を起こすのは無理だと思われた。でも、わたしは……そう、このままなにもなかったふりはできなかった。姉の尊厳を踏みにじった相手が誰であるにせよ、そいつはまだ捕まっていない。このまま捕まりもせず自由を謳歌しつづけるなど、とうてい許せることではなかった。

母はスリップ姿で、ブラジャーが乳房を支えていた。ブラジャーをしていないと、年齢を経た母の乳房は、新年をお祝いするときのつきたてのモチみたいに、だらんと垂れてしまうのだ。もう何年もまえのことだけれど、スポケーンの郊外に住んでいる親戚を訪ねたとき、家族揃って日本式の木でできたお風呂に入ったことがある。そのとき、母の身体に文字どおり眼を瞠ったことを覚えている。たっぷりのお湯に豊満な胸が重たげに揺れ、お尻もふっくら丸みを帯びていた。それがいつの間にか筋肉が衰え、まったく別人のような身体つきになってしまっている。母の裸を見るたびにいまでも、なんとも言いようのない違和感を覚えるけれど、それはいずれなるかもしれない自分の姿なのだと思った。母はスリップのうえから素早くコットンのホームドレスを着込むと、行ってくるからね、と声をひそめて言い残し、出かけていった。

それからすぐにわたしも起き出し、ベッドのマットレスの端を持ちあげて姉の日記帳を引っ張り出した。ぱらぱらとめくって、最後のページに挟んでおいたなにかの切れ端のような紙片を取り出した。赤い文字で〈20〉という数字が印刷されていて、映画とかサーカスとかの入場券の切れ端のようでもある。

簡易キッチンの電気コンロに焼き網を載せてトーストをこしらえ、イチゴジャムを塗った。それを朝食にすることにして、テーブルについて食べながら、そのチケットの半券のような紙の切れ端から眼が離せなくなっていることに気づいた。自分の性格から考えて、このままいつもと同じように図書館に出勤して平然と仕事をすることはできそうになかった。

共用廊下の公衆電話まで足を運び、ダイアルをまわし、相手が出るとできるかぎりしわがれた声を出した。「風邪をひいちゃったみたい」とナンシーに言った。「みんなにそう伝えてもらえる?」

「ちょうどいいタイミングだったわよ。あとちょっと遅かったら、もううちを出ちゃうところだったもの。わかった、今日は欠勤するってミスター・ガイガーに伝えておく。ゆっくり休んでね。夏風邪はたちが悪いって言うから」

ナンシーに嘘をつかなくてはならなくて、良心が咎めた。ナンシーは裏表なくいつも親切にしてくれる人なのに。「ありがとう。明日には出勤できるようにがんばって治すね」

映画館は、わたしのふだんの行動圏内だけでも三軒あった。クラーク・ストリートを北に進み、ディヴィジョン・ストリートを渡った先にある〈ウィンザー〉、バグハウス・スクエアから通りを一本隔てた〈ニューベリー〉、ディアボーン・ストリートとディヴィジョン・ストリートの交差点にある〈サーフ〉の三軒だ。どこからまわろうか、と考えて、いちばん行きやすい〈サーフ〉を訪ねてみることにした。チケットの半券みたいな紙の切れ端はコウデンのお礼状を送るのに使った残りの封筒に入れた。なにしろ、わたしは小学校に通っていたころから、ともかく不注意で、持ち物を年から年中どこかでなくしてくるものだから、母からナクスムスメ、つまりものをなくしてくる子という実に不名誉な呼び名を頂戴したほどなのだ。姉の日記帳から持ち出した、この紙の切れ端に関しては万が一……どころか億が一にも、そんな不名誉なことが起こってもらっては困るので、わたしなりの安全策を取ったのだ。

〈サーフ〉は、海のないシカゴの、クラーク・アンド・ディヴィジョン駅近くの映画館なのに〝打ち寄せる波（サーフ）〟とはこれいかに？　ではあるけれど、エレヴェーターのない灰色の建物の一階に入っていた。ゆったりした構えの正面玄関を囲むように、ぐるりと半楕円形に電球が連ねてあった。朝というよりもそろそろお昼になろうかというころだったので、電球は消えていた。そんな時間帯なのでチケット売り場も閉まっているかもしれないと不安になったが、窓口のガラスを透かして奥に人影が見えた。

「すみません」手の甲の関節部分で、窓口のガラスをこつこつと叩いた。〈戦時公債切手、販売しています〉という掲示が出ていた。

窓口の奥で、黒褐色の髪をした女の人が、びっくりしたように顔をあげた。そう、こんな午前中に映画館を訪れる人は、普通はいない。窓口の女の人は、ちょうどレジに釣銭を入れているところだった。「お昼の部のいちばん早い回の上映は、午後一時三十分からですけど」窓口のガラスに穿いている会話用の丸窓越しに、その人は言った。すらっとした長身の人で、真っ赤な口紅を塗った唇が動いたひょうしに、嚙みかけのガムを舌に載せているのがのぞいた。

「あの、そうじゃないんです。映画を観にきたわけじゃなくて、ちょっとうかがいたいことがあって。ええと、見覚えはありませんか、この――」わたしはそう言いながら、封筒を引っ張り出して、なかから慎重にチケットの半券に似た紙片を取り出した。窓口の女の人には、ずいぶんもたついて見えたようで、しびれを切らしたふうに深々と溜め息をつき、マニキュアを塗った指先でレジの横のカウンターをこつこつと叩いた。

「ちょっと、それじゃ見えないんだけどな」窓口係の女の人は猛然とガムを嚙みながら言った。

わたしは問題の紙片を窓口のしたの、チケットや現金をやりとりする隙間からなかに差し入れた。

「これってたちの悪いいたずらかなにか？　こんなもんで映画館に入れると思ってるわけ？」女の人は窓口の隙間から紙片を突き返してきた。そして黄褐色で端に番号が印字された入場券が紙テープのように長く連なったロールをわたしに示して言った。「これが入場券。で、入場券を買うんじゃないなら、なんなの？」

わたしは首を横に振って、突き返された紙片を封筒に戻した。歩道に出たところで、思いなおしてもう一度窓口に引き返した。「十セントの戦時公債切手を二十一枚ください」と言って、お財布から一ドル紙幣を何枚か引っ張り出した。これで少なくとも姉の戦時公債切手の台帳（アルバム）の空欄を残らず埋めることができるはずだった。

そこからイーストシカゴ・アヴェニュー署までの行き方は、わざわざ地図で確かめるまでもなかった。葬儀社と戦時転住局（WRA）の再移住事務所と検視局とこの警察署は、わたしにとってシカゴで生活していくうえで、決して忘れることのできない場所になっていた。警察署はラサール・ドライヴか、もしくはクラーク・ストリートのどちらかをまっすぐ南下した先にある。わたしは署の正面玄関の階段をずんずんあがり、受付デスクに直行した。「グレイヴス巡査部長にお目にかかりたいんですが」

受付デスクについていた警官は、品定めするような眼でわたしをじろりと一瞥した。髪の毛の生え際が後退しかけていて、広くなりつつある額に深い皺が刻まれていた。残り少ない白髪をグリースでぺたりとオールバックに撫でつけていた。「面会の約束は？」

「いいえ、していません。でも重要なことなんです。ローズ・イトウの件に関することで。若い女の人が、クラーク・アンド・ディヴィジョン駅で地下鉄に撥ねられて亡くなりましたよね。その件に関係あることなんです」

　受付デスクの警官は、少しだけ表情を曇らせ、瞬きのリズムがいくらか乱れた。ごくごく些細な、変化とも言えないような変化で、ふつうの人なら見逃していたかもしれないが、わたしの眼はごまかされなかった。受付デスクの警官はわたしに、少し待つように言って席をはずし、それから一分たったかたたないかぐらいで戻ってきた。そんな短時間でグレイヴス巡査部長の所在を確かめられたとは、どう考えても思えなかった。

「グレイヴス巡査部長ですが、今は手が離せないとのことでね。伝言があるなら託かりますが？」

「では、今から申しあげる電話番号にご連絡ください、とお伝えいただけませんか？」わたしはアパートメントの共用廊下に設置されている公衆電話の電話番号を、その場で二回繰り返した。「新しくわかったことがあるんです。巡査部長にも興味を持っていただけるのではないかと思います」

　受付デスクの警官が伝言をメモしおわるまで、わたしはデスクのまえから離れなかった。警官は顔をあげ、わたしがまだ居坐っていることに気づいて露骨に顔をしかめた。「お嬢さん、そこをどいてもらわないと困るんだけどな。待っている人がほかにもいるんでね」

　確かに、わたしのうしろには頭にスカーフを巻いたハクジンの老婆と、そのうしろに黒人の若い男が並んでいた。

その邪慳な追い払い方からして、シカゴ警察にはわたしの訴えに真剣に耳を貸す気があるようには思えなかった。受付デスクに背を向けて正面玄関に向かった。たまたまうしろを振り返ったとき、受付デスクの警官がわたしの伝言を書き留めたメモ用紙をくしゃくしゃっと丸めて、くずかごに放り込んだのが見えた。よくもそんなことをと詰め寄ってやりたかったけれど、抗議したところで無視されるのがおちだろう。頬がかあっと熱くなるのを感じながら、わたしはうなだれて正面玄関の階段を降りた。

ここがトロピコだったら？　と考えるでもなく考えた。今と同じ状況に陥ったのがトロピコだったら、わたしはいったいどうしていただろうか？　多少は事情がちがっていただろうか？　トロピコなら、少なくとも勝手知ったる地元にいる、という強みがあった。曲がりくねった通りのカーヴの具合も、ロサンゼルス川のあのみっともないコンクリートの堤防のひび割れ具合も、わざわざ眼で見て確かめるまでもなく知り尽くしていた。青果卸店のコンクリートの床に落ちた、しおれたレタスの葉をうっかり踏んづけてしまったときの感触も含めて。わたしにとって文字どおり知りぬいた場所なのだ、ロサンゼルスは。わたしが生まれ育った故郷。父にとっては、一九〇〇年代の初めにアメリカで暮らすようになって以降の故郷。そんな土地からわたしたちを、まるでつばでも吐くように追い出したのはアメリカ政府であって、ロサンゼルスという土地に排除されたわけではない。わたしたち日系人のために日本語で発行されていた新聞は——第二次世界大戦以前にはロサンゼルスだけで何紙もあったけれど――西海岸から日系人がいっせいに排除されることに対して、なんの抵抗も示せなかった。だけど、こういう犯罪や事件だったら？　とりわけセンセーショナルな記事を得意とする新聞社なら、それこそハクジンの新聞社であっても、ニセイの若い女が襲われたことを第一面に掲載したのではないか？　ローズ・イトウの身に起こった悲劇も、決してなかったことにはされなかったはずだ。

そんなふうに思うにつれ、わたしのなかで恐ろしさが膨れあがった。この先、警察の助けが期待できないとしたら、姉に性的暴行を働いた犯人を突き止めることは、わたしひとりのがんばりにかかってくることになりはしないか？　姉を襲った犯人の男が、ほかの性的暴行事件の犯人でもあり、いわゆる連続暴行犯なのだとしたら、この先も犯行を繰り返す可能性が高いというのに。

わたしの世界が軌道をはずれてまわりだし、制御不能に陥っているような気がした。マンザナーにいたあいだも、制御できていたとは言い難い状況だったが、あのとき以上に手に負えなくなりつつあった。強制収容所にいたあいだは少なくとも、日系人同士、お互いの存在を頼りにすることができた。わたしたちの生活を支える基盤のようなものもあった。ロイ・トナイのような地区長がいて、曲がりなりにも選ばれた者がみんなを統率するという仕組みが機能していた。戦時転住局（WRA）の方針に異を唱え、反旗を翻す人や騒動を起こす人もいないわけではなかったけれど、そういう人たちのほとんどが最終的にはトゥーリー・レイクの収容所に移送されることになった。ところがここでは、シカゴという大都会に放り込まれて、わたしはよるべを失い、進むべき方向すら見つけられずにいる。政府からは日系人同士、寄り集まることを禁じられてはいるけれど、わたしたちにはお互いの存在以外に頼りにできるものがないのだ。

「ミス・イトウ?」と声をかけられて初めて、わたしは自分が会いにきた相手が眼のまえに立っていることに気づいた。それほど上の空で歩いていた、ということでもあった。

「グレイヴス巡査部長」相手がわたしの名前を憶えていたことに驚きながら、わたしは言った。「じつは巡査部長に会いにきたところでした」

グレイヴス巡査部長がわたしに向ける眼差しには、同情の念がこもっていた。わたしの祈りが天に届いたのかもしれなかった。

ふたりで近くの軽食堂(ダイナー)の脇の路地に移動したあと、わたしは姉の性的暴行事件について知り得た情報を残らず巡査部長に伝えた。トミ・カワムラの名前は敢えて出さなかった。そして、グレイヴズ巡査部長は、法の執行者である警察官としては当然のことながら、その点を突いてきた。「ですが、目撃者の氏名を伏せたまま、捜査はできませんよ」

「それはそうかもしれませんが……」わたしはことばを濁した。「でも、証拠になりそうなものが見つかりました。犯人がこれを落としていったんです」バッグを開けたひょうしに、〈サーフ〉で購入した戦時公債切手のシートがひらりと地面に舞い落ちた。グレイヴス巡査部長は腰を屈めて切手のシートを拾いあげ、わたしに手渡してくれた。「こういうものは安全な場所にしまっておいたほうがいいですよ」と言いながら。わたしはどぎまぎしながらうなずいた。そのあと、ようやく姉の日記帳に挟んでおいた、チケットの半券に似た紙片を入れた封筒を引っ張り出してグレイヴス巡査部長に手渡した。

封筒から紙片を取り出すときに、巡査部長は慎重に紙片の端をつまむようにしたけれど、証拠品そのものに興味をもったようには見えなかった。「交通機関の切符ではなさそうだな。〝20〟とあるけれど、映画は二十セントじゃ観られないし。いわゆる歓楽街のなんらかの娯楽用のチケットかもしれない」そう言うと、紙片を封筒に入れなおし、わたしに戻してよこした。「やはり目撃者に証言してもらわないと。でないとわれわれとしても捜査を開始することさえできません。現時点では犯罪があったということすら明確に立証できてはいませんからね」それでも最後に、わたしがこうして情報を提供してくれたことはありがたい、とねぎらいのことばを付けくわえた。「今日はこれから署で会議があるのでこれで失礼しますが、今後もなにかわかったことがあればぜひお知らせください。こういう情報交換はだいじですからね」

わたしはシカゴ・アヴェニューを遠ざかっていく、グレイヴス巡査部長の後ろ姿を見送った。蜂蜜色のブロンドの髪が陽光を受けてきらきら光っていた。巡査部長の言うことも、もっともだった。トミ・カワムラの証言がなければ、犯罪行為が行われたということすら立証できないのだ。けれども、今のトミはもろく、はかなく、手を触れただけで壊れてしまいそうに思えた。わたしとしても、そんな相手をこれ以上追い詰めたくなかった。それと同時に、トミから渡された拳銃のことも調べてみる必要がある。姉があんな物騒な代物を手に入れたのだとしたら、入手経路はたったひとつしかなかったはずだ。少なくとも、わたしはそうにらんでいた。

ニューベリー図書館の同僚に姿を見られる可能性があるので、クラーク・ストリートを通るのはやめて、ラサール・ドライヴのほうからまわり、ムーディ聖書学院のまえを通り、自宅のあるアパートメントハウスのまえも通過して、ディヴィジョン・ストリートとの交差点で右に曲がった。マーク・トウェイン・ホテルのまえを通り過ぎ、クラーク・アンド・ディヴィジョンの交差点からまたクラーク・ストリートに戻って、交差点から北に進んだ。

質屋のまえを通過して〈アロハ〉の店が近くなると、両方の掌にじっとりと汗がにじみだした。先日のあの、日本語で言うところのスケベな好色漢の、やたら肉付きのいい手にさわられたときのことが思い出されたからだった。あいつにまた遭遇したら、今度こそ悲鳴をあげることができるだろうか？

このあいだも見かけたブロンドの女の人が、今日は鮮やかなオレンジ色のホルターネック姿で店の玄関先に立ち、右手を戸枠に置いて突っかい棒のような恰好で身を支えていた。腋の下から腋毛が何本かのぞいていた。「あら、こないだのかわいいお嬢ちゃん」女の人のほうからわたしに声をかけてきた。「嬉しいじゃないの、また会えて」

店に入りたいことを身振りで伝えると、女の人は腕を降ろしてわたしをなかに通した。店の奥の小さなカウンターには、その日は誰もいなかった。わたしは地下につづく階段に向かった。

「ちょっ、ちょっ、ちょっと――」店先に出ていた女の人が声をあげた。「そっちは駄目よ、あんたは――」

地下は煙草の煙がぶあつい層になって充満していた。紫煙のまにまに、男たちの姿が見えた。ありとあらゆる人種の、ありとあらゆる民族の男たちが一様に手持ちのカードを凝視し、サイコロを投げ、ポーカーチップをじゃらじゃらいわせていた。こんな昼日中から、これほどたくさんの男たちが違法な娯楽にふけっているのを目の当たりにするのは、衝撃的でもあった。

見知った顔がないか、室内を見まわした。賭け事に興じる男たちのなかには、軍服姿の兵士も何人か交じっていた。一時帰休を許された人たちだろう、限られた時間のなかで最大限に愉しんでやろうとしているにちがいなかった。なかには物欲しそうな眼を向けてくる人もいて、眼があった一瞬、着ているものを視線で剝ぎ取られたような気がした。部屋の向こう側に、わたしが誰よりも会いたくないと思っていた、あのでっぷりした大柄なハクジン男がいた。向こうも明らかにわたしに気づいたようで、こちらに近づいてこようとしていた。

わたしはフェルトを張ったテーブルのあいだをすり抜けるようにして進みながら、必死の思いで男たちの顔に視線を走らせた。そして探していた人が部屋のいちばん奥の隅にいることに気づいた。ハマーはひとっ風呂浴びたばかりのように、やけにこざっぱりしていた。見慣れたあのズートスーツから打って変わって、ストライプ柄の半袖シャツにデニムのズボンという恰好で、両耳に一本ずつ煙草を挟んでいた。

「トロピコ、ここはあんたの来るところじゃない」とハマーは小声で言った。「今日は負ける気がしないね」と言ってサイコロをすくいあげ、もう一度緑色のフェルト張りのテーブルに放った。「くそっ」とハマーは悪態をついた。「あんたのせいでつきが落ちた。のこのこ現れたのは、それ相応の理由があってのことだろうな？」

申し訳ないとは、これっぽっちも思わなかった。わたしに近づいてこようとしていたあの好色な巨漢は、わたしがハマーと話をしているのを見てぴたりと足を止め、それ以上はもう接近してこようとしなくなった。「訊きたいことがあるの、今すぐ」

わたしのただならない様子に、ハマーも気づいたようで、黙って階段のほうを指さした。ふたりして人を掻きわけながら地下室を突っ切り、一階にあがってあのバーカウンターのとなりあったストゥールに並んで腰をおろした。

店先に出ていたブロンドの女の人が、わたしたちの飲み物をつくるためにカウンターに入った。「地下は駄目って言ったでしょ？　あんたは立入禁止、部外者なんだから」とまたしても小言を浴びせかけてきた。

「こいつはギート・イトウの娘だ」とハマーがブロンドの女の人に言った。「口をつぐんでおくことぐらい心得てるよ」

　わたしはビールを注文した。ハマーを問い詰めるには、アルコールで勢いをつける必要があったからだ。缶をあけて生ぬるいビールをグラスに注いで長々とひと呑みするあいだに、ハマーはグラスのウィスキーを半分呑んだ。

「知ってると思うけど、ニセイを狙って性的暴行を働いてるやつが野放しになってるの」唇の端についたビールの泡を拭いながら、わたしは言った。

「ふうん、それで？」

「犯人は誰だかわかる？」

「んなこと、どうしておれにわかる？」

「〈アラゴン〉のダンスパーティーのあと、顔に引っかかれたみたいな傷があったでしょ？あれはどうして？」傷はもう薄いかさぶたに覆われ、ほとんど目立たなくなっていた。

「どういうつもりだ、ええ？　警察かなんかの真似事か？」ハマーはぎょっとしたように身を引いた。「あんたには関係ないことだ。いちいち説明しなくちゃならない義理もない」

「ううん、それはちがう。説明してもらう義理はあるの、なにからなにまですべてね。あなたの知ってることを全部、わたしの姉にしたことも含めて。そう、それが説明してもらう理由よ」

ハマーはバーカウンターの表面に眼を走らせた。視線を泳がせ、わたしを見ることを強硬に拒んでいた。

「知ってたんでしょ、姉が妊娠してたこと」

ハマーはびくっと身体を震わせた。「相手はおれじゃない。あんなことをしやがった野郎は、おれがこの手でぶっ殺してやる」

「ってことは、うすうす感じてたってことよね、姉が……強姦されたこと」そのことばを口に出したとたん、胸が張り裂けそうになった。気がつくと、涙がぽろぽろこぼれ落ちていた。わたしは両手で顔を覆った。哀しんだり苦しんだりしている姿を人に見られるのは苦痛だった。

「どんな目に遭ったのか、あいつはいっさいしゃべらなかった。だから、相手がロイかどうかもわかってない」そこでハマーの口調が穏やかになった。「冬になったころから、ローズは笑わなくなった。険しい顔をしてるんだよ。あんな顔したことなかったのに。収容所にいたときだって見たことないよ」しゃべりながら、ハマーはバーカウンターにあった紙マッチの垂れ蓋を開けたり閉じたりしていた。「よく覚えてるよ、収容所にいたころから。よく眺めてたんだ。あいつがバラック小屋から食堂に行ったり、また小屋に戻ったり、かと思えば庭に行ったり、また戻ったりするとこを。歩いてるって言うより、風に運ばれてくみたいでさ」

わたしは涙がとまらなくなった。胸の奥が震えていた。

「あいつから言われたんだ。処置しなくちゃならなくなったって」

わたしは両手の甲で涙を拭った。「ちょっと待って。それじゃ姉が中絶処置を受けるのに手を貸したってこと？」

ハマーはそれには答えず、グラスに残っていたウィスキーをひと息に呑みほした。「いちばん心配してたのは、あんたのことだった」

「わたしのこと？」

「妹に幻滅されるんじゃないかって。いつもあんたのことばかり話してた」

「そんなこと、これまで一度も言ってなかったじゃない？」

「あんたがいるから、少しはましな人間になろうと思えるんだって。あんたのおかげで考えてることを書いて残すようになったって。物事を深く突っ込んで考えるようになったって」

姉に影響を与えようなんて思ったこともなかった。そもそもそんなふうに思う理由すらなかった。「姉はわたしの憧れだった。今でも憧れそのものよ」

「そうか。だったら、あんたはあんたの人生を生きろ。あいつもそれを望んでた」

「姉をあんな目に遭わせたやつ、このままにしとくなんてできない」犯人がこのまま捕まりもせず、のうのうと自由を謳歌しているというのは、それを許しているというのは、姉の思い出を踏みにじりつづけることになる。わたしにはそうとしか思えなかった。ハマーは孤児ということもあって、家族というものも永遠ではないと割り切れるのかもしれないけれど、わたしには無理だった。この先も忘れることはできないだろうし、忘れるつもりもなかった。

「姉に拳銃を渡した？」

「どうして？　拳銃を見つけたのか？」

「いいから答えて、ハマー」

ハマーは眼を逸らした。「確かに、拳銃がほしいと言われたことはあるけど、どうかしてると言ってやった」

ハマーが本当のことを言っているのかどうか、なんとも判断がつかなかった。もう少し突っ込んで質問しようとしたとき、すぐそばに人の気配を感じてそちらに顔を向けた。

「父さん――」

父が激怒すると、母は決まって日本語で〝この人、眼の色が変わった〟と言う。〈アロハ〉でわたしのすぐ隣に現れたとき、父の眼は黒眼の部分がさらに黒くなり、白眼は血走っていた。

「うちの娘になにしやがる？」

「なにもしてないよ、おっさん」ハマーは空のグラスに覆いかぶさるように背中を丸めたまま、父のほうに顔を向けようとしなかった。

「この役立たずのごろつきが――」父の怒りは爆発寸前だった。ダイナマイトの導火線に火がついていた。わなわなと震えださんばかりに、身を硬くこわばらせていた。

「父さん、そんなんじゃないんだって」わたしはできるだけ穏やかな声で言った。「訊きたいことがあって、わたしのほうから会いに来たの。この人、姉さんの力になろうとしてくれてたんだよ」

「きさまのことはよく覚えてるぞ、ロサンゼルスにいた時分から。あのころも役立たずだったな、従業員としちゃ下の下だった」

ハマーはゆっくりと父のほうに向きなおった。見ると、眼のなかで冷ややかな怒りの焔が揺らめいていた。

「ちょっと、やめて」わたしはすばやくストゥールから滑り降りた。

ハマーは顎を突き出し、少なくとも十五センチは背の低い父に対して、体格的に勝っていることを見せつけていた。「もう一度言ってもらおうか」

「この札付きの怠け者が」父の下唇から唾が飛び、ハマーのシャツにかかった。

わたしはふたりのあいだに強引に割って入った。が、すでに手遅れだった。なにかが頬に当たって、わたしはのけぞった。どちらのパンチをもらったのかは、今になってもわからない。それでもわたしの悲鳴でふたりはそれぞれすばやく退き、わたしはそのまま床に倒れ込んだ。

「アキ――」ハマーが床に両膝をついて、こちらをのぞき込んでいた。

「とっとと出ていけ、この野郎」父が怒鳴った。

それまで姿を見せていなかったロッキー・イヌカイが現れ、力ずくでハマーを店のそとに引きずりだした。

頬がひりひりして痛かったけれど、正直言えば笑わずにはいられない気持ちだった。こんなことになってようやく、ハマーがわたしのことを名前で呼んだのだ。

濡らした布巾で眼のまわりを押さえ、父に付き添われて帰宅すると、たまたまパスタの湯切りをしていた母は、わたしを見るなり、持っていたざるを流し（シンク）に落っことした。

「いったいどうしたの？」父が玄関の鍵をかけているあいだに、母が駆け寄ってきて言った。

わたしはへたり込むように椅子に坐った。すかさず母が濡れ布巾をどかして、わたしの眼の具合を確かめた。片方の瞼が腫れあがっていて、ほとんど眼がふさがってしまっていた。明日になったら痣（あざ）になっているにちがいなかった。

「〈アロハ〉なんかでなにをしてたの？」母の声が、いつもより一オクターヴ高くなっていた。

「あの役立たずのハマーって若造と話をしてたんだ」父は苛立ちを隠そうともしないでつぶやくと、シャツを脱いだ。前立てのボタンが、少なくともひとつなくなっていた。

「ハマーは姉さんの力になろうとしてくれてたのよ」わたしはさっきと同じことをもう一度言った。「そばにいてくれたんだからね、わたしたちがそばにいられなかったときに」「もうヤメナサイ！」母は日本語交じりに甲高い声で叫んだ。それ以上は聞きたくない、ということだった。根拠のないわたしの思い込みと暴走にはもうつきあいきれない、と言いたいのだ。そして次の瞬間、母はわっと泣きだした。トロピコを去るとき、母は泣かなかった。マンザナーの強制収容所に着いたときも泣かなかった。けれどもその日、わたしが眼のまわりに痣をこしらえて帰宅した日、母は何時間も泣きつづけた。

第十七章

それから数日間、ニューベリー図書館には顔を出さないことにした。眼のまわりの痣は、ドアに真正面から激突したと言おうと、洗面所で足を滑らせて転んだと言おうと、誰も信じてくれそうになかったからだ。腫れあがっているほうの眼のまわりは、腐りかけのスモモの色をした醜いガチョウの卵のようだった。鏡に映る自分の顔を眺めながら、今の自分の心もこの左右の眼のように、叩きのめされて傷だらけの部分と無傷の部分に二分されているような気がした。

共用廊下の公衆電話が何度も鳴っていた。アートがかけてきているような気がしたけれど、確かめるわけにもいかなかった。両親がこまやかに気遣い、つねにわたしの様子をうかがっていたからだった。ふたりのあいだで勤務時間を調整したようで、どちらか片方が必ず自宅に残っているので、アパートメントでひとりになる時間はまったくなかった。で、仕方なくベッドで上体を起こし、膝に〈シアーズ・ローバック〉の通販カタログを載せたまま、共用廊下で出る人もなく鳴りつづける電話の音に耳をそばだてて過ごすことになったわけだ。

痣になっていた部分は、二日間で眼に見えて回復した。紫色だったのが緑色になり、そこから傷みかけの果物みたいな薄黄色になった。少し化粧をすれば、ほとんどわからないと思う、ととりあえず母に言ってみたところ、だとしても仕事に行くのはもう一日様子を見てからにするよう、ぴしゃりと言い渡された。

気がへんになりそうだった。アパートメントの部屋に閉じこもっていてできることなど、高が知れている。手持無沙汰のあまり、とうとう会葬御礼のカードの残りをありあわせの赤い糸で綴じて帳面もどきをこしらえ、それに何ページも日記のようなものを書き連ねた。父は職場から毎日『シカゴ・デイリー・トリビューン』紙を持ち帰ってくるので、どの紙面も隅から隅まで眼を通した。その日の注目記事は一面に載っていた、市内の病院で働く看護見習いに取材した記事で写真も添えられていた。わたしは写真に眼を凝らし、写真のしたについていた説明文で写真に写っている女の人たちの名前を確かめた。写真に写っている女の人たちは全員ハクジンだったけれど、いつかわたしもこの人たちに交じって看護見習いとして働くことはできないだろうか、と思うともなく思った。

両親と三人で夕食の席につき、母のこしらえた脂身の多い豚肉とジャガイモを煮込んだオカズがほとんどなくなり、深皿に残っているのは煮汁だけになったころ、玄関のドアをノックする音がした。わたしたちは思わず顔を見あわせた。シカゴで暮らしはじめてから、誰かが訪ねてくることなんて一度もなかったからだった。

父が席を立って戸口まで足を運び「どちらさん？」と声をかけた。

「アートといいます。アート・ナカソネです。アキさんの友人です」

心臓が止まるかと思う、というのはこういうときのためのことばかもしれない。

父がこちらを振り向き、わたしに目顔で尋ねてきたので、わたしはうなずき、知りあいにまちがいないことを伝えた。父はドアを開けた。戸口のところにアートが立っていた。糊のきいたパリッとした白いシャツにチノパンツという恰好で、いつにも増して背が高く見えるような気がした。

「ミスター・イトウですね。お目にかかれて光栄です」アートは父の手を取り、しっかりと握手をしたあと、平べったい包みを差し出した。「心ばかりですが、干したイカを持ってきました。父がサウスサイドで食品の配達サーヴィスをしているもので」

父がとっさにどう応えていいかわからず、途方に暮れていたのも、今にしてみれば充分理解できる。アートは品がよくて、それなのに尊大なところはこれっぽっちもなくて人懐こかった。おまけに干したイカは、父がビールで咽喉を潤すときの大好物のつまみでもあった。

母は慌てて髪をなでつけながら椅子から立ちあがり、「まあまあ、こんなところにようこそ」と言った。「お会いできて嬉しいわ」

「アキのことが心配で押しかけました。風邪をひいた、とニューベリー図書館の同僚の人たちから聞いたもので」

「もう大丈夫。ほとんどいつもと変わらないぐらい」わたしは左眼が髪で隠れるよう顔の向きを微妙に変えながら言った。その日の朝、ためしにメイクをしてみた自分の先見の明に感謝した。

「それじゃ、ふたりで話したいこともあるでしょうから」母はそう言って父の腕を引っ張りながら、ダイニングルームから寝室に引っ込んだ。そのあと、ふたりしてダイニングルームとのあいだのドアにへばりついて聞き耳を立てることになるにちがいなかった。

わたしはアートに椅子を勧め、テーブルに出したままになっていた夕食の食器をさげはじめた。

「ごめん、こんなふうにいきなり押しかけてきて。何度電話しても、誰も出ないもんだから。玄関まえの階段にたむろしてる女の子たちに、何階に住んでるか教えてもらった」

「ううん、謝ってもらうことじゃない。訪ねてきてくれて嬉しいし」テーブルのうえが片づいたところで、電気コンロでコーヒーを淹れはじめた。「具合が悪くて電話にも出られなかったの。でも、心配するような病気じゃないし、もうすっかり元気だし」

コーヒーができあがったところで、目下わが家にあるなかでいちばん上等な、つまりどこも欠けていないコーヒーカップとソーサーを取り出してコーヒーを注いでお客さまにお出しした。このところ砂糖の配給が滞っていてわが家の在庫もゼロに近かったけれど、ありがたいことにアートはコーヒーはブラックで飲む派だった。

しばらくのあいだはどちらも口数が少なく、当たりさわりのない身のまわりのことを話題にぽつりぽつりとことばを交わした。アートが夏学期に受講している編集者養成のためのライティング講座のこととか、アートの妹が秋になって新学期が始まったらチアリーディング部の入部テストを受けたいと思っていることとか。

「今度の金曜日なんだけど、わが家の夕食に招待したいと思ってるんだ」意を決したようにアートが言った。

「ええと……」わたしはいくらか戸惑った。わが家の夕食に招待したいという言い方に、気軽に答えられないものを感じたからだった。わたしたちのつきあいは真剣なものだという意思表示だろうか？　なにしろ経験のないことだった。こういうことに関しては、いわゆる晩熟で経験もめっぽう乏しく、おまけに相談できるような人もまわりにほとんどいないのだ。

「と言ったって、お洒落なご馳走が出てくるわけじゃないよ。これまで後生大事に溜めてきた配給の切符を使って、母がビーフストロガノフをこしらえるらしいんだ」

ビーフであろうとなかろうと、ストロガノフなるものは一度も口にしたことがなかった。わたしにとっては充分お洒落なご馳走だった。

「どう、来られそう？」椅子に坐ったまま、アートは身を乗り出した。アートの顔がわたしの鼻先から五センチの距離まで近づいた。思わず手を伸ばして頬に触れ、そのままキスをしたくなった。アートのほうも右手の人差し指でわたしの手の甲をそっと優しく撫ではじめたので、たぶん同じように感じているのだろうと思われた。

「うん、そうね、行かれると思う」

アートは口元を大きくほころばせて立ちあがった。行かれると答えたことでそんなに喜んでくれるとは。それだけでわたしは有頂天になりそうだった。

アートが帰ったあと、ドアの把手（とって）がまわる音がして、寝室との境のドアがそろそろと開いた。

ダイニングルームに出てくる母の足取りが、いつになく軽やかだった。それを見て、〈アロハ〉で騒ぎを起こして以降、母はわたしの先行きを心配していたのだと気づいた。あんな騒ぎを起こした以上、未婚の娘としてのわたしの評判には傷がつき、婚期も遠のくどころか永遠に失われたのではないか、と気を揉んでいたのだ。ところが、今日、わが家の玄関先に、アート・ナカソネというハンサムで礼儀正しい好青年が現れた。なにもかもだいなしになったわけではなかった、と安堵（あんど）したのだろう。

「お父さんが食料品店を経営しているのよ」と母が父に説明した。

「というか今はまだ食料品の配達サーヴィスなんだけど」わたしは母のことばを訂正した。いずれは自分の食料品店を持つ、というのがアートのお父さんの目標で、今はその準備を進めているところなのだ。アートと何度も電話でおしゃべりをしていて、だんだんに知ったことだった。もともとは短距離のトラック運転手の仕事をしていたことや、関節炎が徐々に悪化してきていると診断されたことも、今後症状がさらに悪化し、今の仕事が体力的にも続けられなくなるまえに自前の事業を起こそうとしていることも。

そんなふうに新しいことに挑戦できるというのは、わたしにはとても尊敬できることに思えた。父にはそこまでの柔軟性がなかった。融通がきかない人なのだ。考えてみると、うちの両親もわたしも、いったんこうと決めるとおいそれとは考えを変えないたちなのだ。そう、トロピコで暮らしていたあいだは、変えなくてはならない理由がなかっただけなのだ。

気がつくと、金曜日になっていた。当日までに〈ビューティ・ボックス〉に立ち寄ってペギーに髪をセットしてもらいたかったけれど、その時間がなかった。訪問に際してナカソネ家にオミヤゲを持参しなくてはならないので、母とふたりでなにがいちばん好印象を与えるか、考えに考えていたからでもある。手土産の定番はチョコレートだろうけれど、この暑さでは溶けてしまうし。なによりも戦争が始まって以来、わたしたちにはおいそれと手の出ない値段になってしまってもいた。ミスター・ナカソネは食料品関係の仕事に従事しているわけだから、こと食べるものについては上等なものを手に入れることだってできるにちがいなかった。そんなこんなで最終的に、レース編みのドイリー（テーブルに出す皿や花瓶のしたに敷くレースなどの敷物）のセットにすることにした。母が夜になると時間を見つけてこつこつと編んでくれたのだ。自分でもひとつ編んではみたものの、とてもじゃないけれど他人（ひと）さまに差しあげられるようなものにはならず、そそくさとほどいてなかったことにした。母の手で編み上げられたドイリーを、ブルーのハンカチで包んで赤いリボンをかけた。

着ていくものについても、なにを着ていけばいいのか、見当がつかなかった。気負い過ぎた感じになるのは避けたかったので、いちばん上等な、姉の葬儀のときに着た黒いワンピースは選択肢から除外した。母はベッドのしたに押し込んでいた姉のスーツケースを自ら引っ張り出してきて、いそいそと掛け金をはずし、なかに詰め込まれていた姉の衣類を残らず取り出して並べた。そこまでするほど、わたしの衣装選びに本気になっている、ということでもあった。わたしの眼は、まっさきにあの折り鶴柄のワンピースに吸い寄せられた。とはいえ小さいものではあるけれど、しみがついてしまっている。それ以外にも、それほど派手ではなくて、わたしでも着られそうなものがあった。しばらくまえに、ロイがどこからか貰いうけたドレッサーを運んできてくれて――それをエレヴェーターのない四階のわが家まで父とふたりで四苦八苦しながら運びあげ、寝室に入れたあと、母はうえから二段目の抽斗をわたし用に割り当ててくれたのだけれど、わたしと一緒にスーツケースに詰めてあった姉の衣類を一枚ずつ検分しながら、その二段目のわたし用の抽斗にしまいはじめた。なんだか、姉の占めていた場所をわたしが占めるようになることの象徴のような気がした。

悩んだ末に、わたしは背中にファスナーのついたグレイのワンピースを選んだ。慎ましやかでありつつ、着ている人の身体の線をきれいに見せてくれるデザインだったからだ。もちろん、アートのご家族にはいい印象を持ってほしいというのが正直な気持ちではあるけれど、その席には当のアートも同席するのだ。修道女みたいな恰好はしたくなかった。

アートは当日六時ちょうどに迎えにきた。今回は母に花束を用意してきていた。花束を受け取った母は、そのままとろけてしまいそうだった。薄葉紙に包まれた花束ひとつでそこまで陶然となるとは、傍で見ているこちらが気恥ずかしくなった。アートは父にもまた干したイカを持ってきていた。こちらも仕事から帰宅した父の心を、がっちりつかむことまちがいなしだった。

ナカソネ家の住まいは、シカゴではよく見かけるブラウンストーン造りのタウンハウスが並ぶ通りにあった。木造の二階建てのちょっと古びた建物で、両隣はどちらも煉瓦造りの建物だったが、ロサンゼルスなら当然あるはずの、家と家とのあいだの空間がまったくなかった。シカゴでは家の窓からそとを眺めると、隣の家の壁しか見えないか、もしくは隣の家の窓から屋内（なか）をのぞき込むことになってしまいそうだった。

アートはトラックを庭先に乗り入れて停め、ふたりして網戸で囲まれた玄関ポーチに向かった。アートが玄関のドアを開けた瞬間、大騒ぎになった。奥から雑種犬が飛び出してきて、少なく見積もっても五十キロはありそうな巨体でアートにのしかかり、次いでわたしに飛びついて、ものすごい勢いで顔をなめまわそうとしたのだ。「デューク、やめろ」アートは犬をなだめながら首輪をつかんで引きはなそうとしたが、犬のほうもなんとしても熱烈歓迎せずにおくものか、とばかりに意地になってのしかかってくる。わたしはそのまま尻もちをついて、笑いころげずにはいられなかった。数秒後、今度は白い小型のプードルが、飛び跳ねるように駆け寄ってきた。この愉しそうな大騒ぎを見逃すわけにはいかない、とばかりに。さらに奥のほうで鳥がにぎやかにさえずっているのも聞こえた。

そこにアートと同じく実直そうで屈託のない顔をした女の子が仔猫を、新生児を抱っこするときの要領で肩につかまらせるようにして抱きながら近づいてきて、「ようこそ」と言った。「アートの妹のロイスです。ああ、それからこの子はクロケット」

わたしは白黒の仔猫の背中を撫でた。仔猫は「にゃあ」と応え、歓迎の挨拶代わりに前足でパンチを繰り出してきた。

ナカソネ家はゆったりとしていて、整理整頓が行き届いているというよりも居心地のよさが感じられるほどよい散らかり具合で、鮮やかな色があちこちに散っていた。わたしたちのわびしく味気ない住まいとは対照的に、生気にあふれていた。トロピコで暮らしていたころのわたしたちの暮らしぶりを思い出させた。

そうこうするうちにアートのお母さんが、丈の長い花柄のエプロンで手を拭きながら居間に出てきた。白いものの交じる豊かな髪をうしろに撫でつけ、すっきり額を出し、眼鏡をかけていて、にっこりすると両頰にえくぼがくっきりと浮かんだ。「ようやく会えて嬉しいわ」と言ったとき、しゃべり方になまりらしいなまりがないことに気づいた。ナカソネ家のの人たちはハクジンや黒人に交じって生活しているからかもしれなかった。「アートが話すことといったら、一にアキ、二にもアキ、三四もアキ。もう口を開けばあなたのことばかりな

「そんな、まさか……？」

アートの顔が見る見るうちに赤くなった。耳の先まで赤くなっていた。

「今日はお招きいただき、ありがとうございます。これはほんの心ばかりのものですが」と言ってドイリーの包みを差し出した。

アートのお母さんは、ありがとうのことばと共にオミヤゲを受け取り、わたしをダイニングルームに案内した。奥行きのある空間で、化粧板張りの間仕切りの向こうは居間になっているようだった。さまざまな食料品や品物名を印刷した段ボール箱が——乾麺だったり、米菓だったり、干しイカだったりの箱が、所狭しと積みあげられていた。食料品と段ボール箱の山のあいだにソファがあって、そこに白髪交じりで頭頂部が薄くなりかけた初老の男の人が、膝にクリップボードとそろばんを載せて坐っていた。

「お父さん、アートのお友だちがいらしたわよ」とミセス・ナカソネがひと声かけてダイニングルームの奥の、たぶんキッチンだろうと思われるところに姿を消した。

「おっと、これは失礼。よく来たね」アートのお父さんは老眼鏡越しにわたしを見ながら言

った。

わたしは笑みを浮かべ、小さく頭をさげるだけにしておいた。仕事の邪魔をしたくなかったので。

アートが引いてくれた椅子に、わたしは腰をおろした。テーブルには六人分の席が用意されていた。テーブルクロスは、オレンジ色のかぼちゃ（パンプキン）と緑色のうりかぼちゃ（スクワッシュ）とカエデの葉をモチーフにした柄で、季節はずれの感謝祭っぽかった。それぞれの席に白いお皿とクリスタルのグラスが置かれていた。六名分のお皿がばらばらではなく揃っているということに、なんだかとびきりの贅沢をしている気分になった。

「お父さん、夕食ですよ」ミセス・ナカソネが夫に声をかけた。

アートがわたしのグラスに水を注ぎ、わたしの背後にいる人物を身振りで示しながら言った。

「こちらはぼくの伯母のユーニス」

振り向くと、びっくりしたことに皺だらけのハクジンのお婆さんが立っていた。

「アキです――」慌てて立ちあがって自己紹介をしながら片手を差し出し、握手を求めた。ユーニス伯母さんはわたしの差し出した手を握るかわりに、わたしをすばやく抱き寄せると、わたしの耳元で「こんな美人さんだったのね」と囁いた。わたしはなんと答えていいかわからず、しばらく口がきけなかった。

ミセス・ナカソネがロールパンを盛った陶製のボウルを運んできた。「ユーニス、アキが恥ずかしがってるじゃないの。だけど、ほんとよね。アキはじつにチャーミングだもの」

〝美人さん〟に〝チャーミング〟？　そんなことを言われたのは、生まれて初めてだった。

夕食はストロガノフ風の煮込み料理に、日本式に炊いたライスとなんとキャベツを使ったこれまた日本式のツケモノまで用意されていた。ちなみにストロガノフ風の煮込み料理はとてもおいしかった。そんなふうに食べ物がたっぷりと気前よく盛りつけられている様子に、わたしはトロピコで暮らしていたときのことを、並びきらないほどのオカズが並んでいたわが家の食卓のことを思い出した。どのオカズも、市場で買ってきたとびきり新鮮な野菜や魚介類でこしらえたものだった。ナカソネ家の暮らしぶりを目の当たりにすることで、わたしの以前の暮らしの断片が次から次へと甦ってくるようだった。あのころの暮らしに戻れる日は来るのだろうか、と誰にともなく胸の奥で問いかけた。この先、いつか、誰かのおさがりの不揃いな食器なんかではなくて、自前のちゃんとセットになったお揃いのお皿で食事ができるようになるのだろうか？

「ストロガノフはお口にあわない？」ミセス・ナカソネに言われて、わたしははっとわれに返った。

言われてみればもっともだった。ミスター・ナカソネは早くもつけあわせのエッグヌードルのおかわりをしているところなのに、わたしのお皿の料理はまだ半分以上も残っていた。

「まさか、とんでもない。とてもおいしいです。それでちょっとうちのことを思い出してしまって。シカゴのアパートメントのことじゃなくて、以前に住んでいた家のことです。ロサンゼルスの」

「カリフォルニアでは、野菜も果物も立派なものが豊富にあったんでしょうね」とミセス・ナカソネは言った。

夕食を愉しんでいることを伝えたくて、わたしはスプーンに山盛りになるほどストロガノフをすくって口に運んだ。

「西海岸の農業は日系人が掌握してた。政府としてはそれを取りあげたかったんだろうね」アートはわたしのまえでは政治的な発言はまずしない。そんな踏み込んだ発言は初めて聞いたけれど、わたしたちの立場を理解してくれているようで、わたしは大いに安堵した。

日系人を締め出すための軍事立入禁止地域の線引きは、その決め方におよそ一貫性がなく、アリゾナ州フェニックスのように街そのものが半分に分断されたところもあった。そもそも境界線のこちら側のイッセイやニセイが反対側のイッセイやニセイよりも国家に対してより忠実である、となにを根拠に決めたのか。農業や漁業に従事し、それらを豊かに発展させてきたわたしたち日系人が、潤沢な収益をあげている事業を捨ててその地を去るよう強制されることになったのは、たんなる偶然では片づけられない、と父もつねづね口にしていた。

ユーニス伯母さんがツケモノを自分の皿に取り分けた。

「お箸が使えるんですね？」わたしのその発言は失礼だったかもしれない。失礼なことを言うつもりは毛頭なかったけれど、正直とても意外だったのだ。

「わたしがハクジンなのに？」ユーニス伯母さんはそう言うと、口のなかの噛みかけのキャベツが見えそうなぐらい大きな口を開けて豪快に笑った。

そして、これまでどんな人生を歩んできたのかを、かいつまんで話してくれた。ユーニス伯母さんは、ギリシアからアメリカに移住してきた家庭で生まれ、ミスター・ナカソネの兄のレン、つまりは日系一世の男と結婚した。そのため数年のあいだアメリカの市民権を停止されていたのだ。

「信じられない」と思わずわたしはつぶやいた。

ユーニス伯母さんもうなずいた。「女性の参政権獲得のために同じ考えを持つ人たちと一緒に戦ってきたのよ。だけど、わたしは投票すらさせてもらえなかった。特別法が採択されて、法律がいくつか改正されて、それでようやく今年のはじめに市民権を取り戻せたの。レンが生きててくれたらって思ったわ。見てもらえなかったのが残念でならない」

ストロガノフのおかわりを勧められて、おことばに甘えてよそってもらっていたとき、テーブルのしたで足首のあたりを押してくるものがいた。見ると、さっき玄関に飛びだしてきた白い小型のプードルが、おこぼれを催促しているのだった。

「ポリー、お行儀の悪いことしないの！　ごめんなさいね」右隣の席のロイスが言った。

「ううん、気にしないで。動物は大好きだから」とわたしは言った。「収容所にもペットがいたのよ。監視員が見て見ぬふりをしてくれたから。たぶん動物好きの人だったのね」

「カリフォルニアで暮らしてらしたころ、お父さまはどんなお仕事を？」とミセス・ナカソネが言った。

「ロサンゼルスで青果卸店の店長をしていました。ロサンゼルスでも大きなお店のひとつだったんです」と言ったとたん、わたしは猛烈に恥ずかしくなった。常日頃から両親に、ほかの人のまえでエバルものではない、と言われていたからだ。とはいえ、そう言っている母自身、わが家のなか限定で、エバリちらしているのだけれど。「でも、それは以前はそうだった、というだけのことで。今はこれをしていると言えるようなことはなにも」

ナカソネ家の人たちには、それ以上のことを根掘り葉掘り訊いてこないだけの配慮と思いやりがあった。「こういう世の中だもの、それぞれが果たすべき役割を果たすしかないわよね」とミセス・ナカソネが言った。

「そう、シカタガナイだよ」それまで黙っていたアートのお父さんが言い添えた。

「アキはニューベリー図書館で働いているんだ」向かいの席のアートがテーブル越しににっこりと笑いかけてきた。

「そうなんですってね」ミセス・ナカソネがエンドウ豆をひとすくい、自分の皿によそいながら言った。「すてきなところよね、あの図書館」

「ええ、働けることになって、ほんと、運がよかったと思っています」

「今のお仕事をこの先もずっと続けていきたい？　図書館司書を目指しているの？」

「看護学校で勉強したいと思っているんです」と言う自分の声にわたし自身が驚いた。それでもそうやって口に出してみると、それは以前から心のどこかで思いつづけていたことだったと気づいた。

「それは知らなかったな」アートはそう言って、片方の眉を吊りあげてみせた。

「じつはそうなの、ずっと考えてたことなの」

「いい考えだと思うわ」とミセス・ナカソネは言った。「ミスター・ヨシザキの姪御さんもリトルイタリーにあるマザー・カブリーニ病院付属の看護学校に通うことになったそうでね。教育奨励制度があるから、授業料も全額免除になるらしいの」

「日系人でも……」胸の奥で希望が頭をもたげるのを感じた。めったに動かない心がかすかに動き、抱くことさえ恐れていた思いが熱く切実にあふれてくるのを。

ユーニス伯母さんが口のなかのものを飲みこんでから言った。「ところで、どんなところだったの、強制収容所って？」

「ちょっと、伯母さん！」ロイスが悲鳴のような声をあげた。エッグヌードルを慎重に巻き取ったフォークが、口の手前五センチのところでぴたりと止まっていた。

ユーニス伯母さんは、姪の指摘などどこ吹く風のようだった。「だって知りたいじゃないの。キイチロウが配達にまわれるよう、向かいのうちのベティが食料品の仕分けの手伝いに通ってきてるけど、あの子じゃ、若すぎてなにも知らないのよ。おまけに政府のプロパガンダときたら、収容所では誰もが笑顔で暮らしてる、だもの」

　胸の奥に鈍い痛みが拡がった。

「しゃべりたくないことはしゃべる必要ないよ」とアートが言った。

「ううん、気にしないで、大丈夫だから。ひどい状態でした、着いたときから」とわたしは言った。「バラック小屋がようやく建ったばかりで、なかにはなにもなくて。寝るのにも、まず藁を詰めてマットレスをこしらえなくちゃならなかったんです」

「それにトイレには仕切りがなくて丸見えだったんですって?」とユーニス伯母さんが言った。

　わたしはうなずいた。「それでもじきに、〈シアーズ・ローバック〉のカタログでいろいろなものを注文できるようになりました。家を離れるときに倉庫に預けてきたものを、友人とか古くからつきあいのある近所の人たちとかに頼んで届けてもらったりもできるようになったし」それでも以前の生活の出来の悪いイミテーションにしかならなかったことは敢えて言わなかった。収容所内には確かに、屋外にバスケットボールコートや庭があって、囚われの身の暮らしを極力、普通の暮らしに近づける努力がなされてはいたけれど、ある意味ではじつはそうしたものの存在によって、わたしたちは囚われの身だということを却って強烈に意識させられた、ということも。

「なにより辛かったのが、先行きがまったく見通せなかったことでした。わたしたちはそれまで住んでいたところを追われ、それまで慣れ親しんでいたものをなにもかも取りあげられたも同然でした。順応なんて、そんな簡単にできません。戦時転住局(WRA)の広報用の写真は、わたしも見たことがあります――姉も写っているんです。だけど、写真には気持ちは写りません。わたしたちがどう思っていたかまでは。わたしたち自身、自分たちの気持ちに無頓着にならざるをえませんでした」

わたしたち日系人を敵視するアメリカ人たちに、みじめな姿は見せられない――わたしたち誰もがそんなふうに思い詰めていた。写真を撮られるときには、そのとき望みえる最高の姿で写るべく、こざっぱりとした恰好に着替え、髪型も整え、口紅をぬりなおすのだ。

姉が写っている写真は、食堂で昼食を食べたあとに撮影されたもので、オーウェンズ・ヴァレー名物の風に前髪がふわりと浮きあがって、広い額と形のいい眉がのぞいた瞬間がおさめられていた。

「お姉さまのこと、聞きましたよ。なんと言っていいのか、ことばもないわ」ミセス・ナカソネが言った。ロイスはそっと席を立って、テーブルの食器をさげはじめた。

咽喉元までせりあがってきた涙のかたまりを、わたしはごくりと飲み込んだ。ここで泣いたら駄目と自分に何度も言い聞かせた。

アートはお母さんの発言に困惑しているようだったけれど、わたしは気にしていなかった。というよりも、姉が亡くなったことをみんなのまえではっきりとことばに出してくれたことで、ある意味ではむしろほっとしていた。なにごともなかったふりをすることに、いい加減うんざりしていたから。

夕食後、わたしたちはミセス・ナカソネの〝若い人は若い人たち同士で〟との提案に従い、ポーチに出て椅子に腰かけ、しぼりたてのレモンでこしらえたレモネードを飲んだ。

ポーチにはぐるりと網戸がめぐらせてあって、虫が入ってこないようになっていた。わたしの脚は虫刺されの跡だらけだったけれど、あまり気にしていなかった。ニセイの女の子が脚を出すと、誰の脚もたいてい似たようなものだったし。

「お母さん、お若いのね。うちの母よりもずっと若いと思う」とわたしは言った。アートとわたしはふたり掛けの籐椅子に並んで腰をおろし、ロイスは仔猫を膝に載せてロッキングチェアに身を預けていた。

「ニセイだからだと思うよ」

「そうなの?」意外だった。日系人の友人はたいてい、日本から移住してきたイッセイの両親から生まれている。ミスター・ナカソネも日本の山口県出身のイッセイだ。

「母はこっちで生まれたから。だから父と結婚したとき、ユーニス伯母のように市民権を剝奪されたんだ。母の場合は、比較的早く取り戻せたけれどね」

「どうして？」

「ニセイの女たちが黙ってなかったから。日本人と結婚した者を排除する法律を改正させたんだ。制度が完全に撤廃されるまで五年ぐらいかかったけど」アートは乾杯するようにわたしに向かってレモネードのグラスを掲げた。「そう、ニセイの女に喧嘩を売るもんじゃない」

わたしもアートにならってレモネードをひと口飲んだ。さわやかな酸味のあと、グラスの底に溶けずに残っていた砂糖の甘味が加わった。

「ちょっと待って」とわたしは言った。「お父さんがイッセイで、お母さんがニセイってことは、その子どものあなたは何世になるの？」

「さあ、何世かな。二・五世？　よくわからないよ、自分をなにかのカテゴリーに当てはめてみたことがないから」

それはだいじなことのように思えた。わたしもこれからは自分をなにかのカテゴリーに当てはめて考えるのはやめることにした。

そんなふうにアートと並んでポーチの籐椅子に坐り、レモネードを飲みほし、ロイスの膝のうえでクロケットが満足そうに咽喉を鳴らすなか、虫刺されの心配なく網戸のこちら側で虫の音に耳を傾けているのは、なんとも言えず心安らぐひと時だった。そんな安らぎを感じるのは、ほぼ三年ぶりのことだった。「わたし、あなたの住んでる街が好きよ」とわたしはアートに言った。

「おやおや奇特な人もいたもんだ。そんなことを言う人はめったにいないよ」

「人が根をおろして暮らしている場所って感じがするの。ほんとうの意味で。クラーク・アンド・ディヴィジョンのあたりはただの通過駅みたい。誰もが通り過ぎていくだけで定着しない」

「うん、そうかもしれないね。あの界隈は収容所から移住してきた人たちが多いから。受け入れ先が限られてるせいだよね」アートは家のまえの通りの先のほうを指さした。「フィリスはその通りの先の向かい側の、庭付きの家に家族と一緒に住んでる」

夕陽がまぶしくて眼を細くしながら、わたしは通りの先を見やった。ブラウンストーン造りの住宅が、隊列を組んだ兵士のようにずらりと並んでいた。四角い芝生に金網フェンスをめぐらせた家がフィリスの家なのかもしれなかった。

しばらくしてミセス・ナカソネがポーチに出てきて、アートに伝言を頼まれたと言った。

「共済会のヨシザキさんから電話があったの。今夜の集まりにお父さんを送っていくつもりが、車のバッテリーがあがってしまって身動きがとれないそうなの。ふたりを送っていってくれないかしら？」

わたしは腰を浮かせた。「それじゃ、わたしもそろそろ失礼します」

「そんな、まだいてよ。三十分ぐらいで戻ってくるから」とアートが言った。ミセス・ナカソネもわたしを引き留めた。「そのあいだはロイスがお相手するわ」

日系人は三名以上の集団になってはいけない、という規則がシカゴ共済会にも適用されている、という話を以前にアートから聞いたことを思い出した。ということは、今夜の集まりというのも極秘の集会にちがいなかった。ならば、わたしは極秘情報の一端を——わたしたちのような家族が中西部の自由な地域に再定住するため、必要な手助けを提供するイッセイの人たちの秘密組織の動向に関する情報の一端を、耳にしたことになる。そう考えると少しわくわくした。

アートはミスター・ナカソネとピックアップトラックに乗り込んで出かけていった。ロイスはロッキングチェアに坐ったまま、クロケットを撫でていた。黙って坐っていることが苦手ではないところも兄のアートに似ているようだった。しばらくのあいだ、わたしもロイスにならった。

陽が傾き、空が黄昏色に染まりはじめるなか、ポーチの網戸越しにまえの通りを眺めるともなく眺めた。作業服姿の黒人の男の人たちがランチボックスを提げて重い足取りで家に向かっていた。自転車に乗った子どもたちが、大声で呼び交わしながら通りを走り抜けていくのが見えた。ニセイの女の人の二人連れが歩道を歩いているのも。ひとりはもうひとりよりも明らかに年長で、ふたりとも同じ家に向かっているようだった。

そのふたりに気づいて、ロイスが手を振った。ふたりとも足を止めるでもなく、挨拶をするでもなく、年下で背の低いほうの女の子が、力なく手を振り返してきただけだった。

「彼女、クラスメイトなの。ベティっていうんだけど。隣にいるのはお姉さんのエレイン。あの緑色のアパートメントに住んでるの」わたしたちはそのまま、ふたりが通りを渡るのを眼で追った。「ベティには夏休みのあいだ、父の仕事を手伝ってもらっているんだけれど、このところずっとお休みしてるの。具合があまりよくないってことで」

いくつもの考えが目まぐるしく交錯した。このあいだアートが言っていたのはあの子のことだったのかもしれない。製菓工場の荷下ろし場のところでマージとほかのニセイの女の人たちがしていた話だと、襲われた女の子はふたり姉妹の妹のほうと言っていたはずだ。ベティという名前を聞いた覚えもあった。

「ひょっとして、あの人がこのあいだ――」その先を口にするのがためらわれた。なにしろロイスはまだティーンエイジャーなのだ。と思ったけれど、杞憂というものだった。言わんとしたことを察して、ロイスは黙ってうなずいた。

「仔猫を見せてあげたら歓ぶんじゃない？」とわたしは思いついたことを言ってみた。

「ううん、無理だと思う。そっとしておいてあげたほうがいいって兄にも言われてるし」

「クロケットのかわいい姿を見るのは、気分転換にもなるし、元気も出るんじゃない？　うちで飼ってた犬のラスティもそうだった。辛いことや哀しいことがあったとき、ラスティのおかげで元気が出たし」少なくとも最後の部分は嘘ではなかった。「訪ねてみない？　長居するんじゃなくて、ちょっと寄るだけ。近所に住んでるクラスメイトなんだもの、わたしだったら訪ねてみるな。元気になってほしいもの」なんとしてもあのふたりに会うつもりだった。ベティという女の子とローズとを結びつけるものがなにかあるはずだ。それを見つけるためにも、なにがなんでも会わないと……

ロイスはしぶしぶながら同意した。罪悪感がちくりと胸を刺したが、気にしないことにした。

ロイスによると、姉妹はアパートメントの一階に住んでいるとのことだった。わたしはロイスと一緒に姉妹の部屋に向かった。ドアの塗装が剝げかけていて、横の壁に郵便受け代わりにパイの焼き皿が釘で打ちつけてあった。

ロイスは遠慮がちにノックした。「わたしです、ロイス・ナカソネ。うちで仔猫を飼うことになったんで連れてきました。ベティに見せたら歓んでくれるかなって思って」

玄関のドアが細めに開いた。「こんばんは、ロイス」姉のエレインが言った。「あいにくだけど、今はそれどころじゃないと――」

「仔猫？ 見せて。見てみたい」部屋の奥からかぼそく、うわずった声がした。

「じゃあ、ほんの少しだけよ」エレインはドアを開け、わたしたちをなかに通した。色褪せたピンクの壁紙の、ひと間きりのアパートメントだった。ドアや壁のフックにも、配管のパイプにも服がかかっていた。簡易キッチンにはガスコンロ一台に、あまりきれいとはいえない古びた小型の冷蔵庫（アイスボックス）がひとつ。そばのローテーブルが食器棚代わりになっていて、お皿が何枚か、台所用品がいくつか、鍋とフライパンがひとつずつ、それぞれの種類ごとにわけて置いてあった。洗面所も浴室も見当たらないので、ほかの住人と共同の炊事場と浴室を使っているのだと思われた。

仔猫を見たとたん、ベティの蒼白い顔がとたんに明るくなった。暗褐色の髪はうちで切ったのか、額にかかる前髪の長さが不揃いだった。どう見ても幼くて、ほんの子どもにしか見えなかった。気丈で芯の通ったローズとは、まるでタイプが異なった。姉とベティの共通点は、ふたりともニセイの若い女で、生まれ育った土地から遠く離れたところで暮らしていることぐらいしかなさそうだった。

ベティとロイスはひとつしかないベッドに腰をかけて、毛糸の切れ端でクロケットをじゃらしていた。

「アキといいます」とわたしは自己紹介をした。「アートの友だちです」

エレインはウェーヴのかかった髪をゆるくひとまとめにしていた。エレインも名前を名乗った。文字どおり坐る場所もなかったので、その場に立ったまま話をした。

「おふたりはどちらの収容所に？」とわたしは尋ねた。

「ミニドカにいたの、アイダホ州の。そのまえはキャンプ・ハーモニー（日系人を本格的に転住させるために建設中のアメリカ国内十ヵ所の収容所の建設が終わるまで、短期間日系人を収容するために作られた臨時の集合所のひとつ）」

「それもアイダホ州に？」キャンプ・ハーモニーという名前からして、アメリカ国内十ヵ所に設けられたほかの収容所よりも快適な環境のように思われた。

「ううん、シアトル郊外のピュアラップにあって、もとは屋外の催事会場だったところ。わたしたちはまず、その〝集合所（アセンブリセンター）〟に送られたの」

わたしたち家族は直接マンザナー収容所に向かったことで、仮収容施設には入らずにすんだけれど、おもに競馬場や遊園地や屋外の催事会場が間に合わせの収容先に転用されたのだ。シアトル郊外の〝集合所（アセンブリセンター）〟に送られた、ということは姉妹はシアトル在住だったということだ。「じつはスポケーンに親戚がいるんです」とわたしは言った。「シアトルに近いんじゃありませんか？」

「同じワシントン州だけれど、シアトルが西のはずれだとしたら、スポケーンは東のはずれね」とエレインは言った。嫌味な言い方ではなかった。故郷の州について話すのを、太平洋岸側の大都市と目路の限りトウモロコシ畑がつづく内陸部のちがいについて説明するのを愉しんでいるようだった。

「ひょっとして、あなた、ローズの妹さん？」しばらくしてエレインはわたしの顔をまじまじと眺めて、似ているところが見つかったとでもいうように言った。「お姉さんのこと、なんとお慰めしていいか……」

「ええ、辛くないと言ったら嘘になります」

「そうでしょうね、お察しします」

「姉は自殺したんじゃありません」わたしはひと言つけくわえた。「自殺したと思われていることは知っています。でもちがうんです」わたしは両手をぎゅっと握り締めた。飛び込み台から深くて暗いプールに飛び込もうとしているように。「姉は何者かに暴行されているんです。地下鉄に撥ねられて亡くなるまえに」

エレインは眼を大きく見開いた。琥珀(こはく)のような薄茶色の虹彩(こうさい)をしていた。

その時点で、わたしはすでに飛び込み台からジャンプしてしまっていた。後戻りはできなかった。「被害者は姉だけではありません。ほかにも襲われた人がいるんです」わたしはベティのほうにちらりと眼をやった。

エレインは燃え盛る炎に近づきすぎたかのように、すばやくあとずさった。わたしが言外になにを言おうとしているのか、はっきりと気づいていた。「そろそろお引き取りいただいたほうがいいと思うわ」とエレインは言った。刺々しくはなかったけれど、きっぱりとした口調だった。こちらの視線をとらえて真正面から見据えてきたので、本気で言っているのだとわかった。

「ロイス、そろそろおいとましないと」とわたしは言った。

「えっ、もう?」ベティは名残惜しそうだった。わたしたちが訪ねたことは、少なくともベティには歓んでもらえたのだとわかって、わたしは安堵の胸を撫でおろした。ロイスは逃げようとするクロケットをつかまえて立ちあがり、胸にしっかりと抱きかかえた。

「つい長居しちゃったわね、ロイス。そろそろアートも戻ってくるころだと思うの」

その場のぎごちない雰囲気に気づいたのか、ロイスはすなおに玄関に向かった。

わたしたちがそとに出たとたん、エレインはさよならも言わずにドアを閉めた。

まえの通りではキックボールの熱戦が繰り広げられていた。ナカソネ家のピックアップトラックが庭に乗り入れてあって、アートが歩道でわたしたちを待っていた。

「ベティのとこに行ってたの」とロイスは言って、クロケットを抱えなおした。

「ベティのとこ？」アートは眉間に皺を寄せて怪訝そうな顔をした。

「アキが思いついたの、クロケットを見せてあげたら元気になるんじゃないかって。でね、そのとおりだったの」

アートは困惑した面持ちでなにか言いかけ、途中で思いなおしてそのまま口をつぐんだ。わたしに対して初めて、信用できないと思ったようだった。それでも、そんな不安定な気持ちは、シカゴの灰色の雲と同様、あっという間にどこかに消えてなくなった。少なくともしばらくのあいだは。

第十八章

それからの何週間かで、わたしは〝つきあっている人がいる〟という新しい生活パターンに馴染んだ。土曜日の夜になると、アートとふたりで、あちこちのダンスパーティーに出かけていって、そのときどきで場所も主催者もいろいろだったけれど、たいてい行った先でイケやキャスリンやチヨやそのほかの知りあいと顔をあわせた。ルイーズは、〈アラゴン〉で出会った、ジョーイ・スズキという長身で内気なニセイとつきあいはじめていた。ジョーイは眼鏡をかけていて、もみあげを長く伸ばし、どう見ても先行き有望そうには見えないしょぼい口髭を生やしていて、スズキ牧師の甥っ子とのこと。わたしと同じロサンゼルスの出身で、通っていたコミュニティ・カレッジまで同じだったけれど、わたしが入学するまえの年に、社会科学の余暇研究で学位を取って卒業していた。

ある土曜日、バンドが休憩に入り、演奏が再開されるのを待つあいだ、いつもの顔ぶれでテーブルにつき、ソーダを飲んでいたときのことだった。イケは顔をあわせるたびにロイの近況を教えてくれるのだが、最新情報としてイタリア系の女の子にかなり熱をあげていて

〝首までどっぷりはまった〟状態で、その結果、トナイ家はそれこそ上を下への大騒ぎになっている、と知らされた。

「つまりロイはその人とつきあってることをお母さんに白状したってことでしょ？　信じられない」とわたしは言った。ロイの両親は揃って、うちの両親でもかなわないぐらいの、超がつくほど保守的な人たちだった。

「そのぐらい真剣だってことだよ。結婚を考えるぐらいに」

その場にいあわせた全員が、思わず息を呑んだ。

「おかげで連日連夜のように、トナイ家の誰かしらから電報が舞い込む。わが家の玄関のドアをノックするのは、いまやウェスタン・ユニオンの配達員ばかりだ」

「電報にはなんて？」とわたしは訊いた。

「ケッコンスルナヤ・メ・ロ」イケの答えに全員がどっと笑った。ロイはわたしにとって兄のような存在だから、みんなと一緒に笑ってしまったあと、ほんのちょっぴり胸が痛んだ。ロイとは製菓工場で偶然行きあわせて以来、会ってはいなかったが、あのとき以来、ロイにとってローズは親しくしていることを他人に見せびらかすためだけの存在で、ひとりの血の通った人間として向かいあっていたわけではないのではないか、という思いが拭えなくなっていた。

「それはそうと、このあいだの日曜日に教会で誰を見かけたと思う？」とルイーズが言った。

「なんとね、ハマー・イシミネ」

「嘘だろ?」とイケが言った。

わたしも同感だった。

「聖歌隊にも参加してるんだ」とジョーイが横から追加情報を提供した。

「正式なメンバーってこと?」とわたしは訊いた。

「伯父貴が言うには、そうらしい。レイクビュー界隈のハクジンのマダムのお宅のハウスボーイに雇われて、住み込みで働いてるって」

ハマーとは〈アロハ〉の店で言い争いになって以来、一度も顔をあわせていなかったことに気づいた。アートのことで頭がいっぱいで、それまでそのことに気づいてもいなかった、ということだった。

会話がとぎれたタイミングで、チヨと一緒に席を立って化粧室に向かった。チヨは数ヵ月のあいだに大変身を遂げていた。今ではダンスパーティーの常連で、太くて手入れをしていなかった眉は完璧な弓形に整えられ、赤い口紅をこまめにぬりなおすようになっていた。イケをめぐってあいかわらずキャスリンと張りあってはいたけれど、キャスリンのほうが一歩リードしていることは傍目にはよくわかった。

ダンスホールには女性用のトイレはひとつしかなく、鍵のかかったドアのまえでチヨとおしゃべりしながら順番を待った。

「アートっていい人ね」とチヨが言った。

「うん、そうなの」とわたしは言った。臆面もなく。思わず顔がほころんでいた。

「出会いは？」

姉の遺灰を埋葬したところを見ておきたくてモントローズ墓地を訪ねたときのことを話した。

「それからどのぐらい経つの？」

「二ヵ月になるかな」とわたしは言った。じつはその日でちょうど二ヵ月だった。それを教えてくれたのはアートだった。アートはわたしよりもずっとロマンティストだった。

「今度、両親がシカゴに移住してくることになって、で、ついこのあいだ、家族で住めるアパートメントがサウスサイドで見つかったとこなの」

「わあ、おめでとう、チヨ。よかったね。ほっとしたでしょ？」

チヨは肩をすくめた。「親がこっちに来たら、今みたいに自由気儘（きまま）に出歩けなくなりそう」

「たしかに。その点は微調整ってやつが必要になるかもしれないね」じつはうちでも両親とぎくしゃくしたり言い争いになったりすることがある、と具体的なことは省いてチヨに伝えた。

「あのね、今さらなんだけど、ローズのことで話していないことがあって、それが心に引っかかってるの」

チヨのことばのひとつひとつが、わたしの気持ちを激しく揺さぶった。ダンスホールのフロアのざわめきも、ホールの従業員がソーダの入った木箱を台車に積みあげる音も、その台車を売店まで押していく音も貫いて、ひと言ひと言がはっきりと明瞭にわたしの耳に届いた。「チヨ、その話、聞かせて」トイレの順番待ちの列に新しく加わった人が、コンパクトを開いてお化粧をなおしはじめた。「お願い、今この場で聞かせて」わたしは強引に食いさがった。この機会を逃したら、次にいつチヨと話ができるかわからなかったから。切羽詰まった口調になっていることは自分でもわかった。

チヨは声をひそめた。「ローズはどこかに行って、なにかをしてもらったんじゃないかと思うの。ものすごく痛い思いをしなくちゃならないなにかを」その〝なにか〟がなんのことか、チヨもわたしももちろんわかっていた。

心臓をぎゅっとつかまれたように胸が痛くなって、息ができなくなりそうだった。

「四月の終わりごろ、工場の仕事がいつもより早く終わった日があってね、アパートメントの部屋に戻ると、ローズがベッドに寝てたの。気を失ってるのか、ひょっとしてもしかしてってことまで思った。そのぐらい顔色が悪かったから。真っ蒼だったの、ありえないぐらい」

トイレを使っていた人がそとに出てきた。うしろで待っていた人に先に使ってもらうことにした。

「それで、チヨ？　それで？」もう一秒たりとも待てなかった。

「ローズのベッドはぐっしょり濡れていたの、大量の血で」

わたしはことばを失った。膝から力が抜けて、その場にへたり込みそうになった。ふっと気を抜いたら、そのまま失神しそうだった。

「救急車を呼ぶって言ったけど、止められた。大丈夫だからって。薬があるからそれを飲めば平気だって。血のついたシーツやなんかを洗うのだけ手伝ってほしいって言われて、それだけは引き受けたんだけど」バッグを握るチヨの手に力がこもったのがわかった。「そのあと、どちらもそのときのことにはけっして触れなかった。一度も口に出さなかった。わたしはたしかにイナカ者かもしれない。だけど、あれこれ考えあわせれば、あれがどういうことだったのかはわかる」

先にトイレに入った人が出てきたので、チヨに先に入ってもらうことにした。チヨが個室のドアを閉めたあと、わたしは両膝に手をついて屈みこんだ。鼓動が激しく、心臓が胸から飛びだしそうな気がした。息を吸うのも苦しかった。姉をそんな目に遭わせた人物がいた、ということだ。その人はそれがどういう結果を招きかねない処置かを承知のうえでやったのだろうか？

しばらくしてみんなのところに戻ったとき、アートだけはわたしのただならない様子に気づいたようだった。「大丈夫？」と言って、しばらくのあいだわたしの背中をそっとさすってくれた。

「うん、大丈夫」とわたしは言って無理やり笑みを浮かべた。

ありがたいことに、そのタイミングでイケが最新のエピソードを披露すると言いだしたので、わたしは黙ってそれに耳を傾けた。笑いころげるみんなに遅れること一分、わたしも笑いに加わったが、そのときにはもう笑えるほどのおもしろみはなくなっていた。


姉が中絶処置を受けたあと大量出血をしたことをチヨから聞いて以来、苦しい夜が続いた。朝になると、まぶしい陽光が射し込んできて、とっととベッドを離れて仕事に行きなさい、もしくは、アートと遠出をする約束だったでしょう、と急き立ててきた。夜になると、両親はベッドでいびきをかいているのに、わたしは隣のベッドで枕に頭を載せたまま、いくら眠ろうとしてもいっこうに眠れず、ゴキブリが床を動きまわる音を聞き、蛇口から落ちる水滴が流しを叩く音を聞き、壁の奥でネズミが走りまわる音を聞くことになった。そして、血まみれのシーツにくるまって苦しそうにうめきながら助けを呼ぶ姉の姿が浮かんでくるのだった。

わたしは怒り一色に染まっていた。やり場のない激しい怒りが全身の皮膚からしみこんできて、血流に乗って身体じゅうをめぐっていた。父や母がアートの家族のことを根掘り葉掘り訊いてくるのが鬱陶しくて、ときどきぴしゃりと言い返した。ニューベリー図書館に現れる〝リップ・ヴァン・ウィンクル〟教授が、あまりにもたくさんの本の貸出請求を出すので、そんなにたくさん読めるわけがないだろうに、とむかっ腹を立てた。

アートだけが、そんなわたしの苛立ちと苦々しさを忘れさせてくれるようだった。ピックアップトラックに乗り込み、ふたりきりになると、サーティファースト・ストリート・ビーチに向かい、人目につかない場所を見つけてトラックを停めた。それからアートの唇がわたしの唇をふさぎ、首筋をたどり、ブラウスの裾がスカートから引き出され、アートの手がわたしの胸をまさぐる。わたしはそのままアートにおぼれてしまいたかった。姉のことを心から締め出してくれる存在に身を任せてしまいたかった。

心に抱えていることを、アートには打ち明けるべきだった。それは自分でも重々わかっていたが、ふたつの世界を混ぜあわせたくなかった。アートのことを姉のことから切り離すことで、わたしのなかに純粋で、ひょっとするとハッピーエンドになるかもしれないと思える場所を造りあげようとしていたのだと思う。わたしの抱えるものの重みが、ふたつの世界の境界壁を押しつぶそうとしているのも知らずに。

ある日の午後、アートとふたりでミシガン湖岸を長いこと散歩したあと、ナカソネ家の網戸をめぐらしたポーチでふたり掛けの籐椅子にゆったりと身を預けていたところに、ミセス・ナカソネがタオルでくるんだキャセロールの入れ物を持って帰ってきた。エプロンを締めたままで、バッグを持っていないところを見ると、近所の家を訪ねてきたのだと思われた。

った?」

アートは身体を起こして、膝のうえで両手を握り締めた。「今度も受け取ってもらえなかった?」

ミセス・ナカソネはうなずいた。いつもの明るい表情が曇っていた。「あら、いらっしゃい。顔を見せてくれて嬉しいわ」わたしには笑みを向けてくれたけれど、力がこもっていなかった。もともとナカソネ家の人たちは本心を隠すのが得意ではないのだ。左手で持ったキャセロールの入れ物が傾かないよう、慎重にバランスを取りながら、ミセス・ナカソネは玄関のドアを腰の右側で押して開けた。

「ちょっと待ってて、すぐ戻ってくるから」とアートは言って、お母さんのあとに続いた。その日はふくらはぎ丈の細身のパンツを穿いていたので、わたしは腰を浮かして坐っていたあいだにできた皺を引っ張って伸ばした。なにがあったのか気になった。

だいぶたってから、アートは水の入ったグラスをふたつ持って戻ってきた。その日はふたりともくつろいで、のんびりと怠惰に過ごした。そのまま愉しく気のおけない一日になるはずだった。そんな雰囲気はあきらかに一変してしまっていた。「なにか心配なことでも?」

「さっきのキャセロールは、向かいのエレインとベティのところに持っていったんだ。ベティの具合がまだよくなっていなくてね。でも、エレインに断られた。誰からも、どんな申し出も受け入れようとしないんだ。母にも、食べるものを届けるのはやめてくれって、かなり強く言ったらしい」

わたしはグラスを両手で包むようにして持った。「警察に通報しないといけないと思う」考える間もなく、ことばが口から出ていた。

「えっ、どうして——」アートの頬から血の気が引いた。「どうして知ってるの？」

「わたしだって馬鹿じゃないもの」とだけ言った。初めて家に招待されたとき、それまでうすうす感じていた疑いが、ロイスと話をしたことで確信に変わったことまで明かすつもりはなかった。

「エレインにはそのつもりはないよ。ベティが警察に行くと言っても反対するだろう。ある意味では、それも責められないことだと思う」アートはそう言うとグラスの水をごくごく飲んだ。唇から水を滴らせながら。「引っ越すことも考えているらしい。それも悪くないんじゃないか、とぼくは思う。別の場所で新しいスタートを切るんだ」

わたしは眼をすがめるように細めた。新しい生活を始めるというのがどういうことか、わたしは身を以て知っていた。過去の亡霊が完全にいなくなるわけではない、ということを。

その年のシカゴの八月は燃えるような暑さだった。実際に『シカゴ・デイリー・トリビューン』紙にも、記録的な暑さだという記事がたびたび掲載された。ラサール・ドライヴのアパートメントからニューベリー図書館までの、それほど長くもない距離を歩くだけで、着ているものが汗でじっとりと湿った。そんな灼熱の通りから図書館内の冷気のなかに足を踏み入れると、今度はぞくっとして、このままだと風邪をひくのではないかと思わされた。

トミがレファレンスサーヴィスの受付カウンターに訪ねてきたのも、そんな暑い日のことで、わたしはちょうど貸出請求のあったアメリカ独立戦争関連の書籍を何冊か書庫から選び出してきたところだった。トミはふんわりとしたピンクのワンピースに帽子をかぶり、これからガーデンパーティーに出席する人みたいに見えた。トミにはよく似合っていてぱっと眼を惹く華やかさがあったが、トミには敢えて言わなかった。閲覧室にはほかに利用客も館員もいなかったので、トミとふたり、気兼ねなく話ができそうだった。

「じつはシカゴを離れることにしたの」開口一番、トミは言った。「サンフランシスコにいたときのご近所さんがデトロイトに移住したことがわかって、向こうでお世話になることになって」

寝耳に水とはこのことだった。「行かないでください」とわたしは頼んだ。「トミさんにはこっちにいてもらわないと困るんです」

トミは一瞬、なにを言われているのかわからない、という表情になり、次いで眉間に皺を寄せた。「ローズのことで？　だったら忘れたほうがいいわ。今さらなにをしたところで、ローズが戻ってくるわけじゃないんだから」

「あんまりです、シカゴを離れてしまうなんて」とわたしはトミに言った。言った当人のわたしにも、無茶なことを言っている自覚はあった。だけど、トミはわたしにとって、シカゴで暮らしていたときの姉をいちばんよく知っている人だった。そのトミが去ってしまったら、姉というパズルのピースがまたひとつ、わたしの手から奪われ、姉の姿がさらに遠のいてしまう気がした。

「今度は事務の仕事に就けそうなの、個人のお宅の住み込みじゃなくて」

だとしても、わたしに言わせれば、そんなことはシカゴを離れる理由にもならなかった。トミにその気さえあればシカゴでも事務の仕事に就くことはできる。姉が襲われた市に戻ることにはなるけれども。

ナンシー・コワルスキーが閲覧室に戻ってきたので、受付業務を代わってほしいと身振りで伝えた。ナンシーは一瞬、迷惑そうな顔をしたものの、わたしの表情がよっぽど切羽詰まっていたのだろう、すぐに交代を承知してくれた。

トミを連れて女子トイレに向かった。いつもどおり、トイレにはほかに誰もいなかった。しばらくのあいだなら、プライヴァシーを確保できそうだった。

「出発の予定はもう決まっているんですか？」

「今月末にはシカゴを離れるつもりよ。切符ももう買ったし」トミはそう言って、札入れの口金を開け、なかから取り出した切符をわたしの眼のまえでひらひらさせてみせた。転居の決意が揺らがないことを強調するように。

「ちょっと見せてください」わたしはトミの手から切符を奪い取った。

「ちょっと、なにする気？　やっと取った切符なのよ」

なんにもしないわと声に出さずに言い返した。わたしが切符をトイレに流してしまうとでも思っているのだろうか。トミはその切符が命綱だとでもいうように、わたしの手から慌てて取り返した。

わたしは洗面台のひとつに腰を押しつけ、トミの真正面に立ちふさがった。「どうしてもシカゴを離れるつもりなら、そのまえに警察に行って目撃したことを証言してください。姉のためにせめてそのぐらいはしてくれてもいいと思います」

「わたしの証言ぐらいじゃ、なんにもならないわよ。相手の顔も見てないんだもの」

「だけど声は聞いてる。その男が姉になにをしたかも目撃してる」

トミはうつむいた。帽子の帯（バンド）にシルク地でこしらえたピンクの造花がついているのが見えた。「あなたにはわからない？」しばらくしてトミが言った。「あの男の声が耳の奥にこびりついて、いつまでたっても聞こえるのよ。この市（まち）から離れない限り、あの男から逃げられないのよ」

どれほど遠くに逃げたとしても、その声が聞こえなくなることはない。なんなら断言してもいい、とわたしは思った。「逃げたこと、きっと後悔すると思います」とわたしは言った。

トミは唇をきゅっと引き結び、しばらくのあいだ、わたしの言ったことについて考えているようだった。それから「ううん、そんなことない」と言った。「シカゴを離れても、後悔することなんてぜったいにないわ」

その日は仕事が終わっても、そのまままっすぐ家に帰る気になれなかった。一ブロック先まで歩いて、その界隈に二軒ある日本の食料品を扱うお店のひとつに向かった。そのお店には、マヨネーズやスパゲッティやその他もろもろのアメリカでは一般的な食料品は言うに及ばず、豆腐やショウユや味噌(みそ)やわたしたち日系人がこよなく愛するお米も揃っていた。わたしはそのお店の商品がきちんと整理整頓されて陳列されているのを眺めるのが好きだった。スープの缶詰は種類別に分類されてこっちの棚、トマトの缶詰はあっちの棚、というふうに。

「なにか探してるなら言ってくれよ、アキ」丈の長い白いエプロンをかけたオーナーのフレッド・トグリが声をかけてくれた。そろそろ閉店時刻なのはわかっていたので、面倒をかけたくなかった。買いたいものがあるわけでもなく、ちょっと気晴らしに立ち寄っただけなのだから、なおのこと。

「ご心配なく、今日はこれで失礼します」と言って、わたしは急いで店を出た。

整然としたところが気に入っているお店に寄り道して、買うものもないのに店内をめぐって買い物ごっこをしてみても、気持ちはちっとも晴れなかった。いずれほんとうのことがわかるはずだと信じて、これまでその希望にすがってきたけれど、犯罪が行われたという事実を、ひとりは被害者として、もうひとりは目撃者として証言できるはずのふたりの女性が、あいついでシカゴを去ろうとしている。アートはわたしには関係のないことだと言うけれど、それはちがう。その点についてはアートがまちがっている。

気がつくと、イーストシカゴ・アヴェニュー署のまえに立っていた。どこに行こうか決めるまえに、身体のほうが勝手に目的地を決めていたのだ。脚が動くのに任せて、玄関まえの階段をのぼって受付デスクに向かった。その日は順番待ちの列もなかった。

「グレイヴス巡査部長をお願いします」と受付デスクの警官に言った。以前には見かけたことのない若い警官だった。わたしの氏名を確認したあと、すぐに内線電話の受話器を取りあげ、こちらをうんざりさせるような態度は微塵(みじん)もうかがえなかった。

数分後、廊下の向こうからグレイヴス巡査部長の贅肉のない引き締まった姿が近づいてくるのが見えた。グレイヴス巡査部長は、わたしが知る限りにおいて、シカゴの警察関係者のなかで、有能であり、かつ思いやりというものを持ちあわせている唯一の人物だった。「ミス・イトウ、決心がつきましたか？　目撃者の身元の件でしょう？」

わたしは胸が苦しくなった。「じつは女性が乱暴される事件がまた起きました。それをお伝えしたくて来たんです」

巡査部長は表情をやわらげた。「最近のことですか？」

「今回はサウスサイドで。被害に遭ったのは、まだハイスクールの生徒です」

「サウスサイドとなると、うちの管轄外だな」

「だとしても、なんとかしてくれますよね」とわたしは食いさがった。すがりつくような情けない口調になっていることは自分でもわかっていたけれど、切羽詰まった気持ちを隠すだけの余裕がなかった。

「当然です」グレイヴス巡査部長はそう言って手帳を取り出した。「被害者の名前と住所は？」

「ええと……」わたしは口ごもった。ベティとエレインの苗字さえ知らないことに気づいたからだった。アパートメントの正確な住所も、わからなかった。それにたとえ知っていたとしても、この場でそれを伝えたら、わたしは姉と同様密告者だ、というマージのあの言いがかりが、根拠のないたんなる言いがかりではなくなってしまうのではないか、という気もした。「被害者と家族の意向がわからないんです。警察の捜査に協力する気持ちがあるかどうか。それに、近いうちにシカゴを離れるつもりでいるようで」

グレイヴス巡査部長は手帳をぱたんと閉じた。「あいにくですね、それは。ですが、まあ、事件の性質上、そうなるのもめずらしいことではありません。いずれにしても伝聞や噂を聞いた程度のことでは警察としては動けませんね」

「ええ、そうですね。そのとおりだと思います」とわたしは言った。自分はなんて馬鹿なんだろう、と思いながら。これでは、オオカミが来たと騒ぐあの少年と似たようなものだった。そして、ある日、わが家の玄関先にほんとうにオオカミが現れたとき、わたしを助けてくれる人はひとりもいない、ということになりそうだった。

その週の土曜日、アートと会って一緒に昼食を食べた。シカゴに移住してきたばかりの五月に、ロイと食事をした、製菓工場の近くのあの軽食堂(ダイナー)だった。そのときに初めて経験したものめずらしくて馴染みのなかったことが、いまではごく当たり前のことになっていた。店に入ってすぐに手渡された〈ミルクダッツ〉はそのままポケットに入れ、コーヒーを注文し、追加の注文はないかと訊かれると、メニューも見ないでミートローフを頼んだ。

食事をするあいだ、アートはいつにも増してことば数が少なかった。なにかあったにちがいない、とわたしにもすぐにわかった。そのあと、いつものようにトラックでサーティーファースト・ストリート・ビーチに向かったけれど、駐車場にトラックを停めたあと、アートはいつもとちがって、わたしを抱きよせなかった。わたしと眼をあわせることも、なんだか避けているようだった。「聞いてもらいたいことがあるんだ、アキ。なんて言ったらいいのか、うまく言えそうにないんだけど――」

鼓動が速くなった。別れてほしいと言うつもりだとわたしは思った。なにがいけなかったのかはわからないけれど、明らかになにかがよくなかったのだ。ひょっとして警察署を訪ねたことを知られてしまったのかもしれない……。

「説明させて――」

「召集令状が届いた」

暗くて深い井戸に突き落とされた気がした。選りに選ってアートからそんなことばを聞くことになろうとは、予期さえしていなかった。しばらくはことばも出なかった。

「入営するのは？」だいぶだってから、ようやく尋ねた。

「二週間後にはキャンプ・シェルビーで基礎訓練を受けることになってる」

身のまわりのニセイの男の人たちにも召集令状は届いていたから、わたしも軍は二週間どころではなくもっと前もって通達を寄越すことぐらい知っていた。

「もっとまえからわかってたんでしょ？」眼の奥から熱い涙が湧きあがってきた。わたしは両腕で自分の身体をぎゅっと抱き締めるようにした。

わたしのその質問に、アートは答えなかった。「そのことで心配したり悩んだりしないで、きみと一緒に過ごしたかったんだ。できるだけ長く、できるだけたくさん」というのがアートなりの説明だった。

「そう、だったら思いどおりになったってことね」とわたしは言った。湖畔でふたりきりになり、ロマンティックな晩を何度となく過ごしたことを思い返しながら。あれは瀬踏みだったのだ、わたしが許すところまで進むだけ進んで、あとは、はい、さようならってことにしたかったのだ。

「ちがう、ちがうよ。まさか、そんなんじゃない」

馬鹿みたいだった。ロイに振られる女たちみたいに、まんまと騙されたのだ。涙を拭くため、ハンカチかティッシュペーパーを探したけれど、バッグにはどちらも入っていなかった。

「そうじゃないんだ、アキ。ぼくがきみに夢中だってこと、わからない？　首ったけなんだよ、きみに」アートはズボンのポケットに手を入れて、小さな箱を取り出した。「きみのことを愛してる。ぼくと結婚してほしいんだ」

第十九章

わたしはイエスともノーとも言わなかった。

ただ口をぽかんと開けて、トラックの助手席に坐ったまま、ブルーのケースに張られた白いヴェルヴェットの台座に収まっている婚約指輪をただただ見つめていた。トラックの窓から射し込む夕陽を受けて、ダイアモンドが万華鏡のような色を放っていた。なんと言ったらいいか、わからなかった。

「それで、アキ、答えは？」

頭のどこか片隅で、わたしたちは知りあってまだ間がない、お互いのことをほとんど知らないも同然じゃないの、という声がしていた。そもそもわたし自身に結婚というものに対する覚悟ができているとも思えなかった。それでも、これまでアート・ナカソネのような人に会ったことがなかったし、今この場でイエスと言わなければ、そんな稀有な人がわたしのまえから永遠に去ってしまうだろうということもわかっていた。

「イエスよ。あなたと結婚する」

アートの全身から力が抜け、肺に溜めていた息が一気にふうっと吐き出される音がした。イエス以外の答えが返ってくるとでも思っていたの、と訊きたかった。

イエスと答えはしたけれど、今すぐ駆け落ちして明日の朝、郡庁舎でふたりだけで結婚式をするというわけにはいかない、と伝えた。「そういうのは正しいことだとは思えないの」というのがわたしの意見だった。ニセイの女でその道を選ぶ人は少なくなかったけれど。

アートと話しあった結果、というか実際のところはわたしが強引にアートを説き伏せたようなものだったけれど、わたしたちが婚約したことは当分のあいだ、わたしたちだけの秘密にしておくことになった。わたしとしてはひと安心だった。わたしにはまだ、婚約したという事実を自分の胸ひとつにしまっておく時間が、外野の意見にわずらわされずにその事実を噛みしめる時間が必要だった。アートのご両親、お互いの友人たち、ナンシーやフィリス、そしてとりわけうちの両親――誰もかれも、大歓びしてくれるにちがいなかった。まわりの興奮ぶりが充分に予想できるからこそ、その熱気で自分自身の歓びを曇らせたくなかった。

とはいえ、アートが入隊することは両親にも言わないわけにはいかなかった。そして、これまた充分に予想できたことではあったけれど、母はその知らせにそれはそれはがっかりした。「残念ね、残念すぎるわ。あなたたちのおつきあい、あんなに順調だったのに」ゴハンを炊くため、流しに置いた鍋でお米を研ぎながら母はそんなふうに言った。父はダイニングテーブルの椅子に坐ったまま、それほど胸を痛めるふうでもなかった。最近の父はそういうことが多かった。家族に対してほとんど無関心なのだ。これがトロピコで暮らしていたときのあの愛情豊かな父だろうか、と思ってしまうほどだった。

アパートメントにひとりきりになると、婚約指輪をはめてその輝きにうっとり見とれた。その時間がいちばん幸せだった。アートとわたしはじきに夫婦になるのだと思えた。ふたりで力をあわせて未来を築いていくのだと思えた。そのうちにふたりのあいだに子どもも生まれるかもしれない。最悪の可能性については、断固として考えないようにした。アートは生きて戻ってこられないかもしれない、なんて……仮定の話であっても、考えるだけで耐えられなかった。

お互いに結婚を前提にした真剣な気持ちがあって、ふたりで過ごせる時間は限られていることもわかっていたので、アートもわたしもニセイが集まる社交の場やダンスパーティーには足が向かなくなった。ほかの人たちの愚にもつかない話を聞いて時間を無駄にしている場合ではない、ということだ。わたしの勤務時間以外は、できるだけふたりで過ごしたかった。そんなわけで夜遅く、トラックで逢瀬を重ねることが増えた。ある晩、アートのズボンのファスナーがおろされ、わたしのブラのホックがはずれた状態で、とんでもない邪魔が入った。トラックの窓を警官が警棒でこつこつと叩いてきたのだ。アートも私も中途半端のままの欲望と恥ずかしさで顔をまっかにしながら、慌てて身体を離し、双方のドア際まですばやく移動するはめになった。そしてアートはズボンのファスナーをあげなおすと、トラックのエンジンをかけ、わたしを家まで送り届けてくれたのだった。

アートがシカゴを離れる前日、わたしは〈ビューティー・ボックス〉に予約を入れた。その晩はサウスループのワバッシュ・アヴェニューのとあるホテルに泊まることになっていたので、アートに会うときには自分なりに最高にきれいになっていたかったのだ。〈ビューティー・ボックス〉に立ち寄るのは、七月四日の独立記念日のピクニックに備えて、ペギーにこざっぱりとしたボブスタイルにカットしてもらって以来だった。今回はラナ・ターナーっぽくしてほしい、とペギーに伝えた。

「あああら、あのラナ?」という声がした。何度か見かけたことのある、あのドレスを着た背の高い男の人だった。〈ビューティー・ボックス〉の店内にしゃなりしゃなりと入ってきて、鏡に映っているわたしの顔を、身を乗り出してまじまじと観察すると、こう言った。

「うん、似合うわよ、ぜったい。まちがいなしよ」

「ジョージーナ、悪いけど、ちょっとだけ待ってて。すぐに取りかかるから」とペギーが言った。ずいぶん親しそうな言い方だった。この人はペギーのお店の常連なのだろうか、と思いながら、わたしのほうはなんと答えていいものか思いつかなくて、シャンプー用のスモックを着せられた恰好のまま、とりあえず沈黙を守った。

ジョージーナと呼ばれたその人は、わたしの右隣の椅子に坐った。「あなたのこと、クラーク・アンド・ディヴィジョン界隈で何度も見かけたけど、ニセイの男の子たち、みぃんな、あなたにぽうっとなっちゃってるじゃないの」

どういうことか、よくわからなかった。ジョージーナという人がわたしのことを知っているとも思えなかったし、わたしなんかに関心を示す男の人など――アートは除くとして――いるわけもないのに。気のきいたひと言で応酬したかったけれど、舌がこんがらがってしまったみたいに動かなかった。おまけにはジョージーナのことを〝彼〟扱いするべきなのか、それとも〝彼女〟として接するべきなのか……と迷っていたところ、ペギーが「真に受けないでいいからね、アキ、彼女の言うことは適当に聞き流しちゃっていいから」と言って、わたしの疑問に答えてくれた。

「アキ？　お名前はアキっていうのね。なんてチャーミングなの。あなたにぴったりじゃないの。特別な意味があったりするの？」

わたしはなんとかことばをひねり出した。「秋（オータム）です」

「はい？」

「秋という意味です」とわたしはもう少し大きな声で言った。

「秋、季節の秋ね。あらあら、まあまあ、奇遇じゃないの。今は九月だものね。あなたの季節ってことじゃないの」

「ちょっと、アキをからかうのはやめなさいって」最後にもうひとつ、大きなヘアカーラーをわたしの髪に巻きつけながら、ペギーが言った。「この人は品行方正なニセイのお嬢さんなんですからね」

そう、ペギーはほんとうのわたしを知らないのだ。

「ジョージーナはクラーク・ストリートのエンターテイナーなの」とペギーは言った。

「踊り子って言ってくれない？」ジョージーナはそう言うと、つるつるに脱毛したきれいな長い脚をにょきっと伸ばして見せびらかした。「で、踊り子のあたしがこんなふうにきれいでいられてるのは、ミス・ペギーのおかげなのよね」

ペギーに案内されて、わたしは店内にふたつあるドーム型のヘアドライヤーの片方のしたに移動した。ホテルのフロントでチェックインを担当しているニセイの若い男の人が、台車に大きな箱を載せて運んできた。

「あらまあ、ケイゾウくん、助かるわ。ありがとう。届くのを待ってたの」とペギーは言って、その箱を店の隅に置いていってほしいと伝えた。ケイゾウ青年が箱を台車から持ちあげると、腕の筋肉が盛りあがった。

「ううん――」ジョージーナは、もののたとえでも誇張でもなく、ほんとうに咽喉を鳴らした。フロント係の青年のたくましさに反応したのだということは、傍目にも明らかだった。確かにケイゾウ青年はフットボールの選手並みに胸囲があって、髪には自然なウェーヴがかかっていた。たぶん、もともとそういう髪質なのだろうけれど……翻って自分のろくに手入れをしていない髪の状態が恥ずかしくなった。ケイゾウはジョージーナに熱い視線を向けられたことが内心おもしろくなかったようで、露骨に顔をしかめた。それがまたジョージーナを大いに歓ばせることになり……。

そんな顛末を、わたしはヘアドライヤーのしたの安全地帯から見物していた。ドライヤーの作動音に包まれ、外界から遮断され、透明人間になったような気分は悪くなかった。フロント係の青年は、店を出るまえ、わたしのことを二度見してきた。素通りした視線がもう一度戻ってきたところを見ると、わたしもラナ・ターナーふうになりつつある、ということかもしれなかった。

待ち合わせ場所のホテル・ローズヴェルトのまえに先に来ていたアートは、わたしを見るなり低く口笛を吹いた。その日のわたしは髪型を変えただけではなく、〈ゴールドブラッツ百貨店〉で大枚はたいて新調した、身体にぴったりした赤いワンピースを着ていたから。アートはお父さんの仕事をときどき手伝っている程度で定職についているわけではなかったから、ホテルの部屋代はわたしのお給料から捻出（ねんしゅつ）することになっていたけれど、ホテルのデスクで支払いをするのはアートに任せた。そのあいだわたしはロビーで待っていて、アートがエレヴェーターに乗り込むと、そのあとに続いて乗り込み、エレヴェーター内の彼がいるのとは反対側に立った。お互い見知らぬ者同士のふりをするのは、スリルがあってどきどきした。エレヴェーター係の背後でこっそり眼を見かわした。でも、エレヴェーター係にはまちがいなく気づかれていたと思う。

アートが部屋のドアを解錠し、わたしは彼に続いてすばやく部屋に入った。室内を見回す間もなく、アートに抱きあげられてベッドに運ばれた。「カーテンを閉めて」とアートに頼み、アートが部屋を暗くしているあいだに買ったばかりのワンピースを床にするりと落としてスリップ姿になった。今すぐアートがほしかった。彼をそれまで以上に間近に、わたしのなかに感じて、境目なく溶けあい、ひとつになってしまいたかった。

わたしたちは二度、愛を交わした。最初はぎごちなく、いくらか痛みも感じたけれど、二度めのときはふたりしてゆっくりと心地よいリズムを刻んだ。ことば抜きで会話をしているような感じだった。アートは避妊具を用意してきていて、装着方法も心得ていた。ということは、そのときが初めてではないのだろうと思ったけれど、その件に関して詳細を知りたいとは思わなかった。翌日以降は会えなくなってしまうのだ。そのまえに交わす最後の会話に、それがどんなものであれ、口論や誤解の痕跡を残したくなかった。

裸のまま、ベッドに寝そべり、アートの肩に頭を預けていたとき、わたしの腕をつかんでいたアートの手がわたしの指先に移動した。「ああ、指輪をはめてくれてる」とアートはびっくりしたように言った。「いつはめたの？」

たから」

「ロビーで待ってたときに」とわたしは言った。「だって、そのあと夫に会うことになって

翌日、駅まで見送りに行ってさよならを言うのは気が重かった。それまでの人生がさよならの連続だったので、縁起をかつぐようになっていたこともある。わたしが駅まで見送りに行ったりしたら、そのせいでアートは海外に行かされることになりはしないか、と根拠もへったくれもなく不安が嵩じた。

「休暇でこっちに戻ってきたときに、結婚しよう」アートはわたしの耳元で囁いた。「会えないあいだは手紙をくれるよね?」アートのご両親とロイスとユーニス伯母さんがいるまえで、わたしたちは抱きあってキスをした。アートの家族は泣いていたし、わたしも泣いていた。アートが列車に乗り込んだあと、わたしはハンカチで洟をかんだ。ユーニス伯母さんも同じようにハンカチで洟をかみ、ガチョウの鳴き声のような派手な音をたてた。眼があったとたん、悲しい場面だったにもかかわらず、ふたりして声をあげて笑った。ユーニス伯母さんのほうからわたしの腕を取ってきて、わたしたちは腕を組んで駅のプラットホームから歩きだした。「あの子なら心配ないわ、大丈夫よ」わたしを励ますように、ユーニス伯母さんは言った。「あの指輪をだいじにしてやってちょうだいね」

わたしはびっくりして思わず足をとめた。アートとわたしが結婚の約束をしたことを、ユ

ーニス伯母さんは知っていたのだ。ふたりのあいだでは、まだ誰にも言わないという約束だったはずなのに。

「心配しなさんな。お口にはきっちり封印しとくから」ユーニス伯母さんは唇をきゅっと引き結び、人差し指を当ててみせた。そしてこう言った。「あの指輪をあの子はどこで手に入れたと思ってるの？」

あの指輪は、もともとはユーニス伯母さんのものだったのだ。レン・ナカソネは三十年まえ、あの指輪を手にユーニス伯母さんにプロポーズした。一九一四年当時、イッセイの男がハクジンの女性と結婚したということ自体、わたしには想像もつかないことだった。第一次世界大戦中のことで、レンもまた召集され、日本からの移民だったにもかかわらずアメリカ陸軍に入隊することになった。兵役を終えればアメリカの市民権が得られるということだったが、その約束は果たされなかった。行政側の処理に不備があった、との理由で。

「宝物にします」とわたしはユーニス伯母さんに言った。伯母さんは子どもにするようにわたしの頭を撫で、それから伯母さんもわたしもそれぞれ帰路に就いた。

家に戻ると、母は理髪店の清掃の仕事を終えて帰宅していた。母はいつの間にか、ベロー兄弟の理髪店のほかにもあと三軒ほど掛け持ちで清掃の仕事を引き受けていた。どの店もクラーク・アンド・ディヴィジョン駅周辺の徒歩で通える圏内にあったので、母は自前の清掃用具を買い揃え、車輪のついたバケツにモップと箒を入れて顧客先をまわるようになった。

ときどき近所で母を見かけることがあった。髪をうしろでひとつにまとめてハンカチで覆い、エプロンをかけたまま歩いている姿を。そんな状況を思うと——わたしの自慢の母が、青果卸店の店長の妻だった人が、他人の店や家を掃除してまわる境遇に身をやつしていることを思うと、わたしは平静ではいられなかったが、母は母なりに人生の新しい局面を雄々しく受け入れていた。そうしていたのはひとえに家族のためだった、とわたしが知るのはそれから何年もしてからのことだ。そのときは、ただひたすら、母の干渉が鬱陶しくて仕方なかった。

「それで結婚の話は出なかったの?」と母は日本語で訊いてきた。

「あのね、母さん、あの人はこの国のために命をかける覚悟なの。そんなときに、そんな話なんてしてる場合じゃないでしょ?」

わたしのつっけんどんな返答に母は傷ついた顔をした。なんだか申し訳なくなって、コーヒーを淹れるからついでにパンケーキをこしらえようか、と提案してみた。パンケーキにはたいていの状況を好転させる力があった。たとえほんの数時間ばかりのことだとしても。

アートは出征してしまったし、トミももうすぐほかの市(まち)に行ってしまおうとしている。わたしは根っこを失った気がしていた。わたしの場合、いつもそうだった。根を張れそうな場所が見つかったと思うたびに、足元の地面がぐらぐらと不安定に揺れはじめた。職場ではナンシーもフィリスもいつにも増して、わたしのことを気遣ってくれて、オレンジやらピーナツ入りのクッキーやらを自宅から持ってきてはわたしに食べさせようとした。

アートへの手紙は、最初のうちは一日おきに書いて送っていた。毎回、心をこめて、彼のことが恋しくて恋しくて仕方がないと書いた。それ以外にわたしのほうから知らせることは、ダンスパーティーにも行かなくなっていたし、ほとんどなかった。そんな日々を送っていたある日のこと、仕事を終えて帰ろうとしていたところをナンシーに呼び止められた。

「今度の日曜日なんだけど、ミサのあとにうちで誕生日パーティーをするの。って言っても堅苦しいものじゃないのよ。プレゼントもなにも必要なし。手ぶらで来て。あなたのこと、いつもうちで話してるから、うちの家族がみんなしてあなたに会いたいって言ってて」

果たしてナンシーが家でわたしのことをどんなふうに話しているのか、知りたくもあり、不安でもあった。わたしが日系人であることが話題になっているのはまちがいないだろうけど、ほかにとりたてて話題にするような要素があるとも思えなかった。出席すると言ったのは、そうすれば少なくともアートへの手紙に目先を変えて少しはおもしろそうなことが書けるだろうと思ったからだった。

うちに帰ると、電話があったという伝言メモが残っていた。父は共用廊下に設置してある公衆電話が鳴っても、めったに出ない人だけど、その日はめずらしく出たらしい。整った美しい筆跡で、トミ・カワムラの名前と翌日の日付と時刻が書きとめてあった。いろいろなことがありすぎて、ほとんど忘れかけていたけれど、そう、トミは明日のデトロイト行きの始発列車で発つことになっていた。わたしが以前に渡した電話番号のメモを捨てずに持っていてくれたとは。シカゴを離れる日時を改めて知らせてきてくれたことが、わたしにはとても嬉しかった。

翌朝、家を出るのに手間取ったせいで、列車の車中で食べてもらえるようなオミヤゲを用意する間もなかった。駅に着いたときには、荷物係がプラットホームを右往左往しながら、乗客のまだ積み込んでいないスーツケースを運び入れているところだった。車掌が切符を持っていない者は列車から離れるよう、身振り手振りで指図していた。

「アキ、アキ、こっちこっち！」

最後尾の車両の乗降口の階段に、トミの華奢な姿を見つけた。手袋をはめた手を勢いよく振っていた。トミはその日もひと筋の乱れもなく髪を整え、なにもかもチャンとしていて、日本の外交官の奥さまのようだった。車掌のひとりに押しやられ、怒鳴られもしたけれど、かまわずトミに近づいた。トミは手袋をはめた手を差し出していた。握手を求めているのだと思ったけれど、見ると、封筒のようなものをわたしに渡そうとしているのだと気づいた。

「さよなら、アキ」列車が動きだしたとき、トミが叫んだ。わたしは何歩かあとずさって列車から離れ、動きだした列車が駅を出ていくのを見送った。

列車が見えなくなったあと、トミから手渡されたものを検めた。封筒のおもてにアキへという宛名につづけてもっと早くに渡すべきでしたと書きつけてあった。

中身は、姉の日記帳から破り取られていたページだった。たった三つの文章だけだったけれど、まぎれもない姉の手書きの文字が並んでいた。

心配いらない、なにもかも問題ないから、と言ったことばをトミが信じてくれるといいんだけど。わたしがなんとかする。トミが心配しなくちゃならないことは、ほんとうになにもない。

暴行された結果、妊娠したことを指しているのだろうか？　少なくともトミはそう解釈したにちがいなかった。だからこそ、このページを姉の日記帳から破り取ったのだと思われた。いずれにしても、トミはシカゴを離れると決めるまで、姉のそのことばを頼みの綱にしていたのだ。そして姉亡き今、その約束を守る者もいなくなってしまった、ということだった。

第二十章

ナンシーは誕生日のパーティーのまえにカトリック教会のミサに出席すると言っていた。それで、なんとなく教会というものを意識するようになった。アートもわたしも、ジョーイとルイーズから、ムーディ聖書学院内で行われているスズキ牧師の礼拝に出席するならいつでも大歓迎だと言われていた。うちの家族はどういうわけか、揃ってそれほど信心深くない。父なり母なりが教会に足を向けるのは、宗教心からというより、むしろ人づきあいが主な理由なのではないか、という気がした。理由のいかんは別にして、次の日曜日の朝、わたしはムーディ聖書学院を訪ねてみることにした。

ムーディ聖書学院の広いキャンパス内には、男子学生の寮として使われている高い建物が何棟か、それよりは低いけれど女子学生用の寮も一棟、用意されている。ジョーイによると、日系アメリカ人向けの礼拝は、キャンパス内の喫茶店(コーヒーハウス)の隣の社交室で行われているという。それほど多くない会衆のために、聖書学院の大講堂を使うのは合理的ではない、というわけだ。大講堂のほうは千人近く収容できる規模だから。

なにを着ていくべきか、よくわからなかった。迷った末にすっきりしたデザインのストライプ柄のワンピースに決めたけれど、トミのエレガントな恰好に触発されて、もう少しよそ行きらしく見えるよう、母の手袋を借りていくことにした。

社交室の場所はだいたいわかっていたし、なんとなれば日曜礼拝用の一張羅を着たニセイがいたら、そのあとをついていけば、まず迷う心配はなかった。きょろきょろしてみたところ、三十歳を少し超えたぐらいのニセイのご夫婦らしき人たちが子どもをふたり連れているのが眼にとまった。男の人は薄い色のスーツに帽子をかぶり、奥さんらしき人のほうはアイレット刺繍の白いワンピース、男の子ふたりは髪をきれいに撫でつけ、つるんとした皺ひとつない額をのぞかせ、お揃いの淡いブルーのシャツに半ズボンという恰好だった。どこからどう見ても文句のつけようのない、典型的なアメリカ人一家だった。そして、たぶんカリフォルニア、アリゾナ、ユタ、ワイオミング、アイダホ、コロラド、アーカンソーの各州に全部で十ヵ所設けられた、いずれかの強制収容所からこの地に転住してきたにちがいなかった。

「おい、トロピコ、こんなとこでなにしてるんだ？」背後から聞き覚えのある声がした。わたしは足をとめて振り返った。髪はあいかわらず前髪を逆立てたポンパドール・スタイルにしていたけれど、だいぶおとなしめのポンパドールだった——襟足が短くなり、前髪の逆立て方が以前に比べてだいぶ控えめになっていた。着ているものもズートスーツを卒業して、落ち着いたダークスーツ。贅肉のないすっきりした身体つきのハマーに、よく似合っていた。

「同じこと訊いてもいい？」と言ってわたしはにやっと笑った。久しぶりに顔を見られて嬉しかった。並んで歩きながら、ハマーが黒い表紙の聖書を小脇に抱えていることに気づいた。

「跡は残らなかったみたいだな」とハマーは言った。

「跡って……ああ、顔のこと？　おかげさまで立派な痣ができたわよ。しばくは眼のまわりが真っ黒だったんだから」

「謝ろうと思ったよ。ちゃんと顔をあわせて直接、悪かったって言おうと思ってさ。けど、あんたの父ちゃんと母ちゃんがべったりへばりついてたもんだから」

わたしはちらっとハマーを見やった。「わたしを監視してたってこと？」

「人聞きの悪いこと言うなよ。二日か三日か、まあ何日か、アパートメントのまえをうろうろしてたってだけだよ。じきにクラーク・アンド・ディヴィジョンを離れることにしたから」

「今はレイクビューのオカネモチのハクジンのマダムの家で働いてるって聞いたけど？」

「ああ、その人がキリスト教の熱心な信者でね。スズキ牧師がここで礼拝を行えるよう陰ながらあれこれサポートしてるんだ」

「なるほど、そういうわけだったのね」とわたしは言った。

「そういうわけって、どういう意味だよ？」

「あのハマー・イシミネが急に熱心に教会に通いだしたわけ。それが最新の悪だくみ？　そうやって取り入ろうって作戦？」

ハマーは心外だという顔をした。「あのなあ、トロピコ、おれは目下、人生の方向転換をはかろうと必死に努力してるとこなの。あれやこれや、手に負えなくなっちまったんでね。あのままうだうだしてるようなら、おれは正真正銘のどあほうだ」いったいなにが言いたいのか、わたしにはさっぱりわからなかった。

赤煉瓦の高い建物ばかりのなかに、一棟だけ焦げ茶色の煉瓦を用いた二階建ての建物があった。ハマーと一緒にその建物に入った。社交室は奥行きよりも横幅があり、中央の通路を挟んで左右に折りたたみ椅子が、正面の大きな十字架のついた演壇のほうを向いて並んでいた。

ハマーは信徒の人たちと顔見知りのようだった。なんだか意外な気がした。ハマーが来たことを誰もが心から歓迎しているようだった。それも意外だった。信徒の半数はハクジンだった。たぶんハマーのことを雇っているマダムのような、博愛精神とおせっかい精神にあふれた善意の人たちなのだろうと思われた。残りはイッセイとニセイの人たちだった。人数こそ多くはないけれど、活気に満ちた会衆だった。知った顔がないか、室内を見まわした。ジョーイの姿もルイーズの姿も見当たらないばかりか、知っている人はひとりもいなかった。ハマーは聖歌隊の控室に向かったので、わたしはいちばんうしろの列の空いている席に坐った。なんだか場違いなところに来てしまった気がした。手持ち無沙汰だったので、座席に置いてあった讃美歌集を開いて、聞いたことのある讃美歌を探した。

「ミス・イトウ、ですよね？」

驚いたことに、スズキ牧師はわたしのことを覚えていたようだった。姉の葬儀のときと同じローブを身につけていた。

「こんにちは」

「よく来てくれましたね。お会いできて嬉しいですよ。電話を差しあげようとしたのですが、書類にはおたくの電話番号が記入されていなかったもので」そのあとは聖職者らしいお決まりの質問が続いた——その後ご両親のご様子は？　今はどちらでお仕事を？　シカゴの暮らしはいかがですか？

どの質問にも、真正直に答えられなかった。まさか未婚の身でありながら一線を越えてしまったことや、ひそかに結婚を約束した相手がいるなどということを、この場で包み隠さず言うわけにはいくまい。目下両親とのあいだが、いささかぎくしゃくしていることも、言うに言えなかった。そしてなにより、姉が性的暴行の被害者だったとわかったこと、姉をそんな目に遭わせた非道な犯人を、わたしは必ずや見つけだして懲らしめるつもりだということは。

なので、わたしは膝に讃美歌集を載せたまま、礼を失しないよう笑みを浮かべ、要所要所でうなずき、当たり障りのないことを答えた。途中で年配のご夫婦が近づいてきてスズキ牧師がそちらの相手をはじめたので、ありがたいことに、わたしも苦しまぎれのくさいお芝居から解放された。

スズキ牧師の赦しについてのお説教にはこれっぽっちも慰められなかったけれど、聖歌隊の歌声には深く心を動かされた。聖歌隊と言っても、ほんの十人ばかりの規模で、日系の人もいるし、ハクジンもいて、そこに黒人の女の人がひとり交じっていた。ハマーは二列に並んだ聖歌隊のうしろの列に立っていた。まさに水と油といった光景で、あまりにもちぐはぐな取り合わせ具合に、見ているこちらのほうが妙に緊張して肩が凝ってきそうだった。それでもハマーはあくまでも生真面目に、まわりの人たちとまったく同じように歌詞にあわせて唇を動かしていた。歌われたのは、「やすかれ、わがこころよ」という讃美歌で、なんとなく聞いたことがあるようなメロディだった。

憂いと嘆きと怖れは去りて
悲哀はいずこ、真の愛の歓び満ちる
やすかれ、わがこころよ、別れと涙は過ぎこして
恵みに憩う再会の、ときや定めし訪れん

ハクジンの独唱者が朗々と響く力強い声でリフレインの部分を歌うのを聞くうちに、わた

しは感極まって涙をこらえきれなくなった。自分のそんな反応に自分でも驚きながら、眼尻の涙を指先で払った。

スズキ牧師の祝禱を最後に礼拝は終わった。スズキ牧師は折りたたみ椅子のあいだの通路を通って戸口に向かった。スズキ牧師とことばを交わすのは、本音としては避けたかったけれど、失礼にならないよう退出するには素通りするわけにいかなかった。

「またいらしてください、ミス・イトウ。そしてご両親にもよろしくお伝えください」スズキ牧師はわたしと握手をしながら、左手でわたしの手を包み込むようにした。その約束にもならない約束のことばを確約に変えてもらいたそうに。申し訳ないけれど、わたしにそのつもりはなかった。

腕時計に眼をやると、十二時三十分になっていた。ポロニア・トライアングルにあるナンシーのお宅に向かうのに、ちょうどいい頃合いだった。

バスに乗るため、クラーク・ストリートを歩きだしたとき、不意に背後から大きな足音が聞こえた。見るとハマーが右手で聖書を抱えて、わたしのことを追いかけてきていた。「ご感想は?」とハマーは言った。

「教会のこと?　うん、あれはあれでいいんじゃない?　聖歌隊の讃美歌はすごくすてきだった。感動して涙が出ちゃった」

わたしの感想にハマーは気持ちを揺さぶられたようだった。瞬きがそれまでよりも忙しなくなった。そして、聖歌隊に加わったのはスズキ牧師に勧められたからだと説明した。姉の葬儀のとき、そのスズキ牧師のせいで締まりのない葬式になった、と嘆いていたのはどこのどなたさんでしたっけ？　そのときのことを思い出すと、口元がほころぶのを抑えられなかった。

こんなふうに偶然ハマーと再会できたのも、なにかのめぐりあわせかもしれなかった。これが最初で最後の機会かもしれないのだし、わたしはその日のお説教で聞いたことばを思い返した。「スズキ牧師は赦しということを何度もおっしゃってたでしょ？　〝罪を示し、咎を隠さない限り、罪と過ちは赦される〟だったっけ？」

ハマーは聖書を抱えなおした。わたしの口調から、わたしがこれから真面目な話を持ち出そうとしていることを、言い逃れやはぐらかしの余地は認めてもらえないことを察知したようだった。いつの間にか、どちらからともなく足を止めていた。ちょうどヘンロタン病院の向かい側のビルのまえあたりで。

「姉がどこで中絶処置を受けたのか、知ってる？」

ハマーは一瞬、身を硬くした。わたしのことばで痛みを感じたとでもいうように。「どうしてそうなんだ、あんたは？　どうしてそういうことばかり知りたがるんだよ？」ハマーは声を荒らげた。以前のハマーに戻ったような口調だった。「警察にタレコミでもする気か？」

それはもう、お試しずみなんだけどねと声に出さずにつぶやいた。「ちがうの、そういうんじゃないの。知っておきたいの。わたしにとっては知っておかなくちゃならないことなの。わかってもらえないかもしれないけど、姉がシカゴで暮らしていたあいだにどんな目に遭ったのか、姉の身になにが起こったのか、ひとつ残らずわからないことには、わたしの気持ちがおさまらない、楽になれないのよ」

ハマーは深々と溜め息をついた。「ステート・ストリートに医者が個人でやってる医院（クリニック）がある。マーシャル・フィールド百貨店の近くだ。トマス・マクグラスって医者だ。産科の医者だからふだんは赤ん坊を取りあげてるけど、毎週日曜日はその手の副業（サイドビジネス）を手がけてる」

副業（サイドビジネス）。そんな呼び方はあまりにもおぞましい。

「その医者の運転手ってのが、〈アロハ〉の常連だったもんで、そいつを通じてその医者のことを知ったんだ」ハマーもわたしも、またどちらからともなく歩きだしていた。わたしの住んでいるアパートメントの建物からニセイの女の人が何人か出てきたのを見て、ハマーは歩調を緩め、その人たちが通りすぎるのを待って話をつづけた。「ローズは焦ってた。だから、おれがなんとかする、少なくとも医者を見つけるぐらいはすると言った」

「そのマクグラスってお医者さんだけど、医師免許のあるちゃんとしたお医者さん？」

「どういう意味だ？」

「処置を受けたあと、姉は大量出血してるの」

ハマーは顔をしかめた。その辛そうな表情は形だけのものとは思えなかった。「だから心配だったんだよ、最初から。そんなことになるんじゃないかって。もちろん、やめとけって言ったよ。ちょっとのあいだだけでも、おれと結婚すりゃいいだろって」

そんなことをハマーが提案したということに、わたしはとても驚いた。

「あいつは笑って取りあわなかった。いや、おれのことを笑ったわけじゃない。そう言ってくれたことには感謝するけど、これは自分でなんとかしなくちゃいけないことだって」

わたしはそのまま足を進めたが、ハマーはついてこなかった。

「最近はこの界隈には近づかないことにしてるんだ」

わたしは礼拝でもらった教会の会報で顔をあおいだ。「どうして？」

「あんたまで巻き込むわけにはいかないだろ？」とハマーは言った。声が一オクターヴ低くなっていた。

「それって〈アロハ〉に関わりのあること？」

「いや、ちがう」

「マンジュウはどうしてるの？　最近は一緒にいないようだけど？」

「いいか、トロピコ、悪いことは言わないから、それ以上は訊くな。知らないほうがいいこってのもあるんだよ」以前の世を拗ねたような表情をのぞかせて、ハマーは言った。以前とちがうのは、恨みよりも恐れが勝っている節がうかがえることだった。

わたしはさよならを言って、ちょうど交差点に差しかかっていたので、そこでハマーと別れた。通りを渡って半ブロックばかり進んだところで振り返ると、意外なことにハマーはまだその交差点の角に突っ立ったまま、このあとどうするべきか決めかねているようだった。

第二十一章

クラーク・アンド・ディヴィジョンの交差点の角でバスに乗って西にまっすぐ三キロばかり進んだところがポロニア・トライアングルだ。車内は比較的すいていて空席もあったので、わたしも坐ることにした。ハマーから聞いたことの余波でまだ気持ちが鎮まっていなかった。ハマーと別れてすぐ、忘れないうちにトマス・マクグラスの名前を手帳に控えた。ナンシーの誕生日パーティーのあと、帰りがけにその医院に立ち寄ってみるつもりだった。違法なことに手を染めているわけだから、なかに入れてもらえるとも思えなかったけれど、実際に医院をこの眼で見るだけでも、マクグラスという人がどんな医師なのか、イメージぐらいはつかめるのではないかと思ったのだ。

ポロニア・トライアングルの停留所でバスを降りたあと、わたしは無理やり気持ちを切り替えた。ありがたいことに明るくて活気のある界隈だった。広場には大きな噴水があって、通りに面した商店は赤い陽よけを張り出していた。大きな教会もあった。双子の尖塔がそびえ、最高裁判所の写真で見たのにそっくりな円柱がずらりと並んでいて、なかなか壮観だった。ナンシーに教えられた道順どおりに進むと、コンクリートの二階建ての建物のまえに出た。通りに面してバルコニーが張り出していた。前庭の門扉を抜けて玄関まえの階段を上がり、呼び鈴を押そうとしたとき、玄関のドアが勢いよく開いて、女の子が顔を出した。九歳ぐらいで、ウェーヴのかかったブロンドの髪に、ナンシーそっくりのいたずらっ子のような笑みを浮かべていた。

「こんにちは。アキです。ナンシーと一緒に働いてるの」

女の子はなにも言わずにただドアを大きく開けて、わたしをなかに通してくれた。

家のなかは人でいっぱいだった。半袖シャツにサスペンダーをした頭の禿げかかった男たち、エプロン姿で湯気のたっているお皿を持って小走りでキッチンと居間とを往復している女たち、ニキビだらけのひょろっとしたティーンエイジャーも交じっていた。全員ハクジンで、わたしに気づくとびっくりしたように改めて見返してくる人もいた。室内に足を踏み入れたとたん、茹でたジャガイモと香草のディルとつんとするお酢のにおいに包まれた。

「アキ、来てくれたのね」ナンシーは眼の色によくあう、マリーゴールド色の服を着て、例によって例のごとく、ブローニー・カメラを持ち歩いていた。わたしもさっそく、一枚ぱちりと写真を撮られた。お化粧をなおす間もなく。「ママ、ちょっとこっち来て。この人がアキ、一緒に働いてるふたりのうちのひとり」

「あら、ほんとに美人さんだ。その点は娘の言ってたとおりね」

すぐそばにいた女の人がふたり、そのとおりだと言うようにうなずき、互いの耳元でなにやら、わたしにはよくわからないけれど、たぶんポーランド語だと思われることばで囁きあった。

それにしても、どうして誰もかれもわたしに対してその手のお世辞を言うのか、言われるほうは心当たりがないので、なんだかキツネにつままれたような気持ちになった。アメリカ中西部では、たぶんそういう習慣なのだ、と思うことにした。

ナンシーのお母さんに連れられてテーブルにつくなり、お料理がどっさり盛られたお皿が眼のまえに運ばれてきた。メニューを読みあげるように、ナンシーがそれぞれのお料理について説明してくれた。ジャガイモとチーズの入った餃子（ダンプリング）のようなピエロギ、キィエルバサというポーランド風ソーセージ、ロールキャベツ、それに山盛りのザウアークフウト。「そうそう、忘れてた、あとピクルスのスープもあるんだった」ナンシーはそう言うと、テーブルにカメラを置いて席を立ち、黄色っぽいスープの入ったカップを持ってきてわたしのお皿の隣にそっと置いた。

ピクルスのスープというのは、きっとナンシーの冗談だろうと思いきや、カップをのぞくと、なんとまあ、緑色をしたキュウリのピクルスの薄切りがほんとうに浮いていた。女の人たちの視線を一身に浴びながら、恐る恐るひと口飲んでみた。おいしいのだ、これが。お皿に盛られていたものも、どれもこれもとてもおいしかった。わたしの旺盛な食欲に誰もが眼を丸くして、とても歓んでくれた。

最後にデザートのシュトゥルーデルをご馳走になったところで、フィリスがテーブルに近づいてきた。髪の毛をいつものようなヴィクトリー・ロールに結いあげるのではなく、ふんわりとカールさせて顔のまわりに垂らしていた。

「食事はすませてきたから」とフィリスは言った。見ると、プレゼントを持っていた。フィリスに抗議の声をあげる暇もあたえず、ナンシーはフィリスの写真もぱちりと撮った。訪ねてきた人の姿をすばやくカメラでとらえるナンシーの早業には眼を瞠るものがあった。

「そうだ、わたしからもプレゼントがあるの」ハンカチで口元を拭いながら、わたしは言った。横からナンシーの親戚の年配の女の人の手が伸びてきて、わたしの食べ終わったお皿をさっとさげた。椅子取りゲームのように、わたしが席を立ったあと、また別の誰かがその席に坐って食事をするのだ。

ナンシーはフィリスとわたしに、プレゼントを持ってついてくるよう身振りで示した。ナンシーの先導で、フィリスとわたしは食べ物がところ狭しと並んだテーブルを迂回し、さまざまな年代のコワルスキー一族の肘や肩にぶつかりながら、階段を上って二階の廊下に出た。壁という壁が額入りの写真で、文字どおり一センチの隙間もなく埋め尽くされていた。一階に集っている生身の人たちだけでなく写真に納まっている人たちもあわせて、そんなにも大勢のコワルスキーさんたちを眼にすると、なんだか圧倒されそうだった。

フィリスもわたしも、ナンシーに続いて両開きのガラス戸を抜けてバルコニーに出た。ナンシーはバルコニーのいちばん端まですたすたと移動すると、外壁との境目になっている煉瓦の壁から緩んだブロックをひとつはずして、奥から煙草のパックとプラスティックの灰皿を取り出した。

ナンシーから煙草を勧められたけれど、フィリスもわたしも断った。「煙草を吸うなんて知らなかった」わたしは言った。ナンシーがパックから一本抜きだすのを見物しながら、わたしは言った。

「特別なときだけね」ナンシーはそう言うと、にんまり笑って紙マッチを擦り、煙草に火をつけた。フィリスもわたしも声をあげて笑った。ナンシーにとっては毎週末がその〝特別なとき〟なのだろうと察しがついたからだった。

そのあとプレゼントを渡すことになった。フィリスのプレゼントは、小型のフォトアルバムだった。ナンシーはきゃあきゃあ言って歓んだ。わたしもプレゼントを差し出した。紙筒のパッケージに入ったレッド・マジェスティの口紅だった。包装は省略した。

ナンシーはわたしの手からひったくるようにして受け取ると、さっそく口紅をくりだして色を確かめた。

「あなたがつけてる色ね。いつもすてきだなって思ってたの」

「じつは姉が好きだった色なの。口紅はいつもこの色を選んでた。亡くなるまえのことだけど」

ナンシーもフィリスも黙ったまま、わたしをじっと見つめた。

「お姉さんはまだ強制収容所にいるんだと思ってた」しばらくしてナンシーが言った。

わたしは首を横に振った。わたしたちを歓迎するように、気持ちのいい風がトネリコの木の葉を揺らし、バルコニーまで渡ってきた。

わたしはこれまでのことをなにもかもふたりに話した。わたしたちがそれまで住んでいた家を追い出され、父が勤めていたトナイ青果卸店も近所のハクジンが経営する同業店に乗っ取られたことを。軍の監視下でマンザナーまで車で移動したときの恐ろしさを。オーウェンズ・ヴァレーを吹きすさぶ、鋭い鞭のような風の過酷さと広大なシェラネバダ山脈のふもとの荒涼たる盆地の寂寥感を。建てられたばかりのバラック小屋が何列も並んでいて、そこがわたしたちの住まいとなったこと――わたしの場合はそこで二年以上も暮らしたことを。その後、ひと筋の希望が見えてきて、日系人であってもアメリカ生まれで、素行に問題のない者は出所を許され、アメリカ内陸部に、わたしたちが行ったこともない未知の場所に移住することになり……姉はそのメンバーに、かなり早い段階で選ばれたことを。両親とわたしも姉につづいてシカゴに向かうことになってはいたけれど、結局のところ、姉と生きて再会する日はこなかったことを。

フィリスの眼に激しい怒りが浮かんでいた。「そんなの、おかしい。まちがってる」フィリスはそう言って首を横に振った。

ナンシーは一本めの煙草を灰皿でもみ消し、すぐに二本めに火をつけて吸いだした。「それで、アキのお姉さんはどうなったの？」

「クラーク・アンド・ディヴィジョン駅で地下鉄に轢かれて亡くなったの。だけど、亡くなるまえに性的暴行の被害に遭ってたし、妊娠してシカゴで中絶の処置を受けていたこともわかったの」

ナンシーはことばも出ないようだった。わたしの話のどの部分にいちばん憤っているのかはわからなかったけれど。

「そのときの処置がうまくいかなかったみたいで。その処置をしたのが、ステート・ストリートにある医院（クリニック）だったことがわかったから、今日このあと、どんなところなのか見に行ってみようと思ってる」

「ふうん、なるほど。でもね、アキをひとりで行かせるわけにはいかない。わたしも一緒に行くわ」ナンシーが間髪入れずに同行を申し出た。

「だめよ。だめに決まってるでしょ？」とわたしは言った。「あなたのお誕生日パーティーなのよ。お客さまをほっぽらかしてパーティーの主役がいなくなるなんてだめでしょ？」

「お客さま？　みんな家族よ。わたしがどこにいようと、なんならいてもいなくても、誰も気にしやしないわ。わたしの誕生日ってのは、親戚一同で集まるためのたんなる口実だもの」

「わたしは反対」とフィリスが言った。「やめておいたほうがいいと思う。危ない目に遭ったり、面倒なことに巻き込まれたりする可能性もあるんだから」

「自分で言うのもなんだけど、わたしって人に話を聞くのが得意じゃない？　アキひとりじゃ、誰からもなにも訊きだせずに終わるのがおちよ。見ず知らずの人が相手なんだもの、ぜったいに無理よ」

フィリスは唇をきゅっと結んだ。これには同意せざるをえなかったのだ。職場の同僚たちはわたしのことを、じつは鋭く見抜いていた、ということだった。

ナンシーに姉の中絶処置をした医師の名前を訊かれて、わたしは手帳を見せた。「電話帳で住所を調べてみる」声に出さずに唇だけ動かして医師の名前を復唱しながら、ナンシーはいったん室内に戻った。

バルコニーに残ったフィリスとわたしは、互いにぎごちなく黙り込んだ。わたしはトネリコの枝にとまっている青い色の小鳥に気を取られているふりをした。

「悪いけど、わたしはなんの力にもなれない」とフィリスが言った。このあと家族と夕食を食べることになっているから、というのが理由だったけれど、それだけではないことはわたしにもわかった。万一警察が出てくるような事態になりでもしたら、黒人であるフィリスは、ナンシーよりも、なんなら日系人のわたしよりも、眼をつけられる可能性が高いし、まずい立場に立たされやすいのだ。

「そんなこと、お願いするつもりはないもの。ローズはわたしの姉なんだし、フィリスにもナンシーにも、まったく関係のないことじゃない？」いつになく刺々しい口調になってしまって、言ったとたんに後悔した。考えてみれば、フィリスのお兄さんのその後について、しばらく尋ねてもいなかった。「それはそうと、その後お兄さんのレジーは？」

「軍はハワイに移送してリハビリを受けさせるつもりみたい。うちに帰らせてくれれば、ちょっとは安心できるんだけど」

フィリスの抱えている不安と心配の重みが、わたしにも伝わってきた。わたしたち三人はそれぞれがそれぞれの問題を抱えている。わたしが抱えている問題に、ふたりを巻き込もうとするのは、身勝手以外のなにものでもなかった。

ナンシーは医院の所在地を突きとめた興奮で頬を紅潮させて戻ってきたけれど、わたしは自分の考えをはっきり伝えておくことにした。「ねえ、聞いて、わたしの個人的なことにあなたまで巻き込むわけにはいかない」

「なに言ってるのよ、あなたやあなたのご家族の身にふりかかったことは、断じて許しがたいことよ。アキにはシカゴっ子の気概ってもんがわかってない。こんなこと、あなたひとりきりで乗り越えさせるわけにはいかないの。だよね、フィリス？」

「わたしたち、友だちだもの」フィリスのその飾りけのないことばが、わたしの心の奥底まで響いた。

「そう、わたしたちは友だちなの。お互いにお互いのことを気にかけるべきなの。それにね、正直に言っちゃうけど、このパーティーにはもう死ぬほど退屈してるのよ。今のわたしには刺激ってもんが必要だわ」

ナンシーの恐れ知らずの意気込みが、わたしの気持ちをふわりと持ちあげた。同性の親友がいたらいいのに、と長いこと思いつづけてきたけれど、こうして思いがけずその願いがかなって、親友がひとりどころかふたりもできたのだ。わたしは天にも昇るような嬉しさと一抹のこそばゆさを感じていた。

第二十二章

　問題の医院（クリニック）は、ループの内側の東寄りの、高級店が建ち並ぶエリアにあった、マーシャル・フィールド百貨店の、通りを隔てた向かい側で、ミシガン湖まで数ブロック、グラント・パークや姉の働いていた製菓工場からもそれほど遠くなかった。ナンシーと地下鉄に乗っているうちに、胃袋のあたりがぎゅっと収縮してだんだん重くなってくるのを感じた。ナンシーを巻き込んでしまったのは、正しいことではなかった。こんな事態を招くようなことを不用意に、しかも選りにも選って当のナンシーの誕生日に、口走ってしまったことが悔やまれた。ところがナンシーのほうは意気に燃えているようだった。カメラの入ったバッグを肩から斜め掛けにして、地下鉄の車内のポールをぎゅっと握り、背筋をまっすぐに伸ばして足を踏ん張っていた。日ごろからナンシーには、ふと会話がとぎれると、無理にでもなにかしゃべることで沈黙を埋めようとするところがあって、そういうところは苦手だと思っていたけれど、それはそういう性格なのではなく、不安になったときの癖だということに気づいた。ナンシー・コワルスキーはわたしがこういう人だろうと決めつけていたよりも、ずっと奥深い人だった。

日曜日だったこともあって、街中に会社勤めの人たちの姿はなかった。医院(クリニック)の入っているビルが近づくにつれて、迷いが生じた。違法な中絶処置を行っている人が、ようこそ、よくいらっしゃいました、と歓迎してくれるわけがないし、そもそも面会の約束を事前に取りつけているわけでもない。「ねえ、改めて考えてみると、無駄なんじゃないかと思うの」わたしは声をひそめてナンシーに囁いた。「訪ねていったところで、つまみ出されるのがおちよ」

「ここまで来たんだよ」とナンシーは反論した。ナンシーにはいったんこうと決めたら、あとには引かないところがある。事の顛末を最後まで見届ける気でいるようだった。「医者当人には無理でも、患者さんたちから話を聞くことぐらいはできるんじゃない?」

というわけで、わたしたちは少し離れた高層ビルのバルコニーのしたで待機しながら、ときどき歩道を通りかかる人たちを観察した。三十分ぐらいしたとき、ちょうどわたしたちぐらいの年齢のハクジンの女の人のふたり連れが、医院(クリニック)のあるビルに近づいていくのが見えた。ずいぶんゆっくりした足取りで、ふたりのうち小柄なほうの人の足取りが特にぎこちなかった。二、三歩進んだかと思うと急に立ち止まり、肩からかけているカーディガンを落ち着きなく引っ張ったり、まえをかきあわせたりしている。怯えているように見受けられた。あっと思ったときには、ナンシーがふたりを追いかけて走りだしていた。

「すみません、ちょっとすみません」ナンシーは声を張りあげた。ふたりは足を止めた。小柄なほうの人は、怯えているのを通り越して恐怖におののいていた。もうひとりの人がナンシーになにごとか話していた。その表情から判断して、声をかけられたことを迷惑に思っているようだった。カーディガンをはおっているほうの人がおなかを押さえて来た道を引き返しはじめると、連れの女の人もそれにつづいた。

「なんて話しかけたの？」バルコニーのしたに戻ってきたナンシーに尋ねた。

「マクグラス先生の医院(クリニック)を探してるんですけど、どこにあるかご存じですかって訊いてみたの」

「ナンシー、小柄なほうの人、死ぬほど怖がってたよ」

「うん、だよね、声のかけ方を工夫しないとだめだって、わたしも思ってたとこ」

通りのこちら側の歩道を、中年の女の人が娘らしき女の子を連れて近づいてくるのに気づいた。ふたりともハニーブロンドの髪で頬骨が高く、細くて華奢な首をしていた。ナンシーは隣に並んで歩きだした。ふたりは最初びっくりした様子で、次いで困惑の表情になり、マーシャル・フィールド百貨店のほうを指さしたあと、足取りを早め、ナンシーをその場に残したまま医院(クリニック)のある建物に入っていった。

ナンシーは肩を落として戻ってきた。「ちょっと世間話でもしようと思って、このあたりでいちばん近い薬局はどこですかって訊いてみたんだけど……あの人たち、わたしとはともかく話をしたくなかったみたい」

それからもう何分か、わたしたちは待った。通りかかる人はそれ以上いなかった。通りの向かい側にシボレーのセダンが停まっていて車内に男の人がいたけれど、その人も新聞の日曜版に読みふけっていた。「これじゃ埒が明かない」とナンシーが言った。「このままじゃどうにもならないじゃない？　ちょっと医院まで行ってなかの様子を探ってみる」

「だめ。ぜったいにだめ。思いつきで来てみたけれど、やっぱりいい考えじゃなかった。話を聞くにしたって、誰もなにも認めるわけないもの」

「長くはかからない、ほんの何分かで戻ってくるから、ね？」ナンシーはそれだけ言うと、医院のある建物に向かって駆けだした。カメラを入れたバッグをお尻のうえで弾ませながら。

わたしはびくびくしながらナンシーを待った。ちょうど秋の盛りだったので、天候や気温の面で戸外で待っているのが苦痛になることはなかったけれど。ステート・ストリートを一陣の風が吹き抜け、あちこちの建物の旗竿(はたざお)のてっぺんで星条旗がいっせいに翻った。

そんな光景を眺めるともなく眺めていたとき、何台かのパトロールカーと護送車が一台、猛スピードでやってきて、マクグラス医師の医院(クリニック)のある建物のまえで次々に停まった。車内からジャケットのうえからホルスターベルトを装着した警官たちがぞろぞろと歩道に降りたち、小走りで建物に入っていった。シボレーの車内で新聞を読んでいた男が降りてきて、歩道に立っていたもうひとりの私服警官に合流した。

そんな、そんな、まさか……バルコニーのしたには隠れる場所もなくて、わたしはその場に突っ立ったまま震えていた。ナンシーを救い出さなくてはならない。それだけはわたしにもわかった。最初の一歩を踏み出すのが、いちばん難しかった。あとは加速度的に勢いがつき、足がどんどんまえに出た。医院のあるビルの玄関まであと一メートルぐらいのところで、制服警官に行く手を阻まれた。「だめですよ、お嬢さん、なかには入れません」

野次馬根性が旺盛な人たちが、早くも集まりだしていた。「さがって、さがってください」それ以上の接近を阻むべく、警官はこちらに向かって両腕を突き出した。

そのとき、建物のなかから入院患者用のガウンにシャワーキャップをかぶった女の人が出てきた。頬を涙で濡らしながら、警官に連れられて煉瓦の階段を降り、パトロールカーに乗せられた。そのあとは制服警官に拘束された女の人や男の人がぞくぞくと出てきた。白衣に白い帽子をかぶった男の人ふたりは、それぞれ別々のパトロールカーに乗せられ、ほかの人たちは護送車に収容された。最後に警官に連れられて出てきたのがナンシーだった。

立哨（りっしょう）に就いている警官の注意が野次馬から一瞬逸れた隙に、わたしは眼に見えない規制線を強行突破して護送車に駆け寄った。ナンシーは車内に監禁され、車の窓についた金網に顔を押しつけるようにしていた。泣いてはいなかったけれど、精根尽き果てたといった顔で眼ばかり大きく見開いていた。

いつかこうなるんじゃないかと恐れてはいた。けれども、それは自分の身に起こるかもしれないと思っていたことであって、よもやナンシーがこんな目に遭うことになろうとは……。「必ず助けるから！」動きだした護送車に向かって、わたしは大声で叫んだ。パトロールカーと護送車の車列がステート・ストリートを遠ざかっていった。

地下鉄でクラーク・アンド・ディヴィジョン駅まで戻るあいだ、激しい動悸はおさまらなかった。心臓が服を突き破って飛び出すかと思うほどだった。地上にあがり、通りを走って自宅のアパートメントの建物に入るなり、二階まで駆けあがり、玄関のドアを平手で連打した。

ドアが開いて、ハリエットが頭の半分にカーラーをつけた姿で顔を出した。「なにをそんなに――」

「ダグラスにお願いがあるんです。友人のことで。姉が中絶処置を受けた医院（クリニック）を調べにいったんですが、そこで警察に捕まってしまって」

ハリエットに声が大きいとたしなめられ、室内に引っ張り込まれた。

うながされるまま、わたしはベッドに坐った。「わたしの責任です、なにもかも」あとはもう一気に、なにがあったかを話した。

「で、その友人というのは、どういう人なの？」

「ナンシー・コワルスキーといって、ニューベリー図書館で一緒に働いている同僚です」

ハリエットは自宅の部屋に電話を引いていた。たぶん、戦時転住局（WRA）の仕事で頻繁に電話をかけたり受けたりする必要があるのだろう。黒い電話機の受話器を持ちあげ、ハリエットはすばやくダイアルをまわした。相手の電話番号を覚えている、ということだった。こちらに背を向け、相手とは小声で話していたので、なにを話しているのかはほとんど聞き取れなかった。

ほどなく話を終えて、ハリエットは受話器を架台に戻した。

「どうなっているんですか？」

「待つしかないわ」とハリエットは言って、即席の鏡台のまえに戻り、残りの髪をカーラーで巻いた。

助けてもらっている手前、ハリエットに敬意を表して、言われたとおりおとなしく口をつぐんで坐っていたけれど、いくらもしないうちに、それ以上もう居ても立ってもいられなくなった。「どうしてそんなに冷静でいられるんですか？　心配にはならないの？」

ハリエットはわたしをじろりとにらんだ。「戦時転住局（WRA）の再移住事務所でわたしたちは毎日、なにをしてると思う？　あちこちの火を消してまわってるのよ。年若い娘さんが未婚のまま赤ちゃんを産もうとしたり、日系人の経営する賭博場に警察の手入れが入ったりするから。そういうことがあるたびに、頭を切り落とされた鶏みたいに、うろうろおろおろ駆けまわってたりしたら、この仕事は務まらないの」

問題児はわたしだけではない、ということだった。

「人生の主導権を自分の手に取り戻すべきよ、アキ。あなたはあなたの人生を生きるの、ローズのためにも」

ハリエットのそのことばが、わたしの胸を刺した。わたしは姉の足跡をたどることで自分をすり減らし、その結果、姉の遺してくれたものを粗末にしていることになるのだろうか、と自問した。

数分後、電話が鳴った。思わず飛びあがりそうになった。相手の声がよく聞き取れるよう、ハリエットは受話器を耳に当てたまま首を一方にかしげた。「ええ、はい……そうなのね、わかりました」と言って、わたしのほうに顔を向けた。「ダグラスの話だと、ナンシーはイーストシカゴ・アヴェニュー署に勾留されているって。シカゴ・アヴェニューとの交差点を曲がってすぐのところの警察署よ。念のため、住所も必要？」

「いいえ、場所はわかりますから」

警察署の受付デスクには、その日もまた白髪頭をグリースでてからせた、あの横柄な警官が詰めていた。またしても木で鼻をくくったような応対のあげくに追い払われるのか、と身構えた。

「グレイヴス巡査部長に話があります」わたしは受付デスクの警官に向かって言った。

「本日は不在でね」

不在？　解せなかった。確かに日曜日ではあるけれど、あれほど大掛りな手入れがあったのだ、署に所属している警察官全員に招集がかかっているものではないのだろうか。納得はできなかったけれど、いずれにしても、受付デスクに坐らせるには最も適さない部類のその警官相手に、用件を伝えるしかなさそうだった。「ナンシー・コワルスキーの勾留を解いてください。無関係なので。彼女を拘束したのは、とんでもないまちがいですよ」

白髪頭の警官はクリップボードに挟んである書類で確認してから言った。「当該人物は妊娠中絶に関与した容疑で拘束されてる」

「そんなの、おかしいでしょう？　妊娠すらしてないのに」

受付デスクの警官には、わたしの反論に耳を貸す気はないようだった。「留置場から出してやりたいなら、保釈金を持ってくるこった」

「いくら？」

「二百五十ドル」

金額を聞いて、卒倒しそうになった。わたしのお給料を二ヵ月分はたいても足りないほどの金額だった。もちろん、いざというときのための蓄えがあるわけでもない。そんなときに助けてくれそうな人はひとりしかいなかった。わたしは警察署の階段を駆けおり、通りかかったタクシーを停めた。ナンシーには警察署の留置場でひと晩過ごすようなことはさせない、ぜったいにさせない――それだけは心に決めていた。

幸い、バッグに入れて持ちあるいている手帳に、ロイの住所を控えてあった。ロイがイケと暮らしているアパートメントは、昼間の明るさのなかで改めて見ると、思っていたほど立派ではなかった。外壁の塗装はいくらかすすけていたし、前庭は手入れが行き届いていなかった。二度めのノックでドアが開き、ロイが顔を出した。昼寝をしていたようで、髪はぼさぼさだし、膝下までのショートパンツにうえはランニングシャツだけ、という恰好だった。

「ちょっと困ってるの」とわたしはロイに言った。

「まあ、ともかくなかに入れ」寝ぼけ眼をこすりながら、ロイはわたしをなかに通した。

ソファに坐るのももどかしくて、わたしは手織りの絨毯を踏みしめたまま突っ立っていた。そして「ちょっとお金が要るの」といきなり切り出した。

「いったいなにをやらかしたんだ、アキ?」とロイは言った。心配している、というよりもうんざりしているような口調で。

「友だちが、職場の同僚なんだけど、その子が困ったことになっちゃって」わたしはバッグの持ち手をぎゅっと、指の関節が白くなるぐらい強く握り込んだ。

「困ったことってのは?」

「それは言いたくない」

「そんなとこまでローズの真似か？」

わたしは一歩あとずさった。ロイが非難のことばを浴びせかけてくる気がしたからだった。

「なにを言われてるのか、よくわからないんだけど」

「ローズも金を貸してほしいと言ってきたんだ。亡くなるつい何日かまえに」

「そのこと、今までどうして教えてくれなかったの？」姉が亡くなってもう何ヵ月にもなるのに、そのあいだずっと黙っていたなんて……なんて人だろう、と胸のうちでつぶやいた。

「じつを言うと、今の今まで忘れてたんだ。うちに押しかけてきて藪から棒に金を貸してくれって。さっきのおまえと同じだよ。それで思い出した」

「で、お金は貸したの？」

「いくらか渡した。少なくとも、そのとき手元にあった現金をかき集めて残らず渡した。二十ドルぐらいだったかな」

「なんのためにお金が必要なのか、言ってなかった？」

ロイは首を横に振った。「それまでローズとはしばらく会ってなかったから、おれを頼ってくれたことが嬉しかった」ロイは椅子の背にかけてあったチェックの半袖シャツに腕を通した。「アキ、力になれなくて申し訳ない」シャツのボタンをとめながら、ロイは言った。「おれ、入隊することにしたんだ」

「えっ？」わたしはソファにへたり込むように坐った。

「志願して陸軍に入隊することにした。で、これまで貯めてた金を全部まとめて姉貴に送金しちゃったばかりでね。家族が収容所から出て移住するときの足しにしてもらおうと思って。親父がやっと出られることになったんだ、サンタフェの外国人収容所から」

わたしのまわりにいるニセイの若者たちは、ひとり欠け、ふたり欠けして、気がつくとみんな前線に送られていた、ということになりそうな気がした。

「うん、だったら気にしないで。事情はわかったから」そう、わたしには誰よりもよくわかった、それまで行ったこともない見ず知らずの土地で、頼れるあてもないまま新しい生活をはじめるのが、どれほどお金のかかることか。「でも、ロイ、どうして志願することにしたの？　死傷者が増えてるってニュースは聞いてるでしょ？　とくにニセイの人たちがたくさん犠牲になってるって」

「アキ、おれは生まれてからずっと敷かれたレールに乗っかって生きてきた。おまえならわかるだろ。両親の望むとおりにしてきた。やれと言われたことをやり、やるなと言われたことはやらずに。でも、もうそういう生き方はできない」

ロイは目下、イタリア系の女の子とつきあっている、とイケが言っていたのを思い出した。その子のことには触れなかったので、わたしのほうから持ち出すことは控えた。

わたしはソファから立ちあがった。「シカゴを発つ日がわかったら教えて。ちゃんと見送りたいから。うちの両親も見送りたいと思うだろうし」

「それは嬉しいな」ロイはテーブルに置いてあったお財布をつかみ、二十ドル紙幣を一枚抜き取ってわたしに差し出した。

「ううん、いいって。ご家族のほうでこれからいろいろと物入りになるだろうし」

「おれにとっちゃおまえも家族だ」とロイは言った。そう言われてしまうと、それ以上押し問答を続けるわけにもいかなくなって、わたしは紙幣を受け取った。

　抱きあうのはやめておいた。部屋にはロイとわたししかいなかったし、ロイはショートパンツ姿だったし、抱きあってもいいと思える状況ではなかったから。かわりに黙って見つめあった。そして気づいた。ロイにはたしかに山ほど欠点があるけれど——たとえば短気だったり、前後の見境なく思っていることをすぐに口にしてしまったり——だからこそロイのことが気がかりなのだ。実の兄を思うように。そんなわけで、ロイに対して以前と同じ温かな気持ちを取り戻すことはできたけれど、それで目下の問題が解決したことにはならなかった。保釈金の足りない分を工面できなければ、ナンシーを警察署の留置場から救出することはできない。地下鉄の駅のロッカーに預けてある銃を売ればなにがしかになるかもしれなかったが、あんな物騒なものを持ってクラーク・ストリートを歩きまわるのは文字どおり犯罪者のすることに思えた。それに、自分の身を守るために必要になるときが来ない、という保証もなかった。となると、できることはあとひとつしかなかった。わたしにとっては、いちばん実行したくなかったことだけれど。

うちに帰って、寝室のドレッサーのわたし用に割り当てられた二段めの抽斗を開けた。抽斗の隅の下着のしたに、アートからもらった小さな青い箱を隠してあった。ユーニス伯母さんが日本人の夫から贈られたその尊い婚約指輪は、アメリカの市民権を失うこともいとわない愛の証しでもあった。けれども、いっぽうわたしの友人であり、同僚でもあるナンシーも、わたしが姉の最後の数週間になにがあったのかを突きとめようとしたときに、わたしの味方をして行動を共にしてくれた、事実上、シカゴでたったひとりの人でもある。アートがミシシッピ州の酷暑のなか、軍事訓練で汗まみれになっている姿が浮かんだが、大急ぎで頭から払いのけた。後ろめたくて、文字どおり最低の気分だった。だけど、ほかになにができるというの？　そう思うことで、わたしは自分を奮い立たせた。

第二十三章

警察署に取って返すと、ナンシーの一族がこぞって駆けつけてきていた。口々に質問を浴びせられたけれど、わたしには、これはすべて警察側のとんでもないかんちがいによるものだ、としか答えられなかった。とりあえず、署のロビーの木のベンチに、一族のなかでも高齢の女の人たちに坐ってもらって、わたしは正面玄関のそとの階段に立って、受付デスクに並ぶ人の列が短くなるのを待った。陽が傾くにつれ、情けなさが募った。たくさんの人の期待を裏切ってしまった、という思いが胸に重くのしかかった。数えるほどしかいない友人のひとりであるナンシーも、アートも、ユーニス伯母さんも結果的に失望させてしまったことになる。そのことに気持ちが持っていかれていたので、玄関まえの階段をのぼってきた男の人がこちらに近づいてくることにも気づかなかった。

「アキ」ダグラス・ライリーだった。フェルトの中折れ帽（フェドーラ）をかぶって、いつもより背筋をしゃんと伸ばしていた。

「どうして——」

「ぼくになにができるか、確かめてみようと思ってね」

そのことばを聞いたとたん、胸に安堵の波が押し寄せてきた。わたしにも擁護者であり代弁者が、それもハクジンの、政府機関の現場で働いている人物が来てくれたのだ。相手がダグラスとなれば、さしもの警察も話を聞かないわけにはいかないはずだった。

「これを」わたしは分厚い封筒をダグラスに手渡した。

「これは？」

「保釈金です」

ダグラスは一瞬、なにごとか言いかけた。ひょっとすると、わたしがどうやってこれだけの現金を手に入れたのか訊こうとしたのかもしれない。けれども途中で思いなおしたように開きかけた唇をつぐみ、こくりと短くうなずいて、署内に入っていった。

婚約指輪を持って家を出たあと、わたしはまっさきに思いついた質店、〈アロハ〉の隣で開業している質店に向かった。そこに店を構えたのは、つきに恵まれなかったギャンブラーが小銭まで使い果たしたあと、次は腕時計を現金に換えようとするにちがいないと見越してのことだと思われた。質店の主人はルーペを取り出してきて、わたしの持ち込んだ婚約指輪のダイアモンドをじっくり検分した。その結果、言われた値段に異は唱えなかった。ナンシーの保釈金をまかなうには充分だったし、それ以外のことには気をまわしている余裕もなかったのだ。

わたしは左手の薬指を撫でた。指輪は必ず取り戻せる、と自分自身に言い聞かせながら。

ダグラスが帽子を手に警察署の玄関から出てくるまで、永遠とも思えるぐらい待った。陽がとっぷりと暮れ、街灯がともりはじめていた。「まもなく釈放するそうだ」ダグラスはそう言うと帽子をかぶり、つばをぐっと引きさげた。

「よかった、ほんとによかった」わたしは胸に溜めていた息をほうっと吐き出し、玄関のドアのほうに向きなおった。

「なかに入るのは、ぼくだったら今はやめておく」

「なにか理由でも？」

「ご家族はとても動揺している。なにしろ敬虔なカトリック教徒だからね。きみがどういうわけでナンシーをあんな目に遭わせたのか、おそらく理解できないと思う」

それはナンシーが自ら一緒に行くと申し出てくれたから——事実はそうだとしても、確かにダグラスの言うとおりだった。そもそもナンシーを巻き込むべきではなかったのだし。

「時間に任せることだ。時間がたてば、気持ちもおさまるだろうから」ダグラスは街灯のほうに顔を向けた。街灯の光を受けてシルエットになったダグラスの横顔に、わたしは不思議と気持ちが落ち着くのを感じた。

自宅に帰りついたとき、娘がそんな遅くまでほっつき歩いていることに腹を立てた両親のお説教が待っているものと覚悟していた。ところが、ふたりともけろりとしていた。友だちと一緒に過ごすのがあまりにも愉しくて、ついつい時間の経つのを忘れているのだろう、と思っていたらしい。ほんとうのことを知られようものなら、この先シカゴ暮らしがつづくあいだ、アパートメントから一歩もそとに出してもらえなくなっていたにちがいなかった。

両親が寝たあと、共用廊下の公衆電話から何度かナンシーに電話をかけてみた。電話に出た人に名前を言うたびに、そこで電話を切られた。コワルスキー一族にとって、アキ・イトウは呪われた存在なのだ。

翌朝、出勤したあと、わたしたちの上司であるミセス・キャノンが受付カウンターにやってきて言った。「ミス・コワルスキーが辞めたの。代わりの人を大至急探すことになるわね」

わたしはフィリスと顔を見あわせた。

「昨日あのあと、なにがあったの？」ミセス・キャノンが受付カウンターを離れるのを待って、フィリスが小声で訊いてきた。

わたしはカウンターの奥の部屋に一緒に来てほしいと身振りで伝えた。「フィリス、あなたの言ったとおりだった。ナンシーはマクグラス医師とはなんの関係もないんだもの。一緒に行ってもらったのがまちがいだった」そして日曜日の午後の顚末をあらいざらい話して聞かせた、フィリスは黒い眼をまん丸くして、口をあんぐりと開けた。

そうこうするうちに、図書館の雑用係がその日の新聞各紙を届けにきた。利用者が閲覧できるよう各紙ごとにバインダーに綴じ込むのが、わたしたち助手の仕事だった。すぐに一面トップの見出しに眼がいった——〈警察、違法中絶施設を強制捜査、医師一名を逮捕〉。もちろん記事にも眼を通した。フィリスもシカゴで発行されている別の新聞の見出しに気づいて同じように記事に読みふけっていた。「まずいわ、これは」しばらくしてフィリスが言った。「ものすごくまずいと思う」

実名が報じられたのは、マクグラス医師と医院の共同経営者の医師だけだったので、ひとまず胸を撫でおろした。「ナンシーは保釈されたの、保釈金を支払ったから。警察もじきにナンシーに対する容疑を残らず取りさげるはずよ。ナンシーは間の悪いときに間の悪い場所に居合わせたただけなんだもの」

「だけど、間の悪いときに間の悪い場所に居合わせること自体、最悪の事態になるうるものよ」とフィリスは言った。

そのあともわたしたちは手当たり次第に新聞記事を読みあさった。〝リップ・ヴァン・ウィンクル〟教授にカウンターをコツコツとノックされるまで。「今日はミス・コワルスキーが出勤してくる日じゃないのかね？」

ナンシーは教授のお気に入りの助手だった。〝リップ・ヴァン・ウィンクル〟教授ことミスター・アレグザンダー・ミュラーは、元大学教授で、白髪交じりの顎鬚は三つ編みができそうなぐらい長い。わたしたち助手三名のなかで、教授の語るリンカーン大統領時代のアメリカについて、南部と北部の分断と格差について耳を傾け、話についていけるのはナンシーだけだった。

「いいえ、今日は来ていません。じつは辞めたんです」

ミスター・ミュラーはよろよろとあとずさった。「本人からはなにも聞いておらん。なにかご事情がおありなのだろうか？」

教授の落胆ぶりは充分すぎるほど理解できるものだった。ナンシーが辞めて歓ぶ人はひとりもいない、ということだった。

教授の質問に直接答える代わりに肩をすくめ、教授から貸出請求のあった書籍を探すため、書庫に向かった。書籍を抱えて受付カウンターに戻ったときには、自分がなにをするべきか、結論は出ていた。

「フィリス、あなたから電話して」わたしは強い口調で頼んだ。「わたしがかけても、ナンシーのうちの人はみんな、取り次いでくれないから」

「そう言われても、わたしだって……」

「お願い。関わりになりたくないって思ってるのは承知のうえよ。だけど、これはナンシーと図書館の仕事に関わる話なの。それに昨日、言ってくれたじゃない？　わたしたちは友だちだって」

フィリスは唇をすぼめて考え込む顔になった。フィリス・デイヴィスは心にもないことを言う人ではない。そしてわたしが繰り返したフィリス自身のことばが、今度は当のフィリスの胸を打ったようだった。

「わかった、いいわ」とフィリスは言った。「休憩時間になったら電話してみる」

レファレンスサーヴィス窓口には、学術機関に問い合わせたり、また問い合わせを受けたりするための電話が設置されている。それを利用することにした。フィリスが受話器を取りあげるのを待って、わたしは手帳を見ながらコワルスキー家の電話番号を読みあげた。フィリスはほっそりとした優雅な指をしていたが、爪は平べったくてユニークな形をしていた。その指でフィリスは、わたしが言う番号をゆっくり慎重にダイアルした。ダイアルが元の位置に戻り、次の番号がまわされるのを、わたしは辛抱強く待った。最後の番号がダイアルされたあと、わたしはフィリスが耳に当てている受話器のすぐそばまで自分の耳を近づけた。

「もしもし？」受話器を通して聞こえてきたナンシーの声は、いつになく沈んでいた。

「ナンシー、わたしよ、フィリス。どうしたの？　なにがあったの？　どうして辞めちゃったの？」

「切らないでこのまま待っててもらえる？」そこで掌で受話器を覆ったのか、それまで聞こえていた何人かの話し声がくぐもった。「職場から問い合わせの電話、フィリスから」と言っているナンシーの声もくぐもって聞こえた。それからナンシーは電話の会話に戻って、こんなふうに事情を説明した。「うちの両親がうるさくてね、アキがニューベリー図書館で働いている限り、同じところで働くことはまかりならんって。で、働けなくなっちゃったわけ」

わたしはことばを失った。朗報は、ナンシーにかけられていた容疑が残らず晴れたこと、悪い知らせは、警察がナンシーのカメラを押収したことだった。

わたしはフィリスから受話器を奪い取った。「ナンシー、わたしよ、アキ。仕事に復帰して。わたしと同じ職場で働かせられないってことなら、そんな心配はしなくても大丈夫だから」

ナンシーはなにも言わなかった。場所を移動する足音が聞こえた。しばらくして、ナンシーが囁くような小声で「保釈金だけど、どうやってお金を工面したの？」と言った。

「それはいいの、心配しないで。わたしの責任だもの。わたしのためにあそこまでしてくれたんだもの」わたしはごくりと咽喉を鳴らした。次にわたしが言うことがどんな反応をもたらすか、充分に予想できた。「ナンシー、わたしが辞める。だから、あなたは戻ってきて」

ナンシーは慌てた。ええと、とか、あの、とか、それは……ともごもご言っていたけれど、わたしは取りあわなかった。「もともと大学に進学しようかって考えてたとこだったし」そう言ってから、自分でも驚いた。ナカソネ家に招かれたとき、看護の勉強がしたいと言ったことを思い出した。もしかしたら、今回のことはそのための恰好の契機なのかもしれなかった。

辞職の意向を伝えたとき、部長で主任司書のミスター・ガイガーはそれをどう解釈するべきか、決めかねているようだった。老眼鏡をはずして、椅子の背もたれに身体を預けると、大きなデスクの向こうからわたしの顔をまじまじと見つめた。「レファレンスサーヴィス窓口でなにか問題でも？」

「ナンシー・コワルスキーが復職します。それだけ申しあげれば充分かと」とわたしは言った。「それと退職はわたしが、わたしの意志で決めたことです。勉強を再開しようかと思っていて、大学進学を考えているので」

ミスター・ガイガーはもみあげの毛を引っ張った。「ミス・イトウ、あなたに辞められるのは残念だよ」そのことばはわたしにとって過分なねぎらいのことばだった。「この図書館にとって貴重な人材だったからね」

自分の席に戻ってバッグとランチを入れた茶色い紙袋を持てば、辞職の準備は完了だった。フィリスは少し離れた、研究論文を収めた書棚の陰から、裏切られたと言いたげな顔でこちらを見ていた。ここで働いた五ヵ月のあいだに、わたしたちは不揃いながらも互いに足りない部分を補いあう、息のあった三人組になっていた。わたしたちのあいだのそんなつながりは、簡単に手に入るものではなかった。それをわたしは、とある日曜日の午後、自らの手で投げ捨ててしまったのだ。

両親になんと説明すべきか、わからなかった。わたしがニューベリー図書館の仕事をどれほど気に入っていたかは、ふたりともよく知っていたし、お寺の法会や英会話のクラスでほかのイッセイの人たちと顔を合わせれば、なにかにつけてわたしの仕事のことを自慢していたからだ。帰宅してみると、両親とも不在だった。つきたくない嘘をついて言い訳をひねりださなくてもいいことに、わたしはほっとした。湯舟に濁った茶色のお湯を張り、お風呂につかった。なにが原因で濁っているのかわからないお湯ではなく、お茶のお風呂につかっているのだと思うことにした。

湯舟につかっているあいだに、玄関のドアをノックする音が聞こえたけれど、無視した。だいじな用件なら、また訪ねてくるだろうと思ったからだ。湯舟からあがってストライプ柄のワンピースに着替えてから、先ほど訪ねてきた人がなにか残していっていないか確認するため、玄関に出てみた。玄関の脇の壁に、白い封筒が立てかけてあった。

宛名はミスター&ミセス・ギタロウ・イトウ、差出人はシカゴ検視局となっていた。姉が亡くなってから五ヵ月も過ぎているのに、検視局がどうしてわたしたちに連絡をしてくるのか、わけがわからなかった。両親が帰宅するまで待ち切れずに、わたしは封筒を開けた。父のように几帳面にナイフを使って開封するのではなく、封筒のうえの部分をただ無造作にちぎり、そのぎざぎざの開け口からなかに入っていた書面を引っ張り出した。書面は二ページにわたる検視報告書だった。

死体検案書と同様、医学上の死因は心停止と書かれていた。地下鉄の車輌が衝突した衝撃で、片方の腕の上腕動脈が断裂したため、ものの数分で死に至ったのだ。少なくとも長いこと苦しまずにすんだ、ということだった。検視官による所見として、姉は駅に入構してくる地下鉄の進路上に故意に身を投じていることから自殺と判断される、と特記されていた。ご丁寧なことに単純な転落事故と判断する証拠もなく、また故意に突き落とされた等の犯罪行為を示す証拠もないとの注釈付きで。その結論にいたるのに、検視官自ら調査のひとつもしたのだろうか？　わたしは深々と溜め息をついた。

二ページめにも眼を通した。中絶処置についての記述はなにもなかった。検視官に話を聞いた際、検視報告書には中絶処置を受けていたことを書かざるをえない、とあんなにきっぱり言っていたのに。気が変わったのだろうか？　でも五ヵ月も経ってから？　日付を確認してみた。検視報告書は昨日の日付で作成されたものだった。納得がいかなかった。

わたしはダイニングテーブルにつき、水漏れのする蛇口からしたたる水滴をにらみつけた。玄関のドアをノックする音がした。検視報告書を置いていった人かもしれなかった。急いで玄関に出て、相手を確かめもしないでドアを開けた。紺色の作業服を着た大柄なハクジンの男の人が、キャンバス地の袋を重そうに担いで立っていた。

「氷の配達に来た」とその人は言った。バタースコッチ色の口髭をみっしり生やしていて、胸板が鉄床（かなとこ）みたいに分厚かった。

「ああ、今日だったんですね」とわたしは言った。なんだか間の抜けた返答だった。日中は仕事に行っていて、うちのなかの日課にまつわるあれやこれやは、把握すらしていなかった。

「娘さんだろ？」と配達の人は言って簡易キッチンの冷蔵庫（クーラレーター）に向かった。残っていた氷を取り出して流し（シンク）に置いてから、袋に入れて担いできた大きな氷を軽々と持ちあげて、庫内上部の氷を入れる棚におさめた。

「両親から聞いてなくて」

「配達は毎週月曜日だよ。今日は少し早く来ちまったんだが、娘さんがいてくれたんで助かった」と配達の人は言った。おでこにも頬にも皺が刻まれていた。それでも父よりは十歳は若いにちがいなかった。「クーポンはあるかい？」

「ええと……クーポン、ですか？」母が以前、氷を配達してもらったときに渡すクーポンを綴りにした切符帳のようなものを買っていたのは覚えていた。キッチンの抽斗のなかを探してみた。赤い文字で〈ブース氷販売店〉と印刷されたクーポンの綴りが一冊出てきた。最初のほうは使ってあって半券しか残っていなかったけれど、最後のページだけ券が残っていた。どの券にも端に〝20lb〟と氷の目方が印字されていた。

わたしは綴りの一枚を丁寧に切り取って配達の人に渡した。そのとき、その券にどことなく見覚えがあるような気がした。赤いインクで印字された〝20〟という数字に――姉の日記帳に挟んであった紙片に印刷されていたのと書体が似ているような気がした。

配達の人は、作業靴がリノリウムの床をこする音をさせながら、玄関に向かっていた。帰ってしまうまえに、訊いてみることにした。「ところで、おたくのお店には日系人の配達の人もいますか？」

配達の人はこちらを振り向いた。額の皺が深くなっていた。「常勤にはいないけど、ときどき手伝いを頼んでる日系の若いのはいるよ。別の仕事とかけもちしててね。マーク・トゥエイン・ホテルのフロントの仕事だと言ってたな」

あのウェーヴのかかった髪にたくましい身体をしたニセイの若い男――なんという名前だったか記憶をたどった。ケン？　ケンイチ？　ううん、ちがう、ケイゾウだ。思い出すことに夢中で、氷の配達の人が帰ったことにもしばらくは気づかなかった。急いで寝室に向かった。バッグに入れっぱなしにしていた封筒を引っ張り出し、それをダイニングテーブルに持ってきて、犯人が遺していった証拠の品である紙片を取り出した。そしてブース氷販売店のクーポン帳の券と見くらべた。完璧に一致した。紙片は氷のクーポン券の切れ端だった。ということは、わたしから姉を奪ったのは、ケイゾウというあの若い男ということだろうか？

第二十四章

マーク・トウェイン・ホテルのまえに立ちながら、わたしは人待ち顔でときどき手帳に眼をやり、誰かと待ち合わせをしているふりをした。ホテルのフロントにケイゾウの姿はなく、鼻先をぐいっと押しあげたような獅子鼻のハクジンの男の人がカウンターについて書類を仕分けしていた。ケイゾウに会ってどうするか、わたし自身決めかねていた。黙って眼をじいっと見つめたら、どんな反応を示すか、まずは試してみたかった。羞恥心(しゅうちしん)と罪悪感のあまりすっと眼を逸らすかもしれないし……いや、むしろ、人間的な感情の片鱗(へんりん)ものぞかせず冷徹に見つめ返してきそうな気がした。

「アキ、こんなところに突っ立ってなにしてるの?」〈ビューティー・ボックス〉のペギーだった。シャンプー用のスモックをひと抱えにタオルが山ほど詰め込まれた手提げ袋まで持っていた。

「あらら、大荷物じゃないですか。手伝います」わたしは手帳をバッグにしまって、ペギーの手から手提げ袋を受け取った。

ペギーにつづいてロビーに入りながら、眼でケイゾウを探したが、あいかわらず姿はなかった。想像力が暴走している自覚はあったが、きっと陰に隠れて虎視眈々と獲物が通りかかるのを待ちかまえているのだろうとしか思えなかった。

ペギーがお店のドアの鍵を開けるのを待って、ふたりして店内に入った。ペギーはお店の明かりをひとつひとつつけてまわってから、抱えていたスモックの山を椅子の座面に積みあげた。

「あなたは命の恩人よ」と言って、わたしの持っていた手提げ袋を引き取った。「だいじな用事があったんじゃない？　無理につきあわせちゃったんじゃないといいんだけど。誰かと待ち合わせしてたんでしょ？」

とたんに鼓動が速くなった。でも、ここは落ち着いて考えなくてはならないところだった。いつの間にかわたしにとって大好きな人になりかけているこの人のまえで、不用意に口を滑らせて、言うべきではないことまで言ってしまいたくなかった。「ええと、フロントで働いているニセイの若い男の人がいるでしょう？　ひょっとしてお知りあいですか？　たしかケイゾウさんといったかと思うんだけど」

「まさか、あの男とつきあってるわけじゃないわよね？」ペギーのいつもの朗らかな表情がしかめっ面に変わっていた。

「いいえ、まさか」

ペギーはほっとしたようだった。「わたしだって、人のことは悪く言いたくないのよ。だけど、あの子はいささか問題ありだわ。うちのお客さんが何人か、それも若い人ばかり怖い思いをしてるの。ひとりなんて、あとをつけられて住んでるとこまで知られちゃったって言うんだもの、そんなのありえないでしょ？　眼に余ったから、二週間ばかりまえに呼びつけてひと言言ってやったの。それでうちの店には寄りつかなくなったけど」壁にかけてあった美容師用の白衣を取って袖を通した。「でも、どうしてそんなことを？」

詳しいことまで説明したくなかった。今のところ直感に従っているだけで、具体的な証拠があるわけでもないのだ。「冷蔵庫のことで訊きたいことがあって。ケイゾウさんならわかるそうなので。どこに住んでいるかご存じですか？」

ペギーは首を横に振った。「あの子のことは、ほとんど知らないも同然よ。苗字さえ知らないぐらいだもの」

フロントマネジャーか、もしくは同僚あたりにも話を聞いてみるべきだろうか、と考えた。いずれにしても細心の注意が必要だった。そこから情報が洩れたり、感づかれたりすれば逃げられてしまう可能性がある。

「さあ、ここに坐って。サイドを整えさえて。ほら、ちょっと拡がってきちゃってるでしょ？　お代の心配はご無用に。もちろんサーヴィスだから」

申し訳ないのでいったんは断ったけれど、ペギーのほうも引かなかった。わたしのヘアスタイルを可能な限り良好な状態に保っておくのが、自分の使命だと言わんばかりなのだ。というわけで、わたしの髪のこちらにちょっと、あちらにちょっとハサミが入り……とたんに頬のあたりがすっきりして見えるようになった。ことハサミの扱いにかけて、ペギーはまさにマジシャンだった。そんなふうにふたりきりでお店にいたからかもしれない、秘密にしていることをペギーにだけは聞いてもらいたくなった。「わたし、じつは婚約したんです」気がついたときには、そう言っていた。

「ええっ、ほんとに？」ペギーはわたしの両手をつかんで、左手の薬指に眼をやった。頬がかあっと熱くなった。

「ええと、でもまだ公表してないんです。指輪をしてないのは、だからなんです」と嘘をついた。

「お相手は？」

「アート・ナカソネという人です。日系人だけどシカゴ生まれで、召集されて今は基礎訓練を受けてます」

「あらあら、まあまあ、それはあんまりよね。心配だし、寂しいでしょう？」

このところあまりにもめまぐるしく、あまりにもたくさんのことが起こるものだから、それに煽られ、アートがいない寂しさをしみじみ感じる余裕がなかった。それはとりもなおさずアートとわたしの関係になにか問題があるということではないか、そう考えると不安になった。

「だからね、あのとき、ラナ・ターナーみたいな髪型にしてほしいって言ったのは？」

わたしは黙ってうなずいた。

「たぶん誰か特別な人に会うんだろうな、と思ったのよね」カットした髪の切れ端をわたしのガウンから払って、わたしがガウンを脱ぐのを手伝いながらペギーは言った。「大丈夫よ、誰にも言わないから。こう見えても口は堅いほうなの」


ペギーの話を聞いて、ますますケイゾウというニセイの男のことを調べてみるべきだという気持ちが強くなった。とはいえ、どこを探せば当人にたどり着くのか、まずは手がかりが必要だった。電話帳で調べるのは望みがなさそうだった。シカゴのニセイは自分の住んでいるところに電話を引かない。ひとつところにそれほど長くは住まないからだ。仮に電話を引いていたとしても、電話帳に番号を載せているとは思えなかった。ペギーに髪を整えてもらったあと、わたしはホテルのフロントに立ち寄った。獅子鼻（ししばな）のフロント係は眼がぎょろりと大きくて、なんだか病気の金魚のようだった。ケイゾウのことを尋ねると、きょとんとした表情でわたしのことを見つめ返してきた。

「ですから、日系人の従業員のことです。ここで働いていますよね？」苛立ちが声に出ないよう、わたしなりに努力して言った。

「ああ、今日は休みですが」

「自宅の住所はわかりませんか？　せめて苗字だけでも」

「あまり人づきあいをしない男でね」ぎょろ眼のフロント係はそう言うと、わたしのうしろに並んでいた宿泊客の応対をはじめた。

ケイゾウが再定住者なら、情報源として次に頼るべきはハリエットになるのだろうけれど、ついこのあいだナンシーが警察に身柄を拘束された件で、さんざっぱら迷惑をかけたばかりなので、その張本人たるわたしの強引なお願いにどこまで応えてくれるか……あまり期待はもてなかった。だとしても姉が襲われた件にケイゾウが関与しているのかどうか、なんとしても確かめなくてはならない。というわけで、マーク・トウェイン・ホテルからてくてく歩いて姉が以前住んでいたアパートメントに向かった。誰も在宅していないかもしれなかったが、ともかく訪ねてみるだけは訪ねてみようと思って。

ドアをノックすると、勢いよく開いてルイーズが顔を出した。赤銅色のジャンプスーツを着て首に花柄のスカーフを巻いておめかしをしていた。「アキ、なんだかものすごく久しぶりな気がする。これからジョーイとデートなの」

「そんなときに悪いんだけど、ちょっと訊きたいことがあって」

「だったらオリヴェット会館まで歩いていくから、つきあってくれない？」ルイーズは玄関を出てドアに施錠しながら言った。「そしたら歩きながら道々話ができるじゃない？」オリヴェット会館はクラーク・ストリートのルイーズたちのアパートメントから一キロ半ほど離れた、オールドタウンのノース・クリーヴランド一四四一番地にある、移住者用の住宅とコミュニティセンターのある複合施設で、ジョーイの住まいでもあり職場でもあった。会館を運営しているのは、オリヴェットという社会福祉事業団で、もともとはイタリア系移民の若い人たちを支援する活動をしていたが、最近は大挙して移住してくる日系ニセイの人たちの支援もしていた。ジョーイはそこに日系人として早い時期に雇われ、今ではニセイの若い人たち向けの支援活動を行っている。

ルイーズは歩幅が大きくて歩くのも速かった。わたしは置いていかれないよう小走りになった。「アートは元気？」とルイーズに訊かれた。

「ずいぶん体重が落ちたみたい」とわたしは答えた。最近アートから届いた手紙にこんなふうに書かれていたからだった――アキ、こっちに来てから四キロか五キロぐらい体重が落ちた。会ってもぼくだってわからないかもしれないな。

「えっ、もともと落とす余裕なんてないでしょ、アートの体重じゃ」

「基礎訓練でいやってほど走らされるからみたい」

「うわあ、そんなの知っちゃったら、もう会いたくて会いたくてどうにかなっちゃいそうでしょ？」

そこでまたしても、自分は婚約者に対して薄情なのではないかと思わされた。

交通量の多い交差点でいったん立ち止まり、信号が青になるのを待った。ルイーズは首のうしろに手をやってスカーフの結び目の位置をなおした。「なにか話したいことがあったんじゃなかったっけ？」

わたしはごくりとつばを飲み込んだ。「冷蔵庫の氷の配達はどこに頼んでるの？」

あまりにもありきたりで、あきれるほどどうでもいい質問だと思ったのか、ルイーズは鼻の頭に皺を寄せた。「ブース氷販売店だけど、どうして？」

「たまにニセイの若い男の人が配達にくると思うんだけど、その人のこと、覚えてる？」

信号が変わって、わたしたちは交差点を渡りはじめた。

「ニセイ？　ううん、わたしがいるときに配達にくるのは、いつもミスター・ブースよ」

思い込みだけで先走りすぎたのかもしれなかった。

「あ、待って、うん、いたいた、ときどき配達にくるニセイの若い人。去年、ローズとトミと三人で住んでたころだけど」

「ケイゾウって人じゃない？」

「名前まではわからないけど。でも去年の冬ぐらいから来なくなったかな。話らしい話は一度もしたことがないけど、午前中に在宅してるのは主にわたしだったから、その人が配達にくるとたいていわたしが受け取ってた。知ってるかどうか、ジョーイに訊いてみるといいわ。あの人、顔が広いから」

ちょうどそのとき、オリヴェットの体育館に到着した。オリヴェット会館のなかでもいちばんよく使われている施設だった。ハイスクールの生徒四、五人に交じってジョーイがバスケットボールをしていた。ハイスクールの生徒はイタリア系の子もいれば、ニセイの子もいた。コートのなかのジョーイには、どういうわけか、いつもの不器用さもぎごちなさも見受けられなかった。楽々とパスを受け、楽々とシュートを打っていた。

ルイーズはジャンプスーツのポケットに両手を突っ込み、壁にもたれて、そんなジョーイの活躍ぶりをにこにこしながら眺めている。遠からずふたりが婚約したという知らせを聞くことになりそうだった。

ひと試合終わってハイスクールの生徒たちが解散すると、ジョーイはオリヴェットのロゴが入った白いタオルで顔の汗を拭いながら、「やあ、アキ」と声をかけてきた。わたしがいることにようやく気づいたようだった。

「バスケット、ものすごく上手なのね」

「それ、バスケットボールがどんなスポーツか知ってて言ってる?」

「あの丸い輪っかにボールを入れると得点になるってことぐらいは。わたしがここで見てたあいだだけでも、それを二度も成功させてたじゃない?」

「ジョーイ、アキはバスケットの応援にきたわけじゃないの」とルイーズが言った。「ニセイの男の人で氷の配達をしてる人のことが知りたいんだって」

「氷の配達？」

「ケイゾウって人なんだけど。マーク・トウェイン・ホテルのフロントの仕事もしてる人」

ジョーイは首を横に振った。「ごめん、わからないや。ぼくなら知ってるはずだと思った？」

「ハマーに訊いたらわかるかしら」わたしは考え込みながら言った。「でなければマンジュウならわかると思う？」

マンジュウの名前を出したとたん、ジョーイとルイーズが眼を見あわせたのがわかった。

「なに？」どういうことか、知りたかった。

ジョーイはタオルを首にかけたまま片手を腰に当てていた。ルイーズのほうは腕組みをしている。

このふたりはなにか知っているのだとわかった。だったらそれを意地でも聞き出すまでだった。「なんなのか、教えて。ハマーはこのところ、マンジュウとは距離を置こうとしてるみたいなの」

「だとしても不思議はないわ」とルイーズが言った。

ジョーイは椅子に置いてあった眼鏡を取ってかけた。「マンジュウは警察から逃げてるんだ」

「なんで？」

「ニアノースで拳銃強盗事件が発生して警察が犯人を捜してるから。宝石店が被害に遭ったんだ」

「それはつまり……」

あの丸ぽちゃのマンジュウが拳銃強盗？ ハエ一匹殺せそうにないのに。武闘派として鳴らしていたのはむしろハマーのほうだった。少なくとも聖歌隊で歌うようになるまでは。

「マンジュウはサウスサイドの〈ブロッサム〉ってクラブに出入りしてる。日系人が経営してる店なんだけど、いわゆるギャングとつながりのある店でね。警察の手入れがあっても翌日にはなにごともなかったかのようにしれっと営業が再開されて、客のほうもしれっと戻ってくる」ジョーイの話では、その〈ブロッサム〉というクラブは、サウスサイド・コミュニティホールと同じ通りにあるらしい。サウスサイド・コミュニティホールといえば、最近シカゴに開山された仏教寺院の法会が開かれる場所でもあった。

体育館にいるのはわたしたちだけなのに、ルイーズはほとんど聞き取れないぐらい声を落として言った。「それにね、アキ、マンジュウは銃の取引に関わってるらしいって噂もあるの」

「まさか」〝銃〟ということばを聞いたとたん、あの拳銃のことが思い浮かんだ。姉がトミに渡したもの、ランチボックスに入れてピンクのフロシキで包み、クラーク・アンド・ディヴィジョン駅の地下通路のロッカーに預けてある拳銃のことが。

「マンジュウには近づかないほうがいい」とルイーズは言った。まるでわたしの考えていることを読み取ったかのように。わたしは近い将来、ミスター&ミセス・ジョーイ・スズキになりそうなふたりにさよならを言ったあと、足を向けるべきではないと忠告された、まさにその場所に向かった。

同じクラブでも〈ブロッサム〉は〈アロハ〉とはちがうということが、すぐにわかった。〈アロハ〉には通りに面して大きな窓があって、店内のビリヤード台とその奥のバーカウンターぐらいはそとから見えるようになっている。〈ブロッサム〉はクラブそのものが文字どおり地下（アンダーグラウンド）で営業されていた。通りを何度か行ったり来たりするうちに、日系人の男たちが何人か、通りから何段か階段を降りて半地下のアパートメントのようなところに吸い込まれるように入っていくことに気づいた。

階段を降りた先の金属のドアのまえに、出入りを監視する警備員も、用心棒も、お色気むんむんの女の人もいなかった。金属のドアはやけに軋んで音をたてた。ドアの先に、天井から裸電球がひとつぶらさがっているだけの薄暗い廊下が伸びていた。奥に向かって廊下を進むうちに、麻雀（マージャン）の牌（パイ）やポーカーのチップがたてる音が聞こえてきた。廊下の突き当たりはだだっ広い部屋になっていた。賭博場のはずなのに、騒々しくなかった。男たちは〈アロハ〉で見かけた人たちとはちがって酔っ払ってもいなければ、興奮してもいなかった。たまにグラスの飲み物に口をつけ、葉巻をくゆらせながら、手元のカードや牌にじっと眼を凝らしている。ほとんどの人がフェルトの中折れ帽（フェドーラ）をかぶり、年齢層も高いように見受けられた。わたしが横を通り抜けても、下卑た視線を向けてくる人はいなかった。と言うより、こちらに眼を向けることはあっても、まるでわたしなどそこにいないかのように、視線が素通りしていくのだ。

　さすがのわたしも、話しかける度胸はなかった。女の分際で口など開くな、という無言のメッセージが伝わってきた、それはもうはっきりと。マンジュウは、わたしが独力で探しだすしかなさそうだった。

見たところ、〈ブロッサム〉のギャンブルはいずれもレートが高額だった。ということはマンジュウはおそらく店員のような立場で出入りしているにちがいなかった。賭け事をしにきている客以外では、ルーレットの盤（ウィール）をまわすヴェスト姿のクルピエが何人か、あとは黒人の煙草の売り子がひとり。映画に出てくるような豊満な肉体美をみせびらかすタイプではなく、母がわたしの脚を指して言うところのダイコンアシ、つまり筋肉質でどちらかと言えば太めの脚をしていて、なんの飾りもついていないデニムのワンピースを着て、ふたつに分けた髪を太い三つ編みにして垂らしていた。もうひとり、母ぐらいの年恰好の黒人の女の人が丸いトレイに飲み物の入ったグラスを載せて、器用にバランスを取りながら配ってまわっていた。トレイのうえの飲み物を配り終えると、その人は部屋の片隅にカードテーブルをふたつ並べてこしらえた間にあわせのバーカウンターに戻り、飲み物を補充することを繰り返していた。その飲み物をこしらえているのは、シャツの銅まわりが窮屈そうな巨漢——マンジュウだった。

賭け事が行われているテーブルを迂回しながらそちらに近づき、蒸留酒の瓶がずらりと並んだテーブルのまえで足をとめた。マンジュウは顔もあげずに、飲み物のグラスを並べたトレイをこちらに差し出し、そこで相手がわたしだということに気づいた。

差し出したトレイを危うくひっくり返しそうになりながら、マンジュウは言った。「なにしてるんだよ、こんなとこで？」

「同じこと訊いてもいい？　クラーク・アンド・ディヴィジョン界隈でなにかやらかしたの？」

「今はここで働いてるんだよ」

「訊きたいことがあるの。氷の配達をしてるケイゾウって人のこと。マーク・トウェイン・ホテルのフロント係もしてるんだけど」

マンジュウはことばに出して返事をしたわけではなかったけれど、小鼻が膨らんだところを見ると、わたしが説明した人物に心当たりがあるようだった。マンジュウは少し離れたところにいた二十歳をいくつか過ぎたぐらいの黒人の若い人に合図をして、持ち場を交代してほしいと伝えた。

そしてわたしを従えて賭博場を抜け、廊下に出た。「ああ、そいつなら知ってる」とマンジュウは鼻息荒く言った。それから耳に挟んでいた煙草を抜き取り、マッチで火をつけた。

「なんでそんなこと訊くんだ？」

「どういう人なの、その人？」

マンジュウは一風変わった煙草の持ち方をした。誰かをひっかこうとするときのように指を曲げ、その指のあいだに煙草を挟んで吸うのだ。そばで見ると、マンジュウの指は詰め物をしすぎたソーセージのようにずんぐりむっくりしていた。煙草を吸っているというより、ストローで飲み物を飲んでいるようだった。「よくは知らない。だけど、あいつとふたりきりにはなるな」

マンジュウが吐き出す煙草の煙は行き場がないので、そのまま廊下に充満した。身体が冷たくなり、皮膚がじっとり湿ってくるのがわかった。「それ、どういう意味？」

「〈プレイタイム〉で働いてる子から聞いたんだ。かれこれ一年ばかりまえに、その子の部屋に押し入ったんだと。部屋に帰ってきたら、そいつがいたって言ってたよ」

胃袋がもんどりを打った。ペギーから聞いた話を補強する情報だった。

「あいつは錠前破りができる。世間で言うところの空き巣狙いだ。以前は何人かで組んでたらしいが、ひとりで好きにしたくなったんだな、きっと」

「その女の子はどうなったの？」

「訊くまでもないだろ？　そのときは運よく、その子の彼氏が訪ねてきたんで、そこまでひどい目には遭わずにすんだらしい。彼氏が逃げるケイゾウを追いかけて、今度その面を見かけたら殺す、と一発脅しをかけた。だもんで、その後〈プレイタイム〉には現れなくなったってことだ」

心臓だけでなく腕まで……どころか指の先までどきどきいっていた。わたしは忙しなく浅い呼吸を繰り返した。「どうして被害を届け出なかったの？」

「届け出る？　どこにだよ、警察にか？　金を貰って男と寝るような女だぞ」

「だとしても、誰かがなんとかするべきでしょ？　このまま好き勝手させといていいはずがない」

マンジュウは、ものの譬えではなくほんとうに眼玉をぐるりとまわして見せた。「まったく、どこまでうぶなんだか。そんなんでこの市でやってけるのか？　ちっとは姉ちゃんを見習っちゃどうだ？　まあ、その姉ちゃんにしたって結局はつぶされちまったわけだけどな。だろ？」

マンジュウのその言い種にわたしはわれを忘れた。自分よりも身長で三十センチ以上、体重では五十キロ以上も大柄な相手なのに、かまわず胸をぐいと押した。びくともしなかった。マンジュウの胸は見かけよりみっしり筋肉がついていた。

マンジュウはにやりと笑った。笑うと頰が盛りあがって、眼が糸のように細くなった。

「悪かった、謝るよ。あんたにも、あの姉さんに似たとこがあるんだな」

「姉に銃を渡した？」

マンジュウははっと虚を突かれた顔になり、吸いかけの煙草を足元に落とした。次いでまたにやりと笑って言った。「見つけたのがあんたでなによりだ。父ちゃんや母ちゃんじゃなくてよかったよ」

「どうして銃なんか渡したのよ？」

「頼まれたからに決まってるだろ？　払いも悪くなかったし。頼まれたら放っちゃおけないからな。もっとおせっかいなぐらい力になってやりゃよかったよ。特に金を貸してほしいって言われたときに」

わたしは間髪を入れずに訊き返した。「どういうこと、お金を貸してほしいって？」

「あいつのほうから訪ねてきたんだ、今年の五月に入ってから。だいぶ追い詰められた様子でさ。それはおれにもわかった」

解せなかった。血まみれのシーツを見たというチョの記憶に基づくなら、姉は四月の終わりごろに中絶処置を受けているはずだ。五月に入ってもまだお金が必要だったというのは不可解だった。「そんなふうに追い詰められてた理由に心当たりはない？」

「そりゃ、おれと仲良くしたかったからだろ？」マンジュウとしては気のきいたジョークのつもりで言ったのだろうけれど、完全に不発だった。「金が必要だった理由は、おれにはわからない。ローズにとってはどうしても必要な金だったってこと以外は」

わたしたちがシカゴに移住してくるための資金？　あのアパートメントを確保するための保証金？　両親とわたしが移住するに当たって、こちらからなにがしかの送金はしていた。それでは足りなかったのかもしれなかった。

「そのとき、おれも空っケツのすかんぴんでさ。貸してやりたくても貸せなかった。悔しいよ、あのとき金がなかったことが」

「この話、ハマーにはしてないの？」

「ああ、してない。あいつはローズにべた惚れだったもの」マンジュウの言い方は、なんだか恋人に振られた人みたいだった。「ローズがあいつじゃなくておれのところに助けを求めてきたなんて知ったら、たぶん死ぬまで立ちなおれないと思う」

マンジュウとハマーはどういう関係なのか、わたしにはいくら考えてもどうも理解できなかった。この際だからマンジュウに訊いてみようかとも思ったけれど、やめておいた。ロイにも忠告されたように、世の中にはわたしにはまったく関係ないこともあるのだ。

おもてのドア越しに何人かがわめいているのが聞こえた。「そろそろ戻らないと」とマンジュウは言った。わたしは薄暗い廊下にひとり残された。

それ以上長居するつもりはさらさらなかった。賭博場に足を踏み入れたことで、肌に薄膜のようなものがべったり張りついているような気がした。マンジュウの煙草の煙のせいだけではなかった。背後の部屋には闇が澱んでいた。生身の人間の気配が感じられなかった。あの部屋では人の生き方は二種類に分類される。お金のある人の生き方と、もっとお金のある人の生き方に。お金のない人は存在することすら許されないのだ。

クラーク・アンド・ディヴィジョン駅で地下鉄を降りると、コインロッカーのある地下通路に向かった。ケイゾウのような男が、これほど何人もの女の子や女の人を暴行し、痛い思いをさせ、恐怖に陥れておきながら、逮捕もされず、刑罰も受けずにのうのうと自由を謳歌しているのは、わたしに言わせればありえないことだった。これではわたしたち女はトロピコの畑にいるジャックウサギと同じだと思った。ぴょんぴょん跳びはね、気の向くままに草を食んでいても、いずれ捕まってひどい目に遭わされるのだとしたら、それはかりそめの気楽さにすぎない。荷物を預けたロッカーを見つけて、お財布から硬貨を取り出した。荷物を預けてからもう何週間もたっていた。期限切れでロッカーの中身は整理されてしまっているかもしれなかった。投入口に硬貨を入れ、ドアを手前に引いた。ピンク色のフロシキの端っこがちらりと見えた。わたしはつま先立ちになって手を伸ばし、その端っこを手繰り寄せ、落ちてきた包みを両腕で受けとめた。包みが入る大きなバッグは持ってきていなかったので、そのまま胸にしっかりと抱えた。他人に見られようと見られまいとどうでもよかった。ケイゾウが性的暴行を繰り返していると知ったことで、わたしの闘志に火がついていた。わたしであれ、ほかのニセイの女の人であれ、ひどい目に遭わせようとするやつは、絶対に許さない。肚(はら)はとっくに決まっていた。

第二十五章

〈ブース氷販売店〉の経営者のミスター・エルマー・ブースは、口数の少ない人だった。お店の電話番号は五ヵ月まえにシカゴに到着したときに、ハリエットから渡された再定住者向けのパンフレットに出ていた。その番号にかけると、二度めの呼び出し音でミスター・ブースが出た。

「〈ブース氷販売店〉」

「もしもし、アキ・イトウといいます。ラサール・ドライヴのアパートメントに住んでいるんですが、いつもそちらから氷を届けてもらっていて。ちょっと手違いがあって、追加で氷が必要になりそうなんです」

「いつ？」

「ええと、ひとつお願いがあるんですが、そちらの配達の人に日系の人がいると思うんです。家族で話しあって、どうせなら日系の人に配達にきてもらうほうが安心できそうだってことになって。その人に配達をお願いしたいんです」

「いつ？」

わたしは翌日の、父も母も新しい仕事の面接に出かけてしまい、アパートメントにはわたししか残っていない時間帯を指定した。両親の安全は確保しておかなければならなかった。

翌朝、わたしは服を着替えて、いかにもこれから出勤しますという体を装った。ニューベリー図書館を辞めたことは、まだ両親に話していなかったのだ。ただし、着替えたといっても、選んだのは裾が擦り切れかけている着古しのワンピースでいずれにしてもそろそろ処分しようと思っていたものだった。それならたとえ、破かれてぼろぼろになろうと、落ちない汚れをつけられようと、惜しくなかった。

わたしがいつも使っているカップが空なのに気づいて、「コーヒー、今日は飲まないの？」と母が言った。

わたしは黙ってうなずいた。食べ物はおろか飲み物も咽喉を通りそうになかった。父は、どういう風の吹きまわしか、わが家の流し（シンク）の蛇口の水漏れを直すべく、〈アロハ〉から借りてきたレンチを握っていた。

「いい加減にヤメナサイ」と母が日本語で父を制止した。実際のところ、水漏れはひどくなっていて、蛇口の根本のところから細かい水しぶきが噴き出していた。母の言うとおりだった。父のこれまでの住環境改善の実績に鑑みて、このまま水漏れの修理を続けた場合、ほどなくわたしたちは部屋もろとも水没するにちがいなかった。

父と揃って出かけるとき、母はいつものように「それじゃ、イッテキマスね」と日本語で出がけのことばを口にした。わたしも、つつがなく帰宅できますように、という思いのこもった「イッテラッシャイ」という日本語で答えた。いつもはしないことなので、母は怪訝そうに眉間に皺を寄せた。親の眼を盗んでなにかよからぬことを企てているのではないか、と探りを入れるような眼になっていた。

両親が出かけてしまうと、わたしは寝室のドレッサーのうえから二番めの抽斗を開けて、下着と服のしたに隠しておいたランチボックスを引っ張り出し、なかの拳銃を取り出した。銃を扱った経験といえば、父の散弾銃をさわったことがあるぐらいだったけれど、どんな場合でもぜったいに自分に銃口を向けてはいけない程度の最低限の知識はあった。両手で拳銃を握って構える練習を何度か繰り返したあと、弾倉を確認した。銃弾は四発こめられていた。目的を果たすチャンスは、たった四回しかない、ということだった。

わたしは入念に動線を確認した。相手がどこをどう通って入ってくるかを想定し、テーブルのどの位置に拳銃を置き、布巾で隠しておけばいいかを考え、そのあとの自分の行動を思い描いた。自分でも意外だったのは、緊張もしていなければ不安も感じていなかったことだ。わたしはあくまでも冷静だった。というより、ほとんどなんの感情も湧かなかった。感情というものが身体から抜けてしまったみたいに。この日を迎える覚悟はできていた。この眼で姉の亡骸（なきがら）を見たときから、すでに覚悟はできていた。

来訪者は時間にだけは正確だった。玄関をノックする音が、銃声のように響いた。ドラッグレースのスターターピストルのように。あとは一気に飛び出すまでだった。

「どうぞ」とわたしは言った。そこと決めたダイニングテーブルのすぐそばの立ち位置を維持したままで。

入ってきた男は、茶色いだぼだぼのカヴァーオールを着て、キャンバス地の袋に入れた氷の塊を担いでいた。若者とはいえ、エレヴェーターのない四階まで氷の塊をかついで上ってきたせいか、いくらか息を切らしていた。体力を消耗した直後だったからか、あるいはわたしが顔の向きを変えたせいか、つい先日〈ビューティー・ボックス〉で顔を合わせたばかりだというのに、そのときの相手だとは気づかなかったようだった。

冷蔵庫（クーラレーター）に直行し、キャンバス地の袋を床に降ろし、冷蔵庫の氷の塊を入れる棚を開けた。氷を入れる棚には、もちろん、つい最近届いたばかりの氷の塊が、まだ大部分溶けずに残っていた。

そこでようやく、どうもへんだと気づいたのだろう、わたしのほうを振り向いた。わたしは拳銃を構え、銃口を相手に向けていた。

ケイゾウはなにも言わなかった。ただ鋭い眼でわたしをじっと見ていた。床に置いた氷の塊が溶けはじめ、キャンバス地の袋の色が濃くなった。

「手を挙げなさい」とわたしは言った。相手はゆっくりとわたしの指示に従った。胸幅が広く、筋骨隆々たる上半身は、以前リトルトーキョーで観た、互いに激しくぶつかりあい、押し合いへし合いしていた若いスモウレスラーのようだった。間合いを詰められでもしたら、ひとたまりもなく押さえ込まれてしまうに決まっていた。

「わたしの姉のローズ・イトウを殺したのは、あなたね」とわたしは言った。

そこでようやくケイゾウの表情が変わった。眉間に皺が寄り、眉尻がぐっと持ちあがった。

「おれは誰も殺してない」とケイゾウは言った。

「あなたが姉にどれほどひどいことをしたか、ひとつ残らず知ってる。姉だけじゃなくて、ほかのニセイの女の子たちにしてきたことも。これまでは捕まらずにのうのうと暮らせてたかもしれない。でも、もうおしまいだから」気がつくと、声が震えていた。眼の奥から熱い涙がこみあげてきていた。なにしてるの、アキ、しっかりしなさいと自分で自分を叱りつけた。

女の子を襲って暴行したことを、ケイゾウは否定もしなかった。ふてぶてしく顎を突き出し、「だれか通報するやつでもいるのか？」と言った。

そう、その事実が何ヵ月もの長きにわたって、この男の自由を保証してきたのだ。被害に遭っても誰ひとりとして警察に通報しなかったことが。ニセイの女にとって、警察に通報することはハードルが高すぎたのだ。その結果、誰もが口をつぐんだ。そして、わたしたちの沈黙をいいことに、ケイゾウは、今日はこのアパートメント、別の日はまた別のアパートメントと気の向くままに押し入り放題押し入った。

　この場で引き金を引いて殺してしまおうか？　そもそもはその計画だった。わたし自身もそのつもりだったし、面と向かっても引き金を引けるという自信もあった。なのに腕が震えていた。弱気の虫に取り憑（つ）かれたのを察知したのか、ケイゾウはにやりと笑った。

　そしてこちらに向かって一歩ずつ間合いを詰めながら言った。「だったら撃ちゃいい」

「撃つわよ」とわたしは言った。それからもう一度「撃つわよ」と言った。二度めは気の抜けた声になった。涙が頬を伝い、唇を濡らした。わたしは意気地なしだった。そんな自分が憎くて許せなかった。わたしたち家族がこんな目に遭わされていることも許せなかった。

「なにごとだ？」その聞き覚えのある声で、わたしはわれに返った。父が、どういうわけかアパートメントに引き返してきたのだ。父のほうを見なかったのは、ケイゾウから眼を離したくなかったからだった。

「この男が姉さんを乱暴して妊娠させたの。そして殺したの」

　父に拳銃を取りあげられるのではないか、と思ったが、父は銃には見向きもしなかった。かわりに流し（シンク）の横に置きっぱなしにしてあったレンチをつかむと、両手を挙げたままのケイゾウにつかつかと近づき、レンチを振りあげ、殴りかかった。レンチはケイゾウの首の横に当たった。ケイゾウは痛みにもだえ、よろけて床に倒れ込んだ。そこに父が馬乗りになったかと思うと、正気の箍が弾け飛んだとでもいうような勢いでレンチの殴打を浴びせはじめた。ケイゾウは両腕で顔をかばった。レンチがぶつかり、皮膚が裂け、肉がえぐられる音がした。水中からあげられ地面に放りだされた魚のように、ケイゾウは激しくのたうちまわり、雨あられと浴びせられるレンチの攻撃から身をかわそうとした。突き出した拳が何発か、馬乗りになっている父の上体に命中した。ケイゾウが痛めつけられているのを見るのは、仇を取ったようで胸がすいた。しばらくしてようやく、父のしていることはあきらかに行きすぎだと気づいた。

「やめて、父さん、そのへんにして」わたしは大声を張りあげた。「殺しちゃったら刑務所行きよ。こんな男のために刑務所になんか行きたくないでしょ？」

「ギタロウサン、ヤメナサイ！」悲鳴のような母の声がした。母もアパートメントに戻ってきていたことに、わたしはそのときまで気づいていなかった。

わたしがケイゾウの頭に銃口を向けているあいだに、父はレンチを握りしめたまま、馬乗りになっていた相手からよろめきながら離れた。見ると、空いているほうの左手で右肩を押さえて顔をしかめていた。

ケイゾウの顔は腫れあがり、血まみれになっていた。あちこちが裂けたり、えぐれたりしていて、人間の顔ではないみたいだった。顔をかばっていたせいで、どちらの腕も肘からしたは殴打の痕と傷だらけだった。「おれはあんたの姉さんを殺してない」とケイゾウは言った。歯茎から血が出て、歯が赤く染まっていた。「だけど地下鉄の駅で姿を見かけた。一緒にいたやつも」

「嘘をついても無駄よ」銃口を相手の顔に向けたまま、わたしは怒鳴った。

「おまわりだったよ、おまわりと一緒だった」

「そう、上等だわ」わたしは自信を取り戻していた。今なら平然と引き金を引いて、眼のまえの男を撃てそうだった。それからようやく、ケイゾウの言ったことを理解した。わたしはすばやく息を吸い込み、その息を吐き出した。それからもう一度深呼吸をした。「待って。ちょっと待って。その人の外見は？」

背が高くて、でっぷりしていて、肌の浅黒い男、という答えが返ってくるものと思っていた。

「ブロンドだった。背は高くも低くもない。痩せてるほうだな」

ケイゾウの答えを聞いたとたん、心臓がずんっと沈み込んだような気がした。そんなはずないと声に出さずにつぶやいた。そのとき、ほんの一瞬、拳銃を構えた手がさがった。ほんの一瞬だったが、ケイゾウが身体を起こし、死に物狂いで玄関に突進していくには充分だった。顔も腕も傷だらけだったけれど、脚は無傷で、まだ力が残っていた、というわけだった。

「待て！」玄関の手前の床に坐り込んでいた父が叫んだ。ちょうど痛めた肩を手当てしようとしていた母が、立ちあがろうともがく父を引き戻した。

拳銃を流し(シンク)の横に置き、わたしはケイゾウを追った。階段を一気に一階まで駆けおりたが、間にあわなかった。点々と血の跡を残して、ケイゾウは姿を消していた。

身体じゅうの力を残らず使い果たした気分で、のろのろとまた階段をのぼった。階段を駆けおりたときにわたしの靴の踵が踏みつけた血の跡が、こすれてまわりに拡がっていた。ボロの服は汗を吸ってじっとり湿っていた。二階までのぼったところで、廊下にダグラスが立っていることに気づいた。

「なにかあったようだね？」とダグラスは言った。

「いいえ、別に」とわたしは言った。戦時転住局(WRA)には、とりわけその日の一件を知られたくなかった。

「ちょっと待ってて」とダグラスは言い残して、ハリエットのアパートメントに戻った。

文字どおり精も根も尽き果てていて、反論する気にもなれず、わたしはその場にただ呆けたように突っ立っていた。一階の開けっ放しにしてきた玄関のドアから風が吹き込んできた。肌を撫でていく風が涼しかった。

しばらくしてダグラスが封筒を持ってアパートメントから出てくると、その封筒をわたしに差し出した。

「これは……？」

「保釈金が返されたから預かってきた」

もちろん、ありがたく受け取ったけれど、口に出して「ありがとう」と言うだけの気力は残っていなかった。

アパートメントに戻ると、浴槽の蛇口から水を出している音がしていた。父がお風呂に入っているようだった。血で汚れていた床はきれいに拭いてあった。母は冷蔵庫（クーラレーター）のすでに入っている氷の隣に、新しく配達された氷を押し込もうと奮闘していた。わたしは急いで手を貸した。ふたりでうんうん押しに押して、ようやくなんとか収まった。

それから母とふたり、流し（シンク）に横並びになって肩をくっつけあうようにしながら手を洗っていたとき、母が日本語で言った。「あの男がローズを殺したの？」

「わたしにもよくわからない」洗ったお皿を拭くための布巾で手を拭きながら、わたしはありのままに答えた。「けど、姉さんをひどい目に遭わせたことは事実だよ。姉さんだけじゃなくてほかの女の子たちのことも」手はまだ湿っていたけれど、流し（シンク）の横の金属のカウンターに置いておいた拳銃をつかんで寝室に向かい、ランチボックスにしまった。

涙は誰ひとりとしてひと粒たりとも流さなかった。そして母は拳銃についてなにも言わなかった。母もわたしも黙ったまま、母はダイニングルームで、わたしは寝室で、それぞれ浴室で父が汚れを落としている水音に聴きいっていた。

翌日は夕方ちかくまでアパートメント内で過ごした。両親はふたりとも前日の精神的ショックから心身ともにへとへとで、それぞれの仕事場に具合が悪いから休むと連絡してベッドに横になっていた。父の肩の痛みが引かないので、母が新しく届いた氷の端を砕いて即席の氷嚢(ひょうのう)をこしらえた。夕方の四時過ぎ、わたしは家を出て、検視局の死体保管所を通るバスに乗った。シカゴに着いた翌日、父と一緒に出向いた場所だった。

検視局は終業時刻間近で、事務職員のほとんどはその日の仕事を終えて帰宅の途に就こうとしていた。

検視官は執務室のデスクについていた。高々と頭ぐらいまで、危なっかしく積みあげられたマニラフォルダーの山に囲まれているところは、なんだか酔っ払いの歩哨に取り囲まれているようだった。わたしは開け放してある執務室のドアをノックした。検視官は顔をあげた。初対面のときと同様、真っ先にあのビー玉みたいなブルーの眼に視線が吸い寄せられた。

「ああ、ミス・イトウ」と検視官は言った。まるでわたしが訪ねてくることを予期していたみたいに。

「あなたですか、今ごろになってうちの玄関先に修正してある検視報告書を置いていったのは?」わたしは戸口のまんまんなかに突っ立って両手を腰に当てた。

検視官は老眼鏡の位置を微調整して言った。「ええ、わたしがうちの職員に届けさせました」

「中絶処置を受けていたことは記載されていませんでした」

「その件については掲載してほしくないというご要望だと思ったのでね。警察からそう言われたんですよ。しばらくまえから再三催促されていたんです、検視報告書から中絶処置の件は除外するようにとね。で、数日前には警官がわざわざここまで訪ねてきた。それでこちらが折れて、修正したものを作成したんです」

警察が関与するほどのこととも思えなかった。

「その警官というのは？」

「イーストシカゴ・アヴェニュー署のグレイヴス巡査部長です。あなた方ご家族のために頼んでいるんだ、と言っていましたよ」

検視局の死体保管所からクラーク・アンド・ディヴィジョンに戻るため、もう一度バスに乗った。ちょうどラッシュアワーにぶつかり、空席はなかった。会社勤めの事務員ふうの人たちと肘を突きあわせながら立っているしかなかった。考えてみれば、もう何週間もこざっぱりと髪を整え、うっすらとそばかすの散ったグレイヴス巡査部長の顔を見ていなかった。わたしたち日系人再定住者の窮状に理解を示し、同情してくれたのはグレイヴス巡査部長だった。わたしに罵声を浴びせていたトリオンフォ巡査をとめてくれたのもグレイヴス巡査部長だった。わたしの訴えにも律儀に耳を傾けてくれている……と思っていた。なのに、どうして今になって検視報告書に介入し、姉が中絶処置を受けていたことをなかったことにしようとするのか？　それがわたしたち家族の要望だと検視官に嘘までついて。しかもこのタイミングで。違法な中絶処置を手がけていた医院が摘発されたのと、ほぼ時を同じくするようにして、検視報告書の改竄が行われたのは、わたしにはただの偶然とは思えなかった。

帰宅すると、両親は就寝していた。一度ベッドから起き出して、夕食を食べたようで、ダイニングテーブルに作ったばかりのサンドウィッチがひと重ね残っていた。その横にわたし宛てのミシシッピからの郵便が置いてあった。

手紙とサンドウィッチと椅子を抱えて、共用廊下に出た。窓から周囲の建物の向こうに拡がる空が見えるので、共用廊下はわたしのお気に入りの場所になりつつあった。戸外は暗くなりはじめていたけれど、薄闇越しに周囲のアパートメントの屋上が見わけられた。明かりの灯った窓とその奥で動いている人影も。わたしたちが暮らしているこの建物のそとにも、人の暮らしというものが存在しているのだと実感した。

サンドウィッチを半分食べたあと、食べ残しを載せたお皿を床に降ろし、手をきれいに拭いた。そしてアートが封筒の垂れ蓋の縁に舌を走らせて封をするところを想像しながら、丁寧に開封した。アートは実際に顔をあわせて話をしているときより、手紙のほうが表現豊かだった。ジャーナリストを志望して勉強をつづけていた理由がわかるような気がした。

愛しい人

ここ何日か、きみから音沙汰がないので、どうしているか知りたくなって取り急ぎ一筆したためることにした。

ここ、ミシシッピもようやくしのぎやすくなってきた。このところ気温も二十度から二十五度ぐらいだから、シカゴとそれほど変わらないんじゃないかな。

隣のベッドを新入りが使うことになってね。フナバシという男なのに、これがどこからどうみても白人なんだよ。母親がアイルランド系だと言うので、伯母のユーニスのことを話した。フナバシはニュージャージーの出身らしい。兄がいて、真珠湾(パール・ハーバー)が爆撃されるまえに入隊したものの、上層部は扱いに困っていたらしい。そうこうするうちにハワイ出身のニセイの兵士ばかりを集めて第一〇〇歩兵大隊が編制されたわけだけどね。

フナバシもぼくも、強制収容所に送られたこともないし、ハワイ出身でもないので、ここでは、まあ、よそ者だ。ぼくたちをどう受け入れたものか、戸惑ってる者もいるけど、フナバシもぼくもそれはそれで別にかまわないと思ってる。

反対側のベッドは、これまでの人生の大半をオキナワで過ごした、というニセイが使っている。信じられないかもしれないけど、彼はアメリカに帰国するために乗った船のうえで、なんと日本の召集令状を受け取ったんだそうだ。敵対するふたつの国から召集されるとはね。英語はあまりうまくないけど、それでもお互いなんとなく話は通じてる。ともかく身体がでかくて、いかつい男でね。この分だとおそらくブラウニング（ってマシンガンのことだよ）の担当になるんじゃないかと思ってる。

ぼくたちは一ヵ所に集められて隔離されているようなもので、それを考えると奇妙な感じがするよ。ぼくたちは白人たちと一緒にいてはいけない、と言われているみたいでね。ぼくたちは確かに、ひとまとめにすることもできなくはないだろうけど、同時にひとりひとりはまったく異なる人間なんだし。というあたりで、そろそろやめておくよ。検閲に引っかかりたくないから。

時間があるときに手紙をくれると嬉しい。きみがどうしているか、気になってしかたない。

きみが恋しくてどうにかなりそうだ。

心はいつもきみと共に

アート

手紙をたたみなおして、封筒にしまった。アートから届いた手紙は一通残らず、父が〈アロハ〉から貰ってきた、葉巻の空き箱に入れて保管していた。手紙以外にも、初めて〃ほんものの〃デートをしたときの記念の砂を入れたロケットと、戻ってきた保釈金も入れてあった。大至急、婚約指輪を取り戻すべきだった。質店もさすがにわたしの同意も取りつけないうちに、質種の指輪を流したりはしないだろうけれど、クラーク・ストリートの歓楽街で行われているビジネスを百パーセント信用できるかと言われれば……できるわけがなかった。

クラーク・ストリートを歩きながら、今回はジョージーナや彼女の友人たちにばったり遭遇することを心のどこかで期待した。ジョージーナのことは、もう怖いとは思わなかった。なにしろ今では名前まで知っているわけだし。

彼女のような踊り子が街に繰り出すには、時間帯がまだ早すぎるのかもしれなかった。見かけるのは、その夜のひと勝負に備えて今のうちに腹ごしらえをしておこうと通りを急ぐ、ハクジンのギャンブラーの姿ばかりだった。

質店はまだ営業中で、ショーウィンドウには黒いフェルトの台座に腕時計やら宝飾品やらが陳列されていた。お店に入るまえにいったん立ち止まって、自分の預けた婚約指輪を探した。ありがたいことに、店頭で売りに出されている安物のなかには交じっていなかった。わたしの指輪は、店内のカウンターの奥にたいせつにしまわれているにちがいなかった。

ドアを開けると、ドアの上端から下がっているドアベルがちりんと鳴った。わたしは狭い店内に入った。店主は夕食を食べていたようで、口をもぐもぐさせながら奥から出てきた。
「指輪を返してもらえますか？」わたしはバッグを開けて内ポケットに入れてあった質札を引っ張り出し、警察から返された保釈金にロイからもらった二十ドルを加えて分厚く膨らんだ封筒に添えて差し出した。ロイからもらった二十ドルで利息分もまかなえるはずだった。質種を期限内に、それも利息分まできっちり耳を揃えて請け出しにくるケースはあまりないようで、店主はびっくりした顔をした。

請け出しが完了すると、わたしは取り戻した指輪をはめ、アートのことを想いながら意気揚々と自宅に向かった。アートに手紙を書かなくてはならなかった。なにを書けばいいだろうか、と考えた。それから、アートは本当のわたしを知っても、受け入れてくれるだろうか、と考えた。

第二十六章

アートは家族にも手紙を書いていて、わたしの様子を確認してほしいと頼んでいたらしく、数日後、ロイスから電話がかかってきた。

「家族全員の希望なんだけど、今度の日曜日にうちに夕食を食べに来て」とロイスは言った。ロイスの声に混じって、かすかにインコのさえずる声が聞こえた。「といっても特別なご馳走が出てくるわけじゃなくて、ありきたりなツナのキャセロールなんだけど」

目下のところ、わが家にはオーヴンがないので、ツナのキャセロールと聞いただけで、わたしには充分、特別なご馳走に思えた。

ナカソネ家に到着すると、まるで家族の待つ家に戻って来たような気がした。わたしがナカソネ家のひとりひとりを家族のように深く知り尽くしているからではなく――そもそもわたしがナカソネ家を訪ねるのはそのときでやっと三回めだったわけだし――みんながわたしを大歓迎してくれるからだった。認めてもらうために背伸びをする必要はなかった。美人のふりも、聡明（そうめい）なふりもしなくてよかった。ありのままのアキ・イトウを、そっくりそのまま受け入れてくれる人たちだった。だからこそ、最近の自分の行動について、正直に打ち明けるべきではないか、と自問自答を繰り返し、迷いに迷っていた。このままずっと変わらず、好意的な眼で見ていてもらいたかったけれど、ナカソネ家の人たちが抱いているアキ・イトウ像は、実態に即したものではなく虚像なのだ。わたしたち日系人は、存在していた証しを消されつづけてきた。トロピコの家を奪われ、父の仕事を取りあげられ、南カリフォルニアの日系人コミュニティと青果卸店を中心にまわっていたわたしたちの日々の暮らしはなかったものになった。その事実に、わたしは心の底からうんざりしていた。今後もアキ・イトウとしてこの世に存在しつづけていくつもりなら、現実のかけらを寄せ集め、誰にも奪われないよう、この手のなかにしっかりと握り込んでおかなくてはならない。たとえその現実がどれほど過激で、物騒で、平穏を乱すものであろうとも。

案内されるまま、わたしはテーブルの端の主役が坐る席についた。反対側のキッチンに近いほうの端にミスター・ナカソネが坐り、先日と同じ花柄のエプロンを締めたミセス・ナカソネがその左隣に、その向かいにユーニス伯母さん、ロイスはわたしの左隣の席に着いた。ロイスは長い髪をふたつに分けて三つ編みにしていた。わたしたちはアートの体重が減ったことを口々に心配した。アートが基礎訓練中に知りあいになったニセイの人たちのことも話に出た。が、アートが戦地に送られる時期については、話題にすらならなかった。誰も口にできなかった、というのがほんとうのところかもしれない。

「そう言えば、このあいだ、近所でちょっとわくわくするようなことがあったの」とユーニス伯母さんが言って食卓の話題を変えた。ユーニス伯母さんは眼のまわりの皮膚がいかにも薄そうで、くしゃくしゃに丸めて拡げた薄紙のように小皺が寄っていた。髪も白髪交じりの縮れ毛で、それをうしろでひとつにまとめてシニョンに結っていた。「拳銃強盗が捕まったんだけど、なんとニセイの男だったの」

わたしは急いで水をひと口飲んだ。唇の端からこぼれた分を慌ててナプキンで押さえた。ミセス・ナカソネは椅子に腰かけたまま、もぞもぞと坐りなおした。その話題を歓迎していないようだった。

「サウス・パークウェイの酒屋から出てきたとこを捕まったんだけど、警察はずっと尾行してたんだと思うわ。キャメルをひと箱買った直後に身柄を拘束されたってことだから」

「どうしてそんなことまで知ってるの、伯母さん？」とロイスが尋ねた。

「そりゃ、その筋のお偉いさんに友だちが何人かいるからね。逮捕されたニセイの男だけど、マンジロウとかなんとか、なんかそんなような名前だったわ」

わたしは息ができなくなった。ナカソネ家の食卓についたまま、心臓がとまってしまうのではないかと、半ば本気で懸念した。強盗の容疑で逮捕されたニセイの男というのが、ほんとうにあのマンジュウだとしたら、人相特徴がわたしに酷似したニセイの若い女がつい最近〈ブロッサム〉に訪ねてきてマンジュウと話をしていたことを思い出す人がいてもなんの不思議もなかった。

「新聞記事にはなってないようだが」とミスター・ナカソネが日本語で言って、ユーニス伯母さんの話に疑問を呈した。

「警察としては背後の大物を釣りあげるつもりなんだと思うわ」とユーニス伯母さんは言った。伯母さんの知らないことはなさそうだった。

拳銃強盗が逮捕されたという話に、わたしの胃袋はぎゅっと縮こまった。それまでどおり食事をつづけようとはしたけれど、お皿のうえのキャセロールをフォークであっちからこっちに、こっちからあっちに移動させているだけになった。それ以上はもう黙っていられなかった。「みなさんに聞いてほしいことがあります。わたしはみなさんが思っているような人間じゃありません」

ナカソネ家の全員が口を動かすのをやめて、いっせいにわたしを見た。

「わたしはちっともいい子じゃないんです。そのことをアートはまったく知りません」

ユーニス伯母さんの白濁した眼にじいっと見つめられながら、わたしは話をつづけた。

「つい先日はニセイのある男に銃を突きつけました。生前の姉に暴行を働いたと思われる男です。わたしはその男の犯行だと確信しています。ベティを襲ったのもその男ではないかと思います。わたしはその男をその場で殺そうとしました」

その瞬間、部屋じゅうの空気がなくなったような気がした。

「でも殺しはしませんでした。そして殺さなかった自分を恥じています。そんな直接対決みたいな真似をしたことも恥じています。でも、それ以外に方法がなかった。少なくとも、わたしにはそれ以外にどうすればいいのかわかりませんでした。警察に相談したところでなにもしてくれないのは眼に見えていましたから」

「その男はどうなったの？」とミセス・ナカソネが言った。

「逃げられました。その男が働いていた、マーク・トウェイン・ホテルとブース氷販売店に確認したところ、どちらも体調不良で休むという連絡があったそうです」

「たぶん、そのままもう戻ってこないんじゃない？」そうなることを期待する口調でロイスが言った。それは希望的観測にすぎなかったし、それにああいう男のことだ、たとえシカゴからいなくなったとしても、今度はどこか別の市で、誰か別の女の人のアパートメントに押し入ろうとしないとも限らなかった。

「わたしとしては、ともかくその男がどんな形であれ仕返しなんてことを企んだりしないことを願うばかりだわ」とミセス・ナカソネが言った。

「その心配はないと思います。うちの父がだいぶ手厳しく思い知らせましたから」そのあまりお行儀がいいとは言えない思い知らせ方については、具体的に説明するのを控えた。

その場にいる全員が、銃のことを訊きたがっているのはわたしにもよくわかった。けれども、どう説明すればいいのか、わからなかった。それで、訊かれない限りわたしのほうからはなにも言わないことにした。

「よかったわ、アートがおつきあいしている人が闘志のある人で」ミセス・ナカソネはきっぱりと言った。

ミスター・ナカソネが食事を再開し、ううむとも、ふうむともつかない声を洩らした。わたしたちは黙ったまま、残り少なくなったキャセロールを食べた。わたしもせっせと口を動かした。が、ヌードルが咽喉に引っかかってうまく飲み込めなかった。ナカソネ家の人たちとの縁も、これで切れてしまうのかもしれなかった。

食事が終わると、ミセス・ナカソネとロイスがテーブルのお皿を片づけはじめた。わたしも手伝おうと腰を浮かせたところで、ユーニス伯母さんに手首をがっちりつかまれた。「あなたは坐っていなさい」と伯母さんは言った。手首をつかんでいる手に、そのお歳の女の人にしては意外なぐらい強い力がこもっていたし、わたしとしても言われたことに逆らおうとは思わなかった。ミスター・ナカソネは食卓を離れ、いつの間にか隣の部屋の、日本の食材を高々と積み上げた王国に引っ込んでいた。

「あなたがその悪党と渡りあった件だけど、アートは知らないのね？」とユーニス伯母さんは言った。

わたしは黙ってうなずいた。

「お姉さんが亡くなったことであなたがどれだけ心を痛め、苦しんでいるかも、あの子はまったく知らないのね」

わたしは思わず身を固くした。その事実をあらためてことばに出して突きつけられると、胸を刺されたように苦しくなったが、否定のしようがなかった。

「レンとわたしは子どもに恵まれなかったの。ご存じだと思うけれど」

と言われても、イエスともノーとも答えられなかった。そこまで考えたことがなかったからだった。

「アートとロイスが自分の子どもみたいなものでもあるけれど。だから、あの子たちのことは、なにからなにまでようく知ってるの。知らないことはないぐらいに」ユーニス伯母さんの息は、ツナのキャセロールの魚くさいにおいがした。「知ってるってことで言うなら、結婚とはなんぞやってことも、まあ、そこそこ知ってると言っていいでしょうね。子どもがいないと、連れあいのことがよくわかってくるものでね。だって、ほかに誰もいないじゃない？　わたしたちの場合も、そりゃ、いい時ばかりじゃなかったわよ。日本にいたレンのご両親はわたしたちの結婚を認めてくれなかったし、わたしの両親も反対してたし。だから、わたしたちはわたしたちだけでやっていくしかなかったわけ。で、お互い同士、ちゃんと相手に向きあって話をするってことを学んだの。学ばざるをえなかったからね。レンの英語はひどかったけど」

そこは笑うところではないと判断したのは、ユーニス伯母さんがあくまでも真剣に話していたからだった。

「結婚ってね、難しいものなのよ、アキ。あだやおろそかに続けられるもんじゃないの。あなたのご両親の場合はどうかわからないけれど。あなたがご両親からどんなふうに聞かされているかもわからないけれどね」

そういう夫婦のあいだの機微のような話を母から聞かされたことは一度もなかった。日系人夫婦が婚姻関係を解消したときの、母や母の友人たちの反応から、離婚は恥ずべきことである、というメッセージを受け取っただけだった。

「母の場合はお見合い結婚だったんです」とわたしは説明した。「アメリカの結婚がどういうものか、夫婦がどんなふうに関係を築いているのか、母が本当の意味で理解しているとは思えません」キッチンのほうからお皿やグラスを洗う音が聞こえてきた。

「そう。だったら、あなたがお手本にならないといけないってことね。アートのことを心から愛しているなら——わたしからはそう見えるけど——あの子にちゃんと説明しないとね、あなたのその頭のなかに日々どんなことが浮かんできているのかを」

わたしは眼を伏せて、膝に置いた手をじっと見つめた。日々の暮らしのなかで自分がなにを考え、どう思っているか、それを誰かに話そうと思ったこと自体、一度もなかった。そんなことができるとも思えなかった。いつも真っ暗闇のなかを手探りするばかりで、自分でもどこにいるのかわからずにいるような状態なのに。

「いただいた指輪はアートに返します」わたしは消え入りそうな声で言った。

ユーニス伯母さんは、わたしの手首をそれまで以上にぎゅっとつかんだ。「そのことを言おうとしてたの。結論を急いじゃ駄目だってことを。心を開くのよ。口を開けて、心の声をことばにするの。あの子に手紙を書きなさい」それからわたしの手首を放して、キッチンにいるミセス・ナカソネに向かって声を張りあげた。「ねえ、ちょいと。確かデザートにアップル・クランブルをいただくことになってたんじゃなかった？」

そのあと、わたしたちはコーヒーを飲みながらアップル・クランブルを食べた。今まで胸に溜めこんでいたものを話すことができて、わたしの気持ちはうんと軽くなった。おまけにプードルのポリーがいつの間にかわたしの膝のうえに這いあがってきていた。すぐそばでロイスが猫のクロケットを撫でていたし、雑種犬のデュークはわたしのすぐ横にお座りして、クランブルのかけらが落ちてくるのを心待ちにしていた。こんななごやかで穏やかな気持ちのまま暮らしていける日はくるだろうか、とふと思った。わたしにはあまりにも非現実的で、とうてい手の届きそうにないものに思えた。それでもこうしてときどきその世界に出入りできたことは、そういう暮らしがどんなものだったかを思い出させてもらえたことは、ありがたかった。

陽が暮れようとしていた。そろそろおいとましなくてはならない時刻だった。玄関に向かうわたしを、家族全員が集まってきて見送ってくれた。

「ハイ、これをどうぞ」とミスター・ナカソネが日本語で言って干したイカを入れた袋を差し出した。「お父さんに」

ミセス・ナカソネはわたしを抱き寄せて言った。「心配しなくても大丈夫、なにもかもおさまるところにおさまるわ。あなたもあなたのご家族も、山ほどのことをここまで乗り越えてきたんですもの。これからはなにもかもひとりで解決しようと思わないで。わたしたちでよければ、いつでも相談に乗るから。ほんとよ、ひとりで抱え込まないでちょうだい」

ロイスはわたしを送って、網戸を張りめぐらせたポーチまで出てきた。あとからデュークとポリーもついてきた。クロケットがどこからともなくやってきて、ロイスの脚に身体をこすりつけながら、左右の脚のあいだを8の字を描くように出たり入ったりしはじめた。

「お向かいのアパートメントのベティを襲ったのも、ほんとにその男だと思う？」

「百パーセントまちがいないとは言いきれないけど」とわたしは言った。「あの男だった可能性は充分にあると思う」

「ベティだけど、ちょっとまえにお姉さんと一緒に引っ越したの。製菓工場の偉い人が新しくはじめた農場で暮らすことにしたんだって」そう言えば以前ロイから、製菓工場の経営者がウィスコンシンとの州境近くのマレンゴというところにジャガイモ農園を所有している、と聞いたことを思い出した。ベティがそこで心の平穏を取り戻せることを願った。それでも、どれほど努力しようとも、いったん起こってしまった悲劇から完全に逃げ切ることはできない。そのことを、わたしはわかりすぎるぐらいよくわかっていた。

すっかり軽くなった心とともに、わたしはナカソネ家をあとにした。姉を殺した犯人を突きとめると決めて、その決意を誰にも打ち明けないままでいたことが、そんなにも重く心にのしかかっていたとは、わが事ながらそれまで気づいてもいなかった。そんなわたしの話をアートの家族はこれ以上はないぐらい親身になって聞いてくれた。だけど、アートがどんなふうに受け取るかはわからなかった。アートのことだから何百キロも離れた場所にいることを申し訳ないと思うかもしれない。力になりたくても、物理的な距離に阻まれて力になることができないわけだから。

通りの先の、小さな前庭のあるブラウンストーン造りの住宅に視線が引き寄せられ、わたしはそちらに足を向けた。近づいてみると、前庭は雑草とタンポポに占領されているけれど、玄関までの小道は掃除が行き届いていて、泥も落ち葉も見あたらなかった。それほど高くない金属の門扉の掛け金をはずして小道に足を踏み入れ、玄関に向かった。追い返されても文句は言えない、と思いながら。

呼び鈴を一度だけ押した。屋内で呼び鈴の鋭い音が響くのが聞こえた。誰も出てこないようなので、これはこのままおとなしく帰ったほうがいいということだ、と考えることにした。玄関に背を向けたところで、ドアの開く音がした。「はい、どちらさま？」という声がした。

うちの母と同じぐらいの年恰好の黒人の女の人だった。楕円形のレンズの眼鏡をかけていて、フィリスと同じようにほんの少しだけ前歯が出ていた。

「どうも、はじめまして。アキ・イトウといいます。フィリスと同じニューベリー図書館で働いていた者です」

「あら、まあ、それじゃあなたがフィリスの言ってたニセイのお嬢さんね。フィリスの母です」

ミセス・デイヴィスが〝日系人〟という言い方ではなく、〝ニセイ〟ということばを使ったことが意外だった。

「フィリスはいますか？ さっきまで通りの先のナカソネ家にお邪魔してたんです。で、帰りがけにせっかくなのでフィリスのおうちにもちょっと寄ってみようかと思い立って」

「ここじゃなんだから、どうぞお入りくださいな」ミセス・デイヴィスはそう言って、わたしを居間に通してくれた。栗色（くりいろ）のふかふかの絨毯が敷かれた、エレガントな居間だった。家具はどれも造りが凝っていて、これがエリザベス朝様式というやつかもしれない、と思ったりした。突き当たりの壁に大きな十字架と、軍服姿の若い黒人の肖像写真が掛かっていた。その人がたぶん、フィリスのお兄さんのレジーなのだろうと思われた。

ミセス・デイヴィスは、わたしにこれまた凝った造りの椅子を勧め、玉座につく女王陛下の気分を味わわせてくれてから、二階にいるフィリスに居間に降りてくるよう声をかけた。

「アキ」フィリスが黒光りする木の階段を降りてきた。いつものことながら、顔を見ただけでは、わたしが訪ねてきたことを歓んでいるのか、迷惑に思っているのかわからなかった。

「なにか飲み物を用意しましょうか？」とミセス・デイヴィスが言った。

「いいえ、どうかお気遣いなく。ナカソネ家で夕食をご馳走になってきたばかりで」とわたしは言った。

「それじゃ、わたしは失礼するわ。あとはふたりでゆっくりどうぞ」ミセス・デイヴィスはそう言い残して階段をあがっていった。

フィリスはソファに坐った。ソファの脚もわたしが坐っている椅子の脚と同じく、ライオンの足の形をしていた。職場にいるときフィリスはたいてい髪を後頭部でヴィクトリー・ロールにしている。ロールの数はたいていふたつだけれど、その晩はもっとたくさん並んでいた。

「どうもね」とわたしは言った。

「うん、どうも」

「こんなふうにいきなり押しかけてきて、びっくりしてると思うけど」室内にただよう香水のような強いにおいに、わたしの感覚は麻痺しかけているようだった。

「そうね、たしかに」フィリスは、なにごとにつけても金ぴかの包装紙でくるんで差し出すようなまわりくどいことをする人ではない。わたしは単刀直入にいちばん言いたいことを言うことにした。

そして椅子の木の肘掛けをぎゅっと握った。「あなたにもナンシーにも会えなくなって寂しい。わたし、それほど友だちがいるわけじゃないから」たったひとりの友人だったヒサコは、どこにいるのかさえわからなくなっていた。

フィリスは背筋をぴんと伸ばしてソファに坐ったまま、わたしのことをじっと見つめるだけで、これといった反応は示さなかった。フィリスの場合、そのときどんな気持ちでいるのか、傍からうかがい知るのが難しい。そういう人なのだ、フィリスは。「わたしたちもあなたに会えなくなって寂しい」と言ったときも一本調子で、ひと言ひと言タイピングでもしているような言い方だった。「戻ってきて。ナンシーも口を開けばあなたのことばかりだし。ご家族にあなたのお姉さんがどんな目に遭ったかを話したそうなの。それで、みんな納得したって、どうしてあなたがあの問題の医師に会おうとしてたか」

「わたしはいったんやり始めたことは最後までやり通さないと気がすまない性分だから」

「ナンシーに電話して。って言うか、今夜じゅうに電話して。ニューベリー図書館はまだあなたの代わりの人を雇ってないから。だから、まだ間にあうと思う。まだ戻れるはずだから」

それはちがう、もう間にあわないのだ、少なくともわたしの気持ちのうえでは。なぜなら、わたしはもう先に進みはじめていたから。看護学校に進学する計画を実行に移しはじめていたから。それでも、フィリスとナンシーにはこの先もずっと友だちでいてほしかった。わたしは額に入ったレジーの写真に眼をやった。

「それはそうと、その後お兄さんは？」とフィリスに尋ねた。

フィリスの顔に笑みらしきものが浮かんだ。「順調よ、めきめき元気になってるし。もうじきシカゴに戻ってくるの。傷病休暇ってことで」

「それは早く会いたいよね。もう待ちきれないって思ってるでしょ？」

フィリスはうなずいた。「兄にとっては家に帰ってくることがいちばんの薬よ。母も安心するだろうし」

そして、もちろん、あなたにとっても、と声に出さずにつぶやいた。わたしは椅子から立ちあがった。「そろそろおいとましないと」

フィリスは玄関まで出てきて見送ってくれた。「それじゃね、アキ」とフィリスは言った。黄昏時の光がフィリスの顔を照らしていた。観察力の鋭い黒い眼のフィリスは、とても美しかった。そのことに気づくのに、どうしてこれほど時間がかかったのか？　心のなかで首をひねるばかりだった。

デイヴィス家をあとにしながら、わたしはユーニス伯母さんのアドヴァイスをひとつ、――口を開けて、心の声をことばにする、という部分を、実行できた気がしていた。

帰宅すると、両親は今度もまた眠っていた。父は少しまえに〈アロハ〉の仕事を辞めて、新たにヘンロタン病院で守衛の仕事に就いていた。勤務時間は午前七時からなので、母とほぼ同じ生活パターンを送ることになった。おかげでもう、週に五日、いかがわしいお店ばかりが軒を連ねるあのノース・クラーク界隈を歩いて通わなくてよくなったので、わたしとしてもほっとしていた。

時間的に、まだ電話をかけても迷惑にはならなそうだったので、共用廊下の公衆電話からナンシーの家に電話をかけてみることにした。今回は家族の誰かではなくナンシー当人が電話に出た。「アキ？　アキね。声が聞けてほんと嬉しい。アキから電話がかかってくると思うってフィリスから聞いて待ってたの」

そこからはナンシーの独擅場（どくせんじょう）だった。家族のことから図書館に現れる例の〝リップ・ヴァン・ウィンクル〟教授のことまで、ありとあらゆることを息つく暇もなく一気にまくしたてた。

ナンシーが息を継ぐ間を狙って、ちょうどダブルダッチの大縄跳びに飛び込むときのようにすばしこく話に割って入った。「あのときはほんと、ごめんなさい。改めて謝らせて。あの医院（クリニック）の強制捜査に巻き込まれたのも、もとはと言えばわたしのせいだもの」

それなりに時間がたったことで、ナンシーはあのときの状況を題材に軽口を叩けるようになっていた。「檻のなかの人になってみるってのも、なかなかおもしろい経験だった。やろうと思ってできることじゃないしね。護送車のなかでほかの女の子たちと親しくなったし。

特にあの医院で受付をしてた子と仲良くなったんだけど。ねえ、知ってた？　中絶処置を受けた女の子たち、警官に強請られてたんだって。まさに想像のうえをいく話じゃない？　ほんと信じらんない」

その思いもかけなかった情報の意味するところが、わたしの頭のなかでじょじょに形をとりはじめた。「ねえ、もう一度、言ってもらえる？」

「だからね、中絶処置を受けた子の身元をつきとめて、その子のところに警官が訪ねていくわけ。で、払うものを払わなければ逮捕するって脅すんだって。受付をやってた子が知ってることを全部教えてくれたの」そんな場面で新たな友情を結ぶにいたったことをナンシーは自慢に思っているようで、留置場に入れられていたあいだ、そのまだ若い受付の女の子をいかに励ましつづけたか、それはもう詳しく話してくれた。

けれども、わたしの耳には半分も届いていなかった。ナンシーのしゃべっていることに集中できなくなっていたのだ。わたしの頭には、ナンシーが思いがけずプレゼントしてくれた、それまで欠けていたパズルのピースのことしかなかった。それは姉が五月の時点でお金を必要としていた理由だった。そしてグレイヴス巡査部長が検視報告書から中絶処置に関する記述を削除しようとしていた理由でもあった。

翌朝いちばんに、わたしはハリエットのアパートメントを訪ねた。ハリエットが玄関のドアを開けてくれたとき、ベッドに腰をかけている痩せた人影が見えた。ダグラスがいてくれて、ありがたかった。ダグラスはまだ靴を履いていなかった。靴下しか履いていない姿を見ると、どういうわけかわたしのほうが気恥ずかしくなった。

ハリエットになかに入れてもらってから、わたしはふたりにケイゾウから聞きだしたことを伝えた。姉の死の直前、地下鉄の駅で警官と一緒にいるのを見た、という話を。拳銃を突きつけて聞きだしたという部分は伏せた。ふたりには心を許すようになってだいぶいろいろなことを話してはいたけれど、まだ百パーセント心を許すにいたってはいなかったから。

「わたしが受けた説明によると、警察が現場に到着したのは事故発生の十五分後だったそうです。警官が姉と一緒にいたというなら、到着までに十五分かかったという説明と矛盾します。それにその警官は事故のまさにその現場に居あわせたわけでしょう？　なのになんの報告もしていないのも、おかしくないでしょうか？」

「うん、たしかに不可解だね」とダグラスも同意した。「だけど、もう五ヵ月以上もまえのことだからな。そのケイゾウって男に地区検事のまえで証言してもらうことはできるかな？」

わたしは首を横に振った。「無理だと思います。でもケイゾウが目撃したという警官なら、誰のことか見当がついています」

ダグラスは大きな溜め息をついた。「確たる証拠はないってことだろう、アキ？　あの地下鉄の線路にローズを突き落としたやつがいるなら、ぼくとしてもそいつが法律に則ってきっちり裁かれることを望むよ。その点はきみと同じだ。でも、信頼に足る目撃証人さえいないとなると、相手にしてもらえるとは思えないな」

「その警官がその場にいたことを自ら認めたら？」とわたしは言った。

それまで考え込む顔つきで唇をきゅっとすぼめていたハリエットが、そこで急に話に加わった。「だけど、そんなこと、どうしてわざわざ認めるわけ？」

そのあとも三人で、ああでもない、こうでもないと議論を重ねた。そして、ダグラスとわたしが練りあげた計画を、ハリエットはあまりにも突拍子がなくて現実味に乏しいと評した。確かにそうかもしれなかった。でも、わたしには、やってみないという選択肢はなかった。


部屋に戻ると、驚いたことに両親はまだ仕事に出かけていなくて、ふたり揃ってダイニングテーブルについていた。テーブルには、鍋敷きを敷いたうえにやかんが置いてあって、その隣に湯飲み茶碗（ちゃわん）という日本式の持ち手のないティーカップがふたつ、それに小さなブルーの箱が並んでいた。わたしの指輪。その箱から眼が離せなくなった。

「寝室のドレッサーのうえに置きっぱなしになってたのよ」と母が日本語で言った。父は疲れた顔をしていた。戦争が始まるまでは白髪なんて一本もなかったのに、今ではほとんど真っ白で頭頂部は髪が薄くなり、地肌がすけて見えていた。

「ああ、そう」とわたしは言った。「アートからもらったの。婚約したから、わたしたち」

それを聞いたら、母は悲鳴のような声をあげて歓ぶだろうと思っていたのに、母も父も固い椅子に坐ったまま、それこそ彫像のようにぴくりとも動かなかった。

「結婚を考えはじめたのはいつごろ？」と母が言った。

「そうね、アートが入隊するって決まったころかな」といちおう答えてはみたものの、自分でもじつはよくわからなかった。

「迷いはないの？」

わたしは眉間に皺を寄せた。「歓んでくれると思ってたのに。とくに母さんには。だって口を開けば言ってたじゃない？　姉さんとわたしに、いつになったら結婚するんだって」

「結論を急いでほしくないの」

「ローズのことを理由に結婚に逃げてほしくない」と父が英語で言った。

「アートのことはわたしも好きよ――わたしだけじゃない、父さんも好青年だと思ってるわ」母はつづけた。「でもね、このところ、身のまわりのあれもこれも変わってばかりでしょう？　変わることばかりでついていけなくなるぐらい。そこでまた変わるっていうのは、いいことには思えないのよ、少なくとも今すぐには」

わたしはブルーの小箱をテーブルからひったくるようにしてつかんだ。父さんと母さんになにがわかるの？　と言ってやりたかった。愛しあって結婚したわけでもない人たちに。心のどこかでは、母の言うことはある意味そのとおりだとわかってはいた。けれども、そのときのわたしにはそれをじっくり考えている時間がなかった。

ダグラスは配達人（メッセンジャー・ボーイ）を雇い、グレイヴス巡査部長宛ての封書を警察署に届けさせた。なかの手紙はわたしが手書きでしたためた。

親愛なるグレイヴス巡査部長

本日二時に拙宅までお越しください。わたしの姉、ローズ・イトウに関する件で、取り急ぎご相談したいことがあるのです。姉の死は事故死ではなかった、という証拠が見つかりました。自殺でもありません。この情報を報道機関に持ち込むまえに、直接お目にかかり、余人を交えず話しあう機会を設けたいと考え、こうしてご連絡を差しあげる次第です。

敬具
アキ・イトウ

グレイヴス巡査部長はわたしの手紙を、無視できないものと受け止めたようだった。部屋の窓からおもての通りを見おろしていたところ、午後二時数分まえ、うちのアパートメントの建物に向かって歩いてくる姿が見えた。しばらくして玄関のドアをノックするのが聞こえた。いかにも警官らしい居丈高なノックの仕方だった。なかに通すと、そのままわたしのまえを素通りしてダイニングルームを通り抜け、寝室と浴室を検(あらた)めた。ほかに誰もいないことを確かめたものと思われた。そして納得がいったところで、ダイニングテーブルを挟んでわたしの向かい側の椅子に坐り、「どういうつもりだ?」といきなり言った。それまでのグレイヴス巡査部長とは顔つきがちがっていた。顔をあわせるたびに見せていた、節度も、思いやりも、人としての優しさも、その痕跡さえ残っていなかった。

わたしは姉の日記帳を取り出した。「これは姉の日記帳です。強制収容所にいたときに、わたしが手作りして姉がシカゴに発つときに贈ったものです。最後のなんページかが破り取られていたので、姉の最後の数日間にどんなことがあったのか、まったくわかりませんでした。つい最近になって、姉のルームメイトだった人からその破り取られたページが送られてくるまでは」わたしはそう前置きして、日記帳から破り取ったように見せかけた数枚分の紙片を取り出した。念には念を入れて、標準サイズの封筒に入るぐらいの大きさに折りたたんでおいたものを。

「姉は巡査部長からどんなことをされたか、書きとめていました。中絶処置を受けたことをネタに、強請られていたんですね、姉は。それで知りあいに片っ端からお金を貸してほしいと頼んでまわったけれど、要求された金額にはとうてい足りなかった」

「で、どうしろと言うんだね?」グレイヴスは鋭い眼でわたしをにらみつけた。いつものわたしなら、そこで震えあがっていただろうけれど、その日はちがった。

「証人も見つかりました。姉が巡査部長と一緒にいるところを目撃したと言っています。クラーク・アンド・ディヴィジョンの地下鉄の駅で、姉が命を落とす直前に」

グレイヴスはそこで不意に立ちあがった。椅子があやうくひっくり返りそうになるほどの勢いで。「だから? だからなんだと言うんだ?」

わたしは薄氷を踏んでいた。それは自覚していた。グレイヴスにとって身の破滅となりうる証拠を握っていると思わせるためには、慎重にことばを選ばなくてはならない。「検視官に嘘をついて、姉の検視報告書から中絶処置に関する記述を削除させたことはわかっています。中絶処置のことを詮索されたくなかったからですね」

「で、どこのどいつだ、あんたの言うその目撃証人ってのは? 破り取られた日記のページ? そんなもん証拠になるか? いくらだって捏造できるんだから」

グレイヴスにはなにひとつ認めるつもりはない、ということだった。いくつもの犯罪に手を染めているというのに。わたしはもうそれ以上我慢できなかった。「あなたはクラーク・アンド・ディヴィジョン駅のホームから姉を線路に突き落とした」とわたしは叫んだ。隣近所に聞こえそうなぐらいの大声で。

グレイヴスは首を横に振りながら、最初はつぶやくような小声で、そのうちはっきり聴きとれる声で悪態をつき、呪文でも唱えるように調子をつけて言った。「あんたたちは、どうかしてる。揃いも揃って、いかれてる。地下鉄に飛び込めなんて、誰も言ってない。ああ、そうとも、おれが殺したわけじゃない。あの女が勝手に飛び込みやがったんだ」

勢いづいて次第に早口になるグレイヴスのひと言ひと言をことばとして認識し、咀嚼するのにしばらくかかった。ということは、つまり——姉は自殺したということ？　要求された金額を工面することができなかったから？　でなければ、グレイヴス巡査部長の恐喝に屈するわけにはいかなかったから？

たぶん茫然としていたのだと思う。その何秒かの隙をついて、グレイヴスは思ってもいなかった行動に出た。その長い腕を伸ばして、わたしが偽造した数ページ分の日記を奪い取ったのだ。

それを制服のジャケットのポケットにしまいながら、グレイヴスは言った。「いずれにしても、耳を貸す者なんぞいやしないよ、あんたがひとりできいきいなにをわめこうと」そして最後にひと言こう言い捨てて玄関に向かった。「ミス・イトウ、あなたのお姉さんが死亡した件について、警察の捜査はすでに終了している。これ以上もう迷惑はかけないでいただきたい」

「そんな言い逃れ、通用しませんよ」とわたしは言った。もちろん、そこで引きさがるつもりはなかった。

グレイヴスはドアの把手をつかんでいた手を放し、もう一度こちらに向きなおった。「だったら、あんたの姉さんに言ったことをあんたにも言っとこう。あんたの姉さんにはこう言ってやった――今ここで警察のご厄介になるようなことになれば、家族をシカゴに呼びよせる話はパアだからな。ああ、おれのひと言でなんとでもできた、あんたらを足止めするぐらい造作もないことさ。ただそうしなかったってだけで」

それはそれは。そんな博愛精神の持ち主だったとは存じ上げませんで、わたしは声に出さずに苦々しくつぶやいた。

「こっちには立場と権威ってもんがある。それを使って、あんたらの暮らしをとことんみじめなものにしてやることもできるわけだ。あんただって、家族がつまらない目に遭うなんてことにはなってほしくはないだろう？　とりわけ、親父さんは、飲酒とギャンブルでちょいと問題を抱えてるようだし」

そのことばに背筋が寒くなった。グレイヴス巡査部長は、シカゴに到着して以降のわたしたちの動向を逐一監視していたということだった。

グレイヴスはにやっと口元を緩めた。要求額を工面できなかったと姉が言ったときにも、きっと同じ薄ら笑いを浮かべたものと思われた。地下鉄の駅のプラットホームに立つ姉の姿が眼に浮かんだ。眼のまえの男に、わたしたち家族の将来を奪い、安穏とは暮らせなくしてやると脅されているところが。

そうはさせない、と姉は思ったのだ。相手の思うとおりにはさせない、と。だからこそ走ってくる地下鉄のまえに身を投げた。力でねじふせて言うことを聞かせようとする相手の、その力を無力化するために。

玄関のドアが音もなく閉まった。去っていくグレイヴスの後ろ姿も見えなくなった。震えがおさまらないまま、わたしは窓のところまで歩いた。グレイヴスがおもての通りに出たことを確認してから、玄関に取って返し、リネン類をしまっておく小さな戸棚の扉を開けた。わたしたちの冬物のコートのあいだで、ダグラスの友人であり、『シカゴ・デイリー・トリビューン』紙の記者でもあるスキップが身を縮こめて立っていた。ダグラスとちがって二重顎のぽっちゃりとした身体つきの、身なりにもあまり気をつかわない人だった。扉が開いたことで手元が明るくなったので、さっそく取材用のノートを開いてものすごい勢いでなにやら書きつけはじめていた。邪魔をしたくなかったので、わたしはそのまま階段を降りてハリエットのアパートメントまでダグラスを迎えにいった。

「あの男が建物から出ていくところが見えた」共用廊下に出てくるなり、ダグラスは言った。「聞きたかったことは残らず聞きだせた？　ローズを殺したと自白させることはできた？」

こみあげてきた涙を押し戻すため、わたしは忙しなく瞬きをした。「わたしが思っていたのとはちがいました」と小さな声でつぶやき、のろのろと階段をのぼりはじめた。

ダグラスもわたしのすぐあとにつづいた。「どういう意味だい、ちがったってのは？」

姉さん、なにもかも姉さんひとりで背負い込むことなかったんだよ、わたしは胸の奥でつぶやいた。だけど、姉はいつもそうやって、わたしたち家族を一身に背負ってきた。日本語にはその行為をあらわす単語がある——オンブという短くて、優しくて、温かくて、力強いことばが。以前、母から聞いたところによると、母の母、つまり直接会ったことは一度もないけれどわたしの母方の祖母に当たる人は、稲田(ライスフィールド)で農作業をするとき、当時まだ赤ん坊だった母を、赤ん坊を負(お)ぶうための長い紐で背中にしっかりとくくりつけ、そのうえからキモノを着たという。肌に直接ふれるようにオンブすることで、肌身を通じて赤ん坊がちゃんと呼吸しているかどうか、機嫌よくしているかどうか、確認できたからだ。

　ダグラスを連れてアパートメントに戻ると、スキップ記者はダイニングテーブルについて、椅子の背もたれに寄りかかっていた。

「どうだった？」とダグラスは言った。

　スキップは満面の笑みを浮かべた。その〝してやったり〟と言いたげな顔は、たとえば飼い主の夕食のテーブルからTボーンステーキをまんまとかっさらったときの大型犬の表情に似ているような気がした。「ローズ・イトウを脅迫していたことは、まあ、ほぼ認めたも同然だな。あとはほかの子たちが脅迫されていた事実を認めて証言することになれば、うん、ばっちり記事にできる」

「けれども、ローズを殺害したことについては——」とダグラスは言った。

スキップは首を横に振った。「いや、それじゃ筋が通らないよ。だって、ことばは悪いけど、金づるだろう? 今後も絞り取れそうな相手をどうしてわざわざ殺さなくちゃならない?」

そう、そのとおりなのだ。不本意ながら、わたしも認めないわけにはいかなかった。「ええ、そうだと思います。姉はやはり自殺したんです」ことばにするのは、辛かった。「わたしたち家族を守るために」

第二十七章

スキップ記者は仕事が早かった。その週の後半には、『シカゴ・デイリー・トリビューン』紙の一面トップにスキップ・クーパー記者の署名記事が掲載された。見出しは――〈警官による恐喝が発覚〉。匿名を条件にした三人の女の人たちと実名での報道を承知したとある中年の主婦によって恐喝の事実が語られ、そのなかでグレイヴス巡査部長の名前が挙がっていた。姉は亡くなっていて追加取材もできないことから、名前は伏せられていた。

感謝の気持ちを伝えたくて、わたしはスキップ記者に電話をかけた。

「あの医院（クリニック）の受付をしてた子とか恐喝の被害にあってたほかの子たちに話を聞けなかったら、記事にはできなかったよ」とスキップ・クーパーは言った。そのことでは、わたしもナンシー・コワルスキーに感謝していた。スキップ記者の取材に応じるよう、医院の受付係だった人を説得してくれたのが、ナンシーだった。そしてその受付係の人から今度はグレイヴスに強請られていた被害者の情報が明かされ、取材の結果、違法な中絶処置を受けたことが明らかになれば懲役刑は免れられないと言ってグレイヴスが脅していたことが判明した。

「地区検事はグレイヴスを収賄の罪に問う方向で準備を進めてる」とスキップ記者は言った。「検事としては、あの署のほかの警官の関与を疑ってる。今後、上から順番に徹底的に洗っていくらしい」その結果、あのトリオンフォ巡査の名前があがってきたとしても意外でもなんでもない、とわたしは思った。

もう一度改めて感謝の気持ちを伝えて、わたしは電話を切った。そそくさと会話を切り上げたのは、その日の午前中に戦時転住局(WRA)の事務所で人と会う約束があって、遅刻をするわけにいかなかったからだった。

事務所に到着した時点で、以前と同様、事務所のまえの廊下に順番待ちの人たちの長蛇の列ができていた。シカゴにやってくる日系人の数は増える一方なのだ。聞くところによると、何千人という規模になるらしい。戦時転住局(WRA)は、新たにシカゴに到着したこの人たちの再定住先を見つけることができるのだろうか、と気にかかった。ニセイの労働者たちは早くも地元の労働組合から目の敵にされていた。わたしたち日系人が低賃金労働者としてシカゴになだれ込んでくることで、アメリカ人の仕事が奪われている、というのだ。その是非はわたしにはよくわからなかった。でも、ただひとつ確実に言えることは、わたしたち日系人もほとんどがアメリカで生まれたアメリカ人だということだ。

順番待ちの列には並ばず、戸口からなかをのぞき、ハリエットを見つけて手を振った。ハリエットは相談者に求人の一覧表を配っているところだった。事務所に入ってくるよう身振りで促されたとき、わたしは初めてのときとはちがって臆したりしなかった。それに今回はちゃんと面談の約束を取りつけてもいたし。

ハリエットに引きあわされた相手は、うちの母ぐらいの年恰好のハクジンの女の人だった。骨太のがっちりした体形にチェックのスーツがよく似合っていた。髪はくるくる縮れていて銅貨の色をしていた。

「こちらはミセス・サッペンフィールドといって、全国日系アメリカ人学生再就学プログラムの代表をなさっている方なの」

「どうも、はじめまして」ミセス・サッペンフィールドはわたしの手を取り、しっかりと握った。温かな手をした人だった。見ると、口紅をぬっていなかった。それどころか、お化粧というものをいっさいしていなかった。そのことに気づいて、わたしはますます気が楽になった。実物以上によく見せようとする必要はないのよ、と言われたような気がしたからだ。「リンダと呼んでね」と言われたけれど、もちろん初対面の目上の人をいきなりファーストネームで呼び捨てにするつもりはなかった。

そのあと、ミセス・サッペンフィールドは看護婦を育成するためのさまざまな養成機関のパンフレットを次から次へと取り出してはそれぞれのプログラムについて説明をしてくれた。わたしは鼓動が速くなるのを感じた。少なくない数の病院が、看護婦養成プログラムにニセイの女性を受け入れていること、合衆国看護婦訓練隊（第二次世界大戦中に看護師の不足解消のため一九四三年六月に設立された機関）を通じて申し込みをすれば、授業料は免除になることもわかった。

ミセス・サッペンフィールドはわたしに願書を差し出し、記入して提出するよう言った。

「あなたはマンザナー病院の看護助手養成課程を履修していたんでしょう?」

わたしはうなずいた。

「わたしたちのプログラムはこれまでにも、全国のあちこちの学校や養成機関に、言ってみればたくさんの〝あなた〟を送り出してきたんです」

胸の奥からじわじわとぬくもりが拡がった。これが希望というものかもしれなかった。

願書に必要事項を記入して提出することを約束したときには、どうしようもないほど胸が高鳴っていた。これでほんとに、新しい人生に踏み出すことができるということ? 半信半疑のまま通りに出たとたん、一陣の秋風が吹き抜け、紙屑（かみくず）や落ち葉がくるくると舞い踊った。わたしはマンザナーでできた友人のヒサコ・ハマモトのことを思い出した。アキなら優秀な看護婦さんになれそう、と言ってくれたことを。

「ヒサコ、あなたが言ってくれたこと、実現しそうだよ」と小さな声で言ってみた。そしていつかまた顔をあわせて、直接ヒサコにそう言える日がくることを願った。

自宅アパートメントまで歩いて戻る途中、マーク・トウェイン・ホテルに立ち寄った。いつの間にか、クラーク・アンド・ディヴィジョン界隈を通りかかったときには、ホテルに寄り道することが習慣のようになっていた。先日と同じ、獅子鼻のハクジンの男の人がフロントデスクについていた。ジョージーナが頭にカーラーをつけたまま、ラウンジの緑色の肘掛椅子に陣取り、雑誌を読んでいた。

「ああら、アキちゃんじゃないの。今日はまたどうしてここに？」と彼女のほうから声をかけてきた。

「最近、ケイゾウに会いましたか？」

「誰よ、そのケイゾウってのは？」

「だから、ケイゾウですって、フロントで働いてたニセイの若い男の人がいたでしょう？」

ジョージーナは下唇を嚙んで考え込む顔つきになった。「そう言えば……ここ何週間か見かけてない気がする」

「あの男、何人もの女の人に暴行をはたらいてたんです。年齢を問わず、うんと若い子まで。わたしの姉も被害者のひとりでした」

ジョージーナは読みかけの雑誌を膝に置いて言った。「わたしたちが眼を光らせとく。少なくともクラーク・アンド・ディヴィジョン界隈にはいられなくしてやるから。大丈夫よ、わたしたちに任せといて」

帰宅すると、両親がロイを見送りにいく仕度をして待っていた。寝室のドレッサーのわたし専用の抽斗にミセス・サッペンフィールドから渡された学校案内と願書をしまって、代わりにアートに宛てて書いた手紙を取り出した。姉のことを書いた手紙だった。それでわたしたちの関係がどうなるか、わからなかったけれど、それまでのわたしの思いや、してきたことをひとつ残らず正直に書いた。アートが初めてうちのアパートメントまで訪ねてきてくれたのも、もとはと言えばわたしの嘘に端を発していたことにも触れた——じつは風邪なんてひいてもいなくて、〈アロハ〉の店で顔面に拳骨をくらってしまって、眼のまわりの痣が目立たなくなるまで出かけるに出かけられなかったのだ、と。便箋なん枚分ものその長い長い手紙を、遠く離れたミシシッピの空のした、泥だらけの軍服姿のアートが読んでいるところを思い描いた。そして本当の姿を知られたとしても、アキ・イトウはアート・ナカソネの心のなかの居場所を失わずにいられるだろうか、と考えた。

「アキ、グズグズしないで」母が日本語交じりにわたしを急き立てた。「お見送りに間にあわなくなったらどうするの？」

というわけで、わたしたちとしてはだいぶ奮発してタクシーに乗った。次にロイに会えるのがいつになるのか、誰にもわからなかったから。最後はユニオン駅の構内に親子揃って駆け込み、五月のあの日、最悪の知らせと共にロイがわたしたち三人を出迎えてくれた場所に急いだ。ロイのニセイの友人たちのなかでも、ごく親しい人たちが見送りに集まっていた。イケとキャスリンはいつの間にか仲間内公認のカップルになっていた。つまりチヨは恋のさやあてに負けたことになるけれど、両親がワイオミング州内のハートマウンテン強制収容所を出てシカゴにやって来たのを機に、クラーク・ストリート沿いのあのアパートメントを引き払い、チヨ自身がまえに言っていたとおり、ニセイのダンスパーティーや集まりにはあまり顔を出さなくなっていた。その代わりというわけではないだろうけれど、最近では歩いて通える距離に新しく開山された仏教のお寺に通うようになったとかで、なんでもそのお寺で仏教青年会の支部ができそうだという話まであるらしい。

「眉、もとどおりにしたのね。チヨにはそっちのほうが似合うと思う」プラットホームに向かいながらわたしはチヨに言った。

「ほんと？　自分では野暮ったいなあと思ってるんだけど。でも、眉毛を抜いて細くするとコールガールみたいに見えるって母がうるさくて」

チヨの眉とは対照的に、ロイは濃くて毛量の多い髪に別れを告げて、軍の規定どおりの丸刈りにしていた。切ったのはベロー理髪店のオーナー兄弟の弟のほうで、切ったあと床に散った髪の毛を掃き集めてゴミ箱に入れたのは、うちの母だった。

「安心しろ、髪ごときで気力も体力も減りゃしない」とイケが言った。「サムソンじゃないんだから（旧約聖書士師記に登場するイスラエルの英雄。怪力の持ち主だったが、力の源である髪の毛を切られて力を失う）、しょぼくれんな」

母にはなんのことやらさっぱりわからなかったと思う。イケに会釈をしたのは、さすが医者の卵は言うことがちがう、とでも思ったのだろう。

正直なところ、ロイの丸刈りスタイルは悪くなかった。少なくとも、それまでのロイではもうなかった。青果卸店時代のロイにも、マンザナー収容所時代のロイにも別れを告げて新生ロイ・トナイに生まれ変わっていた。

「最近はさよならばかり言ってる気がする」とわたしは言った。

「また会えるときがくるよ」とロイが言った。

「そのときはもう、この市（まち）にはいないかもしれないけど」

「うん、そうだな、シカゴじゃないかもしれない。カリフォルニアに戻ってるかもしれないもんな」ロイがそう言ったとき、わたしたちの故郷（ふるさと）の州の名前を口にしたとき、わたしは胸の奥に温かいものが拡がるのを感じた。そう、いつかそんな日が、故郷に戻れる日が来ないと決まったわけではないのだ。

「もうじき冬だぞ、アキ」ロイはそう言って、肩にかついだ雑嚢の持ち手を握りなおした。

「シカゴの冬は厳しいからな。誰かさんには乗り越えられないかもしれないな」

その年の初めにシカゴが寒波に見舞われたとき、爪先が凍傷にかかったと思い込んでいたのはどこのどなたでしたっけ？　と心のなかで言い返した。

「ううん、乗り越えるよ」とわたしは言った。そのぐらいの自信がなくてどうする？　と思いながら。

謝辞

初めに、エリック・マツナガとボブ・クマキのおふたりには、なんとお礼を申しあげていいのかわからないぐらい、お世話になりました。ご両名のご案内で、シカゴの日系人にとってアメリカとはどういう国なのか、現在だけでなく過去の視点からも眺めることができました。エリックは社会史の研究者であるばかりでなく、じつはわたしも興味を持っている分野ですが、地図と地理学をこよなく愛する人でもあります。〈ディスカヴァー・ニッケイ〉のウェブサイトに掲載されているシカゴについての研究は必見です。またエリックには、シカゴのニューベリー図書館のキャサリン・グランドジョージを紹介していただきました。キャサリン、あなたのおかげで、一九四〇年代にニューベリー図書館で働いていた人たちを描写した、いくつもの資料にたどりつくことができました。あらためて感謝しています。

ボブ&メアリー・コリンズのご夫妻には、ご自宅にお招きいただき、シカゴの日系アメリカ人の暮らしの礎（いしずえ）の数々をご教示いただきました。おかげで、シカゴ仏教寺院が行うお祭りやチャリティ目的で販売されるチキンの照焼きについて、モントローズ墓地について、さらには〈アラゴン〉のあるアップタウンを含めてシカゴのさまざまな地区の土地柄や特色について知ることができました。

ソーホー・クライム社でわたしを担当してくれている編集者のジュリエット・グレイムズは、アキ・イトウの声を可能な限りリアルで切実な生の声に近づけられるよう、力を貸してくれました。正直なところ、簡単な作業ではありませんでしたが、こうしてなんとか最後までやり遂げることができました。それはアメリカ各地の戦時強制収容所から解放されたあと、ほぼ独力で新しい生活を築きあげるべく奮闘なさった日系アメリカ人のみなさんのご労苦に敬意を表する機会ともなりました。そのことをなにより嬉しく思っています。ソーホー・プレス社のブロンウェル・フルシュカとその指揮のもとで働くすべてのみなさんに心からの感謝を。とりわけ直接やりとりをしてきたアマラ・ホシジョウ、レイチェル・コワル、スティーヴン・トランに深謝します。

映画製作者のジャニス・D・タナカは写真や新聞の切り抜きをはじめ、ご自身で長年かけて収集してきた資料を惜しみなく披露してくださいました。そうした具体的な資料と個々人の実体験に基づいた逸話の数々は、本書『クラーク・アンド・ディヴィジョン』の登場人物たちの血となり肉となり、こうして長い歳月が経過したことで埋もれてしまっていた実在の人たちを、文字のうえだけではありますが、甦らせることができました。

本作をブラッシュアップしていく過程を、ご自身の知識と鋭いご意見でサポートしてくださったのが、ジャネット・サヴェッジ、アミサ・チュウ、ジェーン・ヤマシタ、アイリーン・ヒライケの各位です。加えて、細部に具体的な説得力をもたらしてくださったのが、グウェン・ジェンセン、そして全米日系人博物館のクレメント・ハナミ並びにジェイミー・ヘンリックス、シカゴ共済会のカレン・カネモト、併せてティム・アサーメン、マイケル・マサツグ、ダンカン・ウィリアムズ、ユキオ・カワラタニ、リリー・ハーヴェイの各位です。日系アメリカ人の歴史については、アーサー・A・ナンセンとブライアン・ニイヤのお力を全面的にお借りしました。おふたりがいらっしゃらなかったら、時代考証も歴史的な考察もめちゃくちゃになっていたと思います。細かいところまで綿密に眼を通してくださったのは、なによりありがたいことでした。

この物語の着想をこうして具体的な形にできたのは、パサディナ市の文化芸術活動助成制度の助けがあったからこそです。パサディナ中央図書館、並びにラ・ピントレスカ分館で討論を重ねたことも、その大きな推進力となりました。図書館司書のクリスティン・リーダーとベルヴィル・ラセリス、並びに討論に参加してくださったシャロン・ヤマトとライネル・ジョージにも感謝の意を表します。

ロサンゼルス公立図書館は貴重な資料のまさに宝庫でした。さらにシカゴの図書館や資料館などが有している、一九三〇年代から一九四〇年代にかけて出版された資料的価値の高い書籍や出版物を取り寄せてもいただきました。〈ザ・ヒル・アヴェニュー・ライターズ〉、具体的にお名前を挙げるなら、クリステン・キッチャー、キム・フェイ、ディジレ・サモラーノは、本作の初稿執筆時に、おもに各自の持ち前の想像的発想力を披露することで、いくつかの場面を生みだすのを助けてくれました。初稿をブラッシュアップする過程をサポートしてくれたのは、運命共同体とも呼ぶべき以下の仲間たちです——サラ・チェン、〈サン・ゲイブリエル・ヴァレー・ウーマン・ライターズ〉、それに〈ザ・クライム・ライターズ・オヴ・カラーズ〉のみなさん。

エージェントのスーザン・コーエンは、本作の、誰よりも熱烈なチアリーダーでした。その惜しみない励ましで、このアキの物語は各地の図書館の書架に、読者のみなさんの個人的な本棚に、書籍という形であれ電子的な形であれ、置き場所を設けてもらうに値する作品となるものだ、と気づかせてくれました。

執筆期間中、思い詰めることなく、精神のバランスを保っていられたのは、ひとえに夫のウェス、母のマユミ、弟のジェームズ、義妹のサラ、そして世界一の甥っ子、ローワンのおかげです。愛犬のトゥーロにも助けられました。二〇二〇年にはじまったパンデミックという状況下、今後も最高の相棒でいつづけてくれることと思います。

もっと詳しく知りたい方のために

本書の背景となった、この〝再移住〟時代のシカゴについて、事実を記録したものを読んでみたいと思われる方には、なによりもまず全米日系人博物館がアーサー・A・ハンセン、ダーシー・イキ両名の舵取りでまとめた『the Japanese American National Museum's Regenerations Oral History Project: Rebuilding Japanese American Families, Communities, and Civil Rights in the Resettlement Era（口伝史料復活プロジェクト：日系アメリカ人家族とコミュニティ、そして再移住の時代における公民権の再構築）』をお薦めします。シカゴでのインタヴューを企画し、その大部分を担当されたメアリ・ドイのご尽力と手腕はすばらしく、感嘆せざるをえません。カリフォルニアにまつわるさまざまな資料をデジタル化した〈Calisphere（キャリスフィア）〉経由でアクセスすることができます。

またチャールズ・キクチは膨大なレポートをまとめていますが、そのなかの第二次世界大戦下に設けられた強制収容所から一九四〇年代にシカゴに転住した日系アメリカ人、六十四名のインタヴューも参考になると思います。チャールズ・キクチのレポートは特別収蔵品としてカリフォルニア大学ロサンゼルス校に保管されていて、〈Online Archive of California（オンライン・アーカイヴ・オヴ・カリフォルニア）〉からアクセス可能です。

エリック・マツナガはシカゴの日系アメリカ人コミュニティの歴史を地図で記録し、特筆すべき人物にインタヴューを行って集めた数々の逸話を文書にして記録しています。エリック・マツナガの手になる地図や記事は〈Discover Nikkei（ディスカヴァー・ニッケイ）〉のウェブサイト、もしくはインスタグラムのアカウント（@windycitynikkei）から閲覧できます。

シカゴ共済会は、日系人の再移住に関する歴史的資料について、ワンストップで得られるという意味においても、どこよりも充実した資料館と言えるでしょう。共済会のデジタルアーカイヴには一九四〇年代にウィンディ・シティの異名をもつシカゴで新生活をはじめた若きニセイたちの姿をとらえた写真が、数多く収められています。またライアン・ヨコタのウェブサイト、〈Nikkei Chicago（日系シカゴ）〉は、〝ニッケイ（シカゴの日系アメリカ人）の語られることのない物語〟のすばらしい宝庫です。なかでもエレン・D・ウーの手になる「The Forgotten Story of Japanese American Soot Suiters（日系アメリカ人のズートスーターの忘れられた物語）」のおかげで、ハマー・イシミネをはじめとする登場人物たちの姿をより具体的に、よりあざやかに思い描くことができました。また同氏の著書『The Color of Success:

Asian Americans and the Origins of the Model Minority（成功の色：アジア系アメリカ人とモデル・マイノリティの起源）』も一読をお薦めできる名著です。

アリス・ムラタの『Japanese Americans in Chicago（シカゴの日系アメリカ人）』（アルカディア・パブリッシング刊）も写真を通じて全体像を把握するのに役立ちます。同氏はまた、日系人としてシカゴで経験したことを題材に、数多くのエッセイを書かれています。

グレッグ・ロビンソンの著書『The Great UnknoWn: Japanese American Sketches（名もなき偉大な人たち：日系アメリカ人の物語）』は、世の中にはほとんど知られていない日系の人たちの逸話を、ウェストコースト近郊で暮らす日系人や人種の異なる両親のもとに生まれた人たちの姿も含めて紹介しています。同氏の、この分野では先駆ともなる著書『After Camp: Portraits in Midcentury Japanese American Life and Politics（収容所以降：二十世紀半ばの日系アメリカ人の生活と政治の記録）』では、日系アメリカ人が戦時拘束を解かれたあとの経験を分析しています。併せてヴァレリー・マツモトの『City Girls: The Nisei Social World in Los Angeles, 1920-1950（シティ・ガールズ：一九二〇年から一九五〇年のロサンゼルスにおける日系ニセイの女性たちの社会活動の記録）』は、第二次世界大戦まえと戦時中に日系ニセイの女の人たちが主体となって進めた、さまざまな活動の記録で、こちらも参考文献としてお薦めできる一冊です。

シャーロット・ブルックスもまた、シカゴの日系アメリカ人をテーマに幅広いリサーチを行っています。『ジャーナル・オヴ・アメリカン・ヒストリー（The Journal of American History）』二〇〇〇年三月号に掲載された「In the Twilight Zone Between Black and White: Japanese American Resettlement and Community in Chicago 1942-1945（トワイライト・ゾーン——黒と白のあいだ：一九四二年から一九四五年における日系アメリカ人のシカゴ再移住とコミュニティ）」もご参照ください。

ウェブサイトの〈Densho（デンショウ）〉は、かねてより日系アメリカ人の歴史一般について最良のデジタル資料でしたが、それは今にいたるも変わっていません。そのなかの〈Densho Encyclopedia（デンショウ百科）〉には〝Hostels（ホステル）〟、〝Resettlement in Chicago（シカゴにおける再移住）〟といった項目が見出し語として挙がり、それぞれの項目について簡潔な情報が得られるようになっています。ちなみに〝Hostels（ホステル）〟の項目はブライアン・ニイヤが、〝Resettlement in Chicago（シカゴにおける再移住）〟についてはエレン・ウーが執筆を担当しています。

第二次世界大戦直後のシカゴで、人種の異なるコミュニティに対してどのような考え方が一般的だったか、ちょっとのぞいてみたいと思うなら『Chicago Confidential（シカゴ・コンフィデンシャル）』（一九五〇年）の痛烈な描写が参考になります。人種の特性を決めつけている部分は、ときに不快で鼻につかないわけではありませんが、それぞれのコミュニティを部外者としてそとから見る際のシニカルな視点は、さまざまな隣人たちに対する歯に衣着せぬ率直な感想につながっています。

第二次世界大戦中のアフリカ系アメリカ人兵士について知りたい方には、メアリ・ペニック・モートレイ編纂編集の『The Invisible Soldier: The Experience of the Black Soldier, World War II（姿なき兵士：第二次世界大戦時に黒人兵士が経験したこと）』をお薦めします。『Bridges of Memory: Chicago's First Wave of Black Migration（記憶の架け橋：シカゴへの黒人移住における第一波）』にも、アフリカ系アメリカ人のシカゴ移住についてのオーラル・ヒストリー、つまり当事者や関係者に直接取材して残した記録が含まれています。

アメリカ合衆国における妊娠中絶の歴史に関する必読図書としては、レスリー・J・レーガンの『When Abortion Was a Crime: Women, Medicine, and Law in the United States, 1867-1973（妊娠中絶が犯罪だった時代：一八六七年から一九七五年のアメリカの女性、医療機関、法律)』を挙げます。同書には、一九四〇年代に妊娠中絶処置を施したり、受けたりしたために警察に逮捕されるにいたった具体的な事例が紹介されています。

日系ニセイの方にお話をうかがった際に、その方がロサンゼルス市内の一地区としてその名前を口にされて以来、わたしはトロピコという街にすっかり心を奪われてしまいました。わたしの親しい友人のヘザー・リンドクイストはかつてトロピコと呼ばれていた地区に現在居住していて、ロサンゼルス川のあたりを散歩するのを、とりわけこのパンデミックで移動が制限されていたあいだは以前にもまして、なによりの気晴らしにしています。そのおかげで、アキの故郷(ふるさと)への思いを具体的な形で表現することができました。わたしたちの友情は、マンザナー国定史跡のビジターセンターの展示や紹介を通じて、さらには『Life after Manzanar(マンザナー後の人生)』を共同で執筆したことで深まりました。もうひとりの友人、ドナ・グレイヴスも著作のなかで、ごく早い時期からトロピコには日系人が暮らしていたことに触れています。さらに挙げるなら、ローラ・R・バラクローの『Making the San Fernando Valley: Rural Landscapes, Urban Development, and White Privilege(サンフェルナンド・ヴァレーを形作るもの:風景、都市開発、白人の特権)』、ケヴィン・ロデリックの『The San Fernando Valley: America's Suburb(サンフェルナンド・ヴァレー:アメリカにおける郊外)』、さらにもう二冊、アルカディア・パブリッシングから出版された『Early Glendale(在

り し日のグレンデール)』と『Atwater Village（アトウォーター・ヴィレッジ)』を。

アルカディア・パブリッシングからもう一冊、ヴィクトリア・グラナツキーがアメリカのポーランド民族博物館と共同で執筆した『Chicago's Polish Downtown（シカゴのダウンタウンのポーランド人コミュニティ)』も。同書を読めば、シカゴのポーランド人コミュニティのおおよそのことがわかると思います。エドワード・R・カントヴィッツの『Polish-American Politics in Chicago, 1888-1940（シカゴにおけるポーランド系アメリカ人の政治参加、一八八八—一九四〇)』では、同コミュニティのあり方についてもっと突っ込んだ分析がなされています。

シカゴの法執行機関に関するアーカイヴの沼にどっぷりつかってみたい、という方には、シカゴ警察局が一九四六年に出した『The Police and Minority Groups（警察と少数民族)』を。さらにシカゴ大学出版から一九三一年に刊行された『Chicago Police Problems（シカゴ市警の問題点)』も——同書はシカゴ市民によって構成される警察諮問委員会がまとめたものです。併せてアーロン・コーンがまとめた『Criminal Justice in America/The Kohn Report: Crime and Politics in Chicago（アメリカにおける刑事司法／コーン報告：シカゴにおける犯罪と政治の関与)』もお薦めです。

そして最後に、一九四〇年代の定期刊行物からは、大手新聞社発行の新聞に限らずどんな媒体であれ、興味深い些事がいくつも、いくらでも見つかります。日系アメリカ人収容所で発行されていた新聞十紙はすべて、先述した〈Densho（デンショウ）〉のウェブサイトおよび何ヵ所かの図書館を通じて閲覧ができます。『パシフィック・シティズン』紙の過去の紙面も同紙ウェブサイトのアーカイヴで見ることができます。

解説

大矢博子

平原直美の作品に予備知識がなく読み始めた人は、第一章から「おや?」と思ったのではないだろうか。たとえば、こういうフレーズだ。

〈マットレスは(略)日本語で言うところのペチャンコだったけれど〉

〈日本語学校のウンドウカイというスポーツ大会のときも〉

〈夕食に母が出した秘蔵の漬物、タクアンの甘酸っぱいにおい〉

これら、ペチャンコ、ウンドウカイ、タクアンといった日本語は原文でも pechanko、undokai、takuan とイタリックで表記されている。これはカリフォルニア州で暮らす主人公の家庭が日系であり、その生活様式はもとより、移民一世の両親の会話にはしばしば日本語が混じることを表すテクニックだ。

これらの言葉は本書ではカタカナで表記され、それだけで親しみが湧く。だがそこにハクジン(hakujin)というカタカナを見つけてドキッとした。これがカタカナ(原文ではイタリック)で記されているということは、主人公たちは日本語で「彼ら」を「ハクジン」と呼んでいた——そうカテゴライズして区別する習慣があったという意味に他ならないからだ。

このように本書のカタカナ語からは日系アメリカ人の生活が浮かび上がってくるのだが、その中で、邦訳ではカタカナだが原文はイタリックではない日本語がある。その言葉がもともと日本語であるにもかかわらず、普通の英語として定着しているからだ。

その単語とは「ニセイ」である。

しかし日本語の二世とは大きな違いがある。日本語の二世は国籍に関係なく使われるし、親と同じ職業に就く子どもに対して使われることも多い。広い意味での「二代め」である。だが英語で Nisei というとき——それは日系人の二世のみを指すのだ。

物語は一九四〇年代のアメリカが舞台だ。

カリフォルニア州のトロピコで暮らすアキ・イトウは日系二世。日本から移民してきた両親、美人で人気者の姉の四人家族である。自分の考えをしっかり持って一際目立っている姉のローズと比較して劣等感に苛(さいな)まれることもあるが、黄色人種差別に直面したときには正面きって戦ってくれる大好きな姉だ。

だが一九四一年、イトウ家の運命が変わる。日本軍による真珠湾攻撃。日米開戦。日系人の勾留や迫害が始まり、ついに一九四二年三月、カリフォルニア州に暮らす日本人は「アメリカ国籍を有する者も有していない者も」収容所へ送られることとなる。イトウ家が移送されたのは同じカリフォルニア州の内陸部の砂漠にあるマンザナー強制収容所だった。

戦時下のアメリカでの日系人収容所は、たとえば虐殺を目的としたドイツのアウシュビッツや、強制労働につかせた戦後のシベリア抑留といった収容所とは異なり、アメリカに対して忠誠心を持つと認められた収容者は収容所を出ることが許された。ただし西海岸に戻ることはできず、行き先は戦時転住局（WRA）によって定められる。本書ではローズがシカゴに転住するニセイのひとりとして、一九四三年九月にマンザナーを離れたという設定になっている。

そして翌年、アキと両親も収容所を出ることになった。行き先は姉の待つシカゴだ。製菓工場で働く姉は、家族で一緒に住める部屋を探してくれているらしい。シカゴには他にもトロピコでの知り合いがおり、新しい生活への期待と再会の喜びにイトウ家は胸を膨らませていた。しかしシカゴに到着した彼らを待っていたのは、その前夜、ローズが地下鉄の事故で死んだという知らせだった——。

というのが第二章までの粗筋である。この二章までで、戦前戦中の日系人がアメリカでどんな立場にあったのかがたっぷりと綴（つづ）られ、驚くことばかりだ。特にアキのような二世や三世はアメリカ生まれアメリカ育ちのアメリカ市民、日本の地を踏んだことすらないのに、ルーツが日本というだけで差別されるのである。収容所を出るにあたっての出所許可申請書に載っていた「あなたは日本国天皇に対する忠誠を拒絶することを誓えますか？」という質問に、「そもそも日本国天皇に、誰が忠誠を誓ったというのか？」と戸惑うアキ。そりゃそうだよなあ。ルーツによる差別がいかにナンセンスなことかわかるだろう。

中でも思わず考え込んでしまったのが、戦時下で強制収容所に入れられたのは日本人・日系人だけだったという事実である。同じ敵国であるドイツ系やイタリア系のアメリカ市民はこれまで通りの生活をしているのだ。もちろんそこに苦労がなかったとは思わない。ドイツ系やイタリア系の人々もさまざまな軋轢（あつれき）に苦しめられたことだろう。しかし強制収容されたのは日本人・日系人だけなのである。これはどういうことか。真珠湾を攻撃したのが日本だったからか。それともアジア人種だからか（アメリカは中国人に対しても排斥の歴史がある）。

そういった問いかけが山のように込められた二章までで、もう一編の長編を読んだかのようなずしりとした思いを抱えていたのだが、三章から物語は大きく動き出す。姉の死が自殺と処理され、あの姉が自殺するはずがないとアキが真相を調べ始めるのだ。

姉のルームメイトと会ったり、姉の知り合いから話を聞いたり。そうして一歩ずつ真相に近づいていく過程は実にサスペンスフル！　ミステリとして一級品である。

また、シカゴでのアキの生活にも注目願いたい。シカゴのナイトクラブの退廃的な雰囲気、アキが職を得た図書館の描写、そこで育まれるポーランド系やアフリカ系の同僚との友情、公園でくつろぐ人々、そして希望とときめきに満ちたロマンス。姉の死や戦争という重苦しい物語の中にあって、これらの生活感あふれる描写は大きな救いだ。

だがその中にも、戦時下の日系人の置かれた境遇が随所に顔を出す。底辺の肉体労働にしか就けない一世の両親、警察に相談しても無視されるアキの訴え、仕事を求める人々で溢れかえる戦時転住局の事務所。彼らが直面するアイデンティティの問題とジェンダーの問題。作中、アキと同じ二世の青年が軍への入隊を志願する場面があるが、それは自分はアメリカ国民であるという主張だ。何より、このミステリの行く先が（ネタバラシはできないので具体的には書かないが）、二世という立場がどのようなものであったかを如実に炙り出す。平原直美はこれが書きたかったのだと、ため息が出た。

行間からアキの悲鳴と慟哭が聞こえてくるようだ。だがそれでも彼女は、二世たちは、日系人は、生きていかねばならない。アキは言う。「乗り越えるよ」と。「そのぐらいの自信がなくてどうする？」と。その逞しさが嬉しくも悲しい。

平原直美は日系三世として一九六二年にカリフォルニア州で生まれた。スタンフォード大学で学士号を得て、ロサンゼルスの大手日系新聞・羅府新報社に入社する。作中にも登場した新聞である。ちょうど第二次世界大戦中に強制収容所に入れられて資産を処分せざるを得なかった日系アメリカ人の救済と賠償問題が世論を賑わせている最中に、彼女は記者として活躍した。

アメリカで「ニセイ」という言葉が日系二世のみを指す単語として定着しているのは、この強制収容とその後の賠償が大きな社会問題となったがゆえだ。一九八八年にレーガン大統領が、一九九二年にはジョージ・H・W・ブッシュ大統領が国を代表して謝罪、二〇二〇年にはカリフォルニア州議会で日系人強制収容に対する謝罪の決議が全会一致で採択、そして二〇二一年にバイデン大統領は強制収容を「アメリカ史で最も恥ずべき歴史のひとつ」として正式な謝罪を再表明した。マンザナー強制収容所跡地にはバラックとトイレが復元され、史跡として保存されている。

一九九六年に平原は羅府新報社を退社、その後は編集や出版の仕事に携わりながらノンフィクションを執筆する。そして二〇〇四年に、彼女の父をモデルとしたミステリ"Summer of the Big Bachi"を出し、これが話題を呼んで「庭師マス・アライ」シリーズとして定着した。広島での被爆者であり日系二世である庭師のマス・アライが探偵役として孫娘とともに事件の謎を解くシリーズで、コミカルでコージーなストーリーではあるが、やはり底辺には日系アメリカ人の現実とアイデンティティの問題が色濃く流れている。このシリーズは第二作『ガサガサ・ガール』と第三作『スネークスキン三味線』、そして最終作の『ヒロシマ・ボーイ』（いずれも小学館文庫）が邦訳されているが、残りの四作もぜひ邦訳を期待したい。

本書末尾には平原直美による「もっと詳しく知りたい方のために」と題された参考書籍の紹介があるが、そこに二作、日本の小説を加えておく。山崎豊子『二つの祖国』（新潮文庫）と、真保裕一『栄光なき凱旋』（文春文庫）だ。ともに第二次世界大戦下に日系人が直面したアイデンティティの問題を骨太に描いた佳作である。ぜひ本書と併せてお読みいただきたい。

なお、本書に続くシリーズ第二弾"Evergreen"が、二〇二四年のレフティ賞の最優秀歴史ミステリー賞を受賞した。第二弾は本書から二年後、イトウ家がカリフォルニアへ戻り（えっ、アキのロマンスはどうなったの？）、そこで再び事件に巻き込まれるという話のようだ。

日系三世として、ジャーナリストとして、そして小説家として、日系アメリカ人のリアルを追い続けてきた平原直美。アメリカで高く評価されている彼女の作品は、日本でこそもっと読まれるべきだと、声を大にして言いたい。


（おおや・ひろこ／書評家）

読者のみなさまへ

本書の一部には、現代の観点からは差別的とされる表現や今では使用されなくなった言葉が含まれておりますが、作品の舞台となった当時のアメリカの時代状況に鑑み、敢えて原文と時代性を尊重した翻訳文としました。

ヒロシマ・ボーイ

平原直美　芹澤 恵／訳

米国で生まれ広島で育ち、戦後帰米した日系二世の老人マス。親友の遺灰を届けるために50年ぶりに広島を訪れた。瀬戸内海の小島に滞在したマスは、海で少年の遺体を発見する。庭師マス・アライシリーズ、感動の最終作。

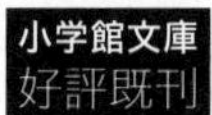

ホープ・ネバー・ダイ

アンドリュー・シェーファー　加藤輝美／訳

トランプ政権下、ホワイトハウスを離れたバイデンは地味で単調な日々を送っていた。そんな彼の前に突如現れた盟友オバマが告げたのは、バイデンの親友の事故死だった。前代未聞の超痛快バディ・ミステリ＆ブロマンス小説！

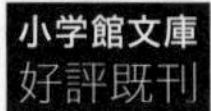

ダークマター
スケルフ葬儀社の探偵たち

ダグ・ジョンストン　菅原美保／訳

エディンバラで創業100年、10年前から探偵業も営むスケルフ葬儀社。当主の死を機に、妻、娘、孫娘の３人の女たちはそれぞれの案件を解決しようと悩みながら体当たりで突き進む。スコットランド発ブラックユーモア・ミステリー。

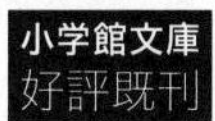

ホステージ 人質

クレア・マッキントッシュ　高橋尚子／訳

CAのミナは５歳の娘ソフィアを別居中の夫アダムに預け、ロンドン - シドニー直行便に搭乗したが、機内で次々と不可解な出来事が起こり、やがて重大な選択を迫られる。英国サスペンスの女王が放つ、航空パニックスリラー！

ゴーイング・ゼロ

アンソニー・マクカーテン　堀川志野舞／訳

CIAと巨大IT企業が共同で実用化の準備を進める最先端の犯罪者追跡システム。１か月間見つからずに逃げ切れば大金が手に入るという条件で実証実験に10名の参加者が集められたが……。ハリウッドの寵児が放つ最驚スリラー。

本書のプロフィール

本書は、二〇二一年にアメリカで刊行された『CLARK AND DIVISION』を本邦初訳したものです。

小学館文庫

クラーク・アンド・ディヴィジョン

著者　平原直美（ひらはらなおみ）
訳者　芹澤　恵（せりざわめぐみ）

二〇二四年六月十一日　初版第一刷発行

発行人　庄野　樹
発行所　株式会社　小学館
〒一〇一-八〇〇一
東京都千代田区一ツ橋二-三-一
電話　編集〇三-三二三〇-五七二〇
販売〇三-五二八一-三五五五
印刷所——大日本印刷株式会社

この文庫の詳しい内容はインターネットで24時間ご覧になれます。
小学館公式ホームページ　https://www.shogakukan.co.jp

ISBN978-4-09-407268-6